AF289113

Lorna Johannsen wurde in Hamburg geboren und lebt seit den neunziger Jahren in Berlin, sie arbeitet als Autorin, Dichterin, Filmemacherin, seit geraumer Zeit widmet sie sich auch der Collage, Frottage, Malerei und Installation.

Jobst Heitzig ist Mathematiker am Potsdam-Institut für Klimafolgenforschung und forscht zur langfristigen Entwicklung von Natur und Gesellschaft, zu komplexen dynamischen Systemen und zu Möglichkeiten für kooperatives Handeln.

Lorna Johannsen
Jobst Heitzig

Kellers Gehirne

Ein Telegrafenbergkrimi

Bibliografische Information der Deutschen Nationalbibliothek:
Die Deutsche Nationalbibliothek verzeichnet diese Publikation
in der Deutschen Nationalbibliografie, detaillierte bibliografische
Daten sind im Internet über http://dnb.dnb.de abrufbar.

Telegrafenbergkrimi 1
Erste Auflage
© 2016 Lorna Johannsen und Jobst Heitzig
Herstellung und Verlag:
BoD – Books on Demand, Norderstedt

ISBN: 978-3-8391-4620-0

KELLERS
GEHIRNE

Telegrafenberg
Potsdam

Albert-Einstein-Str.

Pforte

Wissenschaftspark
„Albert Einstein"

N

Geoforschungs-
zentrum

Tiefbrunnen

Süringhaus

Kantine

Wetterküche

KiTa

Wohnhaus

Meteorologisches
Messfeld

kleiner
Refraktor

Alfred-
Wegener-
Institut

Magnetisches
Variationshaus

Michelsonhaus / PIK

großer
Refraktor

PIK-Neubau
„Kleeblatt"

Bibliothek

Einsteinturm

alter Eiskeller

ERSTER TEIL

1 Gehirne

Nebel umhüllte den Einsteinturm mit ein paar weißen Fetzen, alles hatte sich in Dunst gehüllt. Montagmorgen, auf dem Telegrafenberg in Potsdam, sieben Uhr früh, kaum jemand unterwegs, der Betrieb fängt später an. Vom Hauptgebäude sind es nur 197 Schritte bis zum Turm, kurz vorher gabeln sich die Wege, der Sandweg hört auf, links und rechts Katzenköpfe, und bis zum Turm Asphalt, dazwischen das Gehirn aus Messing, eine Walnuss im Taubeneiformat, ein kleines, absurdes Geheimnis, das nicht jeder im Sand zwischen dem Pflaster entdeckt, obwohl das Kunstwerk schon vor Langem dort eingelassen wurde. Möglicherweise keine Katzenköpfe, weil zu eckig, aber es ist schön zu denken; das kleine Gehirn liegt glänzend zwischen den Katzenköpfen im Sonnenlicht.

In eben dieser Folge dachte Luzian Keller seit Jahren fast das Gleiche, an diesem Montagmorgen ebenso wie an allen vorangegangen, es war sein Morgenmantra, er liebte dieses Ritual.

Auf der roten Lache vor dem Unerwarteten rutsche er fast aus. Keller schaffte es gerade noch bis zum nächsten Gebüsch und übergab sich so lange, bis er sicher war, dass sich von seinem Frühstück nichts mehr in ihm befand, dann fischte er nach seinem Smartphone und wählte 110.

Zwanzig Minuten später wimmelten ein Dutzend Polizisten auf dem Gelände, der Fund eines menschlichen Gehirns, das sich, blutig auf vier japanische Essstäbchen gespießt, genau über dem Gehirn aus Messing befand, hatte die Potsdamer Polizei zügig in Bewegung gesetzt, und nun suchten alle nach der Leiche desjenigen, der noch bis vor Kurzem mit diesem Hirn gedacht hatte. Aber weder im Turm noch im Park war bisher eine brauchbare Spur gefunden worden, keine Schleifspuren, keine Textilfetzen, keine Leiche, nicht ein Fitzelchen. Dann kam endlich der Gerichtsmediziner, und die Suche nach dem Opfer wurde wenig später eingestellt.

„Schöne Sauerei, aber kein Mord, jedenfalls keiner, der sich in diesem Jahrhundert abgespielt hat. Das Blut ist frisch, aber das Hirn ist alt, das hat lange in Spiritus gelegen, bevor es jemand hier drapiert hat." Dr. Flebbe kam ächzend aus der Hocke und fummelte sich die Gummihandschuhe von den Fingern, Kommissar Bärlauch runzelte die Brauen, „Wie jetzt? Bitte noch mal zum Mitdenken."

„Ganz einfach, da hat sich jemand einen Scherz erlaubt, sammeln sie ihre Leute wieder ein, das hier ist kein Mordfall, sondern grober Unfug. Dieses Hirn…"

„…gehört nicht zu einem Anzugträger…," von allen unbemerkt hatte sich eine der Doktorandinnen über den Fund gebeugt, „das hier ist das Gehirn eines Hominiden."

„Eines was?"

„Eines Gorillas!" Manon Duval lächelte, das Lächeln der Wissenden, und zuckte mit den Achseln, als sie gefragt wurde, ob es von hier sei.

„Nein, sicher nicht, wir haben keine Präparate hier, das ändert nichts an den Tatsachen."

Mit weit ausholenden Schritten kam in diesem Moment Professor Andersson, der Direktor des Potsdam-Instituts für Klimafolgenforschung[1], kurz PIK, das sich das Gelände seit der Wende mit ein paar weiteren naturwissenschaftlichen Forschungseinrichtungen teilte, über den Rasen geeilt, er war nicht zu Scherzen aufgelegt, mit ihm eilte Wolke, der Hausmeister, mit flatternden Kittelschößen, um ihm militärisch knapp die Situation zu schildern. Die Tatsache, dass auf dem Telegrafenberg Beamte der Polizei gerade dabei waren, den Ablauf eines wohl geordneten Montagmorgens zu stören, hätte ausgereicht, die Laune von Professor Andersson drastisch zu verschlechtern, der Umstand, dass die ganze Aufregung durch ein Affenhirn verursacht war, ließ sie gefrieren, der Urheber der unnötigen Turbulenzen, Luzian Keller, wurde mit einem Blick gemessen, für zu leichtsinnig befunden, und sollte mit dem zweiten Blick vernichtet werden. Doch dazu kam es nicht, Professor Petershagen, der „Neue", stellte sich schützend vor Keller, was bitte schön hatte Dr. Keller denn tun sollen, schließlich sei er weder Arzt noch Biologe, und dem ersten Anschein nach habe da das Hirn ei-

---

1 Wichtige Fachbegriffe sind in der Folge mit * markiert und werden im Glossar am Ende des Textes erklärt.

nes Menschen gelegen, und das sei ja wohl Grund genug, um die Polizei zu verständigen. Andersson gab mit leichtem Kopfnicken zu, dass er sich dieser Lesart anschließen könne, und verschwand nach Norden in Richtung PIK-Hauptgebäude, das majestätisch ausladend mit seinen drei Kuppeln das Zentrum des Geländes bildete. Die Polizei war dabei, sang- und klanglos das Gelände zu verlassen, nichts als eine Anzeige gegen Unbekannt wegen Belästigung der Allgemeinheit, besser bekannt als grober Unfug, war übrig geblieben. Keine Rede mehr von Mord und Totschlag, Keller ließ den Spott der Kollegen über sich ergehen, und erbot sich, das Corpus Delicti einstweilen in Obhut zu nehmen. Eine Art Bußübung, um die von ihm verursachten, völlig unnötigen Turbulenzen an diesem Morgen wieder wett zu machen. So konnte er es gerade noch vor Wolke und seiner Kehrschaufel retten. Professor Petershagen tätschelte ihm kurz den Arm, dann ging er seiner Wege, es gab Wichtigeres als vagabundierende Affenhirne, es galt, eine internationale Konferenz vorzubereiten.

Die eleganten italienischen Slipper aus geflochtenem Leder waren besudelt, und Keller, dessen Füße darin steckten, zog sie sich mit spitzen Fingern von den Fersen, er sah sofort, dass sowohl das frische Blut als auch der alte Spiritus irreparable Schäden auf dem beigen Leder hinterlassen hatte.

Dann sah er sich den Plastikbehälter, in den er das Präparat inzwischen gelegt hatte, und der nun auf seinem Schreibtisch stand, genauer an. Dieses in die Jahre gekommene Möbel stand in dem schräg bewandeten Raum des Süringhauses am anderen Ende des Telegrafenbergs, den Keller sein Raum-Zeit-Zelt nannte. Keller beugte sich über das Präparat. Ohne jeden Zweifel handelte es sich um ein sach- und fachgerecht behandeltes Gehirn, welches in Spiritus eingelegt gewesen war, um der Wissenschaft unverwest den Weg zu weisen.

Wenn er sich die Sache vorhin genauer betrachtet hätte, dann, hätte, hätte, Fahrradkette. Hatte er nicht, und nun stand er da, ein Depp, ein Weichei, nur Petershagen, der Neue, hatte sich wie ein Kollege verhalten, die anderen nicht, die anderen konnte man in der Pfeife rauchen. Gedacht, getan, trotz Rauchverbot stopfte er sich seine lange Tonpfeife, öffnete das kleine Fenster, steckte den Kopf heraus und zündete die Pfeife an, er inhalierte tief. Manchmal hatte er das Gefühl, keiner außer ihm habe etwas für sein momentanes Forschungsobjekt, das Daisyworldmodell* übrig, er war von Ignoranten umgeben. Er aber liebte die weißen und auch die schwarzen Gänseblümchen dieser fiktiven Welt, die ohne Zweifel der wirklichen gegenüber manchen Vorteil, insbesondere den der Menschenleere hatte.

Das Rauchen half gegen den üblen Nachgeschmack, der nicht von der morgendlichen Kotzerei herrührte, etwas hatte Keller angerührt, etwas, das nicht direkt mit dem blutigen Gehirn zu tun hatte. Etwas, was ihm sagte, dass auf dem Gelände Dinge ins Blickfeld geraten waren, die überhaupt nicht dorthin gehörten, oder doch? Gerade hier und nirgends anders hin. Was denn nun? Nein, nein, nicht hier, ein schlechter Scherz? Nein, kein Scherz, da war sich Luzian Keller sicher, und auch, wenn er später bei den Diskussionen in der Kantine nicht mehr darauf beharrte, änderte er seine Meinung nicht, hier war etwas nach langer Lagerzeit aus seinem Behältnis genommen worden, um der Welt etwas zu sagen, war deshalb aus seinem Spiritusbad aufgetaucht, daran hegte Luzian Keller keinen Zweifel.

Wenn ich mich konzentrieren will, das klappt immer, zu jeder Tages- und Nachtzeit, in jedem Dress, auch nackt, aber um diese Art von Intuition zu haben, muss ich das Twinset tragen, das lila Twinset, ein Duo aus kurzärmeligem Pulli und Jacke, das hat mal einer Freundin gehört, und nun gehört es mir. Ich bin keine Transe, nicht schwul, oder bi, auch nicht heterosexuell, ich bin ein Wesen, das seinen Schwanz nur zum Pullern braucht. Und zur Inspiration brauche ich mein lila Twinset, das sitzt wie angegossen, seit ich etwas zugenommen und ganz kleine Brüste bekommen habe, ein A-Körbchen, da brauche ich natürlich keinen BH drunter zu tragen. Das ist praktisch, macht es unauffällig, wenn zufällig ein Kollege reinkommt, hat noch nie jemand 'ne dumme Bemerkung gemacht, mich Frau Dr. Keller genannt oder so.

Heute wäre mir das egal, nachdem ich am Morgen fast auf das Hirn getreten bin, obwohl, so stimmt es nicht, ich habe es wahrgenommen, bevor ich es gesehen habe, wäre also keinesfalls draufgetreten. Dass ich gleich die 110 gerufen hab, ohne mir das Ding noch mal angesehen zu haben, war blöd, aber ich hab noch nie ein Gehirn im Park gefunden, und im ersten Moment hab ich gedacht, dass da irgendwo im Gebüsch der Kopf liegt, und dieser Kopf geknackt worden ist wie eine Nuss, das war einfach zu viel für mich. Langsam bekomme ich Ordnung in meine Gedanken.

Erstens:

Nichts ist an einem Montagmorgen in unserem Institut unwillkomme-
ner als eine Komplikation, erst recht vor einer internationalen Konferenz.
Und das über unser geniales Hirnchen gesteckte Affenhirn eine Komplika-
tion zu nennen, ist eine Untertreibung. Der Direktor hat zwar später in ei-
ner kurzen hausinternen Mail alles als Dummejungen-Streich abgetan,
und Wolke wollte es gleich entsorgen, aber ich war da anderer Meinung
und einfach schneller, habe ihn sogar überreden können, mir einen seiner
geliebten Plastikbehälter zu leihen, mir eine Tüte aus dem Müllkorb ge-
schnappt, über die Hand gestreift, und es gesichert, ohne gleich wieder zu
kotzen, eine Meisterleistung. Applaus habe ich keinen bekommen, aber
jetzt fange ich an zu ahnen, dass dies das Klügste war, was ich in letzter
Zeit gemacht habe, obwohl auch mein Artikel in den Proceedings der Na-
tional Academy of the Sciences nicht von schlechten Eltern ist und Anders-
son mich wohl nur deshalb als Referent auf der Konferenz zugelassen hat.
You are drifting, Dr. Keller!

Zweitens:

Ich habe in der Kaffeepause 'rumtelefoniert und die Schwarzwälder
Sahneschnitte sausen lassen. Und Bingo, im Berliner Museum für Natur-
kunde fehlt ein Hirn, genauer gesagt fehlen da schon lange welche, aber
das Affenhirn erst seit Kurzem, ein Gorilla, 1916 gestorben, an einem Tu-
mor, der noch immer da sitzt, wo er damals saß, mitten im Hirn, tauben-
eigroß und absolut tödlich. Die Leiterin der Abteilung, eine Frau Doktor
Buschinski, hat sich überreden lassen, mir, einem unwissenden Mathema-
tiker, Nachhilfe in Biologie zu erteilen. Dafür darf ich sie in die Rivabar
ausführen. Ausgerechnet in diese Snobisnobbar in den S-Bahnbögen hin-
term Hackeschen Markt. Aber ich bin zu allem bereit, oder zu fast allem,
um mehr über diesen Gorilla zu erfahren, was ich anziehe, ist klar, drü-
ber Trench und drunter Twinset.

Drittens:

Es ist total eklig, ein Hirn im TK-Bereich seines Kühlschranks aufzube-
wahren, aber unvermeidbar, sonst wird dieses unersetzliche Präparat
schnell verwesen, da hat mich die Buschinski vor gewarnt, das will ja kei-
ner, und ich schon gar nicht, ich mag Menschenaffen. Nun sitze ich vor
dem aus seinem kühlen, gläsernen Grab geraubten Hirn und betrachte es,
es ist steinhart gefroren und wird die paar Minuten an der frischen Luft
unbeschadet überstehen. Wenn es im Museum in einem Schaukasten war,
ist es das Betrachtetwerden gewohnt.

Pfui über ihn! Der unbekannte Hirndieb hat es beim Aufspießen böse
verletzt, und auch wenn das dem Affen schon lange nicht mehr wehtut,

frage ich mich, weshalb? Warum wurde nicht Hirn auf Hirn gelegt, was wollte derjenige, der es dort abgelegt hat, uns damit sagen? Wollte er überhaupt etwas Spezielles aussagen? Oder war es schlicht die Lust an der grausigen Doppelung, quasi eine Art 3D-Methode forte, um uns plastisch vor Augen zu führen – ja was denn? Sollte das eine Installation auf der Installation sein? Ich lese noch einmal laut die Gebrauchsanweisung zum Kunstwerk:

Das 3 sec Bronzehirn – Mahnmal des Jetzt
– Denkmal der unablässigen Gegenwart.

So hat es der Künstler genannt, nun meint jemand anderes, mahnen zu müssen. Meint der nur mahnen oder mehr?

Im Institut ist man zur Tagesordnung übergegangen, hat sich der Denkart des Direktors angeschlossen. Im ganzen Institut? Nein, oben unterm Dach gibt es unter einer behaarten Schädeldecke verborgen ein widerständiges Hirn, das sich nicht mit der Dummejungen-Streich-These abspeisen lassen will. Erst recht nicht, nachdem ich erfahren habe, dass unser über allen Wassern schwebender Direktor am Nachmittag bei der Vorstandssitzung nur körperlich anwesend war. Angeblich hat er seine Notizzettel mit Kohlköpfen vollgekritzelt. Kohlköpfe! Ich war leider nicht zugegen, muss mich für die Konferenz vorbereiten. In seiner großen Güte hat der Direktor mich zum Assistenten der besonderen Art gemacht, zumindest für die Dauer der Konferenz, ich habe die Ehre, auf Professor Emma Lindauer einzugehen, ihr jeden Wunsch von den Augen abzulesen, denn der Zahn der Zeit hat sich unerbittlich in den armen Leib der Frau Professor geschlagen und ihr die Gehfähigkeit geraubt. Dabei soll sie bei glasklarem Verstand sein, Fluch oder Segen? Ich weiß es nicht, nur, dass der ohnehin heikle Charakter der Koryphäe dadurch nicht einfacher geworden sein soll. Also Patzer vermeiden. Ich darf zur Einleitung ihres von allen ungeduldig erwarteten Vortrags ein paar freundliche Sätze sagen, die durchblicken lassen, wie viel ich von der Veröffentlichung der geschätzten Kollegin nicht nur gelesen, sondern geradezu inhaliert habe. You are drifting again, Dr. Keller.

Es tropft, leise taut das Hirn vor sich hin, er hat also einen Tumor gehabt, der arme Gorilla, ich erkenne ihn kaum, und die teigig aussehenden Hirnwindungen inspirieren mich zu gar nichts. Zeit, dass es wieder in seinem kalten Zwischenlager verschwindet und ich mich hinab begebe aus den schwindelnden Höhen meines luftigen Büros, Feierabend mache. Vor-

her werde ich noch ein Pfeifchen rauchen und zum Lüften meinen Kopf aus dem Fenster halten.

Es ist still geworden, und das Gelände menschenleer, nur die rund gewordenen Schultern unter Wolkes grauem Kittel lugen zwischen den gelben Müllbehältern im Hinterhof hervor, das bringt die Tristesse dieser abgeschabten Textilie besonders gut zur Geltung. Was wirft er denn gerade da hinein? Ist leider nicht zu erkennen. Ich werde das überprüfen. Weiß auch nicht, warum ich diesem Hausmeister mit so abgrundtiefem Misstrauen begegne. Weil er mir ebenso begegnet? Oder weil er schon vor der Wende hier gewesen ist? Beides. Bevor ich anfange, im Müll zu wühlen, vertiefe ich mich lieber noch mal in die Rede, die dieser Künstler gehalten hat, als er seine drei kleinen Hirne in die Erde gelassen hat, nur das vorm Einsteinturm hat überdauert, die anderen beiden sind verschwunden. Die lesenden Auge haken nirgends fest, doch jetzt…

Er schaut auf seinen Nächsten. Er schiebt ihn in eine Röhre, in einen Kernspintomographen. Mit Hilfe der Kernspintomographie macht er Aufnahmen von Querschnitten durch dessen Gehirn. Er betrachtet die aktiven und inaktiven Bereiche dieser Aufnahmen als unterschiedlich bunte Flecken.

Es entstehen Karten.

Er wendet den Blick von seinem Nächsten und richtet ihn nach oben in Richtung Sonne. Er baut einen Turm und spiegelt das Abbild der Sonne hindurch, durch diesen Turm, zu ihm nach unten, um ihr verkleinertes, abgedunkeltes Abbild auf ein Blatt Papier zu projizieren. Er betrachtet Protuberanzen, Sonnenflecken, Punkte.

Es entstehen Karten.

Er senkt den Blick zwischen seine Füße auf den Boden, auf die Erde, bohrt mit kilometerlangen Bohrern in sie hinein, wie ins Hirn, zieht Proben, vergleicht an Hand von Farbveränderungen aktive und inaktive Bereiche, bestimmt das Alter der verschiedenen Gesteinsarten.

Er legt Karten an. Es entstehen Tabellen. Es gibt Theorien.

Mögliche Erdbeben, mögliche epileptische Anfälle, Neuronen, Neutronen, Nukleonen, Neutrinos, Synapsen, ... alles scheint auf vertrackte Weise wie verflochten.

Die Körpertemperatur beginnt zu steigen, wir sind auf dem richtigen Weg.
Wenn Eier aus Nestern fallen, fliegen die Nester den Bäumen wie Vögel davon.

Der Baum ist unser Körper, der auf der Erde fußt. Wissen beschwert uns. Gleichzeitig hält es das Bewusstsein in der Krone unseres Körpers fest.

Geist ohne Wissen ist so flüchtig, wie ein davonfliegendes Nest, wie eine unnötige Handbewegung im Dunkeln.

Das Hirn als Planet Erde, die Erde als Hirn, von Innen und Außen zu bestaunen, von Wissen und Wunder grenzenlos durchdrungen, von der Sonne nicht nur einseitig gewärmt.

es bleibt zu wünschen

Lyrik ist nicht mein Ding, ich will immer noch wissen, was der olle Wolke da in den Müll getan hat, Walter Wolke, seine Mutter war bestimmt in Ulbricht verknallt. Der Hausmeister kann mich nicht leiden, würde mich so gern oben im verbotenen Turmzimmer über meinem Büro inflagranti erwischen, dabei mache ich da gar nichts, bin einfach nur gerne da, und das ist nicht verboten, es ist ja schließlich auch nicht der heilige Einsteinturm, sondern nur das Türmchen des Süringhauses, dafür aber mit 360°-Panorama über Potsdam. Na ja, strenggenommen darf man nur ein Viertelstündchen da bleiben, damit man nicht erstickt, wenn's mal brennt, weil keine Feuertreppe das denkmalgeschützte Gesicht des ehemaligen Meteorologiegebäudes verunstalten soll.
Da sind ja auch die Gummihandschuh, hier in meinem kleinen Kabuff ist Unordnung ein Luxus, den ich mir im Gegensatz zu den Genies, die großflächig im mehrdimensionalen Chaos arbeiten, nicht erlauben darf. 14 m², gut gerechnet, und dann der große Kühlschrank, mein Vorgänger hat sich streng vegan ernährt und die Kantine nie betreten, als er die Stel-

le im Umweltministerium bekam, hat er mir das riesige Kühltier einfach vererbt, ich wollte das nicht, heute ist es zum ersten Mal nützlich. Wo sonst sollte ich das Hirn aufheben, bevor ich es dem rechtmäßigen Besitzer zurückgebe?

Keine Spur vom Hausmeister, habe zur Tarnung meinen Grünepunktmüll dabei, schwupps weg damit, der Container ist fast leer, merde, da muss ich wohl oder übel hinein. Um eine Tüte mit Postkarten zu finden. Wo kommen die denn her? Unauffällig lasse ich einen Packen davon in meiner Tasche verschwinden, vor dem Container steht breit grinsend Wolke, bevor er fragt, gebe ich Antwort, ziehe meinen USB-Stick aus der Tasche und murmle was von versehentlich in den Müll geworfen. Sein „Aha" ist ein richtiges Stasi-Aha, egal, er kann mir nichts nachweisen, gezählt hat er die Postkarten sicher nicht. Ich gehe zurück nach oben, diesmal ins Turmzimmer, brauche einen würdigen Rahmen, um meine Beute zu betrachten. Mein Smartphone klingelt, ich hatte das Projekttreffen völlig vergessen, das Beutebetrachten im letzten Licht der Dämmerung, das Potsdams Silhouette vergoldet und mich erleuchten sollte, muss vertagt werden. Ich sause die Treppen runter, kann es dann aber nicht lassen, noch mal in den Container zu jumpen, um nachzusehen, die Tüte ist verschwunden, nun ist der Boden voller geschredderter Papierschnipsel, ein Blick genügt, das waren bis vor Kurzem bunte Ansichtskarten. Im Laufschritt inspiziere ich die geretteten, kann die Schrift nicht lesen, ist wohl Sütterlin, aber die Motive und die Briefmarken lassen keinen Zweifel, sie kommen aus aller Welt und wurden ans Institut geschrieben, nicht an Walter Wolke, der, was auch immer er damals gewesen sein mag, auf jeden Fall schon hier war. Statt mit voller Aufmerksamkeit beim Meeting zu sein, fummle ich an den glatten Oberflächen der Postkarten in meinem Sakko herum, ich sehne mich nach meinem Twinset, nach Inspiration und der Stille meiner Wohnung.

Warum ist mir Walter Wolke so zuwider? Weil man mindestens einen wahren Feind braucht in dieser Welt voller Facebookfreunde? Zu einfach, ich weiß nicht einmal genau, ob Wolke mein Feind ist, ich meine, speziell meiner, er ist der Welt, ich glaube dem Dasein an sich, feindlich gesonnen. Zumindest solange ich ihn kenne, dass er bei der Stasi war, ist ein Gerücht, er war keiner, der auf Montagdemos ging, daraus macht er kein Hehl, hat aber auch mit der Ostalgie nichts am Hut, ist immer grantig, sieht nur den Wurm, nie die Rose, oder wenigstens das Gänseblümchen. Und mich mag er nicht, weil ich das Schöne liebe, und er nicht begreifen kann, an was ich arbeite, der olle Schnüffler denkt wahrscheinlich, wenn er „Daisy" liest, an Comics und dass diese Ente Amerikanerin sei, und das ist für jemanden wie Wolke unverzeihlich. Das ist meine Erklärung, die aber eher auf das Unbewusste zielt. Bewusst ist dem lediglich, dass ich zu oft an Orten bin, an denen ich seiner Meinung nach nichts verloren habe, aber für mich ist das Gelände auf dem Telegrafenberg mein Zuhause, und ein Zuhause mit verbotenen Räumen gibt es nicht. Ich bin Wissenschaftler, ich will wissen, was dahinter steckt, auch wenn es nur die Tür zum Fledermaussommerquartier neben meinem Büro ist. Der Text von Volker März ist leider eine verschlossene Tür ohne Schlüssel, wenn ich an ihn denke, schiebt sich ein Hirn vors andere und in meinem Hirn wird daraus ein Türklopfer aus Messing, keine Hand, sondern ein pulsierendes Hirn.

2 In der Rivabar

Dass es nicht der Innenraum eines Raumschiff ist, alles sicher im Jetzt verankert, wird spätestens klar, wenn sich die Tür öffnet und ein Mann mit einem zerknittertem Trench von der Stange den Raum betritt, sich suchend umsieht und am ovalen Tresen Platz nimmt.

Er war allein. Die Rivabar völlig leer.

Luzian Keller nutzte die Gelegenheit, sich seines Trenchcoats zu entledigen und die Jacke seines Twinsets aufzuknöpfen, dann verfiel er in eine Art Trance und bemerkte nicht, wie sich ihm einer der beiden Barkeeper beflissen näherte. Keller mochte keine Drinks, hielt überhaupt nicht viel von Alkohol und bestellte ein kleines Radler, das Gesicht des Barkeepers verzog sich, doch er brachte das Gewünschte kommentarlos. Diese Bar war absolut nicht für Besuche um 19 Uhr 30 gemacht, nicht für Menschen, die, wenn sie tranken, selbst Bier für zu stark hielten und es mit Limonade mischten, Keller spürte das, und es war ihm egal. Er wartete auf Frau Doktor Buschinski, die Leiterin der Abteilung für Hominidae im Naturkundemuseum. „Buschinski" stellte sie sich vor, als sie unvermittelt vor ihm stand, und fragend „Herr Keller?" hinterherschickte. Sie war ebenso unpassend gekleidet wie er, in einem hellem Ding, das ebenso gut Kittel wie Kleid sein konnte, ihre junoischen Formen bis zu den Waden verhüllte und sie genau so aussehen ließ, wie man sich die Leiterin der Abteilung für Menschenaffen eines Naturkundemuseums vorstellte. Haarknoten, Brille aus schwarzem Horn, mindestens einen Meter achtzig groß, und trotzdem war Dr. Buschinski eine Frau, die gefiel, und das wusste sie. Keller kam sich klein vor, regelrecht mickrig, klar, dass diese Frau Whiskey trank, pur, ohne Schnörkel, wie sie dem Barkeeper mitteilte, der ihr das Gewünschte nicht brachte sondern zelebrierte, hier war eine Kennerin, die galt es zu überzeugen, von dem Drink und dem, der ihn ihr brachte. Keine Sekunde zweifelte Keller daran, dass diese Frau, wenn er sie nur ließe, ihn verschlingen würde. Ihn schauderte, und er vermied es peinlich, mit seinen Knien auch nur in die Nähe der ihren zu kommen. Ein anstrengender Abend begann, Keller musste haarklein berichten, wie er das Gehirn gefunden hatte, Annette Buschinski schien sich zu amüsieren, und obwohl ihre Augen grau und kühl hinter der Brille im Raum umherwanderten, hörte sie ihm konzentriert zu. Sprach dann von dem Tumor, es sei selten, dass solche Erkrankungen bei Gorillas vorkamen, und schon damals, als dieser gefunden worden war, hatte es Stimmen gegeben, die behauptet hatten, dass solche Tumore im Hirn der Preis dafür seien, den auch die Menschheit für ihre Fortentwicklung zu zahlen hätte. „Alles Quatsch," war Annettes kurze und bündige Meinung, „denn dieser Tumor war ja nur die Spätfolge der unmenschlichen Experimente, die man mit dem armen Tier angestellt hatte," dann verließ sie die Bar, um eine Zigarette zu rauchen, und Keller hatte Zeit zum Nachdenken. Warum waren im Laufe der Jahre immer wieder Exponate verschwunden, auch Hirne von Kleintieren: Hatte ihn das überhaupt zu interessieren? Soweit er verstanden hatte, waren alle diese Tiere gesund gewesen, und es war lange her, dass sie abhanden gekommen waren. Dieses ganz besonders wertvolle Hirn aber war erst vor vierzehn Tagen aus der Sammlung verschwunden. Er hatte bisher nicht herausbekommen, ob es irgendeinen Verdacht gab, und fragte danach, nachdem sich Annette, ohne sein Knie berührt zu haben, wieder auf ihrem Barhocker niedergelassen hatte. Sie antwortete ihm ausweichend, hatte plötzlich Durst. Auch Keller bestellte noch etwas, die Bar hatte sich gefüllt, doch der Barkeeper war gleich zur Stelle, als Annette die Brauen hob und auf ihr leeres Glas wies, auch das zweite kleine Radler kam, ebenso prompt wie kommentarlos. Nein, es gab keinen Verdacht, oder um ehrlich zu sein, einen sehr vagen, den sie nicht äußern wolle, bevor sie nicht sicher sei. Ein Dutzend Mitarbeiter hatte Zugang zu dem Raum, in dem die Gehirne der Säugetiere aufbewahrt wurden. Es sei unfair, jetzt einen Namen zu nennen, zumal einem Außenstehenden gegenüber. Aber eins sei doch wohl klar, es sei gewiss kein Zufall, dass es das Gehirn eines kranken Gorillas war, das verschwunden und dort oben auf dem Telegrafenberg zwei Wochen später wieder aufgetaucht war. Der Täter hatte eine Botschaft, doch leider hatte bisher niemand begriffen, worin sie bestand. Sie persönlich tippe auf eine Art Mahnung, das darunter gelegene kleine menschliche 3sec-Hirn sollte von dem großen kranken Affenhirn überschattet werden, und die um den Einsteinturm herum arbeitenden Superhirne sollten sich anstrengen. Dann kamen das vierte und das fünfte kleine Radler, Keller trank, leider ohne dadurch neue Gedankenblitze freizusetzen. Doch er erfuhr, dass der Gorilla Hauptdarsteller in einer makabren Vorführung gewesen war, in der ein schottischer Hirnforscher 1881 auf einer internationalen Konferenz bewiesen hatte, dass einzelne Hirnregionen für einzelne Fähigkeiten verantwortlich waren. Er hatte dem Tier unter lokaler Betäubung einen bestimmten Hirnstrang durchschnitten, woraufhin das kaum noch laufen konnte, sonst aber unverändert schien. Gnädigerweise ließ man den Affen leben, und nach einigen Jahren hatte er das Laufen wieder erlernt. Erst bei der Obduktion nach seinem Tod fand man dann die vergrößerte Hirnregion, die die Funktion der beschädigten Region übernommen hatte, und darin den Tumor, den sie im überschwänglichen Wachsen gebildet hatte. Keller vergaß, sich vor Annette zu fürchten, trank sogar einen Whiskey mit ihr, und als sie sich voneinander verabschiedeten, hatte er beschlossen, mit ihr in Kontakt zu bleiben. Feierlich versprach er, das abhanden gekommene Gehirn gleich morgen früh ins Naturkundemuseum zurückzuschicken. Zum Abschied küsste Keller Dr. Annette Buschinski galant die Hand, dabei lächelte er ironisch.

Petershagens Blick fiel wie so oft auf die Baustelle vor dem gut isolierten Fenster seines Büros. Seit er vor fast sechs Monaten aus Helsinki ans PIK geholt worden war, um den neuen Forschungsbereich „Langfristige Koevolution* von Natur und Zivilisation" aufzubauen, waren seine eigenen Arbeiten ebenso langsam vorangekommen, wie die Arbeiten an dem kleeblattförmigen Büroneubau. Der Zustand des Neubaus hatte PIK-Direktor Albert Andersson nicht daran gehindert, Petershagen und seine paar Leute als erste Bewohner im bereits fertiggestellten Erdgeschoss des Kleeblatts unterzubringen, „als Kondensationskern des neuen Bereichs", wie Andersson in Anspielung auf das Thema von Petershagens zwanzig Jahre zurückliegender Doktorarbeit bemerkt hatte.

Das war im letzten Herbst gewesen, noch bevor er bei der Institutsversammlung im Dezember ausgebremst worden war, Petershagen hatte die Raumfrage zunächst mit Humor genommen, aufgrund der allgemeinen Überbevölkerung in den vorhandenen Gebäuden auf dem Telegrafenberg konnte er kaum erwarten, ein Büro im erhabenen PIK-Hauptgebäude zu bekommen. Andersson hatte ihm erst eine Etage des weitab am anderen Ende von Potsdam gelegenen Ausweichgebäudes angeboten, doch das hatte Petershagen mit dem Argument abwenden können, dass dies die Integration seines neuen Forschungsansatzes in die vorhandene Kultur des PIK unnötig erschweren würde. „Da haben Sie natürlich vollkommen Recht, mein lieber Lars, integrieren Sie sich ruhig, aber vom Rande her, genauer gesagt, vom Waldrande" – und dann der Spruch mit dem Kondensationskern.

Nun saß er in seinem Büro im Kleeblatt am Waldrand und dachte wieder einmal, dass dessen drei- und nicht vierblättrige Form ein Omen war, denn er hatte bisher nicht viel Glück damit gehabt, die etablierten Klimafolgenforscher von seinen neuen Ideen zu überzeugen. Petershagen hatte im vergangenen Oktober hoch motiviert auf der Wiese vor dem benachbarten Einsteinturm gesessen, mit Gruppenleitern, Post-Docs und Doktoranden der vier anderen Forschungsbereiche gesprochen. Die meisten waren anfänglich sehr aufgeschlossen gewesen und hatten bereitwillig über ihre Forschung und, was Petershagen ebenso sehr interessierte, das Sozial- und Machtgefüge am PIK geplaudert, doch er selbst hatte lediglich Gemeinplätze darüber abgesondert, wie wichtig es sei, die verschiedenen Aspekte des Klimawandels* und seiner Wechselwirkung mit der menschlichen Entwicklung als ein großes Ganzes zu sehen.

Tatsächlich hatte Petershagen sich bei diesen Gesprächen schnell in die Metapher verliebt, dass die am PIK betriebene Forschung in vielerlei Hinsicht einem fraktalen Objekt wie einem Baum, einer Galaxie oder einem Blumenkohl ähnele. Er war sich sicher gewesen, dass dieses Bild auch Andersson, der wie er Physiker war, gefallen würde. Aus Petershagens Sicht gab es im PIK-Blumenkohl einen mächtigen Strunk, der durch eine Reihe von aufwändigen Klimamodellen gebildet wurde – Computerprogramme zur Simulation der vergangenen und zukünftig möglichen Entwicklung des globalen Klimas*, entwickelt von den „Modellierern" im Forschungsbereich „Erdsystemanalyse*". Die übrigen drei Forschungsbereiche bildeten demnach die Hauptäste des Kohls, die sich immer feiner verzweigten, entsprechend der Unterteilung in immer speziellere Forschungsfragen zu allen naturwissenschaftlichen und gesellschaftlichen Aspekten des Klimawandels. Da waren z.B. die „Anpasser" im zahlenmäßig größten und wohl interdisziplinärsten Bereich „Klimawirkung und Vulnerabilität*", wo sich Natur- und Gesellschaftswissenschaftler aller Richtungen auf Basis von meteorologischen Messdaten und Simulationsergebnissen die Auswirkungen des Klimawandels auf Natur und Gesellschaft in verschiedenen Weltregionen studierten und nach Möglichkeiten suchten, sich an diese anzupassen. Noch interessanter schien Petershagen der Forschungsbereich „Nachhaltige Lösungsstrategien", dessen Internetauftritt ein Schiffssteuerrad zeigte und dessen Mitglieder, hauptsächlich Ökonomen und Physiker, daher nur die „Steuermänner" genannt wurden, obwohl diese Forscher die eigentlichen Steuerleute in der Politik ja bestenfalls beraten und die Gesellschaft über mögliche Maßnahmen und deren Konsequenzen aufklären konnten. Und schließlich war da noch der leicht ominöse Forschungsbereich „Transdisziplinäre Konzepte und Methoden", in welchem sich die „Transis" genannten Forscher in zuweilen sehr hohem Abstraktionsgrad Gedanken darüber machten, wie überhaupt Modelle entwickelt und Daten analysiert werden könnten, und diese neu entwickelten Methoden dann an Praxisbeispielen testeten.

Anders als bei einem Baum sah man diesen logischen inneren Aufbau allerdings nicht leicht, wenn man wie die Öffentlichkeit lediglich von außen auf die blickdichte Oberfläche aus zahllosen großen und kleinen Blütenständen des Blumenkohls schaute, die den wichtigeren und weniger wichtigeren Einzelerkenntnissen der Klimafolgenforschung entsprachen. Obwohl Petershagen nicht so genau wusste, wo er seinen eigenen neuen Bereich einordnen sollte, fand er das Bild vom Blumenkohl so schön, dass er es immer häufiger verwendet hatte, sogar wenn er an seinen Ideen zur grundlegenden Restrukturierung des PIK gearbeitet hatte.

Jetzt, fast ein halbes Jahr später, wurde er immer noch wütend, wenn er daran dachte, wie er nach jenen ersten zwei Monaten im Dezember auf der jährlichen Institutsversammlung vor den rund vierhundert Mitarbeitern gefordert hatte, das PIK müsse vom gewöhnlichen Blumenkohl zum Romanesco-Blumenkohl werden. „Wie soll ich das verstehen," hatte Direktor Andersson in seinen Vortrag hineingefragt. „Nun, zunächst einmal ist der Romanesco gewissermaßen eine Weiterentwicklung des Blumenkohls, er ist auch grüner," – hier gab es ein kurzes Auflachen aus den hinteren Reihen, wo einige Doktoranden saßen – „aber vor Allem hat er trotz seiner fraktalen Verästelung ein viel höheres Maß an Selbstähnlichkeit als der Blumenkohl." Nicht erwähnt hatte er, dass der Romanesco in der Stadt gezüchtet worden war, mit der er sich besonders verbunden fühlte, seit er erstmals von der Geschichte der kapitolinischen Gänse gehört hatte.

„Selbstähnlichkeit ist eine Struktur, die sich vom großen Ganzen bis zum kleinsten Detail immer wiederholt," hatte er unvorsichtigerweise nachgeschoben – doch Andersson hatte nur erwidert: „Wir alle wissen, was Selbstähnlichkeit ist. Ich bin mir selbst ähnlich genug."

Petershagen konnte auch nach vier Monaten immer noch nicht fassen, dass ihm Anderssons Satz nicht Warnung genug gewesen war. Unbeirrt war er nach dessen Einwurf in seinem Vortrag fortgefahren und hatte mit unverhohlenem Stolz das wesentliche Ergebnis seiner kurzen Eingewöhnungszeit präsentiert: die Intranetseite seiner Gruppe, auf deren erster Seite groß Einsteins berühmte Gleichung $E = mc^2$ als Logo des neuen Forschungsbereichs „Erde-Mensch-Coevolution" prangte.

„Sie mögen sich fragen, was Coevolution mit Allgemeiner Relativitätstheorie zu tun hat. So wie Einstein erkannte, dass nicht nur Raum und Zeit die Bewegungsmöglichkeiten physikalischer Massen bestimmt, sondern umgekehrt das Verhalten dieser Massen auch die Entwicklung von Raum und Zeit maßgeblich beeinflusst, so hat in ähnlicher Weise unser geschätzter Direktor beschrieben, dass nicht nur das Erdsystem die Bewegungsmöglichkeiten menschlicher Massen, also Gesellschaften, bestimmt, sondern umgekehrt das menschliche Verhalten auch die Entwicklung des Erdsystems maßgeblich beeinflusst."

In die verwirrte Stille hinein hatte dann irgendeiner gefragt: „Wieso *c* zum *Quadrat,* Coevolution hat doch nur *ein* C," aber bevor Petershagen hatte antworten können, dass Coevolution ja eine Relation zwischen *zwei* Dingen, nämlich Erde und Mensch sei, war erneut Anderssons Stimme erklungen: „Koevolution hat im Deutschen überhaupt kein C, und im Englischen klappt Ihr Kürzel auch nicht, denn da beginnt der Mensch mit H, das passt übrigens viel besser zu seiner Herkunft aus dem Wasser. Sie müssten also $E = mk^2$ oder $E = hc^2$ schreiben, was beides wenig Sinn ergibt …"

„*k* ist doch die Boltzmann-Konstante," war da von hinten gekommen, und eine andere hatte gerufen „Und *h* ist Plancks Konstante," was Andersson jedoch ignoriert hatte: „… wenig Sinn ergibt. Wieso bleiben Sie nicht einfach bei dem Namen, den ich Ihrem Forschungsbereich gegeben habe: *Langfristige Koevolution von Natur und Zivilisation.* Sie wollen mir doch wohl nicht die Langfristigkeit unterschlagen, lieber Lars, oder? Und hochfliegende Pläne zur Neuausrichtung unseres Instituts überlassen Sie im Übrigen besser mir. Die Rolle des Alphatiers ist hier schon doppelt besetzt – beide Male mit mir, *qua nomine.*"

Den Rest der Fragen nach seinem Vortrag hatte Petershagen dann nur noch auf Autopilot beantwortet. Die mögliche Replik auf Doppel-Alpha, wie er den Direktor fortan nannte, – dass *langfristig* Natur und Zivilisation nur den Roten Riesen* Helios treffen und damit nicht nur auf H beginnen sondern auch auf H enden würden – diese Antwort hatte er heruntergeschluckt. Er hatte sich sogar überwinden können, bei der nächsten Sitzung der Forschungsbereichsleiter den bescheidenen Teamplayer zu geben.

Teamplayer war das Stichwort, Petershagen erinnerte sich daran, dass er in einer halben Stunde mit seiner französischen Doktorandin in der Kantine verabredet war, in dieser Konstellation war es einfacher, ein gutes Spiel zu machen. Sein Blick löste sich vom Fenster und fiel auf den Schreibtisch, auf dem sich außer seinem Laptop und dem Telefon nur der Füllfederhalter befand, den hatte Littlewood ihm anlässlich seiner Promotion über Kondensationskerne geschenkt. Zwanzig Jahre war es her, der ehemalige Doktorand war nun in dem Alter, in dem Littlewood damals gewesen war. Petershagen schreckte aus seinen Gedanken hoch, als Manon Duval lachend den Raum betrat und ihn an ihre Verabredung erinnerte.

3 Postkarten, Sütterlin und Blumenkohl

Die Zunge ist kein Pelztier, blöde Erkenntnis und momentan nicht beweisbar, ich hasse Alkohol, warum habe ich diese Unmengen Radler in mich reingegossen? Das will keiner wissen. Am Nebentisch wird lauthals referiert; über den Baubeginn des Wissenschaftsparks 1874, bla, bla, bla Sonnenobservatorium Einsteinturm, Betonbauweise nicht ausgereift, Mischbauweise, Schäden ... mir dröhnt der Schädel, der Mann ist eindeutig nicht auf Zimmerlautstärke programmiert, ich will an diesem Morgen in meiner Kantine sitzen und in Ruhe Kaffee trinken! Wer schleppt denn so früh schon Touristen aufs Gelände.

Besonders mitteilsam war diese Annette nicht gewesen. Hat zwar viel erzählt, aber als es um den möglichen Täter ging, war sie plötzlich ganz schön zugeknöpft, vielleicht sollte ich ihr das Hirn doch noch nicht schicken, Ware gegen Infos, so läuft das. Petershagen ist ja auch hier, hat sich wieder hinter Papier verschanzt, den sieht man nie nur Sitzen, ich wage nicht, mich bei ihm zu bedanken. Hätte nicht gedacht, dass der sich für mich einsetzen würde, hat den Chef gerade noch gestoppt, sonst wäre ich in der Luft zerrissen worden. Zu Recht, ja sicher! Obwohl, nicht so hastig, nicht zu Recht. Nicht ganz, ich hätte ihn anrufen können, vorher fragen OK, OK, OK, aber was, wenn es wirklich das Hirn eines Menschen gewesen wäre? Was, wenn das Opfer frisch hirnamputiert und folglich tot bei uns im Gebüsch gelegen hätte? Dann wären alle über den armen Keller hergefallen, dann hätte es geheißen, der Luzian ist noch nicht einmal in der Lage, eine Entscheidung zu treffen, wenn er über blutige Hirne stolpert. Ich brauch mehr Kaffee, um aus dieser Konjunktivfalle rauszukommen. Immerhin, das Hirn ist mein, ich habe den Fund gesichert, seltsam genug, dass die Polizei das nicht gemacht hat. Manchmal ist es von Vorteil, dass wir als spleenige Wissenschaftler gelten, hier oben auf unsrem 96-Meter-Berg, da wird die Luft manchmal dünn für Normalsterbliche. Endlich, die Trampeltiere verlassen samt ihrem Leithammel unsere Kantine. Zeit, sich meinem zweiten Fund zu widmen, siebenundzwanzig bunte Postkarten, nach Poststempel sortiert, das habe ich gestern Nacht gerade noch hinbekommen. Trotz der Orgie in der Rivabar, alle in der Zeit zwischen neunzehnhunderteinundsechzig und neunzehnhundertachtundsechzig geschrieben, alle mit „G" unterschrieben, Sütterlin, ich kann kaum was entziffern, es sind viele Karten aus Italien dabei, besonders aus Rom, der Mann mochte Latein, da hat er sogar deutlich mit Druckbuchstaben geschrieben, aber ich weiß nicht, was die Sprüche bedeuten sollen.

Berlin, 14.8.1961, umseitig ein Bild der chinesischen Mauer: „Liebes M, ... [Sütterlin] ... Nullus contra fortunam inexpugnabilis murus est! Dein G"

Rom, 18.10.1963, mit Delaunays Gemälde „die Pest in Rom": „Liebes M, ... Exitus acta non approbat. Quia pestem seminabunt, turbinem metent. Mox fuge, longe recede, tarde redi. Dein G"

Boston, 25.4.1965, umseitig Porträtphoto Einsteins: „Liebes M, ... Deus alea non ludit! ... Dein G"

New York, 1.1.1967, mit Freiheitsstatue: „Liebes M, ... Si disseminas, cautus sis. Non obliterabant petri castrum sanctum. Dein G"

Rom, 7.4.1968, mit Reiterstandbild Marc Aurels: *„Liebes M,*
... Ut non custodes solum fallerent, sed ne canes quidem
excitarent. Anseres non fefellerunt ... Dein G"

Rom, 9.4.1968, mit Constantinsbogen: *„Liebes M, alea iacta*
est ... Dein G"

Kann ich nur raten, mein Lateinisch ist lausig und Sütterlin hab ich
nie gelernt, so komme ich zu keinem Ergebnis, soweit ich es beurteilen
kann, alles lakonisch, deshalb denke ich, dass es ein Mann geschrieben
hat, aber das ist nur eine Vermutung, „G" muss nicht Günther oder Gabri-
el heißen, kann auch Gisela oder Greta sein. Ich werde mal rumhorchen,
wer sich hier mit Graphologie auskennt. Hier findet man immer jeman-
den, der einem weiterhilft. Und Wolke? Wie kam der Hausmeister zu die-
sen Karten? Und warum entsorgt er die Dinger ausgerechnet gestern
Abend? Wenn man vom Teufel spricht, ist der Graukittel schon zur Stelle,
diesmal bewaffnet mit Bohrmaschine und Werkzeugkasten. Nichts wie
weg hier. Immerhin gibt es ja auch noch eine Frau in meinem Leben,
Emma Lindauer, diese gelehrte Dame heischt meine Aufmerksamkeit.

Erst kurz vor der Mittagspause kam Keller dazu, sich um die Nobel-
preisträgerin Emma Lindauer und ihre umfangreichen Publikationen
zur Evolution durch Symbiose zu kümmern, in der sie nachwies, dass
unsere Zellen sich ursprünglich aus dem Zusammenschluss von Bakteri-
en bildeten, unbeeindruckt von dem damaligen Paradigma, dass Bakterien „Bäh" seien. Sie nannte das die serielle Endosymbionten-Theorie.

Am Ausgang der Kantine holte ihn Petershagen ein und fragte nach
dem Verbleib des Gehirns. Von Kellers Antwort sichtlich erfreut, fasste
er ihn am Arm, „Sie gestatten, dass ich einen Blick darauf werfe, bevor
es zurückgeht? Es lässt mich einfach nicht los, seit gestern grüble ich
darüber nach, was das Ganze soll." Keller wusste nicht, ob er sich darüber freuen sollte, er wollte Petershagen vertrösten, hatte nicht mit
dessen Hartnäckigkeit gerechnet, spürte nur die Hand auf seinem Arm.

„Kommen sie schon, ich möchte einen kurzen Blick darauf werfen,
es dauert nicht lange, bis sie ihr Separee wieder für sich haben."

„Nur keinen Neid, ich arbeite viel beengter als sie in ihrem Neubau.
Sie haben das bessere Los gezogen, ich würde liebend gern mit ihnen
tauschen." Keller hatte geschmeidig gelogen, doch Petershagen hatte

offensichtlich wenig Lust, das ewige Thema Platzmangel auf dem Telegrafenberg mit ihm zu erörtern. Keller merkte, dass sie sich auf Umwegen von seinem Arbeitsplatz im benachbarten Süringhaus entfernten und sich stattdessen nach Süden in Richtung Einsteinturm bewegten.

„Die kürzeste Verbindung zwischen zwei Punkten ist die Schleife," setzte Petershagen die Unterhaltung fort.

„Ist einen Gedanken wert, sollte überprüft werden."

„Hat ein Freund von mir entwickelt, der hat sich immer verfahren, weil er so viel gekifft hat. Ich habe festgestellt, dass an dieser absurden Behauptung was Wahres dran ist."

Keller hielt kaum Schritt, Petershagen hatte einen energischen Gang, er war etwas größer als Keller, und man sah ihm die Mitte Fünfzig nicht an, obwohl in seinem dunklen Haar schon viele weiße Fäden waren.

„Sie haben mich gestern elegant aus der Schusslinie genommen. Danke." Keller ärgerte sich über die Militärfloskel und bückte sich erneut zu dem Hirn aus Messing hinunter.

„Nichts zu danken. Ich habe lediglich meine Meinung geäußert." Auch Petershagen hatte sich hingehockt, die beiden Männer stießen fast mit den Köpfen zusammen, als sie sich über das blankgeputzte Hirn beugten.

„Da hat Wolke sich aber ins Zeug gelegt, ich rieche Silberputzmittel." Keller kräuselte die Nase.

„Erstaunlich, solche hausfraulichen Kenntnisse besitze ich gar nicht, hat das denn einen besonderen Geruch?"

„Es riecht jedenfalls anders als Blut, und davon gab es hier gestern reichlich. Hat sich eigentlich jemand die Mühe gemacht, zu analysieren, von wem das Blut stammte?" hakte Keller nach.

„Meines Wissens nach nicht, aber das können wir ja nachholen, meine Doktorandin Manon Duval studiert im Nebenfach Biologie, die wird sich gern darum kümmern."

„Das wäre gut! Ist praktisch, eine kleine Horde Doktoranden um sich zu haben, oder nicht?" Keller wusste, dass der Neid ihn bewogen hatte, so zu fragen.

„Eher selten, ich bin als Doktorvater nur bedingt geeignet, komme mir dabei immer irgendwie zwittrig vor." Petershagen zuckte mit den Schultern.

Keller wechselte das Thema. Er schlug vor, noch einmal das Gebüsch abzusuchen, vielleicht hatte die Polizei ja etwas übersehen, sie hatte schließlich nach einer Leiche gesucht. Aber ihre Suche verlief ergebnislos, und die beiden Wissenschaftler begaben sich schließlich über den Waldweg am meteorologischen Messfeld vorbei zu Kellers Büro im Süringhaus, dort beugten sie sich wieder gemeinsam über ein Hirn, diesmal hielt Keller Abstand. Er war verstimmt und wusste nicht weshalb, fand dann kein passendes Behältnis für eine Probe, und ärgerte sich über den Zeitverlust.

„So wird das nichts, ich bring ihnen die Blutprobe später vorbei. Es eilt ja nicht."

„Dann will ich sie nicht länger aufhalten, sie wissen ja, wo sie mich finden. Wir hatten übrigens noch mehr hohen Besuch erwartet, Julian Littlewood, leider hat er abgesagt."

„Der Julian Littlewood, der vor ein paar Jahren den großen Vulkanausbruch auf Island als Resultat von Geo-Engineering* bezeichnete? Das hat die Fachwelt ja sehr geteilt aufgenommen, bin da auch skeptisch."

„Littlewoods Ansätze sind nicht Jedermanns Sache, oft provokant, aber unbestritten ist er einer der konsequentesten Denker auf seinem Gebiet. Er war mein Doktorvater, hat mir viel beigebracht."

„Ich kenne ihn und seine Arbeit kaum, fällt nicht in mein Fachgebiet, ich maße mir da keine Meinung an." Keller sah, dass sein Einlenken zur Kenntnis genommen wurde, er hatte Petershagen verstimmt und war nicht sicher, ob gewollt oder ungewollt.

Als Petershagen weg war, widmete sich Keller wieder Emma Lindauer, aber ihre Serielle Endosymbionten-Theorie vermochte es nicht, ihn zu fesseln. Immer wieder schob sich das Gehirn vor sein inneres Auge, und er sah deutlich, dass da etwas fehlte. Schon lange, oder erst seit Kurzem, um das herauszubekommen, musste er mit Annette Buschinski telefonieren, das wollte er nicht. Der Bereich vor der linken Zentralfurche war beschädigt, es fehlte ein Stück, ungefähr daumengroß, wie er beim Vergleich mit der rechten festgestellt hatte. War dort nicht das motorische Zentrum, das man angeblich durchschnitten hatte? Aber für ein bloßes „Durchschneiden" war das fehlende Stück zu groß, vielleicht war dort noch etwas anderes gewesen, außerdem sahen die Ränder der Lücke gar nicht nach Skalpell aus, eher nach Schnabel… Das Klingeln des Telefons riss ihn aus seinen Gedanken, er erkannte ihre Stimme sofort, der Gedanke an Telepathie hastete durch sein Hirn, er hasste sich dafür, so stotternd durch die Sprache zu stolpern. Annette Buschinski kündigte ihren Besuch an, sie würde in der nächsten Woche nach Potsdam kommen, hielt einen Vortrag im Einsteinforum am Alten Markt. Bei der Gelegenheit würde sie dann auch das Gehirn abholen, es eile nicht. Keller atmete auf, das gab ihm Zeit, er konnte jetzt gefahrlos seine Frage stellen. Ja, das Experiment sei vor der linken Zentralfurche ausgeführt worden, ein sauberer kleiner Schnitt, aber ein regelrechtes Loch? Nein, lautete die Antwort, ein Loch sei nicht drin gewesen, als sie sich das Hirn das letzte Mal angesehen hatte, aber, so ihr Einwand, es könnten Ratten daran genagt haben, dass die nicht ganze Arbeit geleistet hatten, wundere sie sowieso, ein Glück, dass die Viecher Spiritus offensichtlich nicht lecker fänden. Keller blieb skeptisch, Spuren von Rattenzähnen stellte er sich anders vor, er glaubte weiter an seine Idee von dem fehlenden Teil in dieser Inszenierung, das vieles, wenn nicht alles erklären würde. Er nahm Annette Buschinskis Einladung, zu ihrem Vortrag zu kommen, an und ärgerte sich darüber. Er hatte wirklich keine Zeit für so etwas, ließ sogar seine Mittagspause ausfallen, um sich ganz seiner Emma widmen zu können. Die spät berühmt gewordene Mikrobiologin war am 3.8.1935 in Königsberg geboren, hatte ihr Studium an der Humboldt-Uni absolviert, aber schon bald in Potsdam geforscht. Ihren ganzheitlichen Blick vom Kleinsten, ihren geliebten Mikroorganismen, bis hin zum Größten in Gestalt ganzer Himmelskörper hatte sie vermutlich während ihrer kurzen Ehe mit dem Astrophysiker Geza Casimir von 1957 bis 1963 entwickelt. War sie deshalb ab Mitte der 1960er-Jahre zur Unterstützerin der aufkommenden Gaia-Theorie geworden, die ihre amerikanische Kollegin Lynn Margulis und der Chemiker James Lovelock damals gerade entwickelten? Wie klein die Daisyworld doch ist, dachte Keller, denn dieser Lovelock war es auch gewesen, der sein geliebtes Daisyworldmodell veröffentlicht hatte, und zwar zur Illustration eben jener Gaia-Hypothese*, die ja besagte, dass das Gesamtsystem Erde seinen Stoffwechsel wie ein einziger großer Superorganismus selbst reguliert. Keller würde Lindauer unbedingt darauf ansprechen. 1968 war ihr eine Konferenzreise in die USA erlaubt worden, also musste sie wohl als linientreu gegolten haben, aber, einmal dort, setzte sie sich doch bald ab und blieb in Amerika, statt in die DDR zurückzukehren. Waren die Karriereoptionen für Wissenschaftlerinnen damals so viel besser in den USA als in der DDR, die ja als besonders frauenfreundlich galt? Oder wollte sie Geza wiedersehen, der schon beim Mauerbau bei einem Seminar in Westberlin auf der anderen Seite des eisernen Vorhangs geblieben war? Wenn ja, war das wiedergefundene Glück von kurzer Dauer, erneut geheiratet hatten sie nicht. Vielleicht blieb Emma keine Zeit für ein Eheleben, denn sie forschte so eifrig weiter, dass sie bereits mit 35 Jahren eine Professur für Mikrobiologie bekam, die sie für Forschung im Zusammenhang mit der Gaia-Theorie verwendete, genauer gesagt, um den beträchtlichen Einfluss von Mikroorganismen auf das Erdsystem nachzuweisen. 1999 bekam sie dann ihren Nobelpreis, für Chemie, für Biologie hatte der Dynamitbaron keinen gestiftet, aber sie bekam ihn nicht für die Gaia-Sachen sondern für die frühere Arbeit als Doktorandin in Potsdam. Da hatte sie die Evolution von Plastiden erforscht, Zellorganellen, die für die Photosynthese benötigt werden.

Keller brauchte eine Rauchpause, entdeckte dabei den Stapel Postkarten, den er unter seinen Tabak in die Schreibtischschublade gelegt hatte. Er ignorierte ihn und beschloss, sein Pfeifchen unten zu rauchen. Dass sich zufällig eine der Karten an den Tabaksbeutel geschmiegt hatte und er sie mit ihm aus dem Sakko zog, dafür konnte er wirklich nichts. Er las: „Liebes M, Rom ist so schön wie eh und je, aber diesmal macht mich der Anblick der Ruinen nicht froh, die Gründung des Club of Rome sollte mich freuen, doch mir erscheint es, als sei alles schon zu spät. Nichts wünsche ich mehr, als mich hierin zu täuschen. Es grüßt dich G." Wieso schrieb der geheimnisvolle G diesmal in Druckbuchstaben? Wieso hatte sich ausgerechnet diese Postkarte an seinen Tabaksbeutel geklebt? War G durch den Umstand, das sich der Club of Rome gegründet hatte, so aus der Bahn geworfen worden, dass er in der altmodische Sütterlinschrift nicht mehr schreiben wollte, oder sollte das hier im Unterschied zu den anderen Karten auch von Dritten ohne Weiteres gelesen werden können, war diese altertümliche Schrift weniger Ausdruck einer konservativen Geisteshaltung als vielmehr eine Vorsichtsmaßnahme?

Der Poststempel war verwischt, auch so wusste Keller, dass diese Karte 1968 geschrieben worden war und G ein Pessimist, wie er selbst. Wieder hatten ihn seine Schritte zum Einsteinturm gelenkt, er schlug sich ins Gebüsch und suchte überall dort, wo er am Vormittag mit Petershagen nicht gesucht hatte, den Boden ab. Und diesmal wurde er fündig, unter Brennnesseln verborgen lag eine gelbe Tüte mit der Aufschrift: Huotang Asia to go, Potsdam, darin ein paar Latexhandschuhe, zwei zerrissene Chopstickhüllen und drei „kleine Feiglinge", leer. Hatte der Täter solchen Fusel getrunken? War das ein Fund? Oder alles Zufall? Wo war dieser Imbiss, er musste das herausfinden. Sollte er das mit Petershagen besprechen, oder nicht? Keller hatte seinen Fund vorsichtig mit einem Stöckchen inspiziert und trug ihn jetzt wie an einer Angel vor sich her, sehr froh, dass ihm keiner entgegenkam, als er am Hauptgebäude vorbei zurück zum Süringhaus ging. Unbeobachtet war er nicht, aus seinem Kellerkabuff neben dem historischen Michelson-Schauexperiment, das dem Haus seinen jetzigen Namen „Michelsonhaus" gab, hatte Wolke ihn im Visier gehabt, kam heraus und stellt sich ihm in den Weg. „Was soll das denn werden? Sind sie unter die Messis gegangen? Wir haben Müll genug hier…"

„Kümmern Sie sich um Ihren eigenen Dreck, ich möchte hier durch, und meine kleine gelbe Tüte will das auch. Also bitte…"

„Ich fass es nicht," Wolke machte den Weg frei und tippte dabei mit dem Finger gegen seine Stirn, er hatte es immer gewusst, der Typ tickte nicht ganz richtig.

„Genau, Herr Wolke, Genie und Wahnsinn liegen oft eng zusammen." Er winkte lachend mit der gelben Plastiktüte.

Oben in seinem Büro breitete Keller seine Schätze aus, er hatte sich vorsichtshalber Gummihandschuhe übergezogen und fühlte sich wie im „Tatort", ein Glück, dass er solche Utensilien hatte. Er putzte sein Büro selbst und er putzte stets mit Gummihandschuhen. Dumm, dass er die Postkarten mit bloßen Händen angefasst hatte, dumm, dass das Gehirn morgen auf Nimmerwiedersehen verschwinden würde, dumm, dumm, dumm, Keller summte leise vor sich hin. Hatte das Klopfen überhört und erschrak, als sich Petershagen hinter ihm über den Schreibtisch beugte und ihm damit deutlich zu nahe kam.

„Was wollen sie denn schon wieder?" Keller fuhr herum. „Wieso? Ich habe geklopft, die Tür war nicht abgeschlossen, da habe ich…"

„Da haben sie gedacht, ich schnüffle mal kurz rein," ätzte Keller und baute sich schützend vor seinen Schätzen auf.

„Kommen sie, ich dachte, sie hören mein Klopfen nicht, dann sah ich sie so interessiert über den Schreibtisch gebeugt, ich bin neugierig, wie alle Wissenschaftler."

„Bisschen ausgeprägt diese Eigenschaft…"

„'Tschuldigung, dumm gelaufen, dabei wollte ich sie um einen Gefallen bitten."

„Der da wäre?"

„Littlewood hat sich überraschend angekündigt, will morgen ganz spontan den Vortrag halten, den er letzte Woche aus gesundheitlichen

Gründen abgesagt hatte, scheint wieder fit zu sein. Leider bin ich ab morgen in Bonn, um Gelder einzuwerben, bei der Deutschen Forschungsgemeinschaft. Da wollte ich sie fragen, ob sie vielleicht so freundlich…"

„Ausgerechnet ich? Ich habe ihnen doch schon gesagt, dass der Ansatz, den er verfolgt, mich nicht überzeugt, außerdem steht er in dem Ruf, exzentrisch und mehr als trinkfest zu sein…"

„Dr. Keller, ich dachte, ich hätte etwas gut bei ihnen, ich weiß nicht, wen ich sonst fragen soll, er war mein Doktorvater."

„Ich heiße Luzian, egal ob ich ihnen den Gefallen nun tue oder nicht."

„Und, tun sie es? Ich heiße Lars und bin nicht beleidigt, wenn Sie mich jetzt rauswerfen, weil ich Sie bei der Arbeit gestört habe."

„Sie haben doch genau gesehen, dass ich nicht arbeite, sondern…"

„…Stillleben basteln?"

„Quatsch, das hier ist die spärliche Ausbeute meiner Suche in Müllcontainern und im Gebüsch, aber ob das Zeug mit dem Affenhirn zusammenhängt, ist alles andere als sicher."

„Diese Tüte von dem Asia to go, wo haben sie die denn gefunden?"

„Da, wo wir noch nicht gesucht hatten in den Brennnesseln, und da es drei leere Chopstickhüllen sind und zwei benutzte Latexhandschuhe, bin ich fast sicher, dass der Täter sie dort im Gebüsch entsorgt hat. Weiß der Teufel, warum er sie nicht mitgenommen hat."

„War nervös, hat sie vergessen…"

„Schon möglich, viel weiter hilft das auch nicht, werde mal im Imbiss fragen, ob irgendjemandem etwas komisch vorgekommen ist an dem Tag, als es passiert ist."

„Das kann ich doch für sie übernehmen, und sie kümmern sich…"

„OK, OK, ich übernehme ihren Littlewood, auch wenn ich nicht die geringste Lust dazu verspüre… als Dankeschön für ihre guten Worte, übernehmen müssen sie dafür nichts."

„Dann ist ja alles gut, und wir lassen das alberne Gesieze, ich bin ein alter Hippie und dir unglaublich dankbar für diesen Liebesdienst."

„Liebesdienst? Quatsch, davon verstehe ich nichts, ich erkaufe mir damit lediglich dein Schweigen, Lars. Und eins muss klar sein, in unserem Team bist du Watson."

4 Ein gelungener Vortrag und seine Folgen

Später wusste Keller nicht, warum er sich darauf eingelassen hatte, auch nicht, weshalb er sogar die Postkartensammlung Stück für Stück von Petershagen durchsehen und auch noch von ihm forttragen ließ, er war froh, wenigstens Wolke nicht erwähnt zu haben, trotz aller Antipathie, Keller war kein Denunziant. Er machte sich daran, sein Vorurteil gegen Littlewood zu verkleinern, indem er sich in die älteren Arbeiten einlas, die hatte Littlewood geschrieben, bevor er sich gegen jede Form von Geo-Engineering gewandt hatte, und dann auch vor Behauptungen nicht halt machte, die Keller schlicht für Verschwörungstheorien hielt. Es war ein fruchtloses Unterfangen, er hielt auch die frühen Arbeiten für methodisch fragwürdig und dachte dabei mit Bedauern an die Artikel der Dame Emma, die er mit Empathie und Interesse gelesen hatte. Emma Lindauer hatte Forschergeist nach seinem Geschmack, Julian Littlewood nicht.

Ein mageres Ergebnis, dachte Keller, fünfzig Mails hatte er als Einladung verschickt, fünfzehn auf dem Telegrafenberg arbeitende Wissenschaftler hatten zugesagt, sich den Vortrag von Professor Littlewood anzuhören, die meisten von ihnen Doktoranden, und deren Anwesenheit hatte er mit der stillschweigenden Übereinkunft, in Zukunft Erhellendes zu ihrer Arbeit beizutragen, erkauft. Littlewoods Vortrag sollte um elf Uhr im prächtigen runden Kuppelsaal im Hauptgebäude stattfinden. Keller war erleichtert, dass alle pünktlich zur Stelle waren, insgesamt zweiundzwanzig Zuhörer hatten sich versammelt, nur einer fehlte: Littlewood. Keller überbrückte die Zeit mit einer kurzen Einführung in dessen Arbeit, konnte dabei nicht verhindern, dass seine persönliche Wertung deutlicher wurde als beabsichtigt.

Nur widerwillig folgte er dem Doktoranden, der ihn, ganz außer Atem, bat, schnell zum Eingangstor zu kommen.

Dort stand ein alter Mann, gestikulierte und winkte ihn ungeduldig heran, der Taxifahrer wartete genervt. Keller war nicht klar, was das Problem war, er wusste nur eins, der Kerl ging ihm auf die Nerven, noch bevor sie ein einziges Wort gewechselt hatten. Der Taxifahrer bekam sechzehn Euro achtzig, dieser Littlewood machte ein zerknirschtes Gesicht, er hatte seine Brieftasche im Hotel vergessen, so sorry. Keller zuckte mit den Schultern, tippte auf seine Armbanduhr, yes I am late, … so sorry, … so sorry, ein Dutzend Mal, bevor sie endlich oben angekommen waren und der Gast mit dreißig Minuten Verspätung seinen Vortrag begann. Er sprach ohne Laptop und Folien, Keller bemerkte, wie zerknittert Littlewoods Anzug war, obwohl er seinen Mantel anbehielt, auch, dass ihm ein Schneidezahn fehlte, entging ihm nicht, er sah die Lücke deutlich, als der alte Professor das erste Mal lächelnd seinen Vortrag unterbrach und von einer Kette von Missgeschicken erzählte, die ihm allesamt passiert waren, seit er gestern in Berlin Tegel gelandet war. Sämtliche Unterlagen, sein Laptop, wirklich alles war ihm im TXL-Bus abhanden gekommen. Er war überzeugt, bestohlen worden zu sein, aber wer glaubte einem alten, zerstreuten Professor? Die Berliner Polizei nicht, die hatte seine Anzeige zwar aufgenommen, ihm aber wenig Hoffnung gemacht, und geraten, er solle doch am Besten beim Fundbüro der BVG in der Potsdamer Straße nachfragen, die Berliner seien besser als ihr Ruf, es gebe viele ehrliche Finder. Er war diesem Rat gleich am selben Abend gefolgt, hatte das Fundbüro leider verschlossen gefunden, dafür war eine nette kleine Bar geöffnet gewesen, gleich nebenan, da habe er ein paar Gläser getrunken und sich heute morgen mit einem schrecklichen Kater und ohne Stiftzahn in seinem Hotelbett wiedergefunden.

Treuloser Stift, witzelte er, schon waren die Zuhörer seinem Charme erlegen, nur Keller nicht.

Danach die üblichen Dankesworte, er, Littlewood freue sich, die Gelegenheit, am PIK zu sprechen, erhalten zu haben, und mit einem ironischen Blick auf seine Hörer auch darüber, dass so viele gekommen seien. Dann legte er, plötzlich kein alter Mann mehr, los:

„Anfang 2010 war ich auf einer Vortragsreise durch Südeuropa, als am 14. April der Vulkan Eyjafjallajökull auf Island ausbrach. Nach mehreren kleineren Ausbrüchen umliegender Vulkane im März und einem Erdbeben der Stärke 2,5. In der darauffolgenden Woche kam der europäische Flugverkehr aufgrund der riesigen Aschewolke, die sich bald über weite Teile Europas verteilt hatte, fast vollständig zum Erliegen. Glücklicherweise war ich per Zug unterwegs. Als ich Anfang Mai zur einwöchigen Konferenz der European Geosciences Union nach Wien fuhr, wo sich – wie Sie alle wissen – jährlich tausende internationale Experten der verschiedenen Disziplinen der Geo-Wissenschaften treffen, war ich gespannt, wie diese bisher beispiellosen Auswirkungen eines Naturereignisses auf einen als wesentlich empfundenen Teil der Infrastruktur eines ganzen Kontinents von den Experten der Vulkanologie, die natürlich auch in Wien mit eigenen Vortrags-Sessions zugegen waren, aufgenommen und kommentiert werden würden. Als ich am Montag früh zur ersten Session im Konferenzzentrum in der wienerischen UNO-City eintraf, musste ich feststellen, dass viele Vorträge ausfielen, weil die Vortragenden aufgrund erneuter Behinderungen des Flugverkehrs durch die immer noch über Europa wabernde Aschewolke nicht anreisen konnten. Ich nutzte die Chance und hielt in einem der dadurch freiwerdenden Zeitfenster einen improvisierten Vortrag über die weiterreichenden Auswirkungen von Naturereignissen auf die menschliche Gesellschaft, in welchem ich den Bogen vom Untergang der minoischen Kultur durch den Ausbruch auf Santorin bis hin zu den noch offenen Auswirkungen von Hurrikane Katrina auf die internationale Klimapolitik spannte, aber der Vortrag wurde nicht besonders gut aufgenommen, die meisten Geowissenschaftler sind wesentlich weniger an solch interdisziplinären Fragen interessiert als Sie hier am PIK…"

„Da haben Sie den Bogen wohl etwas überspannt," warf Keller ein.

„Vielleicht dachten die ja auch nur, sie wollten sich über die quasi am Boden gefesselten fehlenden Kollegen lustig machen," meinte einer der Doktoranden.

Littlewood fuhr schulterzuckend fort: „Hier will ich nun einen bestimmten Aspekt dieses Themas beleuchten, nämlich den oft vergessenen Einfluss von Vulkanausbrüchen nicht nur auf das lokale sondern auch auf das Weltklima. Vor ca. vier Milliarden Jahren, bevor die Ozeane sich bildeten, war die Erde übersät von Vulkanen, die Wasserdampf und Gase spien und so erst die Ozeane und die heutige Zusammensetzung der Atmosphäre und damit natürlich das Klimasystem wesentlich prägten. Obwohl heute weltweit „nur" noch fast 2000 Vulkane aktiv sind, haben größere Ausbrüche immer noch einen merkbaren Einfluss auf das Weltklima der darauf folgenden Jahre, im Wesentlichen wegen folgender zwei Effekte: Das ausgespiene CO_2* führt wie jede CO_2-Emission über den Treibhauseffekt zu einer Erwärmung. Gleichzeitig werden die ausgespienen Schwefelgase zu Schwefelsäuretröpfchen, so genannten Aerosolen, die das einfallende Sonnenlicht zurück in den Weltraum reflektieren, bevor es die Erde erwärmt, was zu einer Abkühlung führt. Dieser Abkühlungseffekt durch die Schwefelemissionen überwiegt in den meisten Fällen den Erwärmungseffekt durch das zusätzliche CO_2. Besonders wenn die Gaswolke bis in die Stratosphäre über ca. 10 km Höhe reicht, verteilen sich sowohl CO_2 als auch Schwefelsäuretröpfchen durch die Winde in dieser Atmosphärenschicht innerhalb weniger Monate weltweit und verbleiben dort einige Jahre, wodurch es zu einer globalen Nettoabkühlung durch große Vulkanausbrüche kommt. Z.B. spie der isländische Laki 1783 mehr Schwefelgas in die Atmosphäre als heutzutage die gesamte Weltindustrie und führte – wie bereits Benjamin Franklin erkannte! – zu einer zweijährigen Klimaänderung in Europa, Ernteausfällen und Hungersnöten, die dann vermutlich die französische Revolution 1787 begünstigt haben! Und den Untergang der Minoer kurz nach dem Ausbruch auf Santorin 1620 vor unserer Zeit habe ich ja oben bereits erwähnt."

„Ja, ja, wie in Welzers *Klimakriege*. Aber das wird man wohl kaum quantitativ nachweisen können!" – „Na, dann lies mal diese Studie zu Klimaveränderungen und Gewaltkonflikten in der letzten Ausgabe von *Nature!*" – „Die ist aber noch sehr umstritten!" – „Das ist halt so bei interdisziplinärer Forschung!" – „Jedenfalls haben die USA offenbar aus Franklins Erkenntnis nicht viel gelernt!"

Littlewood ging auf die Zwischenrufe kurz ein: „Nun ja, der Zusammenhang zwischen Vulkanausbrüchen und Weltklima ist jedenfalls unzweifelhaft, man schaue sich nur den Verlauf der globalen Mitteltemperatur nach dem Ausbruch des philippinischen Pinatubo 1991 an, da war's zwei Jahre mal fast ein halbes Grad kälter, weil fast zehn Prozent weniger Sonnenlicht die Erdoberfläche erreicht hat, was man den Albedoeffekt* nennt. Und ähnliches bewirkte zuvor 1982 der El Chichon in Mexiko."

Bis auf Keller, dem allein schon die schlampige Garderobe ein Gräuel gewesen war und der Menschen, die schon am Morgen eine Fahne hatten, zutiefst verabscheute, brachten alle ihre Zustimmung durch heftiges Beifallklopfen zum Ausdruck. Nachdem Littlewood seine Thesen noch mit allerlei ausgetüftelten Argumenten untermauert hatte, beendete er seinen Vortrag, Keller ging nach vorne und bedankte sich im Namen aller, Littlewoods Freude war offensichtlich, doch er wirkte nun sehr erschöpft, Keller fühlte sich verpflichtet, ihn zum Essen einzuladen. Auch die Zuhörer waren hungrig und schlossen sich den beiden an, die kleine Gruppe schlenderte in lebhaftem Gespräch, an der ehemaligen Villa des Telegrafenbergdirektors, die nun den Kindergarten des Wissenschaftsparks beherbergte, vorbei zur Kantine.

„Schön, mal wieder hier zu sein!" Vertrauensvoll hatte sich Littlewood bei Keller eingehängt, der wunderte sich gleich zweimal, hatte weder gewusst, dass Littlewood schon einmal hier gewesen war, noch dass er Deutsch sprach.

„Einer der wenigen Vorteile des Altseins, man war schon fast überall und hatte Gelegenheit, die ein und andere Sprache zu lernen."

„Und Gedanken zu lesen," erwiderte Keller, der langsam anfing, sein Urteil über den Gast zu revidieren. „Was sie heute vorgetragen haben, hat mich sehr viel mehr überzeugt, als ihre Hypothesen, dass umkehrt menschliche Handlungen Einfluss auf Naturereignisse haben, insbesondere auch auf diesen Vulkanausbruch."

„Aber man hat doch auch schon Erdbeben durch Bohrungen ausgelöst, gerade neulich erst in Süddeutschland, als die diese Geothermie* ausprobieren wollten!" sprang unerwartet Manon Duval dem Gast beiseite.

„Man könnte glatt auf die Idee kommen, mal zu probieren, ob man auf diese Weise auch gezielt Vulkanausbrüche provozieren kann, natürlich ganz kontrolliert, damit könnte man doch dem Klimawandel ein wenig entgegenwirken," bemerkte ein anderer Doktorand.

„Ja, klar, das kontrollieren Sie mal eben so? Glauben Sie mir, Geo-Engineering jeder Art ist ein größenwahnsinniger Irrweg!" erregte sich Littlewood, und Keller erinnerte sich sofort an dessen Verschwörungstheorien.

„Na ja, vielleicht haben Sie recht, man würde ja durch solches Sonneneinstrahlungsmanagement ohnehin nur die globale Erwärmung* verlangsamen, aber die Ozeane würden schön weiter versauern und absterben, wenn alle fröhlich weiter ihren CO2-Dreck in unsere Atmosphäre pusten," auch der Doktorand geriet nun in Fahrt, doch Manon bremste ihn mit einem sanften Blick: „Jedenfalls ist Geo-Engineering eine Möglichkeit, mit der wir uns beschäftigen müssen, so oder so, früher oder später wird jemand glauben, das machen zu können oder zu müssen."

Als sie in der Kantine ankamen, löste sich Littlewood von Kellers Arm und verschwand, nicht ohne vorher auf sein trauriges Aussehen hingewiesen zu haben, auf die Toilette, er wollte sich ein wenig frisch machen. Und wirklich wirkte er erstaunlich frisch, als er mit über dem Arm zusammengelegtem Mantel zu dem langen Tisch kam, an dem sich bereits alle niedergelassen hatten, nur der Platz neben Keller war noch frei, der bemerkte gleich, dass Littlewood nach Pfefferminz roch, und dachte sich seinen Teil. Er fragte ihn nach seinen Wünschen und ging dann nach vorne, das Gewünschte zu ordern, ein stilles Wasser und ein Sandwich. Aber als Keller es brachte, hatte Littlewood es sich anders überlegt, wollte lieber ein sprudelndes, doch keinesfalls dulden, dass Keller ein zweites Mal für ihn den Laufburschen spielte, machte sich also selbst auf den Weg und kam verschmitzt lächelnd mit einem Glas Cola zurück. Sein Sandwich ignorierte er. Ausnahmsweise hatte die Kantine eingewilligt, auch nach dem Ende der Essensausgabezeit noch Mittagessen herauszugeben und das Essen auf einem Servierwagen bereitzustellen. Einer der Doktoranden schob die dreizehn Portionen zum Tisch, Keller bekam sein vegetarisches Essen zum Schluss, alle anderen hatten Ratatouille mit Fisch gewählt, doch auch Kellers Gericht war nicht vegetarisch, Nein, absolut nicht. Ohne genau hinzusehen hatte er mit seiner Gabel etwas aufgespießt, was eindeutig kein Gemüse war und ihn aus halbgeschlossenen Augen vorwurfsvoll ansah. Das kleine Wesen hatte keine Zeit gehabt, zur Welt zu kommen, es war ein Embryo. Der Embryo eines Schimpansen, wie sich später herausstellte, aber in diesem Stadium sah man noch keinen Unterschied, und Keller hatte die deutliche Vision, gerade eben kurz davor gewesen zu sein, ein ungeborenes Kind zu verspeisen, er rannte hinaus und kotzte neben die Müllcontainer, es war ihm egal, dass Wolke mit seinem unvermeidlichen Werkzeugkasten gerade die Kantine verließ und ihn höhnisch angrinste. Als Keller zurückkam, stand der Küchenchef mit hochrotem Kopf am Tisch, alle redeten wild durcheinander, nur Littlewood schwieg, blickte abwesend ins Leere und erschrak, als Keller sich wieder neben ihn setzte.

„Nein, keine Polizei, ich werde erst die Verwaltung informieren, was hier los ist, die soll entscheiden, was zu tun ist," versuchte Keller die Wogen zu glätten.

„Sie informieren hier niemanden. Ich bin hier der Chef! Und ich habe die Polizei gerufen, das ist mein Betrieb, so was macht hier keiner ungestraft. Eine Riesen-Sauerei ist das, das, das, das ist ungeheuerlich…" Der rotgesichtige Mann brach ab und fing an zu weinen. Erst jetzt wurde auch den anderen klar, dass das, was auf einem der Teller lag, mehr als nur ekelhaft war.

Keller beantwortete die Fragen, die ihm wenig später gestellt wurden, geduldig, ihm entging nicht, dass der Polizist, der in befragte, genau wusste, dass er derjenige war, der wenige Tage zuvor das Gehirn vor dem Einsteinturm gefunden hatte, es war mehr als deutlich, was die Fragen bezweckten, auch was der Polizist dachte. Doch Keller blieb ruhig, und fragte zurück, ob er, wenn er es denn gewesen wäre, das Ding ausgerechnet auf seinen eigenen Teller platziert hätte, weiter kam er nicht, eine empörte Frau korrigierte ihn augenblicklich, das sei ein Fötus, ein Embryo, ein kleiner Mensch, kein „Ding"! Keller murmelte eine Entschuldigung, es sei ihm so herausgerutscht, so habe er es nicht gemeint: Doch durch diesen Lapsus war er auch für die anderen schuldig geworden. Littlewood flüsterte ihm zu, dass er durchaus Recht habe, ein Leichnam sei nun mal ein Ding, eine Sache, kein beseeltes Wesen mehr und sentimentale Ergüsse und Ausbrüche völlig fehl am Platze. Doch statt Littlewood dankbar zu sein, widerte ihn dessen Zuspruch an, und er war froh, als er ihn endlich in ein Taxi setzen konnte. Nachdem auch der alte Wissenschaftler von der Polizei vernommen worden war und zur Herkunft des schrecklichen Fundes nichts hatte sagen können, hatte die Polizei den englischen Professor umstandslos gehen lassen, Keller war ihr dankbar dafür. Er gab ihm seinen letzten Zwanziger, damit er das Taxi bezahlen konnte, eine gute Investition, endlich konnte er den lästigen Zyniker, dieses nervige Wrack in ein Taxi setzen und hoffte, ihn damit endgültig los zu sein. Littlewood versprach aber leider, seine Schulden am nächsten Tag zu begleichen, er würde wiederkommen, Ehrenwort, sei doch hier mit Lars verabredet, morgen Abend. Fast hätte Keller gefragt, mit welchem Lars, dann fiel es ihm wieder ein. Wie konnte Petershagen sich nur derart für einen so schrecklichen Doktorvater einsetzen? In ihm wuchsen Zweifel, an sich und der Welt, auch an anderen. Insbesondere an einem, doch sein Verdacht kam ihm so monströs vor, dass er ihn beiseite schob. Alle waren erleichtert, als Flebbe, der Pathologe, kurz nachdem er eingetroffen war und sich mit Manon Duval beraten hatte, ausrief: „Was für ein Affenzirkus! Könnt ihr eure Experimente nicht im Labor machen? Das hier wäre ein kleiner Schimpanse geworden, wenn man ihm Zeit dazu gelassen hätte!"

Er war nicht zuständig, verärgert und zugleich froh, sich aufregen zu können, dabei hatte Flebbe es gar nicht eilig und überhaupt kein Problem damit, nach getaner Arbeit am Nebentisch einen großen Teller Szegediner Gulasch zu vertilgen, wofür ihm der Küchenchef von Herzen dankbar war. Alle anderen hielten ihn für einen gefühllosen rohen Kerl, darüber konnte der Pathologe nur mit den Achseln zucken, Deformation professionelle, wer von ihnen hatte die denn nicht, doch um diese Frage zu stellen, war er viel zu maulfaul.

Am Nachmittag kam der Mann vom Wirtschafts- und Ordnungsamt, früher kurz Hygiene genannt, und besah sich die Küche, er war zu jung, um noch das alte DDR-Kürzel zu kennen, aber wenn der Küchenchef, der gleichzeitig auch der Pächter war, gedacht hatte, er habe mit dem hübschen blonden Hünen leichtes Spiel, so täuschte er sich, unerbittlich wurde von dem alles unter die Lupe genommen, am Ende wurde die Schließung aber nicht angeordnet, ein Embryo im Essen war zwar keine Lappalie, aber wenn die Wahrscheinlichkeit so groß war wie in diesem Fall, dass es ein Außenstehender gewesen war, der den ins Essen getan hatte, so musste zwar gründlich untersucht werden, was mit anderen Speisen los war, aber da bis auf ein zugestelltes Handwaschbecken alles tipp-topp in Ordnung war, bestand kein Grund zur Schließung. Der Pächter zerknüllte seine weiße Kochmütze, er hatte so sehr auf die Schließung gehofft, der Hygienemann sah dafür keine Veranlassung, hatte nur eine gründliche Reinigung der Küche empfohlen, für alle Fälle, mehr nicht. Das sei nun mal die Europäische Ordnung.

„Seien sie doch froh, sieht doch alles gut aus bei ihnen, der Betrieb kann weitergehen, andere an ihrer Stelle würden sich freuen, ich bin der Schrecken aller Küchenchefs, die Dreck und Schlamperei in ihren Restaurants dulden!"

„Normalerweise wäre ich ja auch froh, bin selber pingelig, aber nach dieser Sauerei ist das Vertrauen der Kundschaft erschüttert. Da kann es hundert Mal eine küchenfremde Person gewesen sein. Ich bin sicher, nach einer Schließung und der amtlichen Erlaubnis zur Wiedereröffnung hat meine Kundschaft keine Bedenken mehr, wieder herzukommen, warum tun sie mir nicht den Gefallen und schließen die Kantine, wenigstens für einen Tag."

„Weil ich das nicht darf, ich bin keine Servicestelle für Gastronomen in Not, es gibt keine Handhabe nach geltendem EU-Recht. Ende der Durchsage. Aber ich gebe ihnen einen Tipp, nicht ganz billig, könnte sich für sie aber auszahlen, holen sie sich einen Gutachter, lassen sie sich von dem bestätigen, dass hier alles in bester Ordnung ist, und hängen sie das Zertifikat gleich neben die Tageskarte, als Vertrauen bildende Maßnahme. Das wird schon wieder, lassen sie sich keine grauen Haare wachsen," der Mann vom Ordnungsamt meinte es gut, aber er tröstete den Küchenchef, auf dessen Kopf kein einziges Haar mehr wuchs, damit nicht.

5 Nicht jede Entdeckung ist erwünscht

Das Ding ist viel zu warm, wie bin ich nur auf die Idee gekommen, mir jetzt ein Flanellnachthemd zu kaufen, nur weil meine Mutter so ein ähnliches getragen hat, als sie mit mir schwanger ging. Ich bin total nass geschwitzt, was erhoffe ich mir? Erleuchtung? Den nächtlichen Besuch vom Geist des Affenfötus? Selbst wenn er mir im Traum erschienen wäre, hätte ich seine Botschaft nicht verstanden, ich spreche nicht schimpansisch. Duschen und Tee trinken, das hilft vielleicht, ist schon halb fünf, da kann ich auch gleich aufbleiben. Hab nur Schwachsinn geträumt von diesem schrecklichen Littlewood, der sah gar nicht gut aus, ganz krank und gelb, und er hat mir zugewunken, sogar gelächelt dabei, seine Zahnlücke war schwarz, schwarz und rund wie ein Mauseloch, dann hat er sich in Luft aufgelöst, in lauter kleine bunte Mosaiklüftchen. Irgendwie hatte ich den Eindruck, der stand unter Drogen, der hatte stecknadelkopfgroße Pupillen, als er vom Klo zurückkam, typisch Multitoxikomane, ist schon merkwürdig wie so einer Jahrzehnte zur Elite der Geophysik zählen kann, muss ja auch klare Momente haben der Typ, beim Vortrag hat man ihm kaum was angemerkt, bis auf die liederliche Kleidung. Hoffentlich ist Petershagen rechtzeitig zurück, und ich habe ihn morgen nicht wieder an der Backe. Will endlich aufarbeiten, was durch diese Sauereien liegengeblieben ist. Wo ist denn das verdammte Shampoo? Warum verschwinden die Dinge dauernd, ich lebe allein, keiner kann sie bewegt haben, außer mir, oder sie sich selbst. Verfluchte, sich selbst bewegende Materie, von wegen tot, die ist quicklebendig, da ist es ja, hinter der Seidenspülung, gehört absolut nicht da hin. Und Wolke? Gehört auch nicht überall hin, ist immer etwas zu schnell da, wo sich Dinge ereignen, die sich eigentlich gar nicht ereignen dürften. Ich weiß nicht, wie ich dem Typen begegnen soll, würde ihn gern mal aufs Glatteis führen. Zu schade, dass die den Embryo gleich eingetütet haben, den könnte ich gut gebrauchen, würde zu gern sehen, wie der reagiert, wenn er ihn in seiner Stullendose zwischen zwei Scheiben Graubrot findet. So ein Mega Unsympath, aber selbst, wenn ich mit ihm befreundet wäre, würde ich mir die Frage stellen, ob er nicht etwas mit dem Ganzen zu tun hat. Bin gespannt, was Petershagen über die Postkarten herausbekommt, als Watson muss er sich bewähren. Und ich? Ich auch, wäre eigentlich lieber Miss Marple, obwohl ich Pfeife rauche, aber ich fand schon als kleiner Junge, die ist Kult, so hässlich ist dann schon wieder schön. Und diese feinen englischen Klamotten, ganz klas-

sisch, anderes kommt bei der Figur ja nicht in Frage. Jetzt hab ich den Tee zu lange ziehen lassen, grüner Tee ist empfindlich. Na, geht noch, etwas stärker als sonst, aber um die Zeit, nun finde ich das Flanellhemd doch wieder ganz schön, pistaziengrün, das steht mir, passt gut zu meinem Teint, und wenn ich die Knopfleiste offen lasse, kommt mein schwarzes Brusthaar gut zur Geltung. Was wirre ich morgens um fünf in meiner Küche herum? Ich sollte einfach mal anfangen, nichts als ein alleinstehender Akademiker Ende Dreißig, ohne Ehrgeiz, Ambitionen und Begehren zu sein! Aber was treibe ich? Nebendinge, Flanellfetischismus und Laienkriminalistik. Luzian, Luzian, und mit dir muss ich zu Ende leben. Und wenn er nicht gestorben ist, so lebt er noch heute in seiner putzigen Zweiraumwohnung mitten in Potsdam und standesgemäß in der Einsteinstraße, damit er weiß, wo er hingehört und das Fernweh unter Kontrolle bleibt. Dabei habe ich selten Fieber, schon gar kein Reisefieber. Ich gehöre zu den Hausreisenden, ich muss mein Zimmer nicht verlassen, jede Reise beginnt im Kopf, frei nach Karl Marx, bei dem es die Revolution war, die bei ihm auch dort endete, so, wie bei mir die Reisen, sie beginnen im Kopf, werden dort weitergeführt und enden dort. Ich liebe Abenteuer, aber nur in meinem Mikrokosmos, auf dem Telegrafenberg, wo ein geheimnisvolles Gehirn auf mich wartet und es wohl auch noch länger tun wird. Hab heute eine SMS von Annette bekommen, sie hat einen Unfall gehabt, ist angefahren worden, als sie mit dem Rad vom Museum nach Hause wollte, Bein gebrochen, liegt nun in der Charité, der Fahrer hatte es eilig, hat nicht einmal angehalten. Fahrerflucht, so ein Arsch, und wenn ich zu Verschwörungstheorien neigen würde, dann würde ich sagen, das ist kein Zufall. Aber da ich ein knallharter Realist bin, sehe ich keinen Zusammenhang zwischen dem Diebstahl im Museum und dem Unfall der Museumsdirektorin, so klein ist die Welt dann doch nicht. Ich werde diesen Gedanken ungeäußert fallen lassen, am Sonntag Blumen kaufen und sie der eingegipsten Annette ins Krankenhaus bringen, in der Charité bin ich in einer Dreiviertelstunde, ein netter Spaziergang an der Spree, etwas Bewegung tut mir gut, ich bekomme langsam einen Bauch. Das will ich nicht, nichts gegen mein A-Körbchen, aber ein Rettungsring, pfui Spinnebein. Werde mich mal ausgehfein machen, dann bin ich der Erste auf dem Feld und bekomme den dicksten Wurm. Früher Vogel, so ein Blödsinn, preußische Biologie für geistig Arme. Ich hör auf zu denken, male nur noch Formeln in den Sand und lasse sie verwehen, wie die frommen Buddhisten ihre Mandalas. Ach wie gut, dass niemand weiß, Keller denkt so manchen Scheiß.

Niemand sah es Luzian Keller an, dass er eine fast schlaflose Nacht hinter sich hatte, im Gegenteil, er war fast euphorisch, als er um kurz nach halb sechs neben dem wie immer geschlossenen alten schmiedeisernen Tor des Wissenschaftsparks durch die geöffnete Einfahrt am Pförtner vorbeiging. Für ihn musste die Schranke nicht geöffnet werden, er kam zu Fuß, hatte es nicht weit, nicht einmal einen Kilometer, die Einsteinstraße schlängelte sich bis zum Wissenschaftspark hoch, er ging gern den Berg hinauf, ein Erbteil seiner fränkischen Urgroßeltern, dachte er, dabei hätten die über die Bezeichnung „Berg" gelacht, 96 Meter Höhe ist unter den Hügeln ein Berg unter den Bergen ein Zwerg. Das war die vorerst letzte Portion Reimschleim, die Keller absonderte, es gelang ihm an diesem Morgen tatsächlich, wissenschaftlich zu arbeiten, ohne an all die Nebendinge zu denken, die mit seinem „Fall" zu tun hatten. Erst, als er am Mittag vor der noch immer geschlossenen Kantinentür Petershagen traf, dachte er wieder an den Embryo. Beide hatten vergessen, sich mit Proviant einzudecken, und so beschlossen sie, nach Potsdam hineinzufahren. Petershagen gehörte zu den wenigen, die mit dem Auto kamen, er wohnte in Marquard, nicht weit vom Schloss entfernt, und die Züge verkehrten zu selten, deshalb hatte er sich einen Smart zugelegt, mit Elektromotor, „wie es sich für einen Ritter der Weltrettungsrunde gehört." Wann er denn seinen Ritterschlag erhalten hatte, und von wem, witzelte Keller, doch Petershagen ging nicht darauf ein, er machte selten Scherze und mochte es offenbar nicht, wenn jemand sie aufgriff.

Am Alten Markt hielt Petershagen vor der „Waage," seinem Lieblingsrestaurant, sie gingen hinein. Das Lokal war um die Mittagszeit gut gefüllt, aber Petershagen bekam seinen Stammplatz am Fenster von einem beflissenen Kellner, der ihn gleich erkannte, mit einem Kopfnicken zugewiesen, ein Hauch von Sie werden platziert wehte durch den Raum, so schien es jedenfalls Keller, der zu DDR-Zeiten noch ein Kind und gar nicht hier gewesen war. Erst das Studium hatte ihn nach Berlin geführt, das war Mitte der Neunziger gewesen. Als hätte er Kellers Gedanken gelesen, ließ sich Petershagen über den Mut zur Demut aus, einer preußischen Tugend oder Untugend, wie auch immer, jedenfalls war der auch in der DDR durchaus opportun gewesen, wenn auch im Parteiprogramm der SED nicht als solcher benannt. Petershagen war in Rostock geboren, aber mit seinen Eltern noch kurz vor dem Mauerbau nach NRW gezogen, sein Vater war Chemiker gewesen, einer von denen, die den antifaschistischen Schutzwall nötig gemacht hatten, er lächelte säuerlich und ließ das Thema fallen. Keller kaute auf seiner Dorade, die er etwas trocken und zu teuer fand, er wollte das Thema nicht vertiefen, lieber etwas über den „Ritter" erfahren, war es purer Sarkasmus gewesen, oder steckte in dem Skeptiker, den Petershagen überall zur Schau trug, ein romantischer Idealist? Doch Petershagen schwieg und verspeiste mechanisch seine Pasta Vongole, Gabel für Gabel, wechselte dabei nur mit dem Kellner, der ihn gut zu kennen schien ein paar lobende Worte. Auf seine Ambitionen als Ritter der rettenden Runde kam er nicht zurück. Er sprach mit Wärme von Littlewood, und behauptete, sich wie ein Kind auf das Treffen am Nachmittag zu freuen. Dabei wirkte er angespannt. Als Keller ihn auf die Postkarten ansprach, winkte er ab, er habe die alle einem alten Freund gemailt, der sei so etwas wie ein Hobbygraphologe und als emeritierter Professor ganz begierig darauf, seine lange vernachlässigte Kunst auszuüben. Im Übrigen selbst Mitglied im Club of Rome gewesen, und wenn der geheimnisvolle Kartenschreiber mit diesem illustren Haufen in Verbindung gestanden hatte oder selbst dort Mitglied gewesen sein sollte, sei er der Richtige, um das Geheimnis dieser Karten zu lüften, wenn nicht, so könne er zumindest etwas über den Charakter des Schreibers sagen. Keller war enttäuscht, er wusste selbst, dass die Kunst des Delegierens das Erfolgsrezept von vielen war, doch dass nun ein ihm unbekannter Dritter im Bunde war, passte ihm nicht, zumal Petershagen keine Anstalten machte, ihm den Namen seines Freundes zu nennen. Eine Bemerkung, darüber, dass das Dreieck nur in der Geometrie seine volle Schönheit zu entfalten wisse, konnte er sich nicht verkneifen, Petershagen hob die linke Braue, nickte und bestätigte mit leisem Lächeln diese Aussage. Keller mochte vieles an seinem Watson, dessen Handlungsweise gerade gefiel ihm minder gut, mit diesem Widerspruch musste er leben oder ihn thematisieren, er entschied sich für die erste der beiden Möglichkeiten und gegen ein Dessert.

Der doppelte Espresso nach dem Essen machte ihn wieder munter, Petershagen konnte seine Ungeduld kaum verbergen, er wollte seinen alten Professor nicht warten lassen, Keller sah keinen Grund zur Eile, schließlich hatte auch er wertvolle Lebenszeit verbraucht, beim Warten auf Littlewood. Er schlug vor, dass Petershagen ohne ihn fahren solle, doch der wollte unbedingt warten, Littlewood hatte am Telefon darauf bestanden, Keller persönlich zu sprechen, um ihm nochmals zu danken. Auch dieser Krug geht nicht an mir vorbei, dachte Keller und ergab sich mit einem letzten Schluck aus der Tasse in sein Schicksal. Eine Stunde später wusste er, dass die ganze Hektik überflüssig gewesen war, und sein Bild von Littlewood als einem unzuverlässigen, verlotterten Wissenschaftler, der meinte, seine Prominenz berechtige ihn dazu, alle Welt warten zu lassen, schien wie in Stein gemeißelt.

Nicht noch einmal, nicht mit mir, dachte Keller und entschuldigte sich mit dringenden Vorbereitungen für die morgige Konferenz. Er freute sich, als er sich mit langen Schritten entfernte und damit die Wahrscheinlichkeit einer weiteren Begegnung mit Littlewood kleiner und kleiner wurde.

Wenige Kilometer entfernt machte der berühmteste Biobauer der Welt, Prinz Charles, dem alten Fritz seine Aufwartung. Daran erinnerte Keller sich plötzlich und voller Dankbarkeit, kein einfaches Unterfangen, sich durch all die Umleitungen durchzuschlängeln, die notwendig waren, um den hohen Besuch in dem weitläufigen Gelände von Park Sanssouci abzuschirmen und so Sicherheit zu gewährleisten. Hoheit sei Dank blieb Littlewood verschwunden, hatte als braver Untertan seiner Majestät alle vorgeschriebenen Umwege gemacht oder schwenkte gar ein Fähnchen. Keller grinste in sich hinein, sah Prinz Charles im Geiste vor Friedrichs Grab in die Knie gehen und artig ein Dutzend Kartoffeln aus garantiert biologischem Anbau dort niederlegen. In der Folge verbrachte Keller einen ruhigen Nachmittag mit der Vorbereitung des Symposiums, dass der britischer Thronfolger, nachdem er dem alten Preußenkönig seine Aufwartung gemacht hatte, im Neuen Palais feierlich eröffnete.

Am Mittag des folgenden Tages, der Prince of Wales steckte schon längst wieder in Gummistiefeln auf seiner eigenen Scholle, war das interdisziplinäre Nobelpreisträgersymposium bereits in vollem Gange. Die meisten Teilnehmer hatten sich, ungeachtet ihres fortgeschrittenen Alters, nach einem leichten Lunch der Führung über den Telegrafenberg angeschlossen. Gerade wurde ihnen die Bedeutung des rekonstruierten mechanischen Telegraphen erklärt, der auf der Wiese neben dem Kleinen Refraktor stand, einem zum Atelier umgewandelten Teleskophäuschen westlich des Michelsonhauses. Ohne sich von den illustren Gästen stören zu lassen, saß dort auch der vom DAAD gesponserte Gastkünstler wie jeden Mittag auf einem alten Gartenstuhl in der Sonne. Es war für Keller bisher immer eine willkommene Abwechslung gewesen, mit dem Artist in Residence zu plaudern, der diesjährige kam aus Madrid und hatte schon einige Preise gewonnen. Keller war sich nicht sicher, ob es dieser Umstand oder das hochmütige Wesen des Madrilenen war, was ihm den Zugang zu Senor Vargas so schwer machte. Dabei hatte er ihm vom ersten Tag an lebhaftes Interesse entgegen gebracht, doch der Mann hüllte sich ebenso gern in Schweigen wie in seine immer gleichen schwarzen Rollkragenpullover, stolz und unnahbar. Doch grußlos war er bisher noch nie an ihm vorbei gegangen, diesmal schien schon das kurze Nicken eine Zumutung für ihn zu sein. Woran er die ganze Zeit über gearbeitet hatte, war ein streng gehütetes Geheimnis, heute Abend nach der großen Konferenz sollte es endlich gelüftet werden, Keller hatte weder Zeit noch Lust, sich über den unhöflichen Spanier zu ärgern, er hatte selbst noch viel zu tun, er würde seine Neugier zu bezähmen wissen. Zumindest bis auf Weiteres, Keller hatte Wichtigeres zu tun und suchte dafür dringend einen ruhigen Ort. Trotzdem blieb er stehen, als er nun Wolke kommen sah, und drehte sich nach ihm um, die Abneigung gegen den Hausmeister wurde langsam zur Obsession, aber nicht von jedem geteilt, ein strahlendes Lächeln erhellte das Gesicht des Spaniers, auch Wolke ging sichtlich erfreut auf den schwarz gekleideten zu, legte ihm sogar vertraulich den Arm auf die Schulter, die beiden waren sofort in ein Gespräch vertieft und entfernten sich, zu gern hätte Keller zugehört, aber er war zu weit entfernt. Folgen durfte er ihnen nicht, es galt, sich völlig unerwartet auf einen Vortrag vorzubereiten. Als Keller in der Rotunde ankam, herrschte dort das übliche Vor-der-Konferenz-Gewusel, hier konnte er sich unmöglich konzentrieren, er ging die fünf Treppen hinten links hinauf und schlüpfte durch die kleine Tür ins Archiv, das bessere Tage gesehen hatte und nun fast einer Rumpelkammer glich, hier konnte er ungestört vor sich hin murmeln und seinem Vortrag den letzten Schliff geben, Keller hatte nicht damit gerechnet, ihn zu halten, war bisher nur auf die kurze einführende Rede für Professor Lindauer eingestellt gewesen, aber nun fühlte die alte Dame sich so schwach, dass sie ihn gebeten hatte, den gesamten Vortrag für sie zu halten, ein halbe Stunde am Rednerpult sei heute einfach zu viel für sie, er tat ihr diesen Gefallen gern. Aber seine Devise lautete: Nur nicht langweilen, keine „Kind ofs", „Er", „Ähms", „So to speaks", „Sozusagens" und dergleichen grauenhafte Füllwörter. Keller fand es keinesfalls unter der Würde eines Wissenschaftlers, auf den Unterhaltungswert zu achten, und schätzte nichts weniger als Kollegen, die den Grad an Trockenheit und Verschachtelung einer Rede zur Messlatte ihrer Seriosität machten. Deshalb hatte er sich angewöhnt, seine Vorträge zu inszenieren und einzuüben. Er vertiefte sich in das Manuskript und verschwand, vor allen neugierigen Blicken durch ein Regal geschützt, wie ein Schauspieler in der Gedankenwelt von Emma Lindauer, einzig das als Publikum ins Regal gehängte Twinset war Zeuge seiner Probe.

Lindauers Vortragsfolien begannen mit dem berühmten Blue-Marble-Foto des Astronauten Harrison Schmitt, das später zu einem Symbol der globalen Umweltbewegung geworden war. Nach wenigen Sekunden aber wurde dieses Sinnbild der verletzlichen Erde durch eine geschickte Überblendung ersetzt durch eine Abbildung einer eukaryotischen Zelle, dem Grundbaustein allen tierischen und pflanzlichen Lebens. Wie in einem aufgeschnittenen Planeten sah man darauf in der Mitte den Zellkern anstatt des metallischen Erdkerns, am Rand die Zellmembran anstatt der Erdoberfläche, und dazwischen allerlei Zellbestandteile, Mitochondrien, Plastiden, Lyosome, Mikrotubuli und Golgiapparate im Zellplasma schwimmen. Emma Lindauers Notizen sahen vor, hierzu zu erläutern, dass wie unsere Zellen auch die Erde ein komplexes Ganzes ist, dessen Teile man nicht ohne ihre Wechselwirkung mit dem Rest verstehen kann. Im Gegensatz zur Erde verstehe man die Zellen allerdings bereits recht gut.

Mit der nächsten Folie ging es dann ins Eingemachte: Die geschichtliche Entstehung der heutigen Körperzellen aus Einzellern, Bakterien genauer gesagt. Die entsprechende Abbildung zeigte, wie vor etwa Zweikommasieben Milliarden Jahren aus einem Alphaprotobakterium und einer prokaryotischen „Gastzelle" die erste eukaryotische Zelle wurde. Die Gastzelle sah fast aus wie Pacman, mit einer dreieckigen Ausbuchtung, in die das Bakterium zu schwimmen schien. Keller nahm sich vor, bei dieser Folie eine spannende Verfolgungsgeschichte zu erzählen, bei der Alpha – schade, dass es nur ein Alpha war – von der Gastzelle gefressen wurde, sah dann aber, dass Lindauer auf der nächsten Folie nur den Satz geschrieben hatte, „Das Leben übernahm die Erde nicht durch Kampf sondern durch Zusammenarbeit". So konnte man das Fressen und Gefressenwerden natürlich auch deuten.

Besonders interessant wurde ihr Vortagsmaterial, als sie dann ihre berühmten frühen Erkenntnisse wieder zurück auf den ganzen Planeten übertrug. Lindauers These war offenbar, dass die Entwicklung von Kultur und Technologie ganz ähnlich wie die der Zellen durch gegenseitiges Einverleiben und Kombinieren voranschreite. Auf einer Folie zeigte sie nebeneinander die Pachamama und Maria von Nazareth als ein Beispiel für Synkretismus, auf einer sah man ein Funktelefon sich ein Notizbuch und einen Fotoapparat einverleiben um zum Smartphone zu werden. Keller reizte die Herausforderung, diesen gewagten Bogen plausibel in Worte zu übersetzen. Als dann gegen Ende des geplanten Vortrags sogar noch ein Bezug zu seiner geliebten Daisyworld hergestellt wurde, war er beinahe selig.

Draußen tobte das Leben, am schnellsten in Gestalt von Wolke, der wie von einer Tarantel gestochen die Tür des Großen Refraktors aufstieß, des zweiten Teleskopgebäudes, das als mächtiger Kuppelbau den Platz zwischen Michelsonhaus und Einsteinturm beherrschte, und über die Wiese rannte, dann abrupt im Laufen innehielt. Das Klingeln seines Telefons hatte ihn in seiner Bewegung erstarren lassen, er schnauzte, dafür habe er jetzt keine Zeit, und stopfte das Ding zurück in seinen Kittel. Petershagen, der ebenfalls die Abkürzung über die Wiese genommen hatte, wäre am Eingang des Michelsonhauses fast mit ihm zusammengestoßen, Wolke schob den verdutzten Petershagen unsanft zur Seite und fragte in der Rotunde etwas zu laut nach dem Verwaltungschef, der sei oben. Das zu hören und zwei Stufen gleichzeitig zu nehmen, war eins für den Hausmeister. Sein Gesicht hatte inzwischen einen Farbton, der zwischen dunklem Rot und Violett changierte, endlich sah er Sitteler, den Verwaltungschef, im Gespräch mit Wetzky, seinem Assistenten. Der Verwaltungschef hatte nicht die geringste Ähnlichkeit mit einem Vogel, aber die beiden Unzertrennlichen hatten ihre Spitznamen weg: der Sittich und sein Wetzstein, auf den wurde, wie immer, eingehackt, irritiert sahen beide den Mann im grauen Kittel an, der sie nun stumm aber bestimmt in Richtung Treppe durch die kleine Tür zum Archiv schob. Petershagen war ihnen unbemerkt gefolgt und schloss, als letzter den Raum betretend, die Tür.

„Im Refraktor liegt Professor Littlewood, schnell, kommen sie mit...“

„Moment mal, ganz langsam zum Mitdenken, wieso...“, der Verwaltungschef war sichtlich bemüht, beruhigend auf seinen Hausmeister einzuwirken.

„Was ist passiert, ist er gestürzt?“ Petershagen war mehr als besorgt.

Vom Regal verborgen hielt Keller die Luft an, wusste selbst nicht, weshalb er nicht einfach aufstand und sich zu den anderen gesellte, er feixte in sich hinein, falsche Drogenmixtur, in dem Alter kann das fatale Folgen haben, la lü la la, wird wohl diesmal ein Krankenwagen sein, der ihn abholt…

„Nein, oder ja, ich weiß es nicht, er ist tot!" Wolke wischte sich mit der Hand über die Stirn, von der ein Rinnsal Schweiß Richtung Kittelkragen lief.

„Tot? Sind sie sicher? haben sie…," fragte Sitteler.

„Ja, sicher, oder… kommen sie, schnell," fiel ihm Wolke ins Wort und setzte sich gleichzeitig in Bewegung, die übrigen drei folgten ihm. Als alle draußen waren, verließ auch Keller seinen Platz und machte sich auf den Weg zum Kleinen Refraktor. Fand dort aber niemanden, wurde wütend auf sich selbst, wieso hatte er angenommen, dass Littlewood im Kleinen statt im Großen Refraktor sei, das war unlogisch, was hatte der mit dem Artist in Residence zu tun, dessen Refugium der Kleine Refraktor war. Jetzt wurde er auch noch von Manon Duval aufgehalten, die die Lindauer aus ihrem Hotel in Potsdam abholen sollte, und so aufgeregt war, dass man sie kaum verstehen konnte, Deutsch, Englisch und Französisch, sie sprach alles durcheinander, es dauerte einige Zeit, bis er verstand, dass sie nicht wusste, wo das Hotel war, ob sie dorthin ein Taxi nehmen oder mit dem Rad fahren solle, und dass sie, wie peinlich, nicht genug Geld dabei habe, um es auszulegen, und deshalb doch jetzt weder den Verwaltungschef und schon gar nicht… Nein, das könne sie nicht, schnitt Keller ihr das Wort ab und kramte zum zweiten Mal innerhalb von zwei Tagen sein Portemonnaie heraus, um Geld für ein Taxi auszulegen, diesmal einen Fünfziger, aber für die Lindauer, das war ganz etwas anderes, vor allem wünschte er, dass dieses Gespräch endete, und zwar schnell.

6 Ein verpatzter Vortrag und seine Ursachen

Zur gleichen Zeit wurde im großen Refraktor eine Tür geöffnet und dann sorgfältig verschlossen, und wenig später eine Entscheidung getroffen. Wetzky war froh, etwas tun zu können, und sei es auch noch so pietätlos, Petershagen hatte sich über den auf der Beobachterliege liegenden Littlewood gebeugt und versucht, ihn mit Mund-zu-Mund- Beatmung zurück ins Leben zu rufen. Dass Wetzky ihn und Littlewood fotografierte, nahm er nicht wahr, ebenso wenig wie die Argumente des Verwaltungschefs, der behauptete, dass dies eine notwendige Dokumentation sei und aus gutem Grund geschah. Also trat Wetzky in Aktion und umrundete den leblosen Leib nun zum dritten Mal. Später wusste keiner der vier im Kreis stehenden Männer mehr, wer den Vorschlag zuerst gemacht hatte. Aber sie waren sich schnell einig geworden, es war unabdingbar, eine Notwendigkeit, das Nobelpreisträgersymposium musste stattfinden, und diese Leiche hier würde alles zunichte machen, wenn man sie jetzt, zur Unzeit, fand. Dass Littlewood eines natürlichen Todes gestorben oder einem Unfall zum Opfer gefallen war, bezweifelte niemand, der alte Professor hatte eine ungesunde Gesichtsfarbe, und ein dünner rosa Speichelfaden rann aus seinem Mund, Petershagen hatte ihn behutsam weggewischt, bevor er sein Taschentuch über Littlewoods Mund gelegt und mit der Beatmung begonnen hatte. Wenige Minuten später gab er auf, hockte nun neben seinem Doktorvater, und strich ihm die wirren weißen Haare aus der Stirn, er begriff erst jetzt langsam, dass Littlewood nie wieder aufstehen würde. Wolke stand abseits im Halbdunkel, für ihn war das unstrittig klar gewesen, er hatte schon mehr als einen Toten gesehen, der da unten gehörte eindeutig nicht mehr zu den Lebenden: Aber er schwieg, hatte die Zeit einfach genutzt, die in Unordnung gebrachte weiße Abdeckung sorgsam wieder über das Kunstwerk von Senor Vargas zu breiten, das, bis es heute Abend beim Empfang feierlich enthüllt werden würde, seiner Obhut anvertraut worden war. Der Verwaltungschef argumentierte, sein Adlatus nickte ergeben und mechanisch, Petershagen stand auf und klopfte sich den Staub von der Hose, ging in eine Ecke des riesigen Raums, drehte sich um und schwieg. Es schien, als müsse der Verwaltungschef sich selbst überzeugen, nicht den Rettungsdienst zu rufen, auch nicht die Polizei. Der Tote hätte sicher Verständnis dafür gehabt, die Früchte langjähriger Arbeit konnten und mussten heute geerntet werden, dringend. Ganz sicher würde sonst nach den Vorfällen der letzten Tage auf dem ganzen Gelände die Polizei rumschnüffeln, dort, wo innerhalb kürzester Zeit die internationalen Gäste eintreffen und die anwesenden Koryphäen sich fragen, zu Recht fragen würden, was dieser Riesenwirbel zu bedeuten habe. Dabei war hier auf ganz natürliche Weise ein Kollege verschieden, hier lag ein armer, kranker, alter Gelehrter, dessen Zeit um, ein bekannter Professor, dessen Stunde gekommen war. Für einen Moment schwieg Sitteler, um sich dann sichtlich gerührt über seine eigenen Worte hörbar zu schnäuzen. Jetzt schlug die große Stunde des Pragmatikers: Wolke hatte den Überlegungen des anderen bisher schweigend zugehört, aber nun verfing der Verwaltungschef sich mehr und mehr in seinen eigenen Phrasen.

„Zum alten Eiskeller, ich habe noch die Schlüssel...," unterbrach Wolke ihn.

„Welcher Eiskeller? Wovon reden sie, Mann?" Wetzky hörte auf zu fotografieren, ließ sein Smartphone sinken und sah hilfesuchend auf dessen Bildschirm, doch das kleine Rechteck blieb ihm die Antwort schuldig, und das machte ihn wütend.

„Verdammt noch mal, was meinen sie?"

„Beruhige dich, Wetzky, lass ihn doch zu ausreden." Begütigend wollte der Verwaltungschef dem Hausmeister, der im Gehen begriffen war, die Hand auf den Arm legen, Wolke duckte sich vor der Berührung, er hatte die Tür schon aufgeschlossen.

„Dann geh ich, hier werde ich ja nicht mehr gebraucht."

„Warten sie, warten sie doch, Wolke, Wetzky hat es nicht so gemeint. Wie alle anderen bemüht er sich doch nur, die Fassung zu wahren angesichts..." Dabei vermied Sitteler, den toten Littlewood anzusehen.

„Wiederholen sie ihren Vorschlag bitte noch einmal!"

„Ich meine, er könnte eine Weile im Eiskeller liegen, bis zum Ende der Konferenz, da unten ist es kühl, keiner außer mir weiß von dem ollen Keller, stammt noch aus Kaisers Zeiten..."

Wolke war in ihren Kreis zurückgekehrt.

„Ersparen sie uns ihre historischen Exkurse, Wolke, was bringt uns das?" Wetzky war noch immer wütend, er hatte in seinem Smartphone zum Stichwort Eiskeller und Telegrafenberg nichts gefunden.

„Nur die Ruhe, wenn wir Littlewood morgen, nach der Konferenz, hier finden, ist es immer noch früh genug, bis dahin liegt er im Eiskeller und bleibt frisch..."

„Schluss jetzt, das dulde ich nicht, Wolke, was reden sie da? Da liegt ein Mensch, der hat eben noch geatmet, der war mein Doktorvater, mein Mentor, mein Freund, ich will das nicht!" Petershagen hatte rote Augen, er war kalkweiß, und seine Oberlippe zuckte. Obwohl er wusste, dass es nicht in Littlewoods Sinne gewesen wäre, jetzt die Polizei zu rufen und das Symposium vorzeitig zu stören, an dessen Ende eine so wichtige Botschaft stehen sollte, in diesem Augenblick konnte er die Vorstellung, dass Wolke ihn in einem Eiskeller lagerte, nicht ertragen.

„Sie haben Recht, völlig recht, und Wolke hat auch Recht, er drückt sich unglücklich aus, aber er will nur das Beste, für uns alle, ich bin sicher, Julian Littlewood hätte das gebilligt, zum Wohle der Wissenschaft, der Menschheit, das ist doch nicht irgendeine Konferenz, das ist wichtig, das war auch ihm wichtig. Ein Eiskeller eignet sich hervorragend, wir bahren ihn dort auf, ganz pietätvoll, bis Morgen, dann holen wir ihn hierher zurück, und alles geht seinen Gang, ganz legal. Apropos, wo liegt der denn genau, dieser Keller?" Sitteler legte soviel Beschwichtigung in seinen Ton, wie einem Alphamännchen möglich war.

„Macht, was ihr wollt, ich will davon nichts wissen, ich mach da nicht mit…"

„Prof. Petershagen, sie werden doch nicht…", der Verwaltungsdirektor fummelte nervös an seiner verrutschten Krawatte, Wetzky glitt das Smartphone aus den Händen und fiel zu Boden. Petershagen war schon an der Tür, er blickte sich nicht um.

„Alles OK, es funktioniert noch, …" Wetzky war erleichtert. „Nun lass doch mal das verdammte Ding, können wir auf ihn rechnen?"

„Petershagen?!"

„Ja, könnt ihr, bis nach dem Empfang." Die Tür schloss sich hinter ihm, auch der Hausmeister huschte hinaus. Wenig später hatte Wolke ein geeignetes Transportmittel herbeigeschafft, ein Rad aus Holland, solche Fietzen wurden dort zum Transport für alles mögliche benutzt, weder Sitteler noch Wetzky wussten, woher Wolke es hatte, beide waren froh, als der Hausmeister die traurige Fuhre allein raufhievte und sie aufforderte, zu gehen und ihn in Ruhe seine Arbeit machen zu lassen.

Als Keller sich schließlich von Manon losgeeist hatte und am Großen Refraktor ankam, sah er nur noch, wie Wolke mit der Fietze in Richtung Einsteinturm davonradelte, vorne auf der Lastenfläche lag etwas Unförmiges, das in eine blaue Plastikplane gehüllt und zusammengeschnürt war, deutlich die Form einer Mumie hatte. Keller verlor die Fietze um ein Haar aus den Augen, er zögerte nicht eine Sekunde, als er das unangeschlossene Rad sah, das da an der Wand lehnte. „Kurz ausgeliehen," murmelte er und schwang sich auf den Sattel, trat in die Pedale und fluchte, keine Spur mehr von Wolke, doch dann fand er die Fietze hinter dem Einsteinturm im Gebüsch. Aber wo waren Wolke und das große blaue Bündel geblieben? Er bahnte sich vorsichtig einen Weg durch die wuchernden Brennnesseln, dann sah er das mausgraue Haus, das sich im Gestrüpp zu ducken schien, Rauhputz blätterte ab, ein Überbleibsel aus DDR-Zeiten, vielleicht auch älter. Keller hatte keine Zeit, sich über architektonische Feinheiten den Kopf zu zerbrechen, er hörte es hinter sich knacken, duckte sich, und wandte den Kopf, nichts, ein Vogel, eine Maus. Da kam ihm Wolke schon entgegen, es blieb ihm nichts übrig, als sich in den Brennnesseln klein zu machen und zu versuchen, so weit wie möglich mit ihnen zusammenzuwachsen, das tat weh, sehr weh, Keller ertrug das Brennen stumm, und bewegte sich erst wieder, als er hörte, wie sich die Fietze auf dem Sandboden knirschend entfernte. Er stolperte geduckt auf das Haus zu, fand die Tür verschlossen, doch gleich daneben ein kaputtes Fenster mit halb herausgebrochenem Glas, der Griff ließ sich drehen, und Keller schob sich vorsichtig durch die schmale Öffnung, drinnen war nicht die Spur von einem blauen Bündel zu sehen, nur zerbrochene Möbel, Müll und Schutt. Ein ruiniertes Gebäude, ein überflüssig gewordenes Gemäuer, schon lange dem Verfall preisgegeben, wurde es langsam von der Parkflora geschluckt, enttäuscht wollte er kehrtmachen, hier war nichts. Dann sah er die Holztür, verwittert, oben halbrund, unverschlossen, er öffnete sie und sah eine Steintreppe, die nach unten führte, was für ein Glück, dass er Pfeife rauchte und sein Feuerzeug niemals vergaß. Es war kühl und es wurde von Stufe zu Stufe kälter, unten angekommen fror ihn in seinem Batisthemd und dem dünnen Leinensakko erbärmlich. Auf dem Steinboden lag die blaue Plane, leer, doch er musste sich nur umdrehen, um zu erkennen, was sie verborgen hatte, zwei spitze Stiefel, beige, Cowboystiefel, so hässlich, dass es sie kein zweites Mal geben konnte. Er hatte sie schon gestern bemerkt, abscheulich, untragbar, aber zu Littlewood hatten sie irgendwie gepasst. Schaudernd näherte er sich dem Tisch, auf dem der Tote lag, nein, nicht einfach lag, richtig aufgebahrt worden war, sogar ein weißes Tuch war unter ihm ausgebreitet, seine Augen waren geschlossen, er war sogar ordentlich gekämmt, Wolke hatte ihm einen schwarzen Flor um den Kopf gebunden, damit der Kiefer nicht herabfiel, hatte an alles gedacht, nur die Kerzen fehlten. Plötzlich hatte Keller den Wunsch, dem Toten die letzte Ehre zu erweisen, er beugte den Kopf und schloss die Augen, es wurde dunkel, zu dunkel, sein Feuerzeug hatte den Geist aufgegeben. In der Dunkelheit konnte er nur noch tastend zur Treppe kriechen, er ging auf Nummer sicher und kam auf allen Vieren, mit aufgeschürften Händen, oben an. Er würde wiederkommen, so bald wie möglich, er musste genau wissen, was mit Littlewood passiert war. Wolke hatte sich viel Mühe gegeben, warum? Er traute dem Hausmeister vieles, ja fast alles zu, wenn es stimmte, was er dachte, war er diesmal zu weit gegangen!

Nur eine Braue zuckte im Gesicht von Direktor Andersson, als sich Keller mit notdürftig gereinigtem Anzug wieder der Gruppe Wissenschaftler hinzugesellte, die noch immer schlendernd und unter kundiger Führung die Welt des Telegrafenbergs erkundeten.

Er entdeckte zuerst Manon Duval, dann sah er, dass sie Professor Lindauer in einem Rollstuhl vor sich her schob, es fiel ihm schwer, von oben herab mit der berühmten Frau zu sprechen, aber da sich die Gruppe wie ein Schwarm durch das Gelände bewegte, blieb ihm nichts anderes übrig. „Sie müssen sich für mich nicht klein machen, aber wenn sie sehr darunter leiden, in voller Größe neben mir herzugehen, können wir uns auch auf eine Bank setzen, ich war schon oft hier, kenne das Gelände also, und es könnte von Vorteil sein, wenn wir die Gelegenheit nutzen, noch kurz über meinen, also ihren Vortrag zu sprechen?"

„Das ist ein Angebot, das ich nicht ablehnen kann," Keller war froh, die Gelegenheit zu bekommen, mit der Lindauer zu sprechen, er wollte sicher sein, alles in ihrem Sinne abzuhandeln. Manon Duval würde ihn dabei nur stören, er übernahm es, den Rollstuhl zu schieben, den ihm die junge Doktorandin nur ungern überließ, sie hatte sich darauf gefreut, die Bekanntschaft von Emma Lindauer zu machen. Einer Frau, die zu Zeiten, als der Muff von tausend Jahren unter den Talaren zwar kurz zuvor vertrieben worden war, aber die Herren der Schöpfung es noch immer unter sich ausmachen wollten, ihre männliche Note im Dienste der Wissenschaft dort hineinzuschwitzen, ihre eigene Note hinzugefügt hatte. Auch Manon Duval wollte das tun, und wusste sehr wohl, dass es noch immer alles andere als leicht war. Doch Keller hatte ihr bisher immer bereitwillig weitergeholfen, deshalb überließ sie ihm das Feld, zog dabei eine Flunsch, die reizend war, nur leider von keinem beachtet wurde.

„Was denken Sie zu meiner kleinen Provokation, Bakterien, Maria und Smartphones zu vergleichen?"

„Nicht zu vergessen die Gänseblümchen," ergänzte Keller etwas abwesend. „Sie machen es mir nicht allzu leicht, aber ich habe da schon eine dramaturgische Idee..."

Zwei Stunden später wunderte Manon sich sehr, Keller hielt den Vortrag genau so, wie er ihr eingeschärft hatte, es niemals zu tun, von „Ähs" durchzogen, gefolgt von Dutzenden „So to speaks", er war eine Karikatur seiner selbst, verwechselte dann auch noch zwei Folien, kam völlig durcheinander und verheddert sich danach in dem zum Knäuel gewordenen roten Faden, die fein ersonnene PDF-Präsentation von Professor Lindauer wäre ein völliges Fiasko geworden, wenn die alte Dame nicht mitten im Vortrag energisch darum gebeten hätte, sie samt Rollstuhl auf die Bühne zu hieven.

„Mein junger Kollege hat heute von einem Trauerfall in seiner Familie erfahren, er hat sein Bestes getan, ich danke ihm dafür und fahre jetzt selbst fort."

Souverän brachte sie zu Ende, was Keller fast völlig verpatzt hätte, er war zu beschämt, um im Saal zu bleiben, sie hatte für ihn gelogen, schlecht, aber mit Charme, er war ihr dankbar und wusste nicht, was er sagen sollte. Endlich draußen, wurde ihm bewusst, dass diese Lüge gar keine war. Unmöglich konnte die Lindauer von Littlewoods Tod wissen, aber sie hatte etwas erraten und ihm deutlich gemacht, ob er es wollte oder nicht, dieser verwackelte, drogensüchtige Professor gehörte zur Familie, war, wie er selbst, Forscher gewesen, und Keller schämte sich, nicht nur für den vermasselten Vortrag, der um so Vieles schlechter gewesen war, als der, den Littlewood gehalten hatte, ohne Unterlagen, ohne PDF-Präsentation, einfach aus dem Ärmel geschüttelt. Er, Keller, hätte nichts anderes tun brauchen, als vom Blatt zu sprechen, und hatte kläglich versagt. Direktor Andersson übersah Versager grundsätzlich, und Keller war froh, in der Kaffeepause unbeachtet an einem entfernt stehenden Tisch ein paar trocknen Kuchenstücke herunterschlingen zu können, ohne mit jemandem zu sprechen, die Lindauer hatte ihm mit ihrer Kaffeetasse zugeprostet und bedeutet, zu ihnen in die Runde zu kommen, aber er hatte kopfschüttelnd abgelehnt. Was das kühle und abschätzige, herzliche Beileid von Petershagen zu bedeuten hatte, konnte er sich beim besten Willen nicht erklären, und als er ihn danach fragen wollte, war der verschwunden. Keller hatte es plötzlich satt, sich von den Kollegen mit mitleidigen oder schadenfrohen Blicken messen zu lassen, er verdrückte sich und ging hinauf in seine stille Klause, dort holte er aus der Schreibtischschublade eine kleine Flasche Benzin und füllte damit sein Feuerzeug auf. Dann macht er sich auf den Weg zu dem grauen Haus. Ein toter Professor war ihm heute entschieden lieber als alle lebenden zusammen.

Keller hatte sogar noch ein Grablicht eingesteckt, das er aus einem unerinnerbaren Grund aufbewahrt und jetzt neben den Pfeifen in seiner Schreibtischschublade gefunden hatte. Seine alte Lodenjacke sollte ihn vor der Kälte schützen, bis zum großen Empfang am Abend hatte er Zeit genug, sich wieder umzuziehen. Die Vorstellung, allein mit dem toten Littlewood unten in dem kühlen Raum zu sein, beruhigte ihn, und er konnte so alles genau in Augenschein nehmen. Unterirdisch der Welt entzogen zu sein, tat gut, leise ging er den Weg ein zweites Mal, war so sehr damit beschäftigt, sich von der Welt ab- und dem Toten zuzuwenden, dass er es zuerst nicht bemerkte, er war allein. Das konnte nicht wahr sein, vor weniger als drei Stunden hatte er hier gestanden, auf diesem Tisch hatte ein Toter, der ihm bekannt war, gelegen, niemand anderes als der noch gestern quicklebendige Professor Littlewood. Jetzt befand sich im Raum niemand außer ihm selbst. Es war kein Leichnam vorhanden, keine blaue Plane, kein schwarzer Trauerflor, nichts, Keller ging ächzend in die Hocke, das kleine Grablicht neben ihm flackerte, er bemerkte es nicht.

7 Vorhang auf und mehr Gehirne

Ich heiße Luzian Keller, ich bin siebenunddreißig Jahre alt, ich sitze in einem Keller eines mir bis heute unbekannten Hauses auf dem Gelände des Telegrafenbergs, vor circa drei Stunden befand sich hier der Leichnam von Littlewood, ich habe ihn mit eigenen Augen gesehen, er lag auf dem Tisch dort vor mir, aufgebahrt, jemand hatte ihm einen schwarzen Trauerflor um den Kopf gebunden. Er war hier, hier in diesem Raum. Wolke hat ihn hergebracht, ich habe es beobachtet, er wurde auf einem Lastrad hierher gefahren, als eine in blaues Plastik eingeschlagene Mumie. Ich fange an zu hyperventilieren, ich will das nicht, ich bin ganz ruhig, ich muss hier raus, ich bin nicht verrückt. Ich nehme dieses Grablicht und ich gehe ganz ruhig diese Treppe hinauf, ich komme heil und gesund aus der Unterwelt zurück, ich bin nicht Orpheus! Ich heiße Luzian Keller, ich bin nicht verrückt, ich bin oben angekommen, ich puste die Kerze aus, ich atme, ich bin ganz ruhig. Meine Wahrnehmung ist ungetrübt, ich bin Wissenschaftler, ich weiß zwischen Realem und Irrealem zu unterscheiden! Weiß ich das?

Keller wusste nicht, wann er angefangen hatte, laut mit sich selbst zu sprechen, er wusste nur, dass der Mann, der ihm nun entgegenkam, ihn nicht zu Gesicht bekommen durfte, wieder waren es Brennnesseln, die ihm Deckung gaben, doch diesmal hatte ihr Brennen eine heilsame Wirkung, schlagartig war sich Luzian Keller sicher, zurück in der Wirklichkeit zu sein, er sah, wie Wolke die Tür aufschloss und im Inneren des Hauses verschwand, es war unbequem in seiner Deckung, und er überlegte gerade, ob er es wagen könne, sein Versteck zu verlassen, da war Wolke schon wieder an der Tür, er schloss nicht ab, stolperte an ihm vorbei, und in seinem Gesicht war so viel ungläubiges Staunen, dass sich Keller nun absolut sicher war, nicht den Verstand verloren zu haben. Er hatte nicht halluziniert, keine Gespenster gesehen, der an ihm vorbei hastende Wolke war genauso verstört wie er selbst über das plötzliche Abhandenkommen des toten Professors. Wolkes Schritte wurden leiser und leiser. Dann war es still, Keller kam aus seinem Versteck, besah sich die geröteten Stellen an seinen Händen, ahnte, wie er an Kopf und Hals aussah, es war ihm egal, jedenfalls fast. Er widerstand seinem ersten Impuls, dem Hausmeister zu folgen, konnte sich aber nur schwer dazu durchringen, noch einmal in das Haus zu gehen und die Treppe hinabzusteigen. Kellertreppe, was für ein Hohn. Diesmal beleuchtete er den Raum akribisch, vergaß keinen Quadratzentimeter und wurde fündig, am Tisch war ein Stück der blauen Plane hängengeblieben, und auf der Treppe fand er den schwarzen Flor, mit spitzen Fingern sicherte er seine Funde, wollte etwaige Fingerabdrücke nicht verwischen.

Er kehrte auf kürzestem Wege in sein Büro zurück, überlegte, wo er die Beute verstecken sollte, blieb vor dem großen Kühlschrank stehen, legte sie in einen Gefrierbeutel und deponierte beide unter dem Gehirn. Was würde Wolke sagen, wenn er ihn damit konfrontierte? Wann wollte er das tun? Nicht vor dem abendlichen Höhepunkt der Konferenz. Wenn er sich dort nicht blicken ließ und versuchte, seinen Patzer vom Vormittag wettzumachen, hatte er ein echtes Problem. Er kramte in seinem Gedächtnis gleichzeitig nach Zweierlei, einmal nach dem Verwandten, dessen plötzliches Ableben ihn so aus dem Konzept gebracht haben könnte, und dann nach dem Platz, an dem sich der tote Littlewood jetzt befand. Wer hatte ihn fortgeschafft und warum? Hatte Wolke einen Komplizen oder einen Gegenspieler? In welchem Zusammenhang waren sich Wolke und Littlewood begegnet?

Weshalb hatte Wolke den alten Mann getötet? War er denn der Täter? Hatte er auch das Gehirn vor den Einsteinturm gelegt und den Embryo ins Essen getan? Das eine war makaber, das andere war Mord.

Mutmaßungen, nichts als Mutmaßungen, es kann genau so gut ein Unfall gewesen sein, oder Totschlag, oder, oder, oder. Erst einmal muss die Leiche gefunden werden. Nach der feierlichen Enthüllung des Kunst-

werks von Senor Rollkragenpullover, nachdem ich dann meinen öffentlichen Kotau vor der Lindauer gemacht habe und mich Andersson einmal mehr für einen Schlemihl erster Ordnung halten wird, wird es mir keiner verübeln, wenn ich mich schleiche. Zur Leiche schleiche, das ist nicht komisch, reiß dich zusammen, Luzian. Überlege dir lieber, was als Waffe taugt, denn unbewaffnet sollte ich mich nicht an Wolkes Fersen heften. Aber was nützt einem Weichei wie mir eine Waffe. Ich verlasse mich lieber auf meine Mokassins, in denen ich zum schleichenden Schatten werde. Dunkler Anzug ist eh angesagt, ich sollte mir ein Beispiel an dem Spanier nehmen und auch einen Rollkragenpullover tragen, black is beautiful und macht schlank. Habe aber keinen, ein dunkelgraues Hemd tut es auch, passt hervorragend zu den roten Flecken im Gesicht, da wird nichts mit Abdeckstift retuschiert, ich trage meinen Nesselbrand offen. Auf in den Kampf.

Um die Schönheit eines Stilllebens ermessen zu können, sind in der Regel mehrere zuvor gelebte Jahrzehnte nötig, das Auge eines jungen Menschen findet, was es sieht, sowohl morbid als auch sterbenslangweilig. Aber desto näher der Tag des eigenen Dahinscheidens rückt, umso mehr gewinnt die Zusammenstellung von frischem Leben, Totem, Fauligem und Verwesendem an Reiz. Dennoch war es schwer, für den Künstler zu vollenden, was er begonnen hatte, das Zusammenspiel von all diesen Komponenten zu einer perfekten Inszenierung zu machen, war in Anbetracht der mangelhaften Werkzeuge fast unmöglich, das Licht des frühen Nachmittags änderte sich zu schnell, es fiel ihm schwer, genau zu berechnen, in welchem Einfallswinkel es am Abend zur Zeit der Enthüllung in den Raum fallen und damit die Wirkung des Kunstwerks entscheidend beeinflussen würde. Wenn er die Augen schloss, dachte er an eine Muschel, stellte sich vor, eine Auster zu öffnen, so wie er es oft getan hatte, früher. Aber der Geruch belehrte ihn eines Besseren, das hier war von anderem Wesen, es galt, es ganz beiläufig rechts von der Mitte zu platzieren und mit anderem organisch zu umgeben, ohne damit Verbindungen zu schaffen, die künstlich gewirkt hätten. Die geöffnete Schale würde auf jeden Fall der Blickfang sein, also war größte Sorgfalt vonnöten, nur jetzt, im letzten Moment keinen Fehler machen, das Arrangement musste auf Anhieb gelingen, alles andere wäre Stümperei. Das Uhrwerk einer zerlegten Taschenuhr aus dem vorletzten Jahrhundert sollte aus der Schale quellen und wie bei Dali an eine zerlaufende, aus dem Ruder geratene Zeit denken lassen, aber nicht in Zeigefingermanier, ganz zart, gleichzeitig unerbittlich. Mit der Blumengirlande hatte er keine Schwierigkeiten gehabt, wie gut, dass seine Mama sich beim Spielen mit ihrem Filius nie an das gehalten hatte, was seinerzeit für jungen- oder mädchenhaft gegolten hatte, er hatte es geliebt, bunte Kränze zu flechten, und trug sie auch gern. Es gab sogar ein Foto von ihm, „mein bekränzter kleiner Amor," hatte seine Mama gesagt, als sie es zum ersten Mal betrachtet hatte. Zeit ihres Lebens stand es auf ihrem Nachttisch, und es hatte eine Zeit gegeben, da war ihm das äußerst peinlich gewesen. Doch die Ähnlichkeit mit sich selbst war im Laufe der Jahre geringer geworden, schließlich völlig verschwunden, deshalb hatte er nach dem Tod seiner Mutter keine Bedenken gehabt, das Foto an einer Wand seines Wohnzimmers aufzuhängen. Kein Mensch hatte ihn je erkannt, wenn er gefragt wurde, wer denn das hübsche Kind auf dem Foto sei, antwortete er, das wisse er selbst nicht so genau, und das war nicht einmal eine Lüge. Langsam und vorsichtig flocht er die frischen Blumen in den rotweißen Inhalt der geöffneten Schale, nahm die Äpfel immer wieder in die Hand und platzierte sie wieder und wieder an einem anderen Platz, er wollte keinen billigen Effekt, auf keinen Fall wie ein Surrealist wirken. Dies hier war ein einmaliges Kunstwerk, keiner Schule zuzuordnen, es vergingen mehr als zwei Stunden, bis er mit seinem Werk zufrieden war. Doch die Müdigkeit, die er verspürte, rührte nicht von dem eben Vollendeten sondern vielmehr vom Vorher und seinen hohen Erwartungen, was der Abend bringen würde, Triumph oder Niederlage, war vollkommen ungewiss. In wenigen Stunden würde sich herausstellen, ob es gelungen oder verpfuscht und umsonst gewesen war, sich so zu quälen, und alle Grenzen hinter sich zu lassen. Ihn fröstelte, und er hätte gern gebetet, doch er hatte keinen Gott, war sich sicher, dass der Himmel, wenn auch nicht leer, so doch auf jeden Fall wesenlos war. Vorsichtig drapierte er die Laken, die sein Werk noch kurze Zeit verbergen würden.

Der Abend war angenehm lau, die ersten Sterne funkelten am Himmel, als sich die Teilnehmer der Konferenz in kleinen Gruppen vom Michelsonhaus zum Großen Refraktor begaben, alle waren in angeregte Gespräche vertieft, nur der Künstler ging schweigend und allein nebenher. Keller tat so, als lausche er einem Disput zwischen einem klassischen Ökonomen und einem Umwelt-Ökonomen über die Frage, ob und wie sogenannte Externalitäten wie Luft- und Meeresverschmutzung in optimalen rationalen Entscheidungen einbezogen werden müssten; Petershagen hatte es nun übernommen, den Rollstuhl der Lindauer über den Rasen zu bugsieren und überließ es Manon Duval, mit der großen alten Dame der Mikrobiologie Konversation über ihren Vortrag zu machen. Was die Erkenntnis, kein Teil der Welt sei unabhängig vom Rest, denn für ethische Konsequenzen habe, wollte sie wissen. Die beiden Frauen schienen Petershagens Anwesenheit vergessen zu haben, das hätte seine Eitelkeit an anderen Tagen empfindlich gestört, heute war er dankbar, sich in sein Schweigen hüllen zu können wie in einen dunklen Mantel. Die Türen des Großen Refraktors waren weit offen, davor standen die schon gedeckten Tische. Die weißen Damasttischtücher leuchteten im letzten Licht der Sonne, weiße Lampions hingen im Geäst der Bäume, alles atmete festliche Erwartung. Nur Wolke atmete schwer, trat schnaufend zwischen die plaudernden Gäste und zog den erbosten Verwaltungschef ohne Umschweife aus dem Lichtkegel ins Dämmrige, bevor Sitteler sein „Was fällt ihnen ein" beenden konnte, fiel ihm Wolke ins Wort, „...nichts mehr, mir fällt nichts mehr ein, der Professor ist weg, einfach weg."

„Wie soll ich das verstehen?" Sitteler war sichtlich irritiert.

„Das ist mir scheißegal, ich lass mich nicht verarschen, ich bin draußen." Ohne sich umzudrehen, verschwand Wolke.

„Mensch Wolke, warten sie, warten sie doch, sie können mich jetzt doch nicht hängen lassen..."

Wolke konnte durchaus, allein war Sitteler trotzdem nicht, Wetzky stand neben ihm, hatte alles mitgehört, griff in seine Jackentasche und griff ins Leere. „Mein Smartphone, mein Smartphone, mein Smartphone ist weg," stammelte er, endlich fand Sitteler seine Sprache wieder. Die Gäste hörten ein kurzes Gebrüll, dann wurde es still, jeder des Deutschen kundige glaubte, sich verhört zu haben, das Wortspiel passte so gar nicht in den festlichen Rahmen, die Gäste aus dem Ausland formten den Schrei lautmalerisch nach, aber was ein arschgeficktes Suppenhuhn sei, wollte ihnen keiner der Gastgeber erklären, nur die Lindauer lachte und meinte, das sei ein Fluch vom alten Fritz, der spuke hier manchmal herum.

Der so beschimpfte Wetzky hatte keine Zeit, sich zu fragen, ob das ihm soeben an den Kopf geworfene, allgemein männer-, speziell schwulen- oder ausschließlich tierfeindlich gewesen war, geschweige denn, sich darüber zu beschweren. Mit leiser und scharfer Stimme gab Sitteler ihm Instruktionen für die Wiederauffindung des Verstorbenen, und es blieb Wetzky nichts anderes übrig, als sich sofort an die Erledigung dieser Aufgabe zu machen, auch wenn er sich dazu ohne sein Smartphone völlig außerstande sah, sich fühlte, als wäre ihm ein lebenswichtiges Glied amputiert worden, und am liebsten angefangen hätte, zu weinen. Wolke verzog sein Gesicht nicht, lautlos war er zurückgekommen, hörte das Gespräch reglos mit an und nickte stumm, bevor er Sitteler in einigem Abstand folgte.

Wetzky irrte ziellos auf dem Gelände herum, er wiederholte, was ihm sein Chef aufgetragen hatte, murmelte es wie ein Mantra vor sich hin, um ja nichts zu vergessen, als moderner Mensch hatte er weder Zettel noch Schreiber in seinem Jackett, das rächte sich jetzt.

Von alledem ahnte Direktor Andersson nichts, als er die Gäste bat, ihm und dem Artist in Residence, Senor Felipe Vargas, nun bitte in die große Refraktorkuppel zu folgen, um der feierlichen Enthüllung dessen beizuwohnen, woran der Künstler in den letzten drei Monaten ununterbrochen gearbeitet hatte, ein leises aber stolzes Lächeln ließ das Gesicht des Spaniers aufleuchten, bevor es kurz darauf wieder erlosch. Andersson war nicht nur Wissenschaftler, sondern auch ein Mann des gesprochenen Wortes, der Freude daran hatte, improvisierend zu verknüpfen, und der noch immer über seine eigenen Einfälle staunen, sogar lachen konnte. Da er diesmal so wenig wie alle anderen wusste, was sich hinter den weißen Tüchern verbarg, machte er seine Rede zu einem labyrinthischen Rundgang, wechselte die Perspektive zwischen Schaffendem und Betrachter ebenso wie zwischen Gewusstem und Imaginiertem: Er sprach fast zwanzig Minuten, und ihm wurde mit warmem Applaus gedankt. Der Künstler war sichtlich nervös, sein spanisch gefärbtes Englisch war kaum zu verstehen, Wolke, der ganz vorne stand, nickte ihm aufmunternd zu. Dann kam der große Moment, gemeinsam mit dem Hausmeister zog Vargas das weiße Tuch vorsichtig von der Skulptur, eine Riesenkrake, schwarz, feucht und metallisch zu gleich, doch bevor sich die Zuschauer in das Objekt vertiefen konnten, wurde durch das Entfernen des unteren Teils des weißen Stoffes etwas anderes sichtbar.

Niemand schrie, sekundenlang blieb es still, bis Petershagen nach vorne stürzte. „Nein, nein, nein," krächzte er heiser, der Bann war gebrochen, leises Stimmengemurmel, das schnell lauter wurde, erhob sich, alle strebten nach vorn. Auf dem zum Zwecke der Beobachtung des Sternenhimmels gebauten Stuhl lag Littlewood, oder vielmehr das, was eine grausame Hand aus ihm gemacht hatte. Sein Schädel klaffte, entblößte das Gehirn fast völlig, seine Augäpfel waren aus den Höhlen entfernt worden und staken, von langen Nadeln gehalten, in den Schläfen, schienen aus diesem absurden Winkel heraus den Betrachter ihrerseits zu betrachten und zu verhöhnen, vielerlei Metall war in den nackten Körper des Toten gebohrt worden, er schien, als trage er eine Rüstung, doch das und die dazwischen rankende Blumengirlande machte seine Nacktheit nur umso kläglicher, auch die polierten Äpfel, die dazwischen glänzten, waren wie böser Hohn. Der Künstler Vargas war auf die Knie gesunken, fassungslos echote er stammelnd, „No, no, no“, und weinte, auch Petershagen weinte, Wolke weinte nicht, er maß den Toten trockenen Auges, schien, was er sah, in sich aufzusaugen und umkreiste den Leichnam. Lauernd, wie eine Hyäne, dachte Keller, der von hinten herandrängte, sich davon überzeugen musste, dass er nicht in einem Albtraum, sondern mitten im Leben auf dem Telegrafenberg stand, umringt von lauter Leuchten der Wissenschaft, die auch in diesem Moment nicht anders konnten, als das Gesehene zu analysieren und zu kommentieren, sobald sie es in ihrem Bewusstsein als das begriffen hatten, was es war. Ein im Tode zu einer perversen Skulptur verstümmelter Kollege, der nackt und bloß zum Himmel zu schreien schien. Littlewood hatte nicht mehr viel Menschliches an sich, er war zur Kreatur geworden, zu etwas, das noch eben lebendig, nun tot die erlittene Qual, die Tortur nur umso deutlicher herausschrie, mit stummen Lippen nicht aufhörte, laut werden zu lassen, wie grausam er verstümmelt worden war, zwischen seinen wächsernen Fingern steckte ein Postkarte. „Quel strange attractor, und das sogar mit weniger als drei Körpern! Aber offenbar nicht sehr stabil, nur lokal zusammenhängend...“ bemerkte ein französischer Mathematiker leise, der für seine Beiträge zur Chaostheorie eine Fields-Medaille bekommen hatte, von den meisten überhört, von den übrigen unverstanden.

„Krake und Taschenuhr, das ist ja wie Raum und Zeit,“ bemerkte ein Physikdoktorand, der an diesem Abend seine 50%-Stelle mit dem Kellnerlohn aufbesserte. „Sehr gut, mein Junge! Freut mich, dass heutzutage auch auf der Hauptschule Relativitätstheorie gelehrt wird,“ lobte ihn der vor ihm sitzende Astrophysiker. „Die fast krakenartige Geometrie des Raumes gebiert die Eigenzeit des Beobachters, symbolisiert in der Taschenuhr und den Stielaugen...“, fuhr der Kellner fort, doch der alte Herr bat schnell um etwas Wein, und verhinderte so, noch einen Vergleich der offenen Schädeldecke mit einem kosmologischen Wurmloch anhören zu müssen. „Ja, bleiben wir lieber auf dem Boden der Tatsachen," sprang ihm nun der neben ihm sitzende Geophysiker mit interdisziplinärem Witz bei, „schließlich handelt es sich hier zweifelsfrei um ein menschliches Wesen, dass vor Kurzem noch auf dieser schönen Erde wandelte, wenn auch manche von uns bei Littlewood eher von Irrwegen reden würden."

„Welch Tragödie! Und Sie haben nichts Besseres zu tun, als gelehrig zu schwätzen," rief ein Menschenrechtsaktivist, erwartungsgemäß emotional.

„Ein Drama, sicherlich, aber nicht unbedingt eine Tragödie, man kann es vielleicht noch zum Guten wenden," entgegnete orakelhaft eine Politikwissenschaftlerin, doch nur diejenigen, die ihre Arbeit zum Allmendeproblem* kannten, verstanden den Vergleich.

„Genial, Herr Vargas! Aber unsere Ethikrichtinien! Und dabei sollte ich doch nachher noch Ihre Nominierung für die Premium Imperiale verkünden. Wie überaus enttäuschend, dass daraus nun nichts wird!" sagte der Vertreter der Japan Art Association zu Vargas, der ihn nicht verstand und von dessen kunstvoll unterdrückter Verärgerung auch nichts bemerkte, bevor er den Raum verließ. Energisch schob sich der enttäuschte Kunstfreund an den anderen vorbei, er wollte doch wenigstens etwas sehen, wenn er schon nichts nominieren durfte.

Es war Emma Lindauer, die mit ihrem Rollstuhl zu dem Leichnam gerollt war und, als alle anderen sich wild durcheinanderredend um den grausigen Fund knäuelten, schweigend das bloßgelegte Hirn betrachtet hatte. Wolke, der einen Moment lang neben ihr stand, wurde weggedrängt, Smartphones gezückt, Blitzlichter zuckten auf. Verschämt wurden die Apparate weggesteckt, als die Lindauer um Ruhe bat. Doch bevor es still wurde, stolperte Wetzky hinein, sich auf einer gelungenen Vernissage wähnend, freute er sich lauthals, als er Sitteler entdeckte. „Ich hab es wiedergefunden, mein Smarty ist wieder da …," dann gefror ihm unter dessen eisigen Blicken die Stimme, er wusste, ohne genau hinzusehen, wer da lag, blickte fragend zu Sitteler, der nickte, dann trat das soeben wieder gefundene Smartphone in Aktion, um die Polizei zu alarmieren. Die ließ sich diesmal Zeit, war es leid, zu den spinnerten Forschern auf den Telegrafenberg zu kommen, um wieder nichts als Affenzirkus zu erleben. Emma Lindauer nutzte die Zeit, um den verblüfften Kollegen ihre Entdeckung mitzuteilen, Littlewood sei ein kranker Mann gewesen, in seinem Hirn wuchere ein Tumor, taubeneigroß, wer immer ihn ermordet habe, hätte sich nur etwas gedulden müssen, lange hätte der arme Julian ohnehin nicht mehr gelebt.

Sitteler hatte sich sichtlich irritiert nach vorne gedrängt, das sei ja wohl eine unbewiesene Behauptung, noch wisse man nicht, wie Professor Littlewood zu Tode gekommen sei, es sei …, daran könne doch wohl kein Zweifel bestehen, … Stimmen wurden laut gegen diese Zumutung, das Offensichtliche in Zweifel zu ziehen. Jemand kniff Sitteler schmerzhaft in den Arm, Wolke hatte sich hinter ihn gedrängt und zischte, „Klappe halten" in die allgemeine Empörung über die völlige Ignoranz des Verwaltungschefs. Wolke hatte ihn und Wetzky beiseite gezogen und auch den widerstrebenden Petershagen in eine Ecke gedrängt. Er machte den Dreien unmissverständlich klar, wie töricht es wäre, nun anderes zu tun, als zu schweigen. Viel musste er nicht sagen, allen war klar, wie schwer der Verdacht wog, der von jetzt an auf sie fallen würde. Wenn bekannt wurde, was sie am frühen Nachmittag beschlossen und in die Tat umzusetzen für richtig gehalten hatten, waren sie dringend tatverdächtig, denn ob die am Nachmittag als solch diagnostizierte Todesursache eine natürliche war, war inzwischen mehr als zweifelhaft. So schnell wie möglich zerstreuten sich die vier, doch Keller sah Wolke und Wetzky zusammen aus der Ecke kommen und speicherte diese Information in seinem Kopf.

Im Vorübergehen glaubte er eine bekannte Autorin zu erkennen, aber das konnte nicht sein, die war doch im letzten Jahr gestorben, er hörte mit halbem Ohr in ihr Gespräch hinein, die Tote schien ihm sehr lebendig, oder war sie gar nicht tot? Oder hatte sie eine Zwillingsschwester, oder hatte er Halluzinationen, nichts wünschte er sich mehr als das. Es wäre alles so wunderbar einfach gewesen, wenn der vergangene Tag nichts Anderes als eine Aneinanderreihung von Halluzinationen gewesen wäre, verursacht durch ein unbemerkt in den Körper geratenes Rauschmittel oder durch eine vom Körper selbst produzierte Substanz, die ihm einen bösen, aber immerhin nur einen Streich gespielt hatte.

Von alldem wussten die am Tisch versammelten nichts, ihr Gespräch tröpfelte, lediglich ein Mittel zur Beruhigung der angespannten Nerven, denn im Gegensatz zu Keller zweifelte keiner der Anwesenden an der eigenen Existenz, ebenso wenig wie an der der bizarr zugerichteten Leiche von Julian Littlewood.

„Sie meinen, weil wir hier für einen „noblen Zweck" versammelt sind?" offerierte der Tischnachbar der Dame.

„Vielleicht wollte der Täter gar…", mischte sich nun die Politikwissenschaftlerin auf der anderen Tischseite ein, wurde aber sofort vom Menschenrechtsaktivisten unterbrochen: „Welch monströser Gedanke! Dass die Abmilderung des Klimawandels solche Mittel heilige… *Exitus acta non approbat!*". Doch die Politikwissenschaftlerin legte beschwichtigend die Hand auf den Arm des Jüngeren und fragte über den Tisch: „Haben Sie nicht einmal einen Roman über so eine junge Terroristin geschrieben, die alles für einen guten Zweck zu tun glaubte? Der hat mich sehr bewegt."

„Ja, das ist schon etwas her…," war die bescheidene Antwort, „… momentan versuche ich mich am Science-Fiction-Genre, aber die weiche Sorte, sozusagen eine soziologische Fantasie über die Welt nach drastischen Klimaveränderungen."

8 Fledermäuse, Huotang und Stupor Mundi

Nachdem er endlich aus dem improvisierten Verhörraum im Kleinen Refraktor, den Senor Vargas der Obrigkeit nur zu gerne überlassen hatte, entlassen worden war, taumelte Keller seinem Büro entgegen, selbst der kurze Weg zurück in seine Wohnung in der Albert-Einstein-Straße schien ihm unendlich lang. Er hatte das deutliche Gefühl, das Gelände nicht verlassen zu dürfen, so, als wäre seine Anwesenheit Garant für das Ausbleiben weiterer Gräuel. Das Licht in seinem Stockwerk funktionierte schon länger nicht mehr, das hatte ihn bisher nicht gestört, er fand seinen Weg normalerweise auch mit geschlossenen Augen. Schon der Türgriff hätte ihn stutzig machen sollen, dann stand er in einem dunklen, muffig riechenden Raum, das war nicht sein Büro, die Tür klappte hinter ihm zu.

Ich habe mich verlaufen, finde die Tür nicht mehr, tappe völlig im Dunkeln, werde umflogen, etwas flattert mich an, ich bin mitten in einem Schwarm, kleine Krallen versuchen, Halt zu finden, hat mich da was gebissen, oder … Ich bin kein Raubvogel, kein Feind, aber auch keine Maus, ich bin ein Nachbar, ich habe nichts getan, ich muss hier raus, lass mich den Ausgang finden, gütiger Himmel, bitte, ich möchte mich in Frieden in mein Büro zurückziehen. Das Missverständnis ist nicht aufzuklären, Zugriff, mein Feuerzeug flammt auf, ich sehe die Tür und rette mich nach draußen. Bin froh, so paranoid zu sein, dass das Lesen über tollwütige Fledermäuse mich umgehend zur Tollwutschutzimpfung bewogen hatte.

Es lohnt nicht, die Bisse zu zählen, ich sprühe mich von oben bis unten
mit Desinfektionsmittel ein, werfe mein völlig zerfleddertes Hemd in den
Müll. In meinem Twinset fühle ich mich gleich bedeutend wohler, leider
kommt mir auch der arme Littlewood wieder in den Sinn, sobald ich mich
wieder einigermaßen unter Kontrolle habe.

Gibt es denn etwas Schöneres, als in die Brutstube von ein paar hun-
dert Flederweibern zu kommen? Aus ihrer Sicht hatten sie ja Recht, aber
es hätte bei Weitem gereicht, mich höflich, aber bestimmt zur Tür zu
drängen. Wahrscheinlich wissen die gar nicht, was eine Tür ist, Tiere sind
nicht höflich, dazu haben sie keinen Anlass, ich bin selbst Schuld, in all
den Jahren habe ich diese Tür nicht geöffnet, und heute… Aber warum ist
sie überhaupt zu öffnen gewesen, diese Tür hat zu zu sein, dahinter ist
Naturschutzgebiet. Etwas ist gegen mich, jemand will mich hier weg ha-
ben, wem bin ich im Wege? Ich muss mich konzentrieren, auf meine Intui-
tion achten, dieser Littlewood hatte uns etwas zu sagen, hat doch offen-
sichtlich eine Botschaft gehabt, nein zwei, eine aufoktroyierte und eine
persönliche, stimmt das? Ich verstehe das alles nicht, der Mann war doch
tot, als ich ihn da unten aufgebahrt gesehen habe, mausetot, fledermau-
stot, einfach tot, tot, tot. Aufhören! Der Mann war kein Mann mehr, son-
dern ein Leichnam, eine Hülle, unbelebte Materie, wenn man es genau
nahm. Wer um Himmels willen hat ihn so zugerichtet, post mortem, das
war klar, das konnte ich dem Bullen nicht sagen, ob ich ihn nun so oder
Kommissar Bärlauch nenne. Bärlach, so hieß mal einer bei Dürrenmatt,
das Buch, der Richter und sein Henker. Hier ist ein Henker zu spät gekom-
men, oder nicht? Hat ihn jemand gestört? War sein Werk nicht vollendet?
Was ist das für ein Film, eher Filmriss, das ist totaler Bullshit, ist von
vorn bis hinten schlecht ausgedachtes Zeug. Ich muss Ordnung in meine
Gedanken bringen, chronologisch vorgehen. Also noch mal von vorne:

Heute Mittag beobachte ich Wolke, wie er mit einer Fietze etwas Un-
förmiges wegfährt, ich folge ihm und finde im Keller des verlassenen Hau-
ses hinter dem Einsteinturm den aufgebahrten Leichnam von Littlewood,
dann lässt mich mein Feuerzeug im Stich, und ich stolpere im Dunkeln
hinaus. Als ich später mit einem Grubenlicht zurückkehre, ist der Tote
verschwunden, ich finde nur noch ein Fetzchen der Plane, die ihn umhüllt
hatte. Von alldem erzähle ich Bärlauch nichts, ich schweige und ver-
schweige, mache mich zum Mittäter, warum? Aus Eitelkeit, weil ich selbst
derjenige sein will, der das Rätsel löst, ich bin Bärlach. Bärlach kontra
Bärlauch, ich will diesen Henker zur Strecke bringen, denjenigen entlar-
ven, der sich am wehrlosen Leib eines Toten vergreift, um ein Spektakel zu

veranstalten, auf sich aufmerksam zu machen, dem es nicht reicht, den alten Mann umzubringen, der eine surreale Aktion aus seinem Verbrechen machen muss. Ich werde das Bild des Toten auf diesem Beobachtungsstuhl nicht los, wie zwei aus der Bahn gerissene Planeten wirkten die Augäpfel auf mich, das Metall an seinem Körper wie Aussatz, wie die Schuppen einer Krankheit, alles feinsäuberlich, und doch war es letztendlich nichts als Chaos. Ein außer Rand und Band geratener Organismus, tot. Mother Earth, wie komm ich jetzt darauf, ich brauche Tee, Klarheit und Schlaf, in diesem Zustand nützt mir nicht einmal mein Twinset etwas, es ist sinnlos, so auf Mörderjagd zu gehen, ich brauche einen Hut und eine Waffe.

Tee kam keiner, Klarheit auch nicht, aber Morpheus hatte ein Einsehen, und Keller träumte von einem Vorderlader und einem Borsalino, der ihm beim Zielen die Sicht nahm, und so verhinderte, dass er den Mörder mit einem gezielten Schuss zur Strecke brachte. Nicht einmal dessen Gesicht konnte er erkennen, das ärgerte ihn sehr, als er wach wurde.

In der Zwischenzeit hatte sich jeder, der am Vorabend beim Empfang gewesen war, im Kleinen Refraktor zum Verhör eingefunden. Das nannte man dort, ob der vielen Prominenten, informelles Gespräch, bei Wolke, der gleich höhnisch gelacht und dann gefragt hatte, wer von den Herrn ihn denn noch von früher her kenne, hatte Bärlauch auf derartige Euphemismen verzichtet. Klipp und klar zum Ausdruck gebracht, dass das hier ein Verhör sei, was er dank seiner allseits bekannten Vergangenheit ja unschwer erraten habe. Auf die Vergangenheit sei gepfiffen, weil ihm nie zweifelsfrei bewiesen, dass er für die Staatssicherheit gearbeitet habe, konterte Wolke, der sich so leicht nicht unterkriegen ließ und wortkarg blieb. So, als ob er sich daran erinnere, dass das höchste Gut einer Frau bekanntlich ihr Schweigen und ein gewisser Anteil an Weiblichkeit selbst in einem so ausgeprägten Freund der Männlichkeit wie ihm durchaus auch vorhanden sei, so oder ähnlich dachte Wolke und bestätigte nur, was offensichtlich war, dass der Tote, bekannt als Professor Julian Littlewood zu Lebzeiten, also zwei Tage vorher einen Vortrag auf dem Telegrafenberg gehalten habe und er ihm vorher noch nie über den Weg gelaufen sei, auch nachher nicht. So war Wolke einstweilen entlassen, aber Bärlauch verhehlte nicht, dass es ihm große Freude bereiten würde, ihn alsbaldig wiederzusehen. Da war es kurz nach fünf und dämmerte bereits, der Kommissar verschränkte die Hände hinter dem Rücken und starrte in die Höhe dieses ihm seltsam verschachtelt anmutenden Raumes. Er hatte in seinem fünfundfünfzig Jahre währenden Leben manchen Fall gelöst, einige nicht, bei diesem war er sich durchaus nicht im Klaren darüber, ob er zukünftig zur ersten oder zur zweiten Kategorie zu zählen sei.

Die Befragung der Zeugen hatte wenig erbracht, alle waren entsetzt, aber nur wenige hatten zu Littlewood persönlichen Kontakt gehabt, er galt als Kauz, und seine Publikationen der letzten Jahre waren umstritten. Bärlauch hatte wenig erfahren, was für seine Ermittlungen von Bedeutung war, alle waren kooperativ gewesen, die meisten kaum zu bremsen, wenn sie erst einmal angefangen hatte zu reden, es war mühselig gewesen, den Redefluss der ans Monologisieren Gewöhnten einzudämmen und in die richtigen Kanäle zu lenken. Einzig Professor Emma Lindauer hatte von Anfang an eine Aussage gemacht, die Bärlauch weiter brachte, noch bevor sich der Pathologe geäußert hatte, sie hatte den Tumor im Gehirn des Toten entdeckt und erstaunlich viel über diese Erkrankungen gewusst, Lindauer vermutete, dass es sich bei dem fast taubeneigroßen Tumor um ein Glioblaston handele, ein bösartiger Tumor, der dem Erkrankten kaum eine Überlebenschance bot, desto älter man wurde, umso höher wurde das Risiko, daran zu erkranken. Es gab vielerlei Symptome, Sprachstörungen, Stimmungsschwankungen, Kopfschmerzen, alle waren im alltäglichen Leben häufig und für sich genommen harmlos, aber sie konnten auch ein Zeichen sein. Der Tumor in Littlewoods Kopf hatte jedenfalls Zeit gehabt, so groß zu werden, dass seine Entfernung unmöglich geworden war, der Kranke hatte am Ende aller Wahrscheinlichkeit nach unerträgliche Schmerzen gehabt.

Sie selbst habe Littlewood seit vielen Jahren nicht mehr getroffen, oder doch? Ihre Stimme klang plötzlich unsicher, sie würde es nachprüfen, auch ihr Gedächtnis sei nicht mehr so gut wie früher.

Bärlauch hatte sich gern mit ihr unterhalten, sie war ihm sympathisch gewesen, mehr als die meisten anderen. Umso erstaunter war er, als ausgerechnet sie in ihrem Rollstuhl, kurz nachdem Wolke den Kleinen Refraktor verlassen hatte, in den Raum rollte, sich nach ebenjenem erkundigte und dabei betonte, dass sie für diesen Mann ihre Hand ins Feuer legen würde. Bärlauch hakte nach, woher sie ihn denn kenne, sie lächelte, sie seien beide Bürger des versunkenen Staates DDR gewesen, in gewissen Situationen halte man da eben zusammen, bis heute. Sie selbst war in den sechziger Jahren von einer Konferenzreise in die USA nicht in die DDR zurückgekehrt, im Gegensatz zu Wolke, der war geblieben, bis zum Schluss.

„Und woher kennen sie ihn?"

„Dies ist ein kleines Land gewesen, man kannte sich eben, das war nichts Besonders," wich die Lindauer aus

„Aber wo genau haben sich ihre Wege gekreuzt? Hier in Potsdam oder in Berlin?" bohrte Bärlauch weiter.

„Wenn ich das noch wüsste, würde ich es ihnen sagen, aber mein Gedächtnis…, ich glaube, es war an der Humboldt-Universität, aber es kann auch anderswo gewesen sein." Emma Lindauer zuckte lächelnd mit den Schultern und schickte sich an, davonzurollen. Für Bärlauch gab es keinen Grund, sie aufzuhalten, obwohl er es gern getan hätte, denn dass sie ihm nicht sagte, was er wissen wollte, ärgerte ihn, er war überzeugt davon, dass sie ganz genau wusste, wo und wie sie Wolke kennengelernt hatte. Warum schützte sie diesen Mann?

Als Keller mit zerknittertem Gesicht am Montagmorgen unausgeschlafen aus dem Fenster seines Büros blickte und sich dabei, seinem Traum nachhängend, die Falten aus dem Twinset strich, sah er Wolke, der auf den Großen Refraktor zusteuerte. Wenig später rollte Emma Lindauer über den Rasen, sie musste ihn gerufen haben, denn Wolke blieb stehen, kehrte um, sein finsteres Gesicht hellte sich auf, und er verbeugte sich galant vor der alte Dame, bevor er ihren Rollstuhl aus Kellers Blickfeld schob. Was hatte das nun wieder zu bedeuten? Wieso verwandelte sich dieser Widerling in einen Höfling und wedelte mit den Kittelzipfeln, als sei er Lindauers Knappe? Keller verstand nichts mehr, er beschloss, endlich heimzugehen, dem Gelände des Wissenschaftsparks erst einmal den Rücken zu kehren. Doch dann ging er an seiner Haustür vorbei, trotz der frühen Stunden wollte er sein Glück versuchen, er wollte den Asia-Imbiss aufsuchen, dessen Adresse auf der Tüte stand, die er im Gebüsch hinterm Einsteinturm gefunden hatte, es schien ihm plötzlich unheimlich wichtig, zu wissen, wer dort gewesen war und sich ein Chop Suey zum Mitnehmen hatte einpacken lassen, es dann in aller Ruhe verzehrt hatte, bevor er das Affenhirn über dem kleinen Bronzehirn drapierte, den Appetit hatte er sich von der bevorstehenden Aufgabe offenbar nicht verderben lassen. Der Imbiss war geschlossen, als Keller um kurz vor acht an der Tür rüttelte, der Mann, der bis dahin hinter dem Tresen geputzt hatte, hob den Kopf und schüttelte ihn, wobei er auf das Schild mit den Öffnungszeiten zeigte, doch Keller machte sein dringliches Gesicht. Endlich schloss der Mann ihm die Tür auf, er lächelte, als Keller ihn fragte, ob er sich an den Montag vor einer Woche erinnern könne, ob er an dem Tag überhaupt gearbeitet habe, ob er sich, wenn ja, an die Kunden erinnere, ob er ihn überhaupt verstehe. Keller verhedderte sich im Gestrüpp der eigenen Fragen und lächelte hilfesuchend zurück.

„Eine Frage enthält tausend Antworten, tausend Fragen gehen ins Leere, lautet ein altes Sprichwort bei uns."

„Und wo ist bei uns?"

„In meinem Fall in Laos, lassen wir das, das wollen sie nicht wissen. Ich arbeite jeden Tag hier, es ist mein Laden, nur sonntags ist zu. Und mein Gedächtnis ist gut, manche behaupten, es sei zu gut, aber um ihnen zu helfen, müsste ich wissen, wen sie suchen, es kommen viele Leute her, haben sie denn keine Fotos?"

Keller bedauerte, keine dabeizuhaben, er schalt sich einen Anfänger und gelobte Besserung. Der Mann aus Laos lachte, als Keller sich selbst einen Zauberlehrling ohne Eimer nannte.

Zuhause setzte er sich sofort an seinen Computer, er fand von allen in Frage Kommenden brauchbare Bilder, nur von Wolke nicht.

Langsam und majestätisch steckte sich Littlewood die Augäpfel wieder in die Augenhöhlen, er rekonstruierte sich mit einem Lächeln auf den Lippen, Stück für Stück, schließlich klappte der geöffnete Schädel mit einem schmatzenden Plopp zu. Zuvor hatte der ins Leben Zurückgekehrte sich eigenhändig mit einem Schweizermesser den Tumor entfernt, der Träumer Luzian hatte Bravo gerufen und geklatscht, bis ihm die Hände brannten. Dafür verbeugte sich Littlewood vor ihm, der Vorhang senkte sich schwarz herab, nein, da war kein Vorhang, es war die hereinbrechende Nacht, die das antike Theater verschwinden ließ, Littlewood winkte und verschwand, er malte mit Leuchtkäfern einen Satz in die Nacht: „Was ich an mir getan, zu tun, tat Not, sonst ist Stupor Mundi wirklich tot."

Luzian blickte ratlos den Glühwürmern nach, die sich in der Nacht verloren, er schmeckte den Satz salzig auf seiner Zunge, als wäre das Meer in der Nähe, doch er verstand weder, was er schmeckte, noch die Bedeutung des Satzes, der zu einem Gewirr von leuchtenden Punkten geworden war.

Beim Erwachen hatte Keller einen bitteren Zug um den Mund, er strich bekümmert über sein Twinset, das knittrig geworden war und auf das er gesabbert hatte. Mechanisch zog er sich aus, bevor er sich unter die Dusche stellte, machte er das Radio an, hörte mit halbem Ohr etwas über die pilgernden Femminielli von Neapel, hörte sich an wie eine besonders verdrehte Pastasorte. War aber eher eine besonders verdrehte Menschensorte, die im fernen Neapel offensichtlich sogar von der Kirche respektiert wurde, sie sollten angeblich Glück bringen, diese sich zur Frau gestaltenden Männer. Keller frottierte sich ab und wusch noch nackt, im Handwaschbecken, die Flecken aus seinem Twinset. Beim Anziehen bedauerte er, kein zweites zu besitzen, er brauchte dringend eines zum Wechseln, steckte in ihm ein Zipfel Femminielli? Das Gelächter erfasste ihn völlig unerwartet, so einen Lachkrampf hatte er seit seiner Kindheit nicht mehr gehabt, nichts war komischer, als sich vorzustellen, in einer blauen Pastaschachtel mit lauter anderen Femminielli auf den großen Auftritt zu warten, endlich hatte der Ausdruck „verdrehte Nudel" einen Sinn für ihn. Erstaunlich, wie lange er für diese Erkenntnis gebraucht hatte, im selben Augenblick war auch der Traum wieder da, und der Satz von Littlewood, ein Menetekel, wovor hatte der alte Professor warnen wollen, was musste geschehen, damit das Staunen der Welt nicht starb? In fliegender Hast schrieb Keller alles nieder, was er aus seinem Traum erinnerte, es war völliger Quatsch, Kauderwelsch des Unbewussten, ganz eindeutig. Ohne Frühstück verließ Keller seine Wohnung, aber weder der Kopfschmerz noch die leicht Übelkeit hinderten ihn, sich, ohne im PIK Bescheid gegeben zu haben, und ohne Anmeldung, fast direkt ins Naturkundemuseum zu begeben, um dort der erstaunten Annette Buschinski mitzuteilen, dass sie augenblicklich ihren Schreibtisch zu verlassen und ihm in den Raum mit den eingelegten Affenhirnen zu folgen habe. Und dort erzählte er ihr von seinem Verdacht, so vorsichtig, dass Sie erst gar nicht verstand, worauf er hinaus wollte, er mied den Namen des Toten wie der Teufel das Weihwasser, er kramte die unmöglichsten Konjunktivkonstruktionen aus seinem Hirn hervor, um zum Schluss zu fragen: „Und wie gefällt ihnen mein neues Twinset, ich bin nicht sicher, die Farbe? Nicht zu gewagt?"

Nein, das fand Frau Buschinski ganz und gar nicht, ein wunderbar zartes Lila, stand ihm ausgezeichnet, und das, was bisher wie eine Wand aus Glaswolle zwischen ihnen gestanden hatte, krachte ohne zu Stauben in sich zusammen.

„Gabelfrühstück" lautete das Gebot der Stunde, wurde von Keller sofort akzeptiert, und wenig später saßen die beiden in dem um diese

Zeit noch ziemlich leeren Bistro an der Ecke und versuchten zu rekonstruieren, wie der greise Professor das Hirn samt Reagenzglas aus dem Museum hatte schmuggeln können, ohne dass der Diebstahl bemerkt worden war. Dass es sich dabei um das Gehirn eines erkrankten Gorillas handelte, war in Anbetracht dessen, dass auch das Gehirn von Littlewood von einem Tumor befallen war, nicht nur makaber, sondern gab möglicherweise Aufschluss über das Motiv des Gelehrten. Und in einem Anfall unbekümmerter Leichtigkeit des Seins gab Keller nicht nur seinen Traum preis, sondern ließ sich sogar eine Interpretation gefallen, die das Ganze nicht als Humbug abtat, sondern allen Ernstes in Betracht zog, dass der Satz „Was ich an mir getan, zu tun, tat Not, sonst ist Stupor Mundi wirklich tot" auch vom lebenden Littlewood gesagt worden wäre. Leider hatte Annette Buschinski Littlewood nur flüchtig gekannt, war ihm auf ein oder zwei großen Kongressen begegnet, doch nie mit ihm ins Gespräch gekommen. Es wäre hilfreich gewesen, wenn einer von beiden ihn besser gekannt und gewusst hätte, wie er getickt hatte, wie er zu dem geworden war, was er am Ende darstellte. Eine gerade noch geduldete Randfigur, deren dauernde Mahnungen vor den Gefahren des ihm größenwahnsinnigen erscheinenden Herumbastelns am Planeten Erde keiner mehr hören wollte. Keller war nicht wohl bei dem Gedanken, dass der Tote sich in seine Träume geschlichen hatte, um ihm diese Botschaft zu senden. Im Übrigen war das totaler Schwachsinn, „Tote sind tot, sie schleichen nicht in Morpheus' Schatten herum, und Morpheus gibt es nicht." Den Schluss seiner Gedanken hatte Keller laut werden lassen.

„Da wäre ich mir nicht so sicher, alles rein rational betrachten zu wollen, führt nur zu einer zyklopischen Sicht der Dinge…"

„Zyklopen gibt es auch nicht!" Annette Buschinksi ließ sich nicht gern unterbrechen, aber die unbändige Lachlust von Luzian Keller war ansteckend, und beide alberten während des Frühstücks herum, ohne dass Littlewoods Name noch einmal gefallen war, dafür war aus Luzian Lucy geworden, er hatte es abgenickt.

Nun stand er allein zwischen den 276 000 Gläsern mit ihren Präparaten, die in 81 880 Litern Alkohol schwammen, einsam fühlt man sich hier nicht, oder doch, gerade weil man selbst ja nicht in einem Glas geborgen ist, dachte Keller, der sich als einziger Schauender in dem halbdunklen Raum wähnte. Er konnte nicht alles ansehen, was die „Nass-Sammlung" genannte Abteilung zu bieten hatte. Aber das wollte er auch gar nicht, er versuchte, sich in den alten Mann hineinzuversetzen, der hier gewesen war und ein Affenhirn gestohlen hatte, war das mit Vorsatz geschehen, oder hatte sich Littlewood von diesem Ort inspirieren lassen? Gut möglich, dass der Gedanke an die verstörende Inszenierung ihm erst hier gekommen war. Etwas Unwirkliches waberte zwischen all diesen Reagenzien herum. Wie weit war der Professor mit seinen Gedanken damals gekommen? Suchte er das einzige in Frage kommende Gehirn oder suchte er nach ganz etwas anderem? War er in Angesicht seines absehbaren Sterbens zu dem Schluss gekommen, alles auf eine Karte setzen zu müssen, bis zum Äußersten zu gehen? Und wenn ja, was war das Äußerste für ihn gewesen? Ein leichtes Tippen auf seine linke Schulter ließ ihn zusammenzucken, Annettes Zeigefinger schwebte noch in der Luft, als er sich ruckartig umdrehte.

„Ich dachte, wir wollen das Rätsel zusammen lösen, aber offenbar ist ein Toter dir nicht genug."

„Falsch, Dr. Keller, er ist mehr als genug." Keine Spur der heiteren Stimmung vom Morgen lag mehr in ihrer Stimme, Keller bereute seinen Spruch und sein Erschrecken gleichermaßen, er folge der trotz der Krücke energisch voranschreitenden Frau.

Erst in ihrem Büro sprachen sie wieder miteinander, nachdem ihm Annette den Ausdruck einer Mail ʼrübergeschoben hatte.

„Interessant, oder?"

Zur gleichen Zeit begriff Wolke, dass er zum Sündenbock auserkoren worden war, der Kommissar stellte ihm seit dem Vormittag immer dieselben Fragen, Wolkes Schweigen machte es nicht besser. Es gab eine Menge Fakten, die gegen den Hausmeister sprachen, und es gab vieles, was Wolke wusste, aber nicht sagte. Dass er schwieg, machte Kommissar Bärlauch ratlos und wütend.

„Dann nicht! Ich lasse sie morgen dem Haftrichter vorführen. Bis dahin…"

„…hab ich meine Ruhe." Der Mann im grauen Kittel ließ sich ungerührt in seine Zelle bringen.

Wolke hatte anderes erlebt und fand sich, ohne einen Moment die Fassung zu verlieren, mit seiner Situation ab, seine Auffassung von Loyalität mochte aus der Mode gekommen sein, das war für ihn noch lange kein Grund, sie aufzugeben. Er ließ sich in seiner Zelle auf die Pritsche sinken und schlief bald darauf ein.

Genau das wollte Petershagen partout nicht gelingen, und er war alles andere als froh darüber, dass die anberaumte Konferenz über „Computersimulationen in der Soziologie" in Prag nicht ohne ihn stattfinden konnte. Trotz Schlafbrille und First-Class-Komfort im Intercity.

Vollkommen übernächtigt gingen Wetzky und Sitteler die Abläufe der vergangenen Tage und die sich daraus ergebenden Tatsachen wieder und wieder durch, dem Verwaltungschef ging es sichtlich auf die Nerven, nun mit seinem Adlatus so eng in einem Boot zu sitzen und ihn schonend behandeln zu müssen, auch Wetzky fand keinen Gefallen an der neuen Situation, selbst sein wiedergefundenes Smartphone konnte ihn nicht tröstend. Wäre er doch nur auf dem Himalaja gewesen, an diesem unseligen Tag, zu allem Überfluss ging ihm dieses blöde Weckerlied nicht aus dem Kopf, sein Vater war ein großer Fan dieses Barden gewesen und hatte ihn deshalb Willy genannt. Ein leises Vibrieren in seiner Hosentasche ließ Wetzky aufschrecken, die Nachricht war kurz. Ob gut oder schlecht, darüber konnte er sich mit seinem Chef nicht einig werden, fest stand auch, die nächste Nacht würde keinem von ihnen einen ruhigen Schlaf bringen.

„Das ist doch keine Katastrophe, der Mann hält was aus, Menschenskind Wetzky, HALTUNG, die fehlt ihnen fundamental. Wolke wird nichts sagen, der schlägt doch nicht die Hand ab, die ihn füttert, der ist schlau, und wer weiß…"

„Was soll das nun wieder heißen? Wer weiß, wenn dieser verfluchte Hausmeister doch irgendwie schuldig ist, sind wir geliefert…"

„Quatsch, ganz großer Käse, ist er nicht, sonst wäre er doch nicht sofort zu uns gerannt…"

„Sie mit ihrer nobeln Denke, dieser Typ ist ein Schulbeispiel für einen in der Wolle gefärbten Stasimann, der ist doch nicht von ungefähr zu uns gekommen."

„Nun halten sie mal die Luft an, Wolke ist von Anfang an in diesem Laden und er hat aus seiner Vergangenheit keinen Hehl gemacht…"

„Umso schlimmer, wenn sie sich vor ihn stellen und ihn decken, nur weil sie beide…."

„Vorsicht, Wetzky, wägen sie ihre Worte wohl, Wolke ist Potsdamer, genau wie ich, na und? Ihre Wiege stand in Augsburg, keiner hat sie gezwungen, sich so weit in den wilden Osten vorzuwagen!"

Sie kamen zu keinem guten Ende, die beiden Unzertrennlichen waren plötzlich kein gutes Team mehr, noch ging es um Wolke, aber während Sitteler zu seinen Betablockern griff, schrieb Wetzky hastig etwas auf ein Stück Papier, Sitteler wurde sofort misstrauisch, niemals vorher hatte sein Assistent freiwillig etwas zu Papier gebracht. Kaum war Wetzky fort, griff der Verwaltungschef zum Telefon und besorgte für Wolke den besten Anwalt den er bekommen konnte.

ZWEITER TEIL

9 In die Tiefe

Das Sommerfest sollte die Ereignisse der vergangenen Wochen vergessen machen und etwas Entspannung bringen, kurz vor der Langen
Nacht der Wissenschaften waren ohnehin fast alle ein wenig kribbelig
und nervös. Keller hatte wenig Freude an dieser Art von Events, er
mochte es nicht, wenn sich ein nicht endender Strom von Besuchern
über den Telegrafenberg ergoss, neugierige Touristen in schlecht sit-
zender Freizeitkleidung, interessierte Väter mit gelangweilten Kindern,
arrogante Mütter mit hochbegabten Sprösslingen, die, über alles schon
bestens informiert, nun noch mehr wissen wollten. Er wäre gern fern
geblieben, aber es galt, den geliebten Ort, der sich so weit geöffnet hatte, zu schützen, und so machte Keller jedes Jahr freiwillig mit, um et-
waigen Schaden abzuwenden. Keinesfalls wollte er am Tag danach etwas irreparabel beschädigt oder, ebenso schlimm, gar nicht mehr finden. Noch lagen zwischen ihm und diesem rabenschwarzen Tag sieben
andere und der heutige Abend, den es, in ausgesuchte Kleidung
gehüllt, in heiterer Laune im Kreise der Kollegen zu verbringen galt. In
seinem Büro faltete Keller seinen langen schwarzen Regenmantel zusammen, machte ihn so klein wie möglich und stopfte ihn in die Aktentasche, ein Erbstück, sein verstorbener Vater hatte sie jahrzehntelang
mit auf Arbeit genommen, auf Arbeit, so hieß das, und diese Bezeichnung hatte er von seinem Papa, dem er in Vielem ähnelte, ebenso übernommen wie die andere, „Brotdosentyp". Ebenso wie dessen abgeschabte Aktentasche, und den an manchen Stellen porös gewordenen
schweren Regenmantel, der fast schon ein Museumsstück war. Passte
partout nicht in die Tasche, und wurde schließlich als Rolle drangebun-
den, beides zusammen passte dann überhaupt nicht zu Kellers elegan-
ter Erscheinung. Rote Bolerojacke, schwarze Hose und ein enges Hemd
aus Lurex. Kein Hemd, eine Bluse, nun steh auch dazu, ermahnte sich

Keller, als er die Tür seines Büros abschloss und leicht tänzelnd die Treppe hinunterging.

Der Wettergott war dem PIK und seinen Klimaforschern wohlgesonnen, der Abend lau, der Himmel wolkenlos. Zwischen den beiden Türmen des Michelsonhauses standen lange Tische und Bänke, in der Luft hing der Geruch von gegrilltem Fleisch, dafür war das Büffet vegetarisch, meistenteils sogar vegan, alle Gäste kamen mit vollen Tellern und zufriedenen Gesichtern an ihre Plätze zurück. Ein Quartett spielte Jazz, später Funk und Latin, Keller saß allein auf den Stufen des Hauses, er balancierte seinen Teller auf den Knien, gabelte etwas auf, ohne darauf zu achten, was es war. Der zwischen den Bäumen auftauchende und schnurstracks auf den reglos an einem Baum lehnenden Sitteler zueilende Wetzky interessierte ihn deutlich mehr als die verschrumpelte Aubergine. Keller hatte zwar noch vor wenigen Tagen geschworen, sich nie wieder die Finger am Lösen von kriminalistischen Fragen zu verbrennen, seit er die kleine Plakette in die Hände bekommen hatte, doch auf einen Meineid mehr oder weniger im Leben kam es nicht an. Das Gerücht, dass die beiden Unzertrennlichen sich entzweit hätten, schien jeder Grundlage zu entbehren, geradezu rührend schien Wetzky um seinen Chef besorgt zu sein. Sitteler war seit Littlewoods gewaltsamem Ende gesundheitlich angeschlagen. Wetzky hakte ihn unter und führte ihn zu einer fast leeren Bank, holte sogar Bier und Bratwurst für ihn, Keller schlenderte zu beiden herüber.

„Dr. Keller, das trifft sich gut, ich versuche gerade vergeblich, dem Chef das auszureden…," Wetzky blickte ihn hilfesuchend an.

„Was denn auszureden?"

„Heute Abend bei der Führung dabei zu sein, das ist viel zu riskant."

„Er will mich nicht an den Ort meiner Jugend zurückkehren lassen. Menschenskind Wetzky, hören sie auf, die Krankenschwester zu spielen. Ich bin achtundfünfzig, da ist es normal, dass das Herz manchmal klappert. Deshalb bin ich noch lange kein Pflegefall, so schnell erben sie meinen Posten nicht." Sitteler prostete seinem Adlatus zu und übersah dabei bewusst die Flasche Cola samt Halm in Kellers Hand.

„Ich vermute, dass von der Exkursion in den Tiefbrunnen die Rede ist, warum sollten sie die denn nicht mitmachen? So tief ist der doch nicht, die paar Treppen sind doch wohl zu schaffen."

Sitteler blickte nickend auf seine Uhr, „Genau! Also los, auf in den Kampf, die Unterwelt ruft."

Es blieb Keller nichts anderes übrig, als sich den beiden anzuschließen, dabei hätte er die Führung viel lieber ohne ihre Gesellschaft gemacht. Wetzky versuchte, hinter flauen Witzen zu verbergen, wie besorgt er war, bezeichnete Keller als Spezialisten für alles Unterirdische und ging ihm damit auf die Nerven. Das Ziel ihrer kurzen Wanderung war schnell erreicht, der Zugang zum Tiefbrunnen lag gleich hinter dem Pförtnerhaus am Eingang des Wissenschaftsparks. Keller schlüpfte in seinen Regenmantel, war froh, ihn mitgenommen zu haben, sobald Dr. Walkhorst vom Geoforschungszentrum die Tür aufschloss. Feuchte modrige Luft schlug ihnen entgegen, die wartende Gruppe von fünfzehn Personen zwängte sich durch den schmalen Gang, an dessen Seiten die vier geöffneten Fenster den Blick in die Schwärze der weiter unten liegenden Wassersammelbecken abirren ließ, die nur durch Glasscheiben von ihnen abgetrennt waren. Keller nahm die Silhouetten von Fledermäusen wahr, ihn fröstelte trotz der Pelerine aus dickem Gummi. Die offenen Luftschutztüren waren rostig, überall lagen Verbindungsstücke von längst nicht mehr benutzten Rohren herum, die ebenso rostig waren wie die Türen. Am Ende des Ganges wendelte sich eine Eisentreppe in die Tiefe des eigentlichen Brunnens, hier wurden von Walkhorst Sauerstoffmasken verteilt, denn dort unten trat CO_2 aus der Erde, also safety first. Sitteler nahm seine spöttisch lachend entgegen. „Gibt es eigentlich noch was, vor dem man heutzutage keinen Schiss haben muss? Ich brauch das Ding nicht, hab hier unten die ruhigsten Stunden meines Lebens verbracht, ohne Maske. Das hier war bis '89 mein ganz persönlicher Ruheraum. Herrlich da unten, keine Menschenseele sucht dich da, und es ist still, stiller als dort ist es nirgends." Keller fragte sich, ob dieser durch und durch rationale Pragmatiker möglicherweise dort unten seinen Sehnsuchtsort gefunden hatte. Offenbar war er als junger Mann oft hier gewesen, und die Sicherheitsbestimmungen in der DDR waren, was CO_2 betraf, wohl eher lax gewesen. Beim Heruntergehen war Keller unter den Ersten, froh darüber, dass es ihm gelungen war, sich unauffällig von den beiden anderen zu trennen, er wollte diesen Ort ungestört auf sich wirken lassen. Ohne, dass er es Wetzky gegenüber hatte zugeben wollen, steckte etwas Wahres in dessen Witzeleien, er war wirklich gern unter der Erde, spätestens, als er Littlewood unten im Eiskeller gefunden hatte, war ihm das bewusst geworden. Und nun stand er noch halb auf der Treppe, als der Seismologe Walkhorst vorne mit seinem Vortrag über die historische Bedeutung des Brunnens für die Erdbebenforschung begann. Wohl dem, der sich in eine dicke Gummihaut wickeln konnte, langsam schob sich Keller durch die um ihn Stehenden nach vorne. Die Kammer, die sich in 30 Metern Tiefe seitlich neben dem Brunnenschacht öffnete, war von eigentümlichem Reiz, und Keller verstand sofort, was den Verwaltungschef dazu bewogen hatte, hier unten sein Lager aufzuschlagen, vergebens suchte er nach dem Feldbett, das er imaginiert hatte, die Kammer war fast leer bis auf ein paar verblichene Seismogramme an der Wand. Er hörte nur mit halbem Ohr zu, „… weltweit erstmals…“, „… Gezeitenwirkung auf das Festland…“, „… Schwankungen der Lotrichtung…“, „… spitzengelagerte Horizontalpendeln…“. Suchte in den Pausen nach der Stille, die diesem Tiefbrunnen fast immer innewohnte, aber das Gewisper der Umstehenden erstarb nicht für eine Minute, der Mensch der Jetztzeit meidet die Stille. Schade eigentlich, dachte Keller und beschloss, als letzter wieder nach oben zurückzukehren, um noch einen Hauch davon zu erhaschen. Langsam wendelte sich die kleine Gruppe die 30 Meter wieder nach oben, die meisten von denen, die vor ihm hinaufgingen, waren viel zu leicht bekleidet und hatten es eilig, wieder nach oben zu kommen. Die Aufwärtsbewegung stockte, etwas stimmte nicht da oben, die Brandschutztür war zugefallen und nun klemmte sie, es dauerte fast fünf Minuten, bis sie sich wieder öffnen ließ. Fünf Minuten, die zu wilden Spekulationen ausgereicht hatten, als der Ausgang endlich wieder frei war, wurde geschubst und gedrängelt. Keine Panik, aber doch etwas Ähnliches, nur Keller hatte sich nicht aus der Ruhe bringen lassen, und er bemerkte als einziger, dass die Tür nicht von allein zugefallen war, jemand hatte dafür gesorgt, dass sie zufallen musste und wegen eines verkeilten alten Rohrstückes so leicht nicht mehr zu öffnen gewesen war. Die draußen Wartenden lachten zu laut und zu ausgelassen, waren alle heilfroh, wieder an der Erdoberfläche zu sein, nun hatten es alle sehr eilig, zum Fest zurückzukehren. Erst, als Dr. Walkhorst die sich sofort in die Schlange der Wartenden am Getränkestand Anstellenden scherzhaft bat, einmal durchzuzählen, fiel es auf, „Vierzehn“ sagte Keller, er war der Letzte in der Schlange, einer fehlte, er dachte sofort an Sitteler, aber der stand ganz vorn und hatte schon wieder ein Bier in der Hand, es war Wetzky, der ihnen abhanden gekommen war. Auch als Dr. Walkhorst in Begleitung des Aushilfshausmeisters noch einmal in den Brunnen zurückkehrte, tauchte der nicht wieder daraus auf. Großer Schrecken, als die beiden ohne ihn zurückkehrten, allgemeine Erleichterung, als Sitteler jovial abwinkte, Wetzky habe ihn gerade angerufen, sei einfach nach Hause gefahren, habe offenbar eine Art Höhlenphobie, ihm sei da unten schlicht schlecht geworden. Ein Fest ohne weitere Vorkommnisse, keiner wollte aussprechen, was alle kurz gedacht hatten. Nur Keller nahm das verbotene Wort in den Mund, „Mord," aber so leise, dass keiner es hörte.

Mittlerweile wurde getanzt, auch Annette Buschinski war gekommen, Keller freute sich, dass sie seiner Einladung gefolgt war, und nun tanzte er mit dieser Frau, die irritierte und faszinierte, je nachdem, ihn dabei aber immer um einen halben Kopf überragte. Er machte keine schlechte Figur, denn er ließ sich von ihr führen, ganz offensichtlich.

Und während er sich im Kreis drehen ließ und dabei die auf ihn gerichteten Blicke spürte, auch wie sie zwischen Spott und Bewunderung changierten, fiel ihm die Tür wieder ein.

Als sie die Tanzfläche verließen, berichtete er Annette davon, es war ihm dabei aus Versehen rausgerutscht, aber von jetzt an blieb es beim Du. Annette verstand zuerst nicht, wovon er sprach, aber als er ihr erklärte, dass die Gruppe kurz davor gewesen war, in Panik zu geraten, begriff sie, dass es sehr wohl eine Art Test, ein perfides Experiment gewesen sein konnte und dass die Tür möglicherweise für viel längere Zeit hatte klemmen sollen. Wem hatte das gegolten? War es derselbe Täter gewesen, der den armen Littlewood zu einem an was auch immer mahnenden Stillleben hatte werden lassen? Stirb und werde, von wem war das, waberte es Keller durch den Kopf, aber in dem Moment gesellte sich Manon Duval zu ihnen, und er vergaß, den Gedanken zu Ende zu führen. Die beiden Frauen redeten gern. Erst, als es dann um eine Dritte ging, konnte Keller wieder mitreden, über Emma Lindauer wusste er eine Menge und er bedauerte, dass sie heute nicht hier sein konnte. Bedauerte er auch die Abwesenheit von Petershagen? Darauf wollte er sich keine Antwort geben, er nannte es gekonntes Verdrängen, als Manon Duval den Namen dann erwähnte, war es ein willkommener Anlass, wieder an ihn zu denken. Keller freute sich über den Wunsch der Doktorandin, die Dissertation ihres Doktorvaters zu lesen, gern würde er die für sie heraussuchen, konnte gar nicht glauben, dass sie unauffindbar war. Manchmal wussten die jungen Leute einfach nicht, wo sie suchen sollten, wenn etwas nicht im Netz sondern in einem Regal zu finden war, darüber war er sich mit Annette einig, die sich zudem zu erinnern meinte, Petershagens Diss irgendwann einmal gelesen zu haben. Das Wir-sind-alte-Leute-Spiel langweilte Manon, und sie zog den widerstrebenden Keller auf die Tanzfläche, in der führenden Rolle war er nicht so überzeugend, aber dass er mit ihr über einen Maulwurfshügel stolperte und beide beinahe hinfielen, hatte einen anderen Grund. Er sah den sich unauffällig an der Tanzfläche vorbei Drückenden zuerst, und als einziger. So glaubte er zumindest, dann bemerkte er, dass der bereits erwartet worden war. Aus dem Schatten der Bäume löste sich der Schatten des Verwaltungschefs, die beiden Männer begrüßten sich mit herzlichem Schulterklopfen. Der Aushilfshausmeister konnte seinen Hut nehmen, Wolke war zurück. Und das wunderte Keller dermaßen, dass er ins Stolpern kam, die verknoteten Tanzbeine dann nur schwer auseinander bekam, und kaum, dass es vollbracht war, mit ungeheurem Schwung in Richtung Wolke tanzte, um die verdutzte Manon flugs in ein Gebüsch zu zerren. Doch statt dort zu tun, was Männer zu tun pflegen, wenn sie mit Frauen in ein Gebüsch tanzen, hielt er den Finger vor seine Lippen, wollte weder küssen noch mehr. Schnell begriff die Doktorandin, dass sie in einen kleinen Lauschangriff verwickelt war. Der machte ihr entschieden mehr Vergnügen als die befürchtete Anmache. Doch leider fuhr ein böiger Wind dazwischen und ließ die Wipfel derart rauschen, dass sie das Gespräch zwischen Wolke und Sitteler weitestgehend übertönten. Die mit Wärme und in aller Freundschaft begonnene Begegnung, ob zufällig oder nicht, kam schnell in einer Kaltfront an, dort verweilte sie so lange, bis ein Wortgestöber knapp unter dem Gefrierpunkt die beiden Sprecher auseinander trieb.

„… Dankbarkeit, dass ich nicht lache… wer hier wem dankbar sein sollte, steht auf einem anderen Blatt…"

„Dann nehmen sie es als eine Dienstanweisung, es gilt, Schaden vom Institut abzuwenden. Das müssen sie doch einsehen…"

Wolke brach in bösartiges Gelächter aus, Keller sah die Speichelfäden aus seinem Mund fliegen, oder glaubte zumindest, das zu sehen.

„BEFEHL, das meinen sie doch… dann sagen sie es auch, aber dit looft nicht mehr. Jetzt ist Ende im Gelände…"

Sitteler hielt daraufhin den Hausmeister am Arm fest und flüstert leise auf ihn ein.

Und während er flüsterte, schrumpfte der eben noch aufrechte Wolke zusammen, nickte stumm und machte sich dabei sehr vorsichtig von Sitteler los, wie von einem ekligen und gefährlichen Insekt.

„Es wird sich eine Lösung finden, aber dann ist Schluss, ich bin dann endgültig draußen, so oder so!"

Wolke verschwand hinter den Bäumen, und der eben noch fast panische Sitteler war plötzlich bester Stimmung.

Zu den Klängen eines Sambas tanzte Keller mit Manon wieder aus dem Gebüsch heraus. Brachte sie artig an den Tisch zurück und überließ es ihr, der leicht irritierten Annette den allerneuesten Buschfunk zu übermitteln und damit gleichzeitig ein naheliegendes Missverständnis aufzuklären. Keller selbst schlenderte zum Bierstand, überwand sich und kaufte zwei große Bier, dann lächelte er, richtig spekuliert, da kam der Verwaltungschef mit elastischen Schritten über den Rasen gefedert. Wirkte kein bisschen gebrechlich, und erst als er den Blick Kellers auf sich ruhen fühlte, verlangsamte er sein Tempo merklich. Beim Bierstand angekommen, wirkte er so kränklich wie zuvor, und nahm das angebotene Bier gerne an. Das lange Stehen sei doch sehr ermüdend, er prostete dem mühsam seine Abneigung gegen das Getränk Verbergenden jovial zu, Keller nahm einen winzigen Schluck, „bittere Brühe" denkend verzog er sein Gesicht und lenkte das Gespräch ganz vorsichtig in die von ihm gewünschte Richtung.

„Ich bin nicht sicher, ob ich mich verguckt habe, aber mir ist so, als hätte ich unseren mörderischen Hausmeister gesehen…"

„Das grenzt ja an Vorverurteilung, von ihnen hätte ich so was nicht erwartet, Herr Dr. Keller. Immerhin ist Wolke ein langjähriger und verdienter Mitarbeiter des Hauses. Ich lege meine Hand für ihn ins Feuer, was ich längst nicht bei jedem täte… Im Übrigen täuschen sie sich keinesfalls, er ist wieder draußen, es liegt nichts Stichhaltiges gegen ihn vor. Das musste auch dieser dusselige Inspektor erkennen."

Sitteler senkte seinen Kopf, hob seinen Seidel, nahm einen tiefen Zug aus dem Glas, und ihm entging das kätzische Funkeln in Kellers Augen ebenso wie die Bewegung der Hände, deren Finger wie Krallen auseinanderfuhren.

„Wären sie auch so solidarisch, wenn Wolke beim BND gearbeitet hätte?"

„Was soll die Frage? Das ist doch Quatsch und überhaupt nicht zu vergleichen, ja, der Mann war IM, er hat das nie geleugnet, aber fragen sie ihn doch selbst, wenn es sie so sehr interessiert… glauben sie, der würde ausgerechnet hier heute noch arbeiten, wenn er soviel Dreck am Stecken hätte, wie sie vermuten? Njet!"

„Ich hab ja nur gefragt…"

„Und ich sage ihnen jetzt mal was, falls hier jemand arbeitet, der sich nebenher was beim Geheimdienst verdient, dann fliegt der, egal, ob für BND, NSA, CIA, Mossad oder für irgend ein großes Unternehmen spioniert wurde. Was im Übrigen viel wahrscheinlicher wäre, aber das haben die gar nicht nötig."

„Gut, lassen wir das, ich bin zwar kein Spion aber ich habe da was gefunden, rein zufällig, kommt ihnen das bekannt vor?"

Keller legte die kleine silberne Plakette auf den Tisch, Sitteler betrachtete sie, nahm sie in die Hand, wendete sie, erst da stutzte er kurz, dann legte er sie zurück auf den Tisch.

„Und was soll das, bitte schön, sein?"

„Das ist ein fehlende Glied in der Kette…"

„In wessen Kette, reden sie Klartext, ich bin kein Rätselfreak."

„Sie erinnern sich doch sicher noch daran, wie alles angefangen hat…"

„Was heißt denn nun schon wieder ,alles'?"

„ ,Alles' meint in diesem Fall die Menge derjenigen Ereignisse, die meines Erachtens nach hier auf diesem Gelände nicht hätten stattfinden dürfen, sollen und können, wenn nicht jemandem oder einer Gruppe von Jemanden daran gelegen wäre, hier einen bösen Budenzauber zu veranstalten! Soweit klar?"

„Klar…? Ich glaube zumindest zu verstehen, was sie damit meinen…," es folgte ein weiterer tiefer Zug aus dem Glas, das war leider schon leer, enttäuscht wischte Sitteler sich über die die Lippen.

„Noch mal von vorne, im Frühjahr finde ich gleich neben dem Einsteinturm über dem kleinen Bronzehirn ein weiteres Hirn, das ich fälschlicherweise für das Gehirn eines Menschen halte. Die Polizei findet auf dem Gelände keine Spur von einer Leiche. Noch nicht, wie man im Nachhinein sagen muss. Es stellt sich heraus, dass das Hirn einem kranken Gorilla gehört hat, der schon vor langer Zeit an den Folgen des Tumors gestorben war, der in eben diesem Hirn gewuchert hatte. Kein Mord, ein schlichter Diebstahl, begangen von einem ehrenwerten Mann, der seinerseits einen Tumor in seinem Hirn beherbergte. Wenn man das so sagen darf. Dieser Mann, Julian Littlewood hat, dafür sprechen mancherlei Indizien, das Ding zuerst aus dem Naturkundemuseum geklaut und es dann hier zu seiner makabren Inszenierung gemacht. Zwischendurch hält er hier, noch ziemlich munter, seinen Vortrag, dann gibt es noch eine Henkersmahlzeit für ihn, doch davon ahnt er nichts. Und weil er anscheinend der Kraft seiner mahnenden Worte nicht mehr vertraut, legt er zum Zwecke drastischerer Mahnung ausgerechnet mir einen Fötus auf den Teller, auch diesmal sieht es zuerst so aus, als sei es ein Mensch, auch diesmal trügt der erste Anschein. Ob es wirklich der englische Gast gewesen ist, der mir den Embryo zwischen das Gemüse legte, bleibt bis dato unbewiesen, doch es ist mehr als wahrscheinlich. Nachweislich tot hingegen ist wenig später Littlewood, sein Leichnam wird grausam geschändet im Großen Refraktor gefunden. Wer das getan hat und warum, ist bis heute nicht geklärt. Die Polizei nimmt den Hausmeister Wolke als tatverdächtig fest und lässt ihn heute wieder laufen. Und ich, der ich immer zur rechten Zeit am falschen Ort bin, streite mich mit einem etwas irren Gelegenheitsdieb, Spitzname Einstein, darüber, wie er in Besitz einer Plakette gekommen ist, die, nur diesen Schluss lassen ihre Größe und die gräulichen Spuren undefinierbaren organischen Materials an ihrer Unterseite zu, offenbar an der Stelle des Affenhirns angebracht worden war, an der jetzt nur noch ein hässliches Loch ist, statt des viel saubereren kleinen Schnitts, der vorher dort auf das inhumane Experiment hingewiesen hat, das unser armer Verwandter anno 1881 erdulden musste, und nun klaut Einstein ihm auch noch sein neues Piercing, hat wohl „3 My" mit „free me" verwechselt…" Keller holte kurz Luft.

„Und wann war das?" Sitteler nutzte die Gelegenheit, den neuesten Stand der Dinge zeitlich zu verorten.

„Das ist vorgestern gewesen, der Mann schwört Stein und Bein, er habe die Plakette in einem heruntergefallenen Vogelnest gefunden, aber das glaube ich ihm nicht."

„Und wieso nicht? Kann doch gut sein, es gibt hier ne Menge Rabenvögel, besonders Elstern mögen glänzendes Zeug. Sie haben entschieden die Neigung, in alles etwas hineingeheimnissen zu müssen. Ihre Lesart der Dinge ist eine mehr oder minder zusammengestoppelte Aneinanderreihung! Wer was wirklich getan hat, ist noch völlig unbewiesen. Einen Toten zu verdächtigen ist immer leicht, einen, der in U-Haft war, einen Mörder zu schimpfen, ebenso. Sie, verehrter Dr. Keller, nutzen das, meiner Ansicht nach, um als bisher eher kleine Leuchte der Wissenschaft etwas mehr Leuchtkraft und Glamour zu bekommen. Bescheiden in ihrem Winkel forschend haben sie mir wesentlich besser gefallen."

Mühsam erhob sich der Verwaltungschef von der Bank, Keller war sich nicht sicher, ob er ihm zum Abschied zu- oder abwinkte. Immerhin, in einem gab er dem Verwaltungschef recht, die Geschichte mit dem Nest konnte auch stimmen. Aber warum hatte Sitteler das, was er durchaus gesehen und auch gelesen hatte, unerwähnt gelassen, auf der

Rückseite der Plakette war der Satz „Alles Alltägliche endet in einem Alptraum" ziemlich ungelenk eingeritzt, ganz im Gegensatz zum präzise gestochenen „3 My" der Vorderseite. Das sah doch eher nach einem Irren als nach einem Gelehrten aus. Oder? Und was war, wenn es gar kein Entweder-Oder gab, sondern ein Sowohl-Als-Auch? Ohne es zu merken, hatte Keller sein Bierglas auf einen Zug geleert. Es schüttelte ihn, auch vor sich selbst.

Mein Mund ist ein Pelztier, meine Beine sind aus labberigem Gummi, jeder meiner Füße will in eine andere Richtung. Immer munter den Berg hinunter, Hi-Nun-Ter, das ist der alte weise Indianer, der mich da schweigend aus dem Gebüsch ansieht. Ist mir da nie aufgefallen, obwohl sich das Gebüsch direkt neben der Eingangstür befindet. Wo hingegen mein Schüssel ist, weiß ich nicht zu sagen, aber zu fühlen, direkt neben meinen Eiern – He, Häuptling, wozu braucht ein als Neutrum lebender Mann einen HODENSACK, das Wort ist schon so widerlich. Ach so, du willst nicht mit mir darüber reden, das ist unmännlich. Auch gut... OK, OK, ich komm zu dir runter, bin jetzt ein männlich auf der Stufe seines Hauses hockender Kerl, der mit einem alten Häuptling quatscht, der sich seinerseits höchst maskulin in einem Gebüsch verbirgt. Ist wohl der Tag des Busches heute oder des Verbergens... vor mir verbirgt sich ein ganzes Büschel Wahrheiten... was sagst du, es gibt immer nur eine Wahrheit zur Zeit... da könnte was dran sein...

Sag mir, wo die Gehirne sind, wo sind sie geblieben, sag mir, wo die Wahrheit blieb, was ist geschehen...

Ja was? Hi-Nun-Ter, ich verlange Aufschluss! Jetzt! Es gilt, gewaltig auf den Busch zu klopfen! Keine Angst, das sagt man nur so, ich lass deinen Busch schon in Ruhe. Lass uns nach oben gehen! Du willst nicht, auch gut... aber mir friert ganz weibisch der Arsch, und das ist gut so... denn sonst würde ich mich wegen dir noch erkälten. Ist ein kluger Arsch, so klug wie ich bin, wenn ich mein Twinset trage, deshalb müsste es eigentlich die Arsch heißen. Hoch mit mir altem Tier... hups, wo ist er denn hin???

In dieser Nacht nannte sich Keller selbst „Lucy", was er erstmalig tat. Er fand Hi-Nun-Ter sehr geschrumpft auf der Fensterbank, der lehnte sich an den Topf mit dem Farnkraut, bei Licht betrachtet wirkte er fast scheu, taute langsam auf und gab zu, selbst auch gefroren zu haben. Keller kochte Tee und servierte dann, schon im Twinset, seinen köstli-

chen grünen Tee aus Japan. Für sich selbst, ganz unjapanisch in einem
großen Becher, denn er hatte gewaltigen Durst. Es dürstete ihn nach
Klarheit und Erkenntnis, bis zum Morgengrauen sprach er mit dem
Häuptling, über „seinen Fall", den er der Einfachheit halber „Kellers
Gehirne" nannte.

Mit diesen zwei Worten im Kopf wachte er auf, war völlig verkrümmt auf dem Sessel eingeschlafen, den hatte er zur Fensterbank ge-
rückt, auf der neben dem Farn eine seiner Sake-Schalen stand, in der
sich seltsamerweise grüner Tee befand. Mühsam genug, sich aus dem
Sessel zu wuchten, noch mühsamer, sich zu erinnern, beides gelang
dann doch. Und Keller schwor, niemals mehr seidelweise Bier in sich
hinein zu kippen, was war das denn für ein Schwachsinn gewesen.
Mehr als zwanzig Minuten musste er unter der heißen Dusche stehen,
bis der Kater vertrieben und seine Aufmerksamkeit soweit erwacht war,
dass er die Notizen entdeckte, die er sich nächtens gemacht hatte. Ein
ziemlich unleserliches Gekritzel, doch nach kurzer Zeit schwante ihm,
dass der Rausch gar nicht so unnütz gewesen war, ob mit oder ohne
Hilfe der Häuptlingshalluzination, Einiges zu Tage gefördert hatte. Er
fand Fragen, nichts als Fragen, aber die hatten es in sich! Warum hatte
er sich nie darum gekümmert, zu überprüfen, ob Littlewoods Geschichte vom verloren Notebook stimmte oder nicht? Wieso war er nicht einmal in dessen Hotel gefahren? Warum hatte er nicht nachgeforscht,
was mit dem Embryo los war? Weshalb nie mit Annette darüber gesprochen, was Littlewood als Vorwand für seinen Besuch benutzt hatte.
Und dann hatte sich auch noch klarsichtiger Zweifel an Wolkes Täter-
schaft eingestellt. Zumindest, dass er derjenige war, der den Toten zu
einem derart grausigen Stilleben verstümmelt hatte, konnte ausgeschlossen werden. Denn eins war dieser Hausmeister mit Sicherheit
nicht, ein Künstler. Keller sah auf die Uhr, 9:30 Uhr, etwas spät, aber
nicht zu spät. Er griff zum Telefon und meldete sich mit heiserer Stimme krank. Als das erledigt, war griff er zu seinem Trenchcoat und zog
ihn über das rosafarbene Twinset, denn Erstens war es kühl und Zweitens wollte er nicht unnötig auffallen, doch auf sein Lieblingsstück
konnte er bei dem, was er heute vorhatte, auf keinen Fall verzichten.
Schade nur, dass Hi-Nun-Ter nicht im Gebüsch hockte, Keller bedauerte dessen Fehlen aufrichtig, als er aus dem Haus ging.

Auf dem Telegrafenberg nahm außer der Sekretärin im Personalbüro
niemand von Kellers Krankmeldung Notiz, die machte einen kurzen

Vermerk und ging, ohne sich weiter darum zu kümmern, zur Tagesordnung über.

Desob stand der Verwaltungschef vor verschlossener Tür, auch Wolke wollte wenig später zu Keller, Manon Duval klopfte ebenso vergeblich an dessen Bürotür, auch der namenlose Doktorand, der mit schüchternem Klopfen versuchte, auf sich aufmerksam zu machen, soll nicht unerwähnt bleiben. Das Telefon klingelte ein Dutzend Mal, vergeblich, dann verstummte es. Nicht wieder verstummen wollte Sitteler, der die verdutzte Sekretärin zur Schnecke machte, weil weder die Krankmeldung von Keller noch von Wetzky zu seiner Kenntnis gelangt waren. Endlos wiederholte er die abgenutzte Bürokratenfloskel, das ALLES, Alles, wirklich Alles zu seiner Kenntnis auf seinen Schreibtisch zu gelangen habe, was die in in diesem Institut Beschäftigten betraf. Und zwar ALLE, ausnahmslos alle Beschäftigten! Sie könne sich ansonsten nach einer anderen Stelle umsehen, oder in Rente gehen. Fräulein Asmussen ließ den Ausbruch über sich ergehen, es war nicht der erste und es würde nicht der letzte sein. Dann holte sie die braune Flasche aus dem Schreibtisch und schraubte sie auf, „Auf uns", deren Pegel sank beträchtlich, aber Uralt Asmussen enthielt immer noch genug Rum, um ihr dabei zu helfen, mindestens drei weitere Anfälle des Chefs zu überstehen. Der schlitterte weiter durch diesen widerborstigen Tag, denn auch Wolke war unauffindbar, lediglich ein Zettel von ihm klärte Sitteler darüber auf, dass der letzte – fett unterstrichen – Auftrag erledigt sei. Der Verwaltungschef straffte sich merklich, nachdem er ihn in winzig kleine Schnipsel gerissen in der Kloschüssel versenkt hatte. „Erledigt!" Der Mann oder der Auftrag, das wusste Sitteler selbst nicht so recht, entschied aber dann, dass es der Auftrag war, denn der Mann war wie immer zuverlässig gewesen und würde auch über diese unselige Affäre den Mund halten. Das galt 100%, solange er dem Haus verbunden war, also war es besser, ein kleine Gehaltszulage anzukündigen, als eine Kündigung auszusprechen. Dann begab er sich auf „Krankenbesuch", ohne seinen Adlatus fühlte sich der Verwaltungschef irgendwie amputiert. Als er an Wetzkys Tür klingelte, öffnete niemand, eine neugierige Nachbarin lugte aus dem Fenster der anderen Doppelhaushälfte, der Herr Wetzky, der sei verreist, heute früh. Irritiert fragte Sitteler nach, „Verreist? Wieso? Weshalb früh?" Um halb fünf, das wisse sie genau, da koche sie ihrem Günther immer seinen Haferschleim, was anderes bekam der arme Mann nicht runter, und damit der nicht anbrenne, bleibe sie am Herd stehen, um zu rühren, und schaue dabei aus dem Fenster, und deshalb habe sie gesehen, wie der Nachbar Koffer und Reisetasche in den Kofferraum gepfeffert habe, die jungen Leute, die haben ja gar keinen Respekt mehr, vor dem Wert der Dinge, und dann sei der Wetzky losgefahren, mit seinem four wheel drive, diesem Angeberauto. Bla, bla, bla, dachte Sitteler, wieso kannte die Frau die englische Bezeichnung? Warum belog ihn alle Welt? Wieso hatte man Wetzky morgens um halb fünf mit seinem Wagen wegfahren gesehen, und wohin? Er wischte sich den Schweiß vom Gesicht, warm war es, viel zu warm, das war ihm vorher gar nicht aufgefallen. Ratlos fuhr er zurück zum Telegrafenberg. Lügen, Lügen, nichts als Lügen, das wurmte ihn so, dass er kurzfristig vergaß, wie das Reisverschlussprinzip funktionierte, und dadurch fast einen Auffahrunfall verursacht hätte.

Währenddessen log Keller, dass sich die Balken bogen, er log um der Wahrheit willen, und Balken gab es, dem Himmel sei Dank, im Fundbüro in der Potsdamer Straße nicht. Dafür Hindernisse en masse, dabei hatte alles so gut angefangen. Er hatte seine Geschichte vom alten Onkel, der schon etwas tüddelig geworden war, ohne rot zu werden vorgebracht, diesmal auch ein Foto dabei, und wirklich, der Mann konnte sich erinnern, und das Allerseltsamste, es hatte sich wirklich eine Tasche mit einem Notebook angefunden, und darin auch einige Papiere, die eindeutig einen gewissen Julian Littlewood als Eigentümer identifizierten, aber aushändigen dürfe er sie ihm leider nicht, da müsse der Onkel sich schon selber herbemühen. Es sei denn, eine Vollmacht von ebendiesem Onkel autorisiere ihn zur Abholung des Fundstücks. Die hatte Keller nicht, noch nicht! Wie er versicherte, würde es nur eines Anrufs bedürfen, damit er sie bekam. Und wirklich legte er binnen kürzester Zeit eine Vollmacht vor. Eine funkelnagelneue Vollmacht, er hatte sie mit Hilfe von Annette Buschinski, die ihm freundlicherweise beim Fälschen behilflich gewesen war, fabriziert. Im Museum hatte Littlewood nämlich quittiert, das war ja das Peinliche gewesen, er hatte ganz offiziell zwei Vulkangesteinsproben entliehen und dabei sowohl Affenhirn wie auch Embryo einfach mitgehen lassen. Also galt es lediglich, ein vorhandenes Schriftstück leicht zu modifizieren, und schon lag die allerfeinste Vollmacht vor. Lange lugte der misstrauische Kerl an der Ausgabe auf das Papier, aber zweifelsohne war es die Unterschrift des Engländers, genau wie in dessen Pass, der sich ebenfalls in der Mappe befand, und so wechselte die abgegriffene Tasche, in der sich neben dem Notebook auch mehrere Hefter mit Unterlagen befanden, den Besitzer. Keller frohlockte, fast schwebte er in Richtung Potsdam, von unterwegs rief er Annette an, die wollte dann unbedingt bei der feierlichen Öffnung des Notebooks dabei sein. Er versuchte, ihr das auszureden, wäre mit seinem Fund gern allein gewesen. Aber da war nichts zu machen. Also fuhr er widerwillig zurück ins Naturkundemuseum. Die Baustelle am U-Bahnausgang schloss den ganzen Bereich momentan blickdicht ab. Viel hätte nicht gefehlt und Keller wäre seine Beute gleich wieder losgeworden, jemand rempelte ihn an, er stolperte, fing sich aber sofort wieder, und als eine raue Hand nach der Aktentasche griff, um sie ihm zu entreißen, war er unheimlich reaktionsschnell, sein Griff schloss sich stahlhart um den Griff der Tasche, dann brüllte er los, brüllte, wie noch nie in seinem Leben, erschrocken ließ der Angreifer von ihm ab und rannte weg. Keller war jetzt so außer Atem, er konnte den herbeieilenden Passanten kaum sagen, was passiert war, und war dann froh, als ihm ein dazukommender Polizist seine Story ohne Weiteres abnahm und nur mit den Schultern zuckte, als Keller von einer Anzeige absah. Sei eh ziemlich zwecklos, denn Junkies gäbe es hier wie Sand am Meer, und bei ihnen auf der Wache Ackerstraße würden gerade weitere Stellen abgebaut.

10 Eyjafjallajökull

Das Passwort, das verdammte Passwort, was um Himmels Willen bei Petrus und allen heidnischen Wettergöttern hatte Littlewood benutzt, um seine Daten zu schützen? Es war schon lange dunkel, als Keller das Naturkundemuseum verließ, so schlau wie ach zuvor, dazu mit schlechtem Gewissen, weil er die in der Tasche gefundenen handschriftlichen Aufzeichnungen vor Annette verborgen hatte. Er zerrte sich das Twinset vom Leib, als ob es Schuld hätte, an all dem Lügen und Betrügen, das doch zu nichts als Frust geführt hatte. Dazu kam ein Anflug von Paranoia, der Keller bewog, kaum zuhause angekommen wieder in den Trench zu schlüpfen und sich auf den Weg zu seinem Büro zu machen. Er hob den Kopf, als er endlich vor dem Michelsonhaus stand, und sah im Mondlicht die Silhouette einer Fledermaus am Himmel. Es war eine schöne Nacht, doch irgendetwas daran störte Keller, er war froh, als er oben die Tür hinter sich verschlossen hatte und das vorsintflutliche Notebook aufgeklappt vor sich auf dem Schreibtisch angeschaltet hatte. Auf ein Neues, und dann war plötzlich alles voller Dampf, Lava quoll über das abgegriffene Resopal, Bingo, der Vulkan mit dem unaussprechlichen Namen, Eyjafjallajökull, der war es, er war drin. Wieso war er nicht früher darauf gekommen, das musste für Littlewood damals eine Zäsur gewesen sein, dass Keller es erst jetzt begriff, hatte wohl damit zu tun, dass er genau hier an diesem Ort und allein in die Geheimnisse des alten Professors eindringen wollte. Doch alles, was er fand, war eine Kopie eines Artikels, nicht einmal aus einer wissenschaftlichen Zeitschrift, ein Blogeintrag eines Vulkanologiestudenten, darüber, wie man einen Vulkan künstlich zum Ausbrechen bringen könne. Offenbar nicht einfach, aber vielleicht doch möglich, allerdings nicht mit einer tiefergelegten Bombe wie im schlechten Science Fiction, das würde den Korken aus der Flasche ziehen, bevor Sprudel drin wär, so sein Bild. Man müsse erst Blasen durch „lithostatischen Druck" erzeugen und dann schnell jede Menge Wasser reinkippen, aber wahrscheinlich würde auch das nicht klappen, „You have a better chance at steering an asteroid into the planet" war das Fazit.

Mitternacht und Magenknurren, müde Augen, Überdruss und ein schmerzenden Rücken, Keller hatte genug von all dem, wollte nur noch nach Hause ins Bett, trotzdem verbarg er das Notebook in einer Nische hinter dem monströsen Kühlschrank. Das raubte ihm die letzten Kräfte, und er war froh, als das sperrige Ding endlich wieder an seinem Platz stand. Warum er die leere Tasche von Littlewood mitnahm und wieso er den Schatten nicht bemerkte, der ein Stück vom Pförtnerhaus entfernt gelauert hatte, darauf gab es keine Antwort. Erst war die Zeit zu knapp, danach war der Schmerz zu groß, es war ein kurzer, ungleicher Kampf, jemand trat ihm von hinten in die Knie, er fiel nicht sofort, wurde dann aber gestoßen und bekam einen heftigen Schlag auf den Kopf. Als er sich wieder berappelt hatte, war die Tasche weg und sein Kopf zu einem Ort geworden, an dem tollwütige Klopfzwerge ihr grässliches Unwesen trieben. Zweimal an einem Tag, so viel Zufall gibt es nicht! Kein vernünftiger Satz, doch für mehr reichte es nicht, es war diese Formel, die Keller die Kraft gab, den dunklen Weg zurück zu stolpern, so schnell er konnte, weil die Straße wie ausgestorben vor ihm lag, brannte er darauf, nach Hause zu kommen, denn wer auch immer ihm aufgelauert hatte, er würde sehr bald merken, dass die Tasche bis auf eine Brotdose leer war und das, was er so dringend suchte, sich noch immer in Kellers Besitz befand. Erst, als er alle Schlösser hinter sich verriegelt hatte, fühlte sich Luzian Keller einigermaßen sicher. Nichts von alledem, was ihm passiert war, wollte er nach Außen dringen lassen. Dieses Außen umfasste Annette ebenso wie die Polizei. Der pingelige Kommissar würde sofort das Notebook konfiszieren, und Annette konnte er kaum verheimlichen, dass er das Passwort geknackt hatte. Er war allein mit diesem Problem. Dass es ein gewalttätiges, offenbar zu fast allem entschlossenes Problem auf zwei Beinen war, machte die Sache nicht besser. Keller kam zu keinem Ergebnis, sein schmerzender Kopf war nicht in der Lage, Lösungen zu finden, er war übermüde, doch jedes Knacken ließ ihn hochschrecken.

Im Morgengrauen schnappte er sich seinen Schlafsack, verließ seine Wohnung und taumelte am Pförtner vorbei zurück in den Wissenschaftspark, erst als er an seinem Büro vorbei in dem für ihn verbotenen Turmzimmer darüber seinen Schlafsack ausgerollt und sich hineingekuschelt hatte, fand er tiefen, traumlosen Schlaf. Ausgerechnet Wolke riss ihn zurück in die Wirklichkeit, er rappelte sich auf, wollte zu einer Erklärung ansetzen. „Bleiben sie liegen, ich hab nichts gesehen, schlafen sie weiter, alles OK," die Tür schloss sich leise. Keller war sich später nicht sicher, ob er geträumt hatte, aber er konnte sich nicht entschließen, den wie immer grimmig und stumm an ihm vorbei hastenden Wolke danach zu fragen. Am späten Vormittag wechselte Keller unauffällig in sein Büro, entknitterte sich behelfsmäßig vor dem Waschbecken und sah, als Sitteler plötzlich sein Büro stürmte, noch hinlänglich krank aus.

„Was hindert sie daran, an ihr Telefon zu gehen, haben sie Mittelohrentzündung, oder was?"

„Was hindert sie daran, anzuklopfen und Guten Tag zu sagen? Guten Tag, Herr Sitteler! Nein, Herr Sitteler, meinen Ohren geht es gut, es hindert mich allein mein Wille zu konzentrierter Arbeit daran, ständig erreichbar zu sein. Denn das ist dieser ganz und gar nicht förderlich! Aber wenn sie schon einmal hier sind, mich also unterbrochen haben, was kann ich für sie tun?"

Schnaubend hatte sich der Personalchef das einzige Sitzmöbel, das es außer Kellers Schreibtischstuhl noch gab, herangezogen. Der dreibeinige Hocker ächzte unter dem Gewicht, das Sitteler vorsichtig ausbalancierend mittig platzierte.

„Ignoranz und Inkompetenz, was anders habe ich nicht erwartet, ich habe nur eine einzige Frage, wissen sie etwas über den Verbleib meines Assistenten? Er ist weg… einfach weg… wie vom Erdboden verschwunden".

„Nun, als ich ihn vorgestern zuletzt gesehen habe, war er noch ganz munter, allerdings unter der Erde, dabei sehr besorgt um sie, zu Recht, wie mir scheint, sie sehen gar nicht gut aus. Ich habe Wetzky seitdem weder gesehen noch gesprochen, war gestern selbst gar nicht hier, eine Erkältung oder so, hatte mich krank gemeldet." Unauffällig verschränkte Keller die Finger hinter seinem Rücken, Klippus, oder wie hatten sie das als Kinder genannt? Am Besten, er machte eine tabellarische Aufstellung all seiner Lügen, sonst sah er bald selbst nicht mehr durch.

„Wenn Wetzky sich doch noch bei ihnen melden sollte, sagen sie mir sofort Bescheid, … bitte…," schon war der Personalchef grußlos gegangen, Keller vergaß sofort, worum der ihn gebeten hatte und beantwortete die Mail zum Thema „Erneute Bombenentschärfung hinter Gebäude A62", die er wenig später von wetzky@pik-potsdam.de bekam, ganz automatisch. Hatte dann anderes zu tun, und all das half ihm, die Geschehnisse der letzten Nacht verblassen zu lassen, bis sie ihm wie eine Aneinanderreihung ärgerlicher aber bedeutungsloser Zufälle vorkamen, selbst die Existenz des littlewoodschen Notebooks begann er zu verdrängen. Dass es auch für ihn wieder eine Fülle von mehr oder minder unnützen Aufgaben gab, die er ob und trotz der Langen Nacht der Wissenschaften zu erledigen hatte, war ihm gerade recht. Wären nicht der hässliche Riss in seinem Trench und die kleine Beule an seinem Hinterkopf gewesen, er hätte den Überfall, genau wie er es mit Wolkes Erscheinen im Turmzimmer am Morgen getan hatte, ins Reich der Phantasie verbannt. Alles hatte mit der unseligen Trinkerei angefangen. Er schwor drei heilige Eide, es nie, nie, nie mehr zu tun. Und sollte Hi-Nun-Ter jemals wieder seinen Weg kreuzen, würde er das am weitesten entfernte Weite suchen, das sich in dieser Galaxie finden ließ.

Nachdenklich stand er am späten Nachmittag vor den Regalen der Institutsbibliothek, er hatte sie gründlich durchforstet und war dennoch nicht fündig geworden, wo war sie abgeblieben, die Diss von Petershagen? Hier jedenfalls war sie nicht, Manon Duval war keinesfalls unfähig gewesen, sie zu finden, es sei denn, diese Unfähigkeit hätte auch ihn befallen. Vorsichtshalber wandte er sich an den Bibliothekar, der gerade dabei war, seine Sachen zusammenzupacken um Feierabend zu machen, gemeinsam machten sie sich ein drittes Mal auf die Suche, doch die theoretische Arbeit, durch die Petershagen, der eigentlich Soziologe war, seine ersten Weihen als Naturwissenschaftler erhalten hatte und die ihm die Stiftungsprofessur für „Physikalische Soziologie" an der Universität Helsinki eingebracht hatte, blieb unauffindbar. Das konnte Tausend und einen Grund haben, der Bibliothekar war als findiger Kopf bekannt, der hatte noch immer alles zutage befördert, was an Material von ihm gewünscht worden war. Das würde auch diesmal klappen, eilig vermerkte er das Schlagwort „Kondensationskern", den Titel der gewünschten Diss wusste Keller leider nicht, dann schloss er die Tür zum Reich seiner vielblättrigen Schützlinge hinter sich ab. Leise pfeifend schlenderte Keller vom Michelsonhaus weg, ihm fiel plötzlich ein Lied ein, das zum Zutagefördern passte, leise, und nachdem er sich vergewissert hatte, dass ihn niemand belauschte, sang er:

Wir graben unsere Gräber
wir schaufeln selbst uns ein.
Wir müssen Totengräber
und Leich in einem sein.

Nur lustig eingefahren,
geh fort, wem's nicht gefällt.
Sind andere da in Scharen.
Es geht ums Geld, ums Geld.

Verkrümmt, verdreckt, zertreten
was kommt ihr nicht herein?
Der Pfarrer wird schon beten,
wenn unsere Kinder schrein.

Die Zeit wird sich erfüllen,
wir Toten wachen auf.
Doch nicht in weißen Hüllen
schwarz kommen wir herauf.

Und fahren aus den Gruben,
hohläugig und zerfetzt
Den Herrn in ihren Stuben
vergeht das Lachen jetzt.

Da wird nichts abgestrichen
die Leben, die ihr stahlt,

die werden bar beglichen:
Einmal wird voll bezahlt![2]

Erschrocken hörte er die zweite Stimme, ein sonorer Bass, der unverhofft in die letzte Strophe eingefallen war. Als Keller sich umdrehte, sah er Wolke, der zum Gruß an seine Mütze tippte, etwas, das einem freundlichen Lächeln sehr nahe kam, umspielte dessen Lippen. Keller verstand nichts, weder seine jähe Erinnerung, noch diesen Graukittel, der ihm innerhalb von weniger als 48 Stunden zwei Mal auf eine Art und Weise begegnet war, die einfach unfassbar blieb. Er hatte den Gedanken so lieb gewonnen, dass Wolke einfach nur übellaunig, böse, hinterhältig und wahrscheinlich sogar mörderisch war, dass diese neu entdeckten Facetten ihn nicht nur irritierten, sondern wütend machten. Zum Teufel mit Wolke! Seltsam, dass ausgerechnet dieses Lied ihm wieder einfiel, genau wie die Zeit, die er in einem Knabenchor verbracht hatte, war es verschüttet, vom Geschiebe der Zeiten, die danach angebrochen waren, in immer tiefere Schichten abgesenkt worden. Das Lied ließ ihn nicht mehr los, warum gab es keine solchen Lieder, über das, was der Erde geschah, wo waren die wütenden Massen, die in den Kampf zogen, um zu retten, was noch zu retten war. Kaum gedacht, schämte er sich für den pathetischen Gedanken, es gab doch Protestbewegungen, es war Unfug, in den Annalen der Arbeiterbewegung Taugliches für die Kämpfe von Heute finden zu wollen. War es das? Das Lied jedenfalls war ihm nahe gegangen, damals als Knabe und heute auch wieder. Er sang es noch einmal, aus Trotz jetzt lauter, doch die zweite Stimme fiel nicht mehr ein. Wieder in einem Chor zu singen war vielleicht keine schlechte Idee, auch wenn der helle Knabensopran für immer dahin war. Wer weiß, hätte es 1903 nicht das endgültige Kastrationsverbot gegeben, er wäre vielleicht ein berühmter Sänger geworden. Nun war er ein unbekannter Wissenschaftler, der sich Tagein-Tagaus mit konzeptionellen Koevolutionsmodellen beschäftigte, manchmal davon träumte, die Welt zu retten, oder besser die Menschheit, denn die Welt würde sich selbst retten. Wenn schon nicht die ganze Menschheit, so doch irgendetwas, was sich zu retten lohnte. Und dann merkte

2   Text Anna Gmeyner nach einem englischen Lied,
    Musik Hanns Eisler 1927

Keller, dass ihm links und rechts der Nasenflügel etwas Nasses über das Gesicht lief. Kein Zweifel, er weinte.

Und blieb ungetröstet, wer sollte ihn auch trösten? Er wird es niemandem auf die Nase binden, es reicht schon, zum inspirierten Denken ein Twinset zu brauchen, mehr Genderswitch ist nicht drin, Heulsuse soll keiner zu ihm sagen.

Dieser unschöne Ausdruck gehörte nicht zu Sittelers Wortschatz, andere schon. Aufgebracht stolzierte er vor Kellers Hauseingang hin und her, leider bemerkte Keller ihn erst, als auch er bemerkt worden war, und aus dem Stolzieren ein Auf-ihn-zu-Stürzen geworden war.

„Na toll! Sie geruhen also doch noch mal, höchstselbst in Erscheinung zu treten, wissen sie eigentlich noch, wer ich bin?" lauernd baute sich Sitteler vor ihm auf.

„Personalchef des PIK, wenn ich ihnen damit auf die Sprünge helfen kann...," der Versuch, eine Antwort zu geben, misslang.

„Sie können mich mal, sie Ignorant, sie sabotieren mich, ganz bewusst, ich hatte sie gebeten, mir Bescheid zu geben, wenn sich Wetzky bei ihnen meldet, aber sie, was tun sie? Nichts! Dabei hat Wetzky ihnen eine Mail geschickt...," Sitteler bemühte sich kaum noch, ruhig zu bleiben.

„Hat er das? Ach ja, hab nicht dran gedacht, tut mir leid... Warum ist das denn so wichtig? Stand doch nichts von Bedeutung drin, war doch nur wegen der Bombenentschärfung..., woher wissen sie überhaupt...," Keller wurde langsam wütend.

„... tut nichts zur Sache, von Bedeutung ist nicht, was, sondern dass er sich gemeldet hat, und wenn ich nicht ein Filterprogramm installiert hätte, dann wüsste ich bis jetzt nichts davon!" schneidend scharfer Konter.

„Filterprogramm, was denn für ein Filterprogramm?" Keller hakte nach.

„Ist doch schnurzpiepe, kommen sie mir jetzt nicht mit Datenschutz, es ist Gefahr im Verzug, ein Mitarbeiter ist verschwunden, da wird es mir als Personalchef ja wohl erlaubt sein, einmal nachzuforschen, ob es ein Lebenszeichen von ihm gibt." Zimmerlautstärke war das nicht, egal, beide standen ja vor dem Haus. Ein Fenster wurde betont laut geschlossen, Keller bemerkte es, und es freute ihn nicht.

„Ich bin nicht schwerhörig! Und was heißt das denn jetzt wieder, Lebenszeichen? Ich dachte, Wetzky hat sich krank gemeldet, dann erzählen sie mir, er sei verreist, soweit ich weiß, ist für beides ein Mindestmaß an Lebendigkeit von Nöten, oder irre ich mich?"

„Ich werd gleich irre, sie Arschloch, es interessiert sie einfach nicht, an unserem Institut geschehen die ungeheuerlichsten Dinge, ein Mensch wird ermordet, ein ausländischer Gast bestialisch hingeschlachtet, wenig später verschwindet ein Kollege, mein Assistent Wetzky, meine rechte Hand, mein Freund, ich mache mir Sorgen, Tag und Nacht, denke ich an nichts Anderes mehr. Aber sie? Sie gehen zur Tagesordnung über, kümmern sich um gar nichts, tüfteln an Verschwörungstheorien, hanebüchenem Zeug, aber für einen schlichten Akt der Solidarität, da reicht es nicht, nein, Herrn Doktor Keller ist es scheißegal, wo sein Kollege abgeblieben ist. Und ich sage ihnen auch, warum, weil sie sich einen Dreck um ihre Kollegen kümmern, sie sind mit nichts anderem als mit sich selbst beschäftigt, sie sind unfähig, sich in andere hineinzuversetzen. Alles dreht sich nur um ihr beschissenes Ego, nicht Fisch noch Fleisch, aber auf jeden Fall besser als die andern, ich weiß noch genau, wie sie über Wolke hergezogen sind, der ist für sie doch ein Untermensch…"

„Es reicht, das nehmen sie zurück, …"

„Ich nehme gar nichts zurück! Sie wollen mir drohen? Ich drohe zurück, und sitze am längeren Hebel, wollen doch mal sehen, ob mein Wort noch Gewicht hat. Unbefristeter Vertrag heißt noch lange nicht unkündbar."

Nur mühsam hielt Keller die Fäuste unten, als er an Sitteler vorbei ins Haus drängte, nie hatte er sich so sehr gewünscht, zuzuschlagen, lange und gründlich. Vor Wut zitterten ihm die Hände, so dass er den Schlüssel kaum ins Schloss bekam. Als sich seine Nachbarin über den Krach vor dem Haus bei ihm beschweren wollte, schlug er ihr die Tür vor der Nase zu.

Und zu all seinen Meineiden gesellte sich ein weiterer hinzu, an diesem Abend ging Keller zu dem kleinen Asia-Imbiss, aß fettige Krupuks, dann Wantans und trank dazu Bier, diesmal aus Indonesien, er erfuhr dabei eine Menge über das Land, nach dem dritten taute er auf, zog seinen Trench aus und saß nun im rosa Twinset vor dem Imbissmann, der nicht im geringsten irritiert war und leise lächelte, „Ein schönes Rosa, es steht ihnen, In Indonesien haben wir ein Volk, die Bugis, die haben traditionell fünf soziale Geschlechter, wo neben dem biologischen Geschlecht geschlechtsspezifische Kleidung und Verhalten eine Rolle spielen. Ein Geschlecht, das die Aspekte von Männern und Frauen vereint, wird als Schamane verehrt. Den Bugis ist ein Epos, das „La Galigo", heilig, das sowohl eine Geschichte der Schöpfung als auch eine Sammlung von Ritualen und einen Verhaltenskodex für die Könige darstellt. Die fünf Geschlechter gelten als notwendig, um die Welt in Gleichgewicht und Harmonie zu halten. Die Makkunrai ist eine feminine Frau, der Calabai ein weiblicher Mann, Calalai eine männliche Frau, Oroane ein männlicher Mann, und ein Bissu verkörpert sowohl männliche als auch weibliche Energien und ist ein Hermaphrodit, der als Schamane verehrt wird. Makkunrai und Oroane entsprechen dabei heterosexuellen Frauen und Männern, die sich jeweils ihren traditionellen Frauen- und Männerrollen gemäß verhalten. Calabai hingegen sind biologische Männer, die sich in Kleidung und Verhalten wie heterosexuelle Frauen benehmen, ohne jedoch körperliche Veränderungen an sich vornehmen zu lassen. Calalai sind biologische Frauen, die sich in Kleidung und Verhalten wie heterosexuelle Männer benehmen, ebenfalls ohne körperliche Veränderungen an sich vornehmen zu lassen. Der Bissu vereint Aspekte von Frauen und Männern. Und die königlichen Rituale können nur durch einen Bissu durchgeführt werden, das heißt ein Wesen, das weder Mann noch Frau, in der Praxis ein Transvestit ist. Nur ein Bissu vermag Mittler zwischen Menschen und Göttern zu sein." Das leise Lächeln spielte unverändert um die Lippen des Imbissmannes, nach dessen Namen sich Keller nun erkundigte.

„Nenn mich Paul, einfach Paul, ich habe diesen Namen von meinem Großvater bekommen, der ein echter Exzentriker war, es ist mein zweiter, der erste tut nichts zur Sache, er ist dort geblieben. Und du?"

„Ich heiße Luzian, mein Vater war überhaupt kein bisschen exzentrisch im Gegenteil, Luzian war der Name meines Großvaters, es ist Familientradition, den zu vererben, manchmal nenne ich mich Luzie, aber eigentlich würde Luz reichen. Ich bin nicht an einem Geschlecht interessiert…"

„Das wäre schade, aber ich glaube, das stimmt nicht, denn rosa ist eine Mädchenfarbe, und der erdfarbene Trench ist so kerlig wie nur was. Warum willst du nicht einfach ein Bissu sein, ein Gänger zwischen den Welten, das würde dir bestimmt helfen, zu verstehen, was da oben bei euch auf dem Telegrafenberg passiert." Paul verschwand in der kleinen Kochnische, er schloss die Tür des Ladens ab, bevor er aus der Schublade die Kopien der Fotos herausholte.

„Besser ist besser," mit Verschwörermiene fächerte er den Packen auseinander, Keller hatte ganz vergessen, dass er den hiergelassen hatte. Nachdem ihm Paul telefonisch mitgeteilt hatte, dass er den alten kranken Mann zweifelsfrei erkannt hatte, hatte er keinen Grund gesehen, sie abzuholen, er hatte gedacht sie wären längst im Müll gelandet. Doch Paul hatte sie feinsäuberlich in eine Klarsichthülle gepackt, und nun sah er sich alle noch einmal an, dann zeigte er auf drei andere Bilder.

„Die da waren auch hier, kurz vorher oder nachher, das weiß ich leider nicht mehr so genau…," mit dem Zeigefinger tippte er zuerst auf Wetzky, dann auf Petershagen, zuletzt auf Wolke. „Der da kommt öfter…"

Es ärgerte Keller, dass ausgerechnet Wolke anscheinend einfach nur Stammgast in diesem Imbiss war, da half nur mehr Bintang, dieses indonesische Gebräu hatte den Vorteil, nicht so bitter zu schmecken, und Keller spülte seinen Groll mit Bier Nummer vier herunter.

„Und was ist dir aufgefallen, ich meine, wieso erinnerst du dich so genau?" wollte er wissen.

„So genau erinnere ich mich gar nicht…," versonnen nuckelte Paul an dem Strohhalm in seinem Glas und rührte um, er hatte sich etwas in seinen Ananassaft geschüttet, leider konnte Keller nicht lesen, was es war.

„… es war wohl doch eher, nachdem du hier gewesen bist, denn ich dachte zuerst, woher kennst du den, ja woher…"

„… das heißt, sie kamen nicht gemeinsam her?" hakte Keller nach.

„Nein, der eine…" er zeigte auf Wetzky, „… kam nur kurz, er zeigte mir ein verwackelte Aufnahme auf seinem Smartphone, es war der alte Mann, der hatte aufgehört zu atmen, das hab ich gleich gesehen und gefragt, tot? Da ist der ganz misstrauisch geworden, woher ich das wüsste, dass ich ihn ja dann wohl kenne, das habe ich abgestritten, überhaupt hatte ich keine Lust, zu antworten, der hatte so eine Art… zack, zack, zack, nen echter Effizienzfetischist…"

Keller verschluckte sich vor Lachen, „Stimmt, darf ich das Wort mal borgen…"

„Wortborger sind mir ein Gräuel, ich schenk es dir…" Paul war nicht mehr nüchtern, aber auch nicht betrunken, es war etwas anderes, was, konnte Keller nicht herausfinden, und fragen wollte er nicht, Wetzky hatte also nicht erfahren, dass Littlewood hier gewesen war, und auch Petershagen war unverrichteter Dinge wieder gegangen, er hatte allerdings auch gar nicht nach Littlewood gefragt, sondern nach jemandem, der Keller selbst verdächtig ähnlich war, warum nur? Und was hatte Wolke hier zu suchen? Diese Frage konnte auch Paul nicht beantworten, der kam eben ab und zu, ein netter Mann, der immer die B34 bestellte und einen Jasmintee dazu trank, das erinnere ihn an seine Zeit in Vietnam, hatte er ihm einmal erzählt. Da war er als junger Mann gewesen, nach dem Krieg, und hatte Aufbauarbeit geleistet.

„Aufbauarbeit? Für die Stasi?" Keller wollte es genau wissen.

„Das weiß ich nicht, ich hab ihn nicht gefragt, er hat aber, glaube ich, etwas anders gemacht, ist schon länger her. Und über den Toten hat er gar nichts gesagt, auch nicht gefragt, sich nur aufgeregt, über den T.Berg, so nannte er ihn, er sagte, ist ganz simpel für die da oben, alles unter den Teppich zu kehren, einfach jemanden zu finden, der nen Loch buddelt, und dann rein damit, der Berg ist geduldig, der schluckt jeden Dreck. Fragt sich nur wie lange noch, hat er gesagt, an dem Tag war der richtig sauer, hat nicht mal aufgegessen…"

Das konnte Keller sich lebhaft vorstellen, was hatte Wolke damit gemeint, wer buddelte da für wen? Er würde es herausbekommen, so viel stand fest. Und dass das vierte Bier das letzte sein würde, wusste er jetzt auch. Es war ein grauer Tag gewesen, nun schien der Mond rund und weiß, das nächtliche Potsdam war entschieden der schönste Ort auf der Welt, insbesondere mit vier Bintang im Bauch.

> „Alter Bilbaomond!
> Wo noch die Liebe lohnt…
> 's ist toll mit'm Text!
> Lang, lang ist's her!
> Ich weiß ja nicht, ob Ihnen so was grad gefällt, doch:
> es war das Schönste auf der Welt…,"

trällerte Keller, bis er zu dem ollen Rauhputzkasten kam, den sein Zuhause zu nennen er sich nie angewöhnt hatte, obwohl er schon seit sieben Jahren hier wohnte. Die Haustür war unverschlossen, seine Wohnungstür nur angelehnt, Keller erschrak und war plötzlich sehr nüchtern. Er knipste mit langem Arm das Flurlicht an und lugte um die Ecken, die Wohnung schien leer, zögernd ging er hinein, ließ aber vorsichtshalber die Wohnungstür offen. Niemand da, auf den ersten Blick schien alles an seinem Platz zu sein, aber auf den zweiten Blick sah er die leichten Verschiebungen, vor allen Dingen auf dem Schreibtisch gegeben hatte. Da hatte jemand sehr sorgsam gesucht und sich dann nicht die Mühe gemacht, die Tür hinter sich zu schließen, das war kein

Zufall, und dieses Mal beschlich Keller das Gefühl der Angst so stark, dass er 110 wählte.

Die Reue folgte der Angst, so wie es auf alten Bildern zu sehen war, oder so wie Keller sich vorstellte, dass es auf alten Bildern zu sehen sein könnte. Da saß er schon wieder allein an seinem Küchentisch, und sah ratlos in das leere Gesicht des Vollmonds, der war noch nie sein Freund gewesen, von jeher hatte Keller am schmalen Profil des Sichelmondes mehr Freude gehabt. Und nun hatte er diesen tumben Rundling zum Zeugen seiner Schmach werden lassen, er war wie ein paranoider Vollidiot behandelt worden, die Potsdamer Polizei schien hinter dem Namen Luzian Keller einen Vermerk gemacht zu haben. Keiner der beiden Beamten hatte ihn ernst genommen, das komme schon mal vor, dass Vergessen wurde, die Tür zu schließen, gar nicht so selten, er sei doch einer von denen da oben, Einstein, der war doch auch so ein zerstreuter Typ gewesen. Schwein gehabt, war ja nüscht weggekommen, was will der Mensch mehr... Die beiden hatten zum Abschied an ihre Mützen getippt, und Keller wusste genau, was sie damit gemeint hatten. Eine Anzeige wurde nicht aufgenommen, es war ja offensichtlich in der Wohnung nichts gestohlen worden, und dass es ein Einbruch gewesen sei, sei ja lediglich eine Vermutung des offenbar angetrunkenen Mieters derselben, der es ebenso gut selbst gewesen sein, bla bla bla....

„Scheißbullen" beendete Keller seine ansonsten stumme Rekapitulation dieser jüngsten Begegnung der dritten Art mit den Mützenmännern, „Einstein hat übrigens gar nicht auf dem T.Berg gearbeitet".

11 Einstein und eine Toilettenschmiererei

Von nun an ging's bergab, ohne die Lippen zu bewegen den alten Knefsong, lautlos, also nur innerlich zu singen, ist gar nicht so einfach... die Beschwörung misslingt Hi-Nun-Ter lässt sich nicht blicken... Mal das Fenster öffnen, hinaus lugen, auch hinterm Busch ist er nicht. Von wegen Schamane, Gänger zwischen den Welten kann wohl doch nur werden, wer von Kindheit an als das akzeptiert wurde, was er ist. Das trifft auf mich nicht zu, besonders der Alte hatte jede Regung, die darauf hindeutete, dass in Luzian auch eine Luzi steckte, streng geahndet. Nicht mit Schlägen, aber mit schmallippiger Missachtung, langen Monologen über das Wesen der Männlichkeit, Merde! Dazu hatte Mutter beharrlich geschwiegen, stumme Schmiegsamkeit der holden Gattin..., aber als sie mich einmal geschminkt und in Highheels erwischt hat, bekam sie einen hysterischen Anfall. Weswegen? Weil es nicht gut gemacht war? Weil ich ihre ollen Pumps anhatte? Oder wegen der Latte, die sich über den Rand ihres für mich viel zu kleinen Slips herausgewagt hatte? Egal, den Schwur, Luzi nie mehr rauszulassen, habe ich gehalten. Mein Zölibat auch, wenn sich bei mir mal was hebt, wird es ignoriert, notfalls tritt Fräulein Faust in Aktion. Wozu führt das? Zu nichts als klebrigen Händen, allenfalls begleitet von glibbrigen Gedanken.

Das ist völlig uninspiriert, total bescheuert, die miesen Mützen sind schuld, und dieser lästige Einbrecher. Ja, such du nur schön, such, such! Du blöder Hund. Ich hab ein gutes Versteck gefunden für Littlewoods Hinterlassenschaften, ein sehr gutes sogar. Wenn ich nun auch noch herausfinden würde, was daran so wahnsinnig wichtig ist, ja dann, dann, dann wäre ich ein rechter Mann. So bin ich Luzian der Loser, weder Fisch noch Fleisch…, zur Hölle mit Sitteler.

Ich will ein Bissu sein, ein toller Bissu sein,

ich mach mich nicht mehr klein,

schlüpf in mein Twinset rein,

dann seh' ich endlich wahr,

und komme besser klar.…

von wem war dieser Schlager, von wem denn nur…

Das war schlimmer Reimschleim, aber immer noch besser als jede andere Art von Schleim, Keller wusste genau, woher seine Abneigung rührte, doch daran zu rühren kam nicht in Frage. Er hatte sein Leben im Griff, hatte es jedenfalls im Griff gehabt, bevor er über Gehirne gestolpert war, Föten aufgegabelt und tote Professoren in Eiskellern gefunden hatte. Singular oder Plural, egal, scheißegal, er hatte das alles doppelt und dreifach imaginiert. Ihn fröstelte, er sah wieder deutlich vor sich, was später aus dem armen Littlewood gemacht worden war. Das war nirgends dokumentiert, außer bei den Bullen, oder? Blitzlicht im Gehirn, Blitzlicht im Gedränge, da hatte doch einer, wer war das gewesen? Das musste doch rauszukriegen sein. Es gab doch Fotos von dem Toten, und er wusste nun auch wieder, wer sie geschossen hatte.

Das dicke Mondgesicht am Himmel war blass geworden, Kellers eigenes glich einer grauen Raufasertapete, über die mit einem haarigen Staubwedel gewischt worden war. Bartwuchs konnte man diese Fuseln nicht nennen, stehen lassen konnte man sie aber auch nicht. Morgengrauen und Schnittwunden, Aspirintabletten und Säureblocker, dazu verbranntes Toast und labbrigen Tee, das Leben ist schön. Wenn schon nicht bruchlos schön, so doch manchmal mit kleinen Erfolgen garniert, die wie Maraschinokirschen sehr rot und zu süß sind. Dass er so schnell Erfolg haben würde, hatte Keller nicht gedacht, der Vertreter der Japan Art Association, der damals ungerührt sein Smartphone über die Leiche gehalten und abgedrückt hatte, war nicht nur problemlos zu erreichen gewesen, sondern auch umstandslos bereit, ihm die Fotos per Mail zu schicken. Nun hockte Keller, den Kopf zwischen seinen Armen auf dem Schreibtisch abgelegt, da. Seine Nase berührte fast den Bildschirm, er befand sich auf dem schmalen Grad zwischen Wachen und Schlafen. Als sich die Tür öffnete, bemerkte er das ebenso wenig wie den Besucher, der nun hinter ihn getreten war und ebenso gebannt wie er auf den Bildschirm blickte.

„Woher haben sie das?" Die Stimme klang belegt und war sehr leise, er schrak hoch, ballte die Fäuste und erkannte gerade noch rechtzeitig, dass er kurz davor war Petershagen eins in die Fresse zu geben.

„Saublöde Angewohnheit…!" das kam lauter als gewollt, und als Keller sah, wie abgekämpft Petershagen aussah, tat es ihm leid, ihn so angeschnauzt zu haben.

„Sie sehen aus wie Braunbier mit Spucke," Petershagen versuchte zu scherzen, dabei lachte er heiser.

„Dito, besser gesagt wie Brackwasser mit Sprottenschleim…," konterte Keller und klickte gleichzeitig die Bilder des Toten weg.

„Darf ich die nicht sehen?" Petershagen räusperte sich, seine Stimme klang nach wie vor belegt.

„Nein, dürfen sie nicht, haben sie doch eh schon. Rein rhetorisch die Frage. Genau genommen mag ich es nicht, wenn man sich hinter mir aufbaut und mir über die Schulter lugt, das kann ich auf den Tod nicht leiden!" Keller machte den Computer aus und stand auf.

„Er war mein Mentor, mein Doktor…"

„… -vater, ich weiß, alle wissen das, sie brauchen das nicht dauernd…"

„Du, wir waren beim…"

„… egal, sie, du hast keine Sonderrechte, nur weil Littlewood dir nahe gestanden…"

„Davon war doch nie die Rede, ich wollte doch nur…"

„… auf leisen Sohlen rumschnüffeln, ich bin da mittlerweile empfindlich, dabei fällt mir ein, was ist eigentlich aus den Postkarten geworden, die du mir bei deiner letzten Rumschleicherrei abgeknöpft hast, ist da was bei 'rausgekommen? Kann ich die gelegentlich wieder-haben?"

„Was ist denn los mit dir, ich wollte dir Hallo sagen, einfach mal kurz bei dir vorbeikommen und melden, dass ich wieder zurück bin."

„Ja, schön, freut mich, und alles OK bei dir?" Keller versuchte es erst gar nicht, seine Gereiztheit zu überspielen war aussichtslos.

„Ich komm später wieder, und um die Postkarten kümmere ich mich, versprochen, ist einfach untergegangen, tut mir leid." Entschuldi-gend hob Petershagen die Hände und ging. Keller war sauer, stinksauer auf sich und auf Petershagen, aber auf den schon deutlich weniger.

Der hatte an diesem Vormittag eine lange Unterredung mit Sitteler, sie dauerte zwei Stunden und war äußerst unerfreulich.

Hausmeister Wolke versuchte an diesem Vormittag vergeblich, den Personalchef für die noch ausstehenden und seiner Ansicht nach sehr wichtigen Vorbereitungen für die Lange Nacht der Wissenschaften zu interessieren, er drang nicht bis zum ihm vor.

Manon Duval fragte in der Bibliothek nach, ob die Diss von Peters-hagen sich schon angefunden habe. Der bärtige Bibliothekar vertröstete sie; er sei dran, es gebe zwei Exemplare, wahrscheinlich in der Unibi-bliothek in Warwick, wo Petershagen promoviert hatte, er würde ihr Bescheid geben, sobald sie eintrudelten, das dauere immer länger, auf dem Postweg, ganz old-fashionend, das machte ihr nichts aus, sie freu-te sich, wieder herzukommen, mochte die Stimme des Bibliothekars, auch der Rest gefiel ihr ganz gut.

Annette Buschinksi schrieb eine Mail an Keller, sie werde zur Lan-gen Nacht auf den Telegrafenberg kommen und dann auch endlich das Gehirn abholen.

Das war Keller äußerst unangenehm, sowohl der kühle Ton, als auch die versteckte Mahnung gefielen im nicht, er hatte das Gehirn schon als sein Eigentum verbucht, eigentlich war es das ja auch, wenn er es nicht gefunden hätte, hätten es die Raben gefressen. Aber dieser Art von Logik würde wohl kaum einer folgen. Sicher würde Annette auch das Notebook von Littlewood erwähnen und wissen wollen, wie weit er damit gekommen sei, auch das war wenig erbaulich.

Von allen unbeachtet versuchte Emma Lindauer, mit ihrem Rollstuhl ins Michelsonhaus zu gelangen, doch ohne fremde Hilfe war das schlicht unmöglich.

„Tja für Behinderte is dit hier nüscht" empört drehte sie sich um, doch der Typ, der da hinter ihr stand und bereits dabei war, ein herumliegendes Brett zur Rampe umzufunktionieren, meinte es offensichtlich nicht böse, er kam ihr irgendwie bekannt vor.

„Da denkt son feiner Phüsiker nicht dran, im Traum nicht…" der Mann mit dem wirren Haarschopf und den abgerissenen Kleidern bugsierte Emma in Richtung Rampe, sie drehte sich wieder zu ihm um.

„Wir kennen uns doch, oder?"

„Mich kennt hier keener, obwohl ick oft herkomm, son armen Penner kennt man nicht."

„Quatsch, natürlich kenne ich sie, ist verdammt lange her, damals kam ich noch überall alleine rein…," unüberhörbares Bedauern schwang in ihrer Stimme. „Und sie hatten sehr hübsche Beine…"

„Ja, die hatte ich…, und an die erinnern sie sich, also dürfte ihnen der Rest auch nicht unbekannt sein."

„Dit hab ick ja ooch nich abjestritten, lediglich sie, sie erkennen mich nicht, Professor Lindauer, wie könnte ich sie je vergessen…," da sprach der struppige Mann mit den wirren Haaren plötzlich Hochdeutsch, und es fiel Emma wie Schuppen von den Augen, das war Felix, das konnte nicht wahr sein, das glückliche Genie.

„Felix?" sie war sich sicher.

„So nennt mich heute kein Mensch mehr, die Zeiten sind vorbei…, sie nennen mich Einstein, wegen der Haare, nicht wegen dem, was drunter ist. Ich hab's vermasselt…," energisch schob er Emma Lindauer hoch und schaffte es sogar, gleichzeitig die Tür aufzustoßen.

Er sträubte sich zuerst, als Emma ihn aufforderte, mit ihr in die Teeküche zu kommen und für beide Kaffee zu holen. Es fiel ihm offensichtlich auch schwer, sich mit ihr an einem der kleinen runden Tische niederzulassen, die um die Weltkugel in der Mitte der zentralen Rotunde standen, er kauerte sich in der hintersten Ecke zusammen, so als wolle er sich unsichtbar machen.

„Die mögen das nicht, wenn ich hier drin bin, hab mal was mitgehen lassen, da war ich noch voll drauf, jetzt nicht mehr, bin trocken, hab sogar ne Bude, alte Seilschaften rosten nicht…," sein Lachen wurde von trockenem Husten abgelöst.

Und dann erzählte er Emma Lindauer die traurige Geschichte eines Überfliegers, der schon vor der Wende die in großen Schritten heraufgekletterte Leiter im jähen Fall wieder heruntergepurzelt war.

„Pech is ooch dabei," Felix, der Glückliche, das passe nicht mehr zu ihm, damit beendete er seine in dürren Sätzen abgespulte Geschichte, trank hastig seinen Kaffee aus und wollte gehen.

„Warte doch, Felix, ich kann doch nicht Miserius sagen zu dir, warte, ich, …" Emma Lindauer nestelte an ihrer Tasche und kramte dann eine aufklappbare Visitenkarte heraus, die drückte sie ihm schnell in die Hand.

„Für alle Fälle, melde dich, wenn du Hilfe brauchst, alte Seilschaften rosten nicht, weeßte ja." Emma wollte ihm noch die Hand drücken, aber Felix hatte sich schon umgedreht und war hinaus gehuscht. Draußen klappte er die Visitenkarte auseinander, der Geldschein der darin klemmte wäre fast davongeweht.

„Olle Taschenspielerin…," murmelte er und wischte sich dann schnell mit dem Bart über das Gesicht.

Plötzlich kam Wolke wie ein Kugelblitz um die Ecke geschossen.

„Du Arsch, ich hab es dir schon tausend Mal gesagt, du sollst dich hier nicht rumtreiben, verschwinde aus dem Hauptgebäude! Biste taub? Verschwinde! Los komm mit…"

Und obwohl er wirklich Wichtigeres zu tun hatte, eskortierte Wolke Einstein, den Landstreicher, ein gutes Stück Richtung Ausgang des Wissenschaftsparks, und der Pförtner, der sie den Weg entlangkommen sah, wunderte sich sehr darüber, dass der immer mürrische Hausmeister schallend lachte.

Wolkes Gelächter hatte Keller nicht gehört, sein eigenes verging ihm sehr schnell wieder. Er hatte sich gerade, hoch erfreut über den unerwarteten Besuch von Emma Lindauer, mit ihr in die Kantine begeben und war nun dabei, zwei Tabletts auf die Terrasse zu bugsieren, Hühnerfrikassee, das machten die hier wirklich gut. Emma verglich es sachlich und ohne jede Nostalgie mit dem meist schlimmen Pamps, den es zu ihrer Zeit hier oben in der VEB-Kantine gegeben hatte. Sie war zwar nicht eigens wegen der Langen Nacht der Wissenschaften nach Potsdam gekommen, aber da sie in Berlin gerade an einem Kongress teilgenommen hatte, hatte sie noch ein paar Tage drangehängt, das machte sie oft so, denn nur um des Vergnügens willen in der Welt herumzufliegen, erschien ihr inakzeptabel, deshalb nutzte sie diese Gelegenheiten, um der Pflicht die Kür folgen zu lassen. Diese Lange Nacht interessierte sie brennend, und im Gegensatz zu Keller befand sie, dass es ein fabelhafte Einrichtung sei, so etwas gab es in Amherst, Massachusetts nicht, sehr bedauerlich.

Sie tranken noch Kaffee zusammen und hatten soeben beschlossen, einen Teil der Langen Nacht gemeinsam zu verbringen, Emma Lindauer versprach sich einiges von der Veranstaltung im Großen Refraktor, und Keller war gern bereit, sie dorthin zu begleiten. Er räumte ihr Geschirr und ihre Tabletts zusammen und stellte sie in die Ablage. Als er zurückkam, hatte sich Wolke an den Tisch gesetzt und plauderte mit Emma Lindauer, Kellers Lächeln gefror er setzte sich, einen Gruß nuschelnd, zurück auf seinen Platz. Wolke unterbrach sich nur kurz, um zurückzunuscheln.

„Ihr mögt euch nicht, schade, dabei seid ihr euch ziemlich ähnlich", Emma Lindauer lachte schallend und übersah genüsslich, wie sehr sich Keller über ihre Bemerkung ärgerte.

„Vielleicht ergibt sich ja noch eine Gelegenheit, das zu vertiefen, jetzt muss ich leider los", flink entzog sich Keller weiteren Kommentaren der Lindauer, die, so fürchtete er, die Art dieser Ähnlichkeit noch genauer erläutert hätten. Er ging zurück in die Kantine, diesmal nach unten, in Richtung WC, am Urinal stand Petershagen, zipp zapp, der Reißverschluss war zu.

„Ich warte auf dich, am Ausgang." Nur diese knappe Anweisung, schon war er draußen, Keller glaubte an eine Retourkutsche, doch da irrte er.

Wenig später saßen sich die beiden Männer im von Petershagen ungeliebten Büro im immer noch nicht voll bezugsfertigen „Kleeblatt" gegenüber. Petershagen hinter seinem Schreibtisch, Keller auf dem Besucherstuhl davor, es fühlte sich für ihn so an wie vor vielen Jahren in der Schule, das Schweigen dauerte zu lange, erst suchte Petershagen nach Unterlagen, dann checkte er etwas am PC, danach faltete er die Hände.

„Das fällt mir nicht leicht..., ich weiß auch nicht, ob das klug von mir ist... Aber ich kann dir nicht..."

„Was kannst du nicht? Was soll das ...", Keller war sauer, bevor er wusste, worum es ging.

„Nun wart's doch ab, Luzian, es ist nicht so einfach für mich. Entweder ich bin dir gegenüber illoyal, oder ich bin es Sitteler gegenüber." Petershagen blickte hilfesuchend an seinem Gegenüber vorbei zur Decke.

„Das ist also dein Problem, was immer der Herr Personalchef über mich verbreitet, es ist mir egal, sogar scheißegal. Er konnte mich noch nie leiden, neuerdings besonders…, was soll's… wegen mir musst du dich nicht mit Loyalitätsproblemen herumschlagen, behalt es einfach für dich…"

Er war schon an der Tür. „Nein, warte…!" Keller ließ sich nicht aufhalten, war schon halb draußen. „… der will dich rausschmeißen…" Brüske Kehrtwendung, er plumpste zurück auf den Besucherstuhl. „Was will er? Ist er jetzt völlig durchgeknallt, ich habe schon lange einen unbefristeten Vertrag…"

„…der dir nichts nützen wird, … wenn Sitteler durchzieht, was er vorhat." Petershagen legte seine Stirn in Falten und massierte sich die Nasenwurzel. „Wie jetzt, was hat er denn vor? Ich mache meine Arbeit zur konzeptionellen Erdsystemmodellierung, still und bescheiden, wie eh und je, daran gibt es nichts auszusetzen…"

„An der Arbeit direkt nicht, aber er hat sich da etwas einfallen lassen, du störst den Betriebsfrieden, wärst mehrfach von ihm ermahnt worden, üble Nachrede, schnüffelst überall herum, bist selten an deinem Arbeitsplatz anzutreffen. Kurzum, er will durchsetzen, dass du zum Amtsarzt gehst, er hält dich für labil, paranoid, er glaubt, dich haben die Ereignisse der letzten Monate völlig aus der Bahn geworfen, und ist sich nicht sicher, ob du nicht sogar selbst für manche der Vorkommnisse verantwortlich seist. Mit dieser Ansicht scheint er nicht alleinzustehen. Tat jedenfalls so, als ob auch Wetzky und der von dir mehrfach als Mörder bezeichnete Wolke sich seiner Meinung anschlössen. Er mimt den Besorgten, aber ich…"

„Du doch nicht minder! Ich fass es nicht, das ist doch gequirlte Kacke, habt ihr sie noch alle?" Keller hielt es nicht länger auf seinem Stuhl und warf ihn fast um, als er aus dem Büro stürmte. Um dann wenig später mit hängenden Schultern zwischen den Gräbern des Friedhofs, der gleich hinter dem Zaun auf der anderen Seite des Geländes begann, herumzuirren, erst schnell dann immer langsamer, bis er endlich auf einem Baumstumpf hockte und langsam wieder zu sich kam. Das war eindeutig eine Überreaktion gewesen, er wusste selbst nicht mehr, wie genau er hergekommen war, hatte diese Art Absencen immer mal wieder, in letzter Zeit häufiger. Und warum trank er plötzlich? Wieso hatte er Halluzinationen, Hi-Nun-Ter, den gab es doch gar nicht, was war los mit ihm? Hatte er sich in letzter Zeit wirklich um seine Arbeit gekümmert, war es nicht vielmehr ein So-tun-als-ob? Und wenn er ehrlich war, dann hatte er sich viel lieber mit dem toten als mit dem lebenden Littlewood beschäftigt, es richtiggehend genossen, mit ihm allein dort unten im Keller zu sein. Pervers, oder? Von dem Gehirn wollte er sich nicht mehr trennen, dass es ihm nicht gelungen war, sich den Embryo anzueignen, stimmte ihn traurig. Was noch? Neue Klamotten! Zusammenkünfte mit Asiaimbissbesitzern, die ihm von dritten Geschlechtern in Indonesien berichteten, ihn förmlich in diese Rolle hineindrängten, nein Stopp! Es war einer, ein einziger gewesen, und gedrängt hatte der ihn zu gar nichts. Das war manisches Gebrabbel, er war froh, dass die Toten dazu schwiegen. Die Anschuldigungen Sittelers dröhnten in seinem Kopf, war er wirklich asozial, ein Egomane, mit Standesdünkel, was war mit Wolke, musste er den mögen, durfte er nicht mutmaßen, wie andere auch, aber taten andere das, in diesem Maße, wohl kaum. Was war mit dem Notebook, das er hinterm Kühlschrank vor allen versteckt hielt. Und wenn es etwas gab, was er verdrängt hatte, ja was denn verdammt noch mal, was sollte er denn verdrängt haben. Er hatte den versoffen wirkenden alten Kerl nicht gemocht, keine Ahnung gehabt, dass der in Wirklichkeit todkrank war. Er wollte nichts mit ihm zu tun haben, aber er hatte ihn dann gleich wieder vergessen, war ihm nicht mehr begegnet, bis zu dem Moment, als er ihn tot in dem Eiskeller fand. Keller, ja so hieß das nun mal, genau wie er selbst, er hatte stumme Zwiesprache mit dem Toten gehalten, sogar von ihm geträumt, aber Schuld an dessen Tod war er nicht. Wirklich nicht? Nein?

Dann war es dunkel, die Tür des Friedhofs verschlossen, er musste über die Mauer klettern, kam völlig verfroren zuhause an und fand bei dem Gebüsch neben der Eingangstür eine schwarzweiße Feder, Elsterfeder, dachte er, als er sie aufhob, ein Geschenk von Hi-Nun-Ter, der, ob es ihn nun gab oder nicht, jedenfalls sein Freund war und ihm auf diese Weise zu verstehen gab, dass eines feststand, er, Luzian Keller, hatte Professor Littlewood nicht getötet. Immerhin soviel stand fest, alles andere war verworrener als zuvor, es gab viel zu viel Ungeklärtes. Die Fotos, die er am Vormittag gemailt bekommen hatte, erschienen ihm jetzt völlig untauglich, zur Klärung beizutragen, nichtsdestotrotz verbrachte er den Rest des Abends damit, sie eingehend zu betrachten.

Für Emma Lindauer wurde es ein schöner Nachmittag, an dem sich Hier und Jetzt eng ans Es-war-einmal schmiegte, sie ließ sich von Wolke, der zwar jede Ähnlichkeit mit Keller strikt ableugnete, sich aber von

Emmas Beharren auf dieser Entdeckung nicht die Laune verderben ließ, auf dem Gelände herumfahren. Es freute ihn, sie auf Verändertes und Unverändertes aufmerksam machen zu können. Dann kamen sie auf die Postkarten zu sprechen, die zu vernichten er versprochen hatte, auch darauf, dass er zuerst so schlampig gewesen war. Dass sein Bruder im Geiste, wie sie Keller nannte, sie gefunden, möglicherweise sogar einige an sich gebracht hatte, ließ die Lindauer kalt, was sollte der schon damit anfangen? Es waren Relikte einer vergangen Zeit, für einen Unbeteiligten höchst gleichgültig. Der größte Teil war zerschreddert in irgendeiner Mülldeponie gelandet, gut so. Sie war zufrieden mit ihm. Wolke war erleichtert, es hatte ihm schwer im Magen gelegen, diesen Job nicht gut gemacht zu haben.

Noch waren sie beide, jeder in seiner Welt, tätig, aber es war abzusehen; in Rente bzw. emeritiert zu sein, war eine absurde Vorstellung, auch wenn das in nicht allzu weiter Ferne lag, darin waren sich beide einig. Wolke zögerte, war kurz davor, Emma von seinen Sorgen zu berichten, doch er hatte sich so daran gewöhnt, sich fest in sein eigenes Schweigen zu wickeln, dass er den Augenblick, als seine Zunge sich lösen wollte und er hätte sprechen können, ungenutzt vorbeigehen ließ. Später in seinem Hausmeisterkabuff, das auch schon zu DDR-Zeiten das Hausmeisterkabuff gewesen war, nur nicht so modern eingerichtet, sprachen sie von Abwesenden, und der kleine Raum bevölkerte sich so dicht mit ihnen, dass es nötig wurde, ein Fenster zu öffnen. Auch auf Littlewood und seinen tragischen Tod kamen sie zu sprechen.

„… ein törichtes Unterfangen, ich habe an diesem Abend lange vor dieser grausigen Inszenierung gestanden und versucht, zu verstehen, es ist mir nicht gelungen. Und ohne…"

„Ach Emma, wenn du dit nicht begriffen hast, dann begreift dit keener, das war vergebene Liebesmüh…"

„Zu kryptisch war es allemal, – Liebesmüh – wohl eher nicht."
Emma war nicht ganz überzeugt.

„Zugegeben, es war grausam, den alten Mann so zuzurichten, aber es lag kein Hass auf den Toten darin, wenn etwas gehasst wurde von dem, der das getan hat, dann war es nicht Littlewood…," beharrte Wolke.

„… Wer sonst? Du mit deinem scharfen Blick, du hättest…", wandte Emma Lindauer ein.

„… mit euch zusammen? Nein danke, du meinst es gut, der arme Littlewood hat es gut gemeint, und was hat er davon gehabt? Was hat er erreicht? Weiß der Teufel, was der Mörder gemeint hat, hat es auch gut gemeint und dann kommt sowas dabei raus," schloss Wolke.

Es war spät geworden, Wolke chauffierte Emma Lindauer in seinem Kombi zurück nach Potsdam in ihr Hotel, sie wohnte wie immer im Mercure, dieses ungemütliche Hochhaus gleich neben dem Bahnhof hatte es ihr angetan, ganz oben am Fenster zu sitzen und auf die Stadt hinab zu blicken, war jedes Mal ein kleines Fest für sie.

Und während sie leise von den Beobachtungen, die sie dort oben gemacht hatte, sprach, entschied sich Wolke. Er hob sie vom Beifahrersitz, setzte sie behutsam in ihren Rollstuhl, dann rollte er mit ihr zum Hotel, fuhr aber, im Foyer angelangt, nicht mit ihr im Fahrstuhl in den 17. Stock, sondern in die Hotelbar, sie sah ihn erstaunt an, sagte aber nichts. Schwieg auch, als er mit einer kleinen vereisten Flasche und zwei Gläsern zurück kam, wortlos schenkte er ein, wortlos stießen sie an. Dann brach Wolke sein Schweigen und berichtete ihr von dem, was sich an dem Tag, an dessen Ende Littlewood zu einem schaurigen Kunstwerk geworden, hinter den Kulissen abgespielt hatte. Ohne zu zögern willigte Emma Lindauer ein, darüber, was er erzählte, für immer und alle Zeiten Stillschweigen zu bewahren. Er berichtete ihr von seinem Fund im großen Refraktor, und wie er und die drei anderen beschlossen hatten, den toten Professor bis zum Ende der Veranstaltung im Eiskeller zu lagern, er verschwieg nicht, dass das seine Idee gewesen war, verhehlte auch nicht, dass er recht zufrieden mit dieser Lösung gewesen war und auch heute noch glaube, dass Littlewood damit einverstanden gewesen wäre. Was dann geschehen war, würde wohl für immer ein Rätsel bleiben. Er traue es weder Sitteler, der ein klar kalkulierender Kerl, noch Wetzky, der immer im Windschatten seines Chefs segelte, und schon gar nicht Petershagen, der der ganzen Angelegenheit von Vorne herein skeptisch und ablehnend gegenüber gestanden hatte, zu. Keiner der drei Männer hätte die Nerven gehabt, sich des Toten zu bemächtigen und aus ihm etwas Derartiges zu machen. „KEINER!"

„…Sicher?" lakonisch wies die Lindauer auf ihr leeres Glas, er schenkte nach. „Sicher ist etwas erst…,".

„…wenn der Beweis erbracht wurde, dass es nur so und nicht anders sein kann, konnte und wird…," beendete Wolke den Satz, beide brachen in das heisere Lachen derjenigen aus, die in zahllosen Nächten unzählige Zigaretten geraucht hatten.

Wie viel Schmerz passte in einen Kopf? Als Keller sich an diesem Morgen aus seiner unbequemen Schlafstellung am Schreibtisch hochquälte, war in seinem Kopf die Hölle los. Sich krank zu melden, war völlig ausgeschlossen, er hatte nicht vergessen, dass er in Sittelers Schusslinie geraten war, und die Lange Nacht warf ihren Schatten voraus. Dunkelheit war zwar genau das, was Keller sich in diesem Moment am allermeisten wünschte, doch exklusive dieses einen vermaledeiten Schattens. Selbst die Verabredung mit Emma Lindauer vermochte seine Laune nicht zu heben. Er trottete den Berg hinauf, winkte müde dem Pförtner zu, beschloss dann im Kleeblatt vorbei zu schauen, auf einen Canossagang mehr kam es nicht an. Petershagen war schnell versöhnt, er hatte selbst schon derartige Situationen durchgestanden, auch für ihn war es in Helsinki nicht immer einfach gewesen. Sich nahtlos ins Bestehende einzufügen und mit dem Strom zu schwimmen, war nie seine Sache gewesen, obwohl er als guter Teamplayer galt.

„Das Ganze ist in meinem Kopf heute Nacht zu einem weißglühenden Kern akkumuliert, keine Ahnung, wie ich den Tag durchstehen soll…," Keller hing kraftlos im Besucherstuhl.

„Warte, ich hab da was, ist mega ungesund aber es hilft…," Petershagen kramte in seiner Schreibtischschublade und gab Keller eine eingeschweißte Tablette, der plobbte das kleine runde Ding aus seiner Hülle und schluckte, ohne weiter zu fragen. Bekam auch gleich noch ungefragt ein Glas Wasser zum Nachspülen, als er das wieder auf dem Schreibtisch abstellte, lag ein Stapel Postkarten vor ihm.

„Ich hab mich gleich gestern Abend drum gekümmert, der selbsternannte Graphologe ist meines Erachtens nach ein Spinner, ich erzähle dir die Story, die er mir aufgetischt hat, bei Gelegenheit. Aber jetzt raff dich auf, folge deiner inneren Stimme, etwas anderes hätte ich dir auch nicht geraten, mach deinen Burgfrieden, bring es hinter dich!" Keller nickte ergeben und nahm beschämt den Packen Karten an sich.

„Danke, Lars, nochmals sorry, ich bin manchmal wirklich nicht ganz dicht."

Erleichtert verließ er das immer noch nicht fertiggestellte Gebäude. Vor seinem schweren Gang kurz in seinem Büro vorbeizuschauen, konnte nicht schaden, die Tablette begann zu wirken, er fühlte sich besser und klarer. Oben angekommen, stieß er fast mit Wolke zusammen, der mit einem Lappen und einer Flasche Spiritus vor der Tür des WC stand und versuchte, etwas wegzureiben. Eingedenk seines Wunsches, heute mit allen seinen Frieden zu machen, blieb Keller stehen, das war Wolke gar nicht recht, er baute sich breit vor der Klotür auf. „Da könnse gerade nicht rein, gehen sie doch nen Stockwerk tiefer.“

„Ich will da gar nicht rein, Wolke, ich meine, Herr Wolke, es tut mir leid, ich habe mich ihnen gegenüber nicht fair verhalten, … ich meine, wenn ihnen da etwas zu Ohren gekommen ist, dass ich sie verdächtigt habe, also ich meine…“

„Mir ist nüscht zu Ohren gekommen, ich bin nicht neugierig, wegen mir brauchen sie sich keenen Kopp zu machen,“ Wolke hatte seine Position verändert, was er verdeckt hatte, wurde sichtbar.

„Luzie liebt Daisy,“ darunter eine obszöne Zeichnung.

„Nun gehen sie schon zur Seite, das geht ja wohl an meine Adresse,“ wiederwillig machte Wolke Platz, Keller war plötzlich kalt, mit so etwas hatte er nicht gerechnet.

„Tut mir leid, ich wollte, dass dit weg ist bevor sie kommen, aber der verdammte Edding lässt sich nicht so leicht entfernen. ’Ne Sauerei ist das…“

„Gut gemeint, aber besser, ich weiß, was los ist…,“ Keller machte mit seinem Smartphone ein Foto.

„Und wozu soll das gut sein?“ Wolke setzte seine unterbrochene Arbeit fort, langsam verschwanden Text und Bild.

„Weiß ich nicht, oder weil, das ist eben nicht aus der Welt für mich, auch wenn es keiner mehr sieht.“

„Na, ick weeß nicht, ob ihnen dit hilft, vergessen sie’s, lohnt nicht darüber nachzudenken.“ Wolke, der Meister im jähen Auftauchen und Verschwinden, war diesmal mit hängenden Schultern davon geschlurft. Keller ging in sein Büro, einfach vergessen, das ging nicht. Wer außer Sitteler war denn noch sauer auf ihn? Das war die Frage, und wenn Wolke es selber…?

Nun gib dich aber, so ein Quatsch, der Hausmeister ist bestimmt nicht dein Freund, aber so was? Der das gekritzelt hatte, kannte ihn um einiges besser, Keller ermahnte sich, sachlich zu bleiben. Der Tag hatte Anstalten gemacht, doch noch erfreulich zu werden, kurz, ganz kurz. Mit diesen Gedanken machte sich Keller auf den Weg zum Personalbüro, sein Vorsatz, diplomatisch zu bleiben, war fadenscheinig geworden. Die Sekretärin ließ ihn fünfzehn Minuten warten, dann geruhte ihr Chef, ihn zu empfangen.

Jovial kam er Keller entgegen und nötigte ihn auf einen der Sessel in seiner Polsterecke.

„Das nenne ich Gedankenübertragung, ich wäre sonst zu ihnen gekommen, aber so kurz vor der Langen Nacht, man kommt ja zu nichts." Sitteler streckte die Beine aus, die silbergraue Hose spannte über den kräftigen Oberschenkeln, Keller war das bisher nie aufgefallen, der Mann hatte mal Sport gemacht.

„Zu mir? Weshalb das?" Keller hatte sich in die Defensive drängen lassen, das ärgerte ihn.

„Nun sind sie schon wieder aggressiv, unterschwellig, ich als Personalchef habe für so etwas feine Antennen. Sie sind seit geraumer Zeit so eine Art Tellermine, da braucht nur jemand ganz kurz an den Auslöser zu kommen, schon explodieren sie. Das ist offen gestanden eine Belastung für das ganze Institut, um hier effektiv zu arbeiten, brauchen wir Teamplayer, waren sie bisher auch immer, aber…"

„… Eine Tellermine? Hat nicht Wetzky in seiner letzten Mail etwas über eine Bombe geschrieben…," Keller versuchte krampfhaft sich zu erinnern.

„… das tut doch jetzt nichts zur Sache, ich spreche in Metaphern, können sie mir überhaupt folgen?" sorgsam zupfte sich Sitteler die Bügelfalte glatt, als er aufstand und sich vor Keller aufbaute.

„Ihnen zu folgen ist mir bisher immer mühelos gelungen, ich fragte mich nur gerade, was ihren Assistenten bewogen haben mag, so sang- und klanglos das Institut zu verlassen. Da kam mir der Gedanke, dass auch in seiner Mail eine Metapher gewesen sein könnte, und in diesem Fall ist die Annahme, dass es sich nicht um mich, sondern um ganz jemand anderen handelt, der da als Bombe bezeichnet wird, doch nicht völlig…"

„…doch, das ist absoluter Quatsch, und sie, der gleich nebenan wohnt, sie bemerken nichts davon, es gab Alarm, eine Bombe aus dem Zweiten Weltkrieg ist geborgen worden, aber davon kriegen sie nichts mit. Sie kleben an ihren Hirngespinsten, Verschwörungstheorien, Hausmeistern, die zu Mördern mutieren, was noch alles…," Sitteler war sehr rot, fast schon blau im Gesicht, seine Stimme nur noch ein Flüstern.

„Nichts weiter, denn sie irren sich, Herr Sitteler, darf ich ihnen etwas zeigen?" Keller war nun ebenfalls aufgestanden, das Foto, das er Sitteler zeigte, brachte den Personalchef zum Lachen.

„Wo haben sie das denn her?"

„Das hat jemand bei mir oben an die WC-Tür geschmiert…"

„Hier im Institut?"

„Wo denn sonst…"

„Bis dato ist es mir noch nie zu Ohren gekommen, dass in unseren Häusern Türen und Wände beschmiert werden. Unschön, aber harmlos, es zeigt aber deutlich, wie unbeliebt sie sich bei den Kollegen gemacht haben."

„Wie bitte? Das ist nicht ihr Ernst, das muss ich mir nicht gefallen lassen…," mühsam unterdrückte Keller seinen Wunsch zu Schreien.

„…müssen sie nicht, sollten sie aber, etwas mehr Humor, Herr Doktor Keller, würde ihnen gut zu Gesicht stehen. Ich finde das komisch…"

„… was finden sie komisch?"

„Ihre Reaktion, da ist eine Comicfigur in rosa Pulli mit einem Penis dabei, auf ein Modell der Daisyworld, unter Männern wird es wohl erlaubt sein Klartext zu reden, zu wichsen, und sie beziehen das gleich auf sich, …"

„Weil das mein Fachgebiet ist, weil ich Luzian heiße, weil…" Keller stockte.

„… sagen sie es doch ruhig, sie tragen gern rosa Pullis, na und, das ganze Institut weiß das, und kein Hahn kräht danach. Aber sie machen gleich wieder ne große Sache draus…"

„Ich mache keine große Sache draus, das ist Mobbing, und ich will nicht gemobbt werden."

„MOBBING, auch so ein Modewort, ein Witzbold malt was an eine Klotür, ja wenn Wolke sich darüber beschweren würde, der muss es schließlich wieder wegmachen, aber sie, sie machen eine Mücke aus einem Elefanten, und warum? Das will ich ihnen sagen, weil sie völlig neben sich stehen. Sie sind der Situation nicht gewachsen, das war alles zu viel für sie. Zuerst das Affenhirn, dann der Embryo, Littlewoods schreckliches Ende. Da macht ihnen keiner einen Vorwurf daraus, sie bekommen erst einmal Urlaub von mir, nutzen sie die Zeit, gehen sie zum Arzt, lassen sie sich helfen, dafür gibt es Spezialisten, und hören sie auf, mich als ihren Feind anzusehen. Ich bin verantwortlich für jeden hier, für jeden einzelnen und für alle zusammen, und ich mache diesen Job schon verdammt lange. Also sehen sie zu, dass sie wieder klarkommen, bis dahin läuft der Laden auch ohne sie, Daisy hat ja gute Gesellschaft." Sitteler lachte anzüglich und streckte Keller die Hand hin. Dieses Händeschütteln war zu viel. Keller musste sich eingestehen, dass das, was er dabei dachte, dafür sprach, dass Sitteler Recht hatte. Er war kurz davor, den Verstand zu verlieren. Trotzdem ließ er sich nicht einfach abschieben, er hatte genügend Contenance, um den Personalchef davon zu überzeugen, dass es wenig sinnvoll war, ihn zu diesem Zeitpunkt in den Zwangsurlaub zu schicken. Er durfte noch seinen fast fertigen aktuellen Aufsatz zu Ende bringen, und bei der Langen Nacht war selbstverständlich jede helfende Hand willkommen. Die Frage nach Wetzky hatte Sitteler schließlich auch noch beantwortet, sein Adlatus sei keinesfalls als Deserteur von Bord gegangen, er habe gute Gründe, persönliche Gründe. Sich seine Hände reibend hatte er Keller zur Tür begleitet hatte, klarer Sieg nach Punkten, stand Sitteler im Gesicht geschrieben.

Von alldem wusste Emma Lindauer nichts, so wenig wie von dem kleinen Konvolut aus Postkarten, das sich wieder in Kellers Besitz befand, obwohl es eigentlich ihr gehörte. Sie hatte nur flüchtig daran gedacht, für sie waren diese bunten Grüße aus aller Welt kleingehäckselt in einer Müllverbrennungsanlage in Flammen aufgegangen. Es gab so viel Wichtigeres, wenn auch ihre Hoffnung, noch maßgebliche Änderungen im Verhalten der Menschheit erleben zu dürfen, von Tag zu Tag geringer geworden war, ganz erloschen war sie nicht. Es galt, dazu beizutragen, diese Welt wieder in einen bewohnbaren Planeten zu verwandeln, und zwar in einen, der es noch lange Zeit sein würde. Ihre Kraft hatte zwar nachgelassen, und im Rollstuhl zu hocken freute sie nicht, aber bei dem, was sie Tag für Tag zu tun hatte, war es nicht weiter von Belang. Sie vertiefte sich in den umfangreichen Bericht an die Weltbank, in dem das PIK die wahrscheinlichen Auswirkungen zusammengefasst hatte, die eine Erderwärmung um vier Grad statt des international vereinbarten Ziels von zwei Grad hätte.

Auf dem Telegrafenberg liefen an diesem Freitagvormittag die Vorbereitungen für die Lange Nacht der Wissenschaft auf Hochtouren, es war ein Event, der zwar nicht von allen gemocht wurde, dessen Notwendigkeit aber kaum einer anzweifelte, schließlich war Medienpräsenz immer willkommen. Also legte man sich in diesem Jahr ganz besonders ins Zeug. Mit einer Vielzahl von Veranstaltungen sollten die negativen Schlagzeilen der vergangen Monate vergessen gemacht werden. Der unaufgeklärte Todesfall, so hieß er inzwischen offiziell, würde sicher in aller Stille aufgeklärt werden, keinem nützte es, wenn diese schlimme Sache noch lange mit dem Wissenschaftspark in einem Atemzug genannt werden würde. Der Meinung war auch Kommissar Bärlauch, aber aus ganz anderen Gründen, er hatte keinesfalls vor, ein Kapital-

verbrechen aus Rücksicht auf den ungestörten Wissenschaftsbetrieb
sang- und klanglos ad acta zu legen. Der morgige Abend würde ihm
und seinen Mitarbeitern Gelegenheit geben, sich unauffällig umzutun,
er hatte ein halbes Dutzend ausgewählt, keiner von ihnen war während
der Ermittlungen auf dem Telegrafenberg gewesen, lauter unbekannte
Gesichter, er selbst würde ganz offensichtlich Präsenz zeigen. Etwas
würde sich ergeben, da war Bärlauch optimistisch.

12 Keine Panik

Der Samstag begann mit Frühnebel, das war hinderlich und verzögerte
die Lieferung von allem Möglichen, was zum Gelingen der Langen
Nacht als unverzichtbar erachtet wurde. Dank einer gewissen Routine,
es war bereits die fünfzehnte Veranstaltung dieser Art, klappte dann
doch alles, und der Zeitplan wurde einigermaßen eingehalten. Die
Pförtner winkten durch, was kam, nur keine unnötigen Verzögerungen
an der Schranke, für die Getränkelieferanten, Catering-Firmen und all
die anderen Servicefirmen, sie alle hatten es eilig, ihre Anlieferungen
pünktlich auf das Gelände zu bringen.

Über Nacht war es windig geworden, etwas Herbstliches lag in der
Luft. Nur gut, dass das Banner, das den mächtigen Turm, in dem sich
der große Refraktor befand, oben einmal zur Gänze umrundete, schon
gestern angebracht worden war. Zum ersten Mal war es weithin sichtbar, „die Lange Nacht der Wissenschaften in Potsdam", Neongrün auf
Orange, und Dank der Profis, die das am Abend vorher angebracht hatten, wind- und wetterfest. Sitteler war zufrieden, er hatte einen Groß-
teil der Organisation übernommen, das war zwar nicht sein Job und
wurde auch nicht bezahlt, aber er liebte dieses Ereignis, und nach den
Erfolgen von Nummer dreizehn und vierzehn sollte auch die fünfzehnte
Nacht wieder ein Knüller werden. Das Programm konnte sich sehen lassen: Wetter zum Anfassen in der „Wetterküche" für die Kleinen, Führungen zum nachgebauten Michelsonexperiment im Keller des nach
ihm benannten Hauses, durch den Einsteinturm und zum Riesentele-
skop im Großen Refraktor. Vorträge aller Art über Erdgeschichte, Wetterphänomene, nicht zuletzt den Klimawandel, dessen Auswirkungen
und die Möglichkeiten, diesen zu bekämpfen, und natürlich gastrono-
mische Köstlichkeiten, diesmal rein vegan, auch klimafreundliche Er-

nährung konnte lecker sein. Ja, sogar ein kleines Kulturprogramm hatten einige der Mitarbeiter in ihrer Freizeit eingeübt.

Die ersten Besucher waren Freunde und Familien, Sitteler schloss flüchtig seine Frau in die Arme, seine beiden Mädchen trotteten hinterher, zwölf und vierzehn, ein schwieriges Alter, für wenig zu begeistern, immerhin, sie waren mitgekommen, soviel Respekt hatten sie dann doch noch vor ihrem Vater. Das war Sitteler wichtig, RESPEKT wurde bei ihm groß geschrieben. Auch Annette Buschinski war früh auf dem Gelände, sie ging ohne Umweg zu Kellers Büro, bevor der Trubel losging, wollte sie noch in Ruhe mit ihm reden. Als es auf ihr Klopfen gab keine Antwort gab, drückte sie die Türklinke herunter. Keller bemerkte sie nicht, mit zwei Schritten war sie bei ihm und riss ihm die Schere aus der Hand, gerade noch rechtzeitig, so jedenfalls sah es Annette Buschinski, und rettete in letzter Minute das rosa Twinset vor schneidender Zerstörung. Keller sah sie mehr erstaunt als erschrocken an. Sie nahm ihm Pulli und Jacke weg. Mit nacktem Oberkörper hockte er vor ihr auf dem Boden, zuckte nur resigniert mit den Schultern. Wortlos nahm Annette den Pulli und zog ihn Keller über den Kopf, schaffte es auch, beide Arme in die Ärmel zu bekommen und ihm die Jacke anzuziehen, Keller ließ alles schlaff wie eine Gliederpuppe geschehen, zufrieden betrachtete sie ihr Werk.

„Du Spinner, gab es nichts Hässlicheres zum Zerschneiden…" der Bann war gebrochen, Keller kam zurück in die Welt, war, schon während sie ihn anzog, ein Stück weit zurückgekommen. Es war albern und kindisch, aber es hatte ihm gefallen, sich anziehen zu lassen, jetzt schämte er sich dafür.

„Tut mir leid, ich weiß auch nicht was…," Keller suchte nach dem richtigen Einstieg und verpasste ihn, das war aber ganz egal, langsam Stück für Stück berichtete er Annette von den Ereignissen der letzten Tage, zeigte ihr sogar die verblassten Spuren des Überfalls an seinem Kopf, berichtete ihr von allem, wahrheitsgemäß. Nur in einem Punkt wich seine Erzählung vom tatsächlichen Geschehen ab, wieder schämte er sich, aber es war nicht zu ändern, das Gehirn würde sie ihm heute nehmen, das Notebook nicht, denn das hatte ja bereits der nächtliche Angreifer an sich gebracht. Wenn auch nicht wirklich, egal, er bemerkte, wie Annette kurz die Stirn runzelte, bevor sie dann abwinkte.

„Pech ist auch dabei, wärst schön blöd gewesen, wenn du den Helden gespielt hättest. Es gibt immer mehrere Möglichkeiten, die Wahrheit zu finden." Annette war trotz ihrer beachtlichen Größe und der stattlichen Figur erstaunlich schnell wieder aus der Hocke gekommen, sie drehte sich, auf Kellers Schreibtischstuhl sitzend, um sich selbst. Fragte, ob es etwas Brauchbares zu trinken gebe, und als Keller verneinte und dabei auf eine Reihe von Packungen mit verschiedenen Teesorten wies, beschlossen sie, nach unten zu einem der Getränkestände zu gehen. Keller schnappte sich seinen Trench und verschloss die Bürotür, das Gehirn würde Annette später mitnehmen, wäre doch makaber, bei dieser Langen Nacht mit einem tropfenden Affenhirn, das gerade dabei war aufzutauen, zwischen den anderen Gästen aufzutauchen. Beide mussten lachen, Keller fühlte sich so leicht wie seit Tagen nicht mehr. Er hatte sich den Trench über den Arm gelegt, in den Augen derer, die ihnen entgegenkamen, sah er weder Häme noch Erstaunen. Zusammen mit Annette, die wie immer eines ihrer zeltgroßen auffällig geblümten Kleider trug, war er Teil eines Paares, das auf Konventionen pfiff, wenn überhaupt, dann sah er so etwas wie Neid in manchem Blick. Immer wieder gesellten sich Bekannte zu ihnen, pünktlich um 19:30 kurvte Emma Lindauer in ihrem Rollstuhl heran, Manon Duval hatte das wohl gewittert, sie kam wenig später über den Rasen. Petershagen hatte es eilig, er hielt einen Diavortrag, „ganz old-school" rief er lachend und hastete weiter. Selbst das Erscheinen seines Erzfeindes ließ Keller kalt, Sitteler kam nicht zu seiner bissigen Bemerkung, obwohl sie ihm auf der Zunge lag, er hatte zu viel mit der Brutpflege zu tun, Töchter sind anspruchsvoll.

Um 20:00 Uhr, gleich nach Sonnenuntergang, sollte die erste Veranstaltung im Großen Refraktor beginnen, es waren jeweils nur hundert Besucher zugelassen, sie würde dann im Laufe des Abends im Eineinhalbstundentakt wiederholt werden. Annette Buschinski und Manon Duval hatten andere Pläne, wollten für eine Weile unter sich sein, mutmaßte Keller, geheimnisvolle Weibswelt, trotz Allem blieb sie ihm verschlossen. Allein hätte er es nicht geschafft, aber heute waren überall helfende Hände bereit, mit anzupacken, er trug Emma Lindauer, ein Leichtgewicht, die zwei Stockwerke bis zur Refraktorkuppel hinauf, zwei Doktoranden schleppten den Rollstuhl hinterher. Der erwies sich oben als Glücksfall, denn sie wurden gleich vom Ende der Warteschlange nach vorne vorgelassen. „Selten genug, dass mein Handicap mir Vorteile bringt", bemerkte die Lindauer trocken. Sie waren die letzten, die zur ersten Vorstellung reingelassen wurden, und es freute die alte Lady diebisch, die enttäuschten Gesichter hinter sich zu sehen. Dann schloss der Mann am Eingang, ein bulliger, wortkarger Typ, der sich auf keine Diskussionen einließ, energisch die Tür. Die Wartenden mussten sich wohl oder übel gedulden, die Schlange löst sich langsam auf, in eineinhalb Stunden konnte man noch eine Menge anderes sehen. Drinnen war nur gedämpftes Gemurmel zu hören, der runde holzgetäfelte Raum mit dem großen Linsenteleskop versetzte die meisten Besucher in andächtiges Staunen, der Einleitungsvortrags begann, als alle durch das sich eben öffnende Dach in den Himmel schauten:

„Überprüfen Sie es selbst, meine Damen und Herren, ob Sie M57 mit bloßem Auge sehen können – Wie Sie sehen, sehen Sie nichts!" Es war ein Kollege vom Astrophysikalischen Institut der Universität Potsdam, der mit diesem Scherz seine, wie er hoffte, allgemeinverständlichen Ausführungen begann. Erfahrungsgemäß waren es meist mit der Materie einigermaßen Vertraute, die zur Langen Nacht auf den Telegrafenberg pilgerten, aber das Motto dieser Veranstaltung lautete, für alle verständlich zu sein. Und so gab es viele Ähs und Mhms, ein „Sozusagen" kam in jedem zweiten Satz vor, am Ende hatte jeder verstanden, worum es ging in diesem Raum, alle wollten jetzt durch das Okular am unteren Ende des langen Teleskoprohrs sehen, Keller und Emma Lindauer reihten sich in diese Schlange nicht ein. Durch diese Linse hatte Emma Lindauer oft genug gesehen, es genügte ihr, später einen flüchtigen Blick in den Himmel zu werfen, im Moment waren die beiden viel zu sehr in ihr Gespräch vertieft. Dieser Ort hatte Emma Lindauer inspiriert, und sie hielt Keller ganz exklusiv einen Vortrag über die erstaunlich ähnlichen Formen, die man beim Blick durch Fernrohre einerseits und Mikroskope andererseits sah. Bevor ein Zuschauer hindurchsehen durfte, hatte ein Physikdoktorand des Astrophysikalischen Instituts Potsdam das Teleskop auf ein interessantes Himmelsobjekt, den Ringnebel M57 ausgerichtet, zufrieden trat er zurück und winkte den ersten der Wartenden zu sich heran. Der beglückt durch das Teleskop blickende Gast wunderte sich, so hatte er sich einen Ringnebel nicht vorgestellt:

„Der ist ja riesig, der füllt ja das gesamte Gesichtsfeld".

Der Doktorand schüttelte verwundert den Kopf: „Na ja, soo groß sollte der eigentlich nicht aussehen, das Teleskop ist auf eine Vergrößerung von ca. tausendfach eingestellt, …" weiter kam er nicht, ein zweiter Besucher drängte heran, er stellte sachkundig fest: „Sieht eher aus wie lauter kleine Ufos".

Bevor der Doktorand die Einstellung noch einmal überprüfen konnte, war schon die Dritte aus der Schlange am Okular: „Nee, die bewegen sich ja gar nicht. Mich erinnert es mehr an Ullas Palettenkleid." Unter allgemeinem Gekicher drängte sich jetzt Freundin Ulla vor: „Cool, lass mal sehen! Ja, manche von den Dingern glitzern richtig, wo kommt denn das Licht her?" Darüber wundere sie sich zu Recht, befand der fünfte Durchblicker und klärte sie auf: „Das kann natürlich nur Sonnenlicht sein."

Der schlaksige Mann hinter ihm, der bisher ziemlich gleichgültig gewesen war, setzte noch einen drauf: „Ich fass es nicht, die machen das, die probieren es jetzt tatsächlich mit den Weltraumspiegeln*, Wahnsinn..."

„Was denn für Weltraumspiegel?" wollte Durchblicker Nummer Fünf wissen. Der glatzköpfige Begleiter des Schlaksigen mischte sich ein: „Na, um das Sonnenlicht von der Erde wegzuspiegeln, damit es hier nicht so warm wird. Gegen den Klimawandel natürlich, sie Schlauly."

„Selber Schlauly! Die Sonne ist doch gerade auf der andern Seite der Erde, schon mal was von Nacht gehört?"

„Logo Schlauly, aber auch davon, dass die Erde sich dreht, also müssen die Spiegel schon rundherum sein, damit's was bringt."

Während der Streit zu eskalieren drohte, war ein anderer Mann an das Teleskop getreten und sah hindurch.

„He, wartet mal, jetzt wird's aber hell...," geblendet taumelte er zur Seite, auch der übrige der Raum wurde jetzt schlagartig hell, das gleißende Licht kam von draußen, und es klang so, als ob irgendwo Feuer ausgebrochen war, beunruhigend knisternde Feuergeräusche, ganz nah. Die Zuschauer in der Nähe der Fenster spürten es zuerst, es war heiß geworden, sehr heiß sogar.

„Fuck, da muss einer der Spiegel umgekippt sein, und jetzt wirkt der wie ein Brennglas und zielt genau auf Potsdam, dieses Scheiss-Geoengineering musste ja schiefgehen!" der Schlaksige schien Bescheid zu wissen, schnell scharten sich alle um ihn. Er beschrieb in kurzen trockenen Sätzen, was das bedeutete. Denjenigen, die schon auf dem Weg nach draußen waren, verging schlagartig die Lust zu gehen, dass nur dieser Raum ihnen momentan Schutz bot, war jetzt allen klar, doch wie lange noch, schließlich war die Kuppel aus Holz. Da draußen im Weltraum war etwas außer Kontrolle geraten, von dem einem keiner was gesagt hatte, ausgerechnet jetzt, wieso denn nur hier ausgerechnet auf dem Telegrafenberg?

„Warum denn, hier ist doch gar keine Klimakatastrophe…," die Panik in Ullas Stimme übertrug sich auf fast alle, viele versuchten, mit ihrem Smartphone die Lage zu sondieren, aber irgendwie funktionierte das nicht, es schien, als ob sie alle in ein riesiges Funkloch gefallen waren. Einige bekamen Atemnot, andere rissen sich schwitzend die Hemden auf. Emma Lindauer schwitzte nicht, sie sah sich um. Dann rollte sie zum schwenkbaren Podest unter dem Okular, bat energisch, sie heraufzuhieven. Einige hatten endlich wieder Netz und bemühten sich, herauszubekommen, wie es draußen stand, ob es eine Chance gab. Das Stimmengewirr wurde lauter und lauter, Keller, der Emma Lindauer eher apathisch als stoisch unter das Okular geholfen hatte, handelte wie in Trance, als er das Feuerzeug aus dem Trench holte und anzündete, er hielt es in die Luft, zuerst wurde protestiert, bis endlich alle begriffen, was er damit bezweckte, und auch auch andere zu ihren Feuerzeugen griffen.

Dann wurde es nass, sehr nass, geschafft, die Sprinkleranlage war angegangen und befeuchtete auch das hölzerne Kuppeldach, machte es hoffentlich weniger entflammbar, noch nicht die Rettung, aber sie waren auf dem richtigen Weg, keiner wollte das Risiko eingehen, zu schnell nachzusehen, was draußen los war, ein Inferno, einmal ausgesprochen, war klar, dass es stattfand, jetzt, hier, mitten auf dem Telegrafenberg. Die hundert Menschen im Refraktor hatten Glück gehabt, bisher. Denn noch immer schien die Hitze, die von den Fenstern in den Raum strahlte, zuzunehmen, alles drängt sich in die Mitte, die ersten verloren das Bewusstsein. Der Schlaksige und sein glatzköpfiger Freund leisteten erste Hilfe, sie waren zwar die größten Pessimisten, behielten aber einen kühlen Kopf. Den hatte auch Emma Lindauer sich bewahrt, ihr genügte, was sie sah, und sie zweifelte keinen Moment an ihrer Wahrnehmung.

„Fake" murmelte sie, rollte zum Fenster und riss es auf, bevor sie irgendjemand daran hindern konnte. Von Draußen wehte ein kühler Wind herein, der Rasen, der zwischen Fenster und davormontiertem Werbebanner hindurchlugte, war so grün wie die Bäume, Besucher flanierten auf den Wegen, einige bestaunten den nun von hinten hell erleuchteten umlaufenden Schriftzug „die Lange Nacht der Wissenschaften in Potsdam", alles war wie immer, nichts war geschehen. Alle drängten zu den Fenstern und begriffen schnell, dass sie mit Hilfe von großen Heizspiralen und Scheinwerfern manipuliert worden waren, irgendwo mussten sich auch die Lautsprecher befinden, aus denen die

Brandgeräusche gekommen waren. Nass und erleichtert strebten sie zum Ausgang, Emma Lindauer blieb am Fenster, fasste zusammen, und zeigte den Wenigen, die geblieben waren, was sie genarrt hatte.

„Das da sind starke LED-Lampen und das da Wärmestrahler. Innen auf dem Sims zwischen Mauer und Holzkuppel sind wohl die Lautsprecher montiert worden. Im Teleskopokular muss jemand ein Glasscheibchen mit aufgemalten „Weltraumspiegeln" angebracht haben, ein paar graue und weiße Farbtupfer reichen ja. Dadurch sah es so aus, als schwebten da viele wie runde Segel geformte Spiegel am Himmel. Und es wurde im Teleskop ein Laserpointer angebracht, mit dem man gezielt blenden konnte. Alles Fake, einfach, aber wirkungsvoll…"

Dass sie all das so schnell und präzise analysiert hatte, lag nicht zuletzt an ihrer Kenntnis des Ortes, und es wäre ihr fast zum Verhängnis geworden, denn der Staatsschutz war diesmal erstaunlich schnell vor Ort und stellte Tausend und eine Frage, ganz klar, wer so viel wusste, war an dem Anschlag beteiligt gewesen, so klar wie falsch, das konnte Emma Lindauer, die auch hier kühlen Kopf bewahrte, innerhalb von zwei Stunden klarstellen. Sie war dann auch die Einzige, die eine halbwegs taugliche Personenbeschreibung von den beiden Männern abgeben konnte, die durch ihre Kommentare die Autosuggestion der Gäste befeuert und fast eine Panik ausgelöst hatten.

Der Schlaksige und der Glatzkopf waren gleich, nachdem der Schwindel aufgeflogen war, verschwunden. „Umweltterroristen," so hieß wenig später auch die Sondersendung des RBB. Ein bis dahin unübliches Kompositum, das schnell zum Modewort wurde.

Sitteler war keineswegs erstaunt, als er hörte, wer in dieser Situation zu allem Überfluss auch noch die Sprinkleranlage in Gang gesetzt hatte, er war sich sicher, Keller war Sympathisant dieser Gruppierung. Deren Bekennerbrief stand zwar noch aus, aber der würde schon noch kommen, man wusste doch, wie solche Terrorbanden tickten.

Der Personalchef hatte sofort sein Büro zur Verfügung gestellt, er stand nun selbst vor der Kamera, die ihm sein Kollege vom eigentlich zuständigen Geoforschungszentrum, dem Hausherrn im Großen Refraktor, dankbar überlassen hatte, und von dort verkündete er stolz, dass die Veranstaltung wie geplant fortgesetzt werden würde. Keinen Millimeter würde man vom Programm abweichen, „die Umweltterroristen und ihre Helfershelfer haben sich gründlich verrechnet." Namen nannte er nicht.

Keller war nicht vernehmungsfähig, er hatte, kurz nachdem Emma Lindauer dem ganzen Spuk ein Ende gemacht hatte, einen Nervenzusammenbruch erlitten. Der Schreikrampf, den er bekommen hatte, hatte durch den Großen Refraktor bis weit ins Gelände gegellt, so lange, bis ein eilends herbeigeholter Arzt ihm eine Beruhigungsspritze gegeben hatte. Da hatte das Gerücht, dass es im Großen Refraktor Verletzte, wenn nicht sogar Tote gegeben habe, schon die Runde gemacht. Der Aufhänger der Buzeitung am Sonntag hieß dann auch: „Tote und Verletzte auf dem Telegrafenberg?"

Indes der Einzige, der wirklich Schaden genommen hatte, war Luzian Keller, er lag im Krankenhaus, in einem künstlichen Tiefschlaf, der fast einem Koma glich.

Sein einziger Gefährte war Hi-Nun-Ter, der sich getreulich in Kellers Träume schlich und ihn tröstete.

Die Lange Nacht war doch oder gerade deswegen ein unerhörter Erfolg geworden. Auch Menschen, die sich sonst nie auf den Telegrafenberg bewegt hätten, wurden durch den gefakten Weltraumspiegelunfall im Großen Refraktor angelockt, es war wundervoll gruselig, sich vorzustellen, was gewesen wäre, wenn…

Das war sicher nicht im Sinne derjenigen, die sich hinter der Aktion verbargen, sie schwiegen sich aus bisher. Sitteler ließ sich dadurch nicht irritieren, er hatte es bis zum Ende der Veranstaltung mehr als hundert Mal begründet, dass es ganz sicher ein Bekennerschreiben geben würde und warum es jetzt noch nicht da war, das sei wohl klar: „Für diese Umweltterroristen ist es kein Erfolg, aber für uns hier ist es einer. Wir lassen uns nicht irre machen!" Nicht jeder teilte die Ansicht des Personalchefs, doch die meisten waren froh, dass der das Desaster im Großen Refraktor den Medien so verkaufte. Die sich darüber ärgerten, taten es in aller Stille, bis auf einen, der tat es zwar unter Ausschluss der Öffentlichkeit, aber dafür tat er es umso so lauter. Kommissar Bärlauch hatte seinen Truppe im Raum hinter der Teeküche um sich versammelt, der war nicht schalldicht, wer sich etwas vom Büffet holte, wurde, ob er es wollte oder nicht, Ohrenzeuge. Harte, hässliche Worte drangen durch die geschlossene Tür, es dauerte lange, bevor Bärlauch sich wieder unter Kontrolle hatte: ein schmachvolles Versagen, alle zusammen und jeder einzelne, ohne jede Ausnahme, hatten es verbockt, als ihm keine weitere Beschimpfung mehr einfiel, schloss er trocken: „… und mich, mich schließe ich da voll und ganz mit ein!

Jetzt heißt es Arbeiten, hier hat sich im Laufe der letzten Monate so viel stinkende Scheiße angesammelt, dass wir knietief drinstecken. Schluss damit, ich will Resultate. Und ich will sie jetzt!" Zusammenhänge gab es genug, alles war erlaubt, jede noch so abstruse These durfte entwickelt werden, davon allerdings drang dann nichts mehr nach Außen.

Wer zu den Glücklichen gehört hatte, die bei der ersten und dann auch einzigen Veranstaltung im Großen Refraktor dabeigewesen waren, hatte nun das Pech, sich bis spät in die Nacht befragen zu lassen. Das Kompetenzgerangel zwischen dem Staatsschutz und Bärlauchs Truppe machte die Befragungen noch langwieriger. Am Ende gab es zumindest eine halbwegs taugliche Beschreibung von den beiden Männern. Bärlauch versprach sich viel davon, die aufzuspüren, obwohl er bezweifelte, dass sie die Täter waren. Eher unwahrscheinlich, denn das Ganze war doch ziemlich aufwendig und auf keinen Fall im Duo zu bewerkstelligen gewesen. Das Verhalten von diesem Doktors Keller machte ihm da schon mehr zu schaffen, es war einfach nicht zu begreifen, warum ausgerechnet der Begleiter der einzigen Person, die einen kühlen Kopf bewahrt hatte, derart überreagiert hatte. Im Gegensatz zum Staatsschutz glaubte er keine Sekunde lang an die Mittäterschaft der Professorin. Umso so seltsamer, dass Keller, während sie ihre Analyse schon fast beendet hatte, noch dafür gesorgt hatte, dass die Sprinkleranlage anging und völlig unnötig Schaden anrichtete. Sabotage wiederum würde, seiner Meinung nach, gut in das Konzept der Drahtzieher passen. Der Nervenzusammenbruch Kellers erschien ihm vollkommen unglaubwürdig, im Gegensatz dazu war die Aussage des Personalchefs fundiert und strukturiert, der war zwar nicht vor Ort gewesen war, hatte aber offensichtlich schon vorher Verdacht geschöpft und ständig Schwierigkeiten mit dem als Außenseiter bekannten und nun im Verlauf der letzten Monate zum Querulanten mutierten Wissenschaftler gehabt hatte. Sein abwesender Mitarbeiter Wetzky hingegen schien dem Zeugen Sitteler über jeden Verdacht erhaben. Das war natürlich Unsinn, da war der Mann betriebsblind und subjektiv, denn dieser Wetzky war ohne Angabe von Gründen abgetaucht, das machte ihn für Bärlauch zu einem der Hauptverdächtigen. Ein Netzwerk fanatischer Weltretter, der Alptraum eines jeden Polizisten, der es allemal besser wusste, als diese weit weg vom Wirklichen vor sich hinwurschtelnden Typen. Diese Welt war nicht mehr zu retten, den Laden ohne unnötiges Blutvergießen am Laufen zu halten, war das Äußerste. Aber schlau waren sie! Doch die Hoffnung, sie über die Organisation der aufwendigen Installation zu schnappen, zerplatzte, weder obskure Dunkelmänner noch -frauen waren in der Nacht am Werke gewesen, um die Vorbereitungen für das Katastrophenszenario zu schaffen. Es war schlicht ein Serviceunternehmen für Events dieser Art gewesen, und die waren es gewohnt, sehr diskret zu arbeiten. Denn ein Event, dessen Glanzpunkte vorher bekannt wurden, war keiner mehr.

Der Auftrag war über ihre Website gebucht worden, umgehend bezahlt wurde er dann auch, unüblicher Weg, zugeben, aber warum nicht einmal Bares, Bares ist Wahres, hatte der Chef des jungen und erfolgreichen Start-Up-Unternehmens noch gedacht, als statt der üblichen Paypalüberweisung ein Fahrradkurier mit einem Umschlag bei ihm erschienen war, sich den Erhalt hatte quittieren lassen und wieder abgedüst war.

Nein, er könne sich nicht an ihn erinnern, der Mann sei ja nur ein paar Minuten in seinem Büro gewesen, er habe das Geld gezählt, nicht weiter darauf geachtet. So einen Kurier nähme man doch nicht wirklich wahr, er habe drei Bildschirme am Laufen, die müsse er im Auge behalten, ein Mann eben, jung, sportlich mit Radhelm, ja sicher irgendwelche Haare, Augen, Mund und Nase habe der natürlich gehabt, der habe genauso ausgesehen, wie ein Kurier eben aussieht. Bärlauch hätte kotzen können, die Spur war tot, es gab einen Auftrag, aber keinen Auftraggeber, zwar waren weder Name noch Adresse erfunden, aber Anton Schmitz, siebenundachtzig, wohnte in Rüsselsheim und hatte noch nie was vom Telegrafenberg, geschweige denn dem Großen Refraktor gehört. Wieso es dem Eventservice gelungen war, seinen Auftrag durchzuführen, warum kein Mensch kontrolliert hatte, was da eigentlich aufgebaut wurde, ließ sich nicht ermitteln, es gab schlicht niemanden, der sich für zuständig erklärte. Am Ende einigten sich alle darauf, dass die Kontrollen am Eingang zu lax gewesen waren.

Kontrollen gab es im engeren Sinne dort, wo Keller aufgewacht war, nicht, die Türen waren schlicht verschlossen, und die Patienten hatten keine Schlüssel, sehr einfach und ebenso effektiv. Für Menschen wie Luzian Keller allerdings nur schwer erträglich, er ging sogar soweit zu behaupten, dass das auch auf alle anderen zutraf. Doch es stand nicht zur Diskussion, ebenso wenig wie die Verabreichung von diversen verschiedenfarbigen Pillen, die erinnerten Keller an „Einer flog über's Kuckucksnest", der Film, fast vergessen, war ihm jetzt wieder klar vor

Augen, obwohl es fast zwanzig Jahre her war, dass er ihn gesehen hatte. Er dachte an den großen Indianer und war sehr froh, dass Hi-Nun-Ter nur sein kleiner unsichtbarer Bruder war. Die Schwestern waren nett und froh darüber, dass Keller ein 30-Grad-Patient war, eine von ihnen hatte es ihm erklärt, es gab 30-, 40-, 60- und 90-Grad-Patienten, je nachdem, wie schwierig sie im Umgang waren und wie viel Zeit man ihnen widmen musste. Er hakte nach, und sie gab zu, dass die 30-gradigen in der Regel zwar die beliebtesten waren, schränkte aber ein, dass es es auch bei den 40ern, den 60ern und sogar bei den 90ern Lieblingspatienten gab. Keller wusste nicht, ob er ihr glauben sollte, in seinem Zimmer waren offensichtlich außer ihm nur 30er und 40er.

Sein Tiefschlaf blieb ihm in keiner guten Erinnerung, eine Art chemischer Zwangsjacke, so empfand er es, nun, da er seit einiger Zeit wach war, fühlte er sich auch nicht besonders gut, er mochte die Wirkung der Tabletten nicht. Was war denn so schlimm an seinem Schreikrampf gewesen, er hatte niemandem damit geschadet, keinen bedroht.

„Aber lieber Luzian, nun denken sie doch einmal nach... davor, da waren sie doch schon...," der Psychiater legte seinen linken Zeigefinger an die Nase und sah ihn erwartungsvoll an.

„... aufgeregt, besorgt, übereifrig, was wollen sie hören, ich weiß es nicht, ... ich habe die Situation falsch eingeschätzt..."

„Nun sind sie auf dem richtigen Wege, gehen sie noch einen Schritt weiter..."

„Wieso? Wüsste nicht, welchen, sie waren nicht dabei, sie wissen doch überhaupt nicht, wie das da drinnen gewesen ist, die Leute waren aufgeregt, wir dachten, da Draußen sei etwas Furchtbares passiert, alle redeten durcheinander, hackten wie wild auf ihren Smartphones herum, twitterten, und ich, ich dachte die ganze Zeit darüber nach, wie man die unerträgliche Hitze im Raum mindern könnte. Und Wasser tut das nun mal... das haben dann auch alle schnell begriffen. Ich allein mit meinem kleinen Sturmfeuerzeug hätte die Sprinkleranlage doch gar nicht in Gang gebracht..."

„Das bestreitet ja auch gar keiner, aber darauf will ich auch nicht hinaus, ich frage sie noch einmal, was war ihr Verhalten von Alledem entkleidet, betrachten sie den nackten Kern!" keine Spur von Ungeduld lag in der Stimme des Arztes, auch sein Gesicht blieb ruhig.

„Das hab ich doch schon gesagt, ich war besorgt, ich habe versucht zu helfen, mir, den anderen, uns allen..."

„… sie wollen offensichtlich nicht erkennen, von einem Mann der Wissenschaft hätte ich mehr analytisches Verständnis erwartet, aber wenn wir uns selbst betrachten, ist der Balken besonders dick."

„Welcher Balken, in Teufelsnamen, wovon sprechen sie …"

„Oh, der Teufel kommt ins Spiel, schon besser, sind sie gläubig? Katholisch?"

„Ja, nein, ich bin getauft, meine Mutter ist katholisch, aber ich selbst, ich gehe nie…"

„…egal, nun sind wir auf dem richtigen Weg, also noch einmal, was ist denn der Teufel ihrer Meinung nach?"

„…der stets das Böse will und doch das Gute schafft, bei Faust zumindest oder war es umkehrt?"

„Sie sind sich auf der Spur, bei Faust war es so, bei ihnen umgekehrt."

Zufriedenheit bereitete sich auf dem runden, roten Gesicht aus. „Das ist mir neu und unverständlich. Erklären sie es mir, bitte."

„Klar, das muss es doch auch sein, neu und unverständlich, frisch aus dem Unterbewusstsein ans Tageslicht gebracht. Ihre Handlung, Luzian, war zutiefst destruktiv. Sie hätten es als Einziger außer der sehr überlegt handelnden Professorin, die trotz ihres Handicaps vom Rollstuhl aus die ganze Situation auflöste und deeskalierte wie aus dem Bilderbuch, positiv beeinflussen können. Sie hätten es ahnen, wenn nicht wissen müssen, dass an ihrem Institut gerade eine weitere schlimme Inszenierung stattfand. Stattdessen nutzten sie die Gelegenheit, alles schlimmer zu machen, als es war, wenn da nicht destruktives, aggressives und autoaggressives Verhalten im Spiel war, weiß ich auch nicht weiter, dann habe ich meinen Beruf verfehlt. Damit schließen wir für heute. Das ist Stoff genug." Sprach's und verließ mit majestätischem Nicken den Behandlungsraum. Keller saß wie betäubt auf seinem Stuhl, sprachlos vor Staunen und unfähig, dem weiß bekittelten Rauschen etwas hinterherzurufen. Das war unfassbar, aber offensichtlich konnte man es auch so sehen.

13 Aus der Schusslinie

Keinem bleibt seine Gestalt, hatte Ovid gesagt, keinem bleiben seine Gewohnheiten, setzte Keller hinzu und zündete sich statt der gewohnten Pfeife eine Zigarette an. An diesem Ort, der einen mit seiner Tristesse fast erstickte, rauchten fast alle, sogar das Pflegepersonal fand sich in dem geschlossenen Hof am ständig überquellenden Aschenkübel ein, um hastig eine zu rauchen, daran, an der Kleidung, am Ausdruck und an der Haltung konnte man sie von den Patienten unterscheiden. Hektik, Stress und Ich-weiß-genau-was-ich-als-nächstes-übernächstes-und-überübernächstes-tun-werde war in ihre angespannten Gesichter und Körper eingebrannt. Dagegen hatten die meisten Patienten die schlaffen Glieder von Stoffpuppen, und der Überfluss an Zeit machte es nicht leichter sondern schwerer, die Frage nach dem Sinn zu beantworten. Keller war mit der Denksportaufgabe seines Arztes bald zu einem Ende gekommen, Schwachsinn blieb auch dann Schwachsinn, wenn er sich in Form von elaboriertem Gequatsche kaum noch aus dem Kopf bekommen ließ, da hatten ja selbst Sittelers Anschuldigungen mehr Hand und Fuss gehabt. Was hatte dieser Spruch eigentlich zu bedeuten?

„Das ist doch nicht so schwer zu verstehen, er stammt zwar aus dem Mittelalter, aber ist er heute weniger wahr?" Emma Lindauer strich über die graue Flanelldecke über ihren Beinen.

„Der intakte Körper galt als hohes Gut, wer Hand oder Fuß, Arm oder Bein verloren hatte, der war weniger wert, konnte nicht mehr arbeiten, man brachte damit seine Ablehnung zum Ausdruck. Mit Naseabschneiden strafte man übrigens Ehebrecherinnen, aber auch Homosexuelle, … Themawechsel, wer hat ihnen denn den schönen Strauß gebracht?"

„Bringen lassen! Mein hochverehrter Personalchef, er wünscht mir im Namen des gesamten PIK gute Besserung und baldige Genesung. Welche Strafe ihn wohl für diese Heuchelei ereilen wird, wohl gar keine…"

„Seien sie nicht so hart, er meint es gut. Das Institut geht ihm über alles, er will endlich wieder zur Tagesordnung zurückkehren. Und sie."

„Und ich? Will ich das etwa nicht? Aber doch nicht so!" Keller knüllte die fast leere Zigarettenschachtel in den Händen zusammen, Emma Lindauer kramte in ihrer Tasche.

„Das hätte ich fast vergessen, schönen Gruß von Wolke, und sie sollen das nächste mal besser aufpassen…," damit überreichte Emma ihm ein Päckchen Tabak und eine kleine Pfeife, beides genau so, wie Keller es mochte.

„Was meint er denn damit?" indem er die Frage laut werden ließ, versuchte er, seine Rührung zu überspielen, fing aber sofort an, sich eine Pfeife zu stopfen. Trotz des herbstlich kühlen Wetters war Keller mit seiner Besucherin gleich auf den Hof gerollt, nun freute er sich an der beruhigenden Wirkung seines Pfeifchens. Als er das äußerte, sah Emma Lindauer ihn erstaunt an.

„... beruhigende Wirkung, was die angeht, da sollten sie hier doch genug bekommen? Wohl eher zu viel."

„Ja, wenn man es so nimmt, aber ich habe mich entschlossen, darauf zu verzichten, tue, als ob, nehme das Zeug und spucke es gleich wieder aus. Dann gibt es keine Diskussionen mit meinem Arzt, der sehr von sich überzeugt ist und sich Wunder was für Theorien ausdenkt." Keller berichtete nun von den Sitzungen und allem, was er dabei über sich und seine Motivationen erfahren hatte. Das bewog Emma Lindauer, ihm nun doch von den Anschuldigungen Bärlauchs und der bedenklichen Sympathie, die der Kommissar für Sitteler empfand, zu berichten. Sie riet Keller dringend, sich den Psychiater nicht zum Feind zu machen, da dessen Lesart ihr zwar ebenso wenig wie ihm gefalle, aber den massiven Anschuldigen von Bärlauch doch bei Weitem vorzuziehen sei, und sollte es zu einem Verfahren und einem Prozess kommen, könnte dessen Gutachten noch Gold wert sein.

Keller traute seinen Ohren nicht, hatte aber keinen Grund, an Emmas Worten zu zweifeln, im Gegenteil, sie war aus keinem anderen Grund noch in der Stadt, als ihm zur Seite zu stehen. Hatte sie doch direkt miterlebt, wie die feine Maschinerie gegen Keller gleich, nachdem der Krankenwagen mit ihm verschwunden war, in Gang gesetzt worden war. Sie hatte sofort versucht, manches geradezurücken, und sich für ihn eingesetzt. In erster Linie war es ihrer Aussage zu verdanken, dass sich der Kommissar bisher zurückhielt, leider waren viele derer, die mit ihnen zusammen im Großen Refraktor gewesen waren, im Nachhinein der Ansicht, dass es ausschließlich Keller gewesen sei, der die Panik ausgelöst hatte, die zum Zünden der Feuerzeuge und dem daraus folgen Anspringen der Sprinkleranlage geführt hatte. Nur wenige waren bereit zuzugeben, dass auch sie der Autosuggestion erlegen waren, denn es hatte sich herausgestellt, dass in dem Raum niemals mehr als dreißig Grad geherrscht hatten. Nun, im Nachhinein, hatte die Mehrheit der Anwesenden nie ernsthaft an eine Katastrophe geglaubt. Selbst wenn sie mit dem eigenen Getwitter und ihren Facebookpostings konfrontiert wurden, taten sie so, als ob das alles eher ein großer Jux verstanden worden sei. Man habe eben mitmachen wollen, was sei denn schon dabei, wäre doch alles im grünen Bereich geblieben, wenn da nicht so ein Durchgeknallter sein Feuerzeug angezündet und in die Luft gehalten hätte.

„Ist doch praktisch, ich bin schuld, und weil das so einfach ist, habe ich auch das Gehirn und den Embryo auf das Gelände gebracht, und wenn sich das nicht beweisen lässt, dann stecke ich mit Littlewood, der ja auch ein notorischer Nestbeschmutzer war, unter einer Decke. Und habe mich möglicherweise auch an seiner Ermordung beteiligt. Soll ich das gleich alles gestehen? Oder warten, bis der Bärlauch hier aufkreuzt, um Sitteler, dem PIK, ja wahrscheinlich der ganzen Menschheit diesen Gefallen zu tun?" Erregt tigerte Keller um den Rollstuhl herum und fuchtelte mit seiner ausgegangenen Pfeife in der Luft herum, er redete sich in Rage. Langsam kehrte so etwas wie Interesse in die erloschenen Gesichter der Umstehenden zurück, sie kamen zögernd näher, einige klatschten, als sie den Schluss von Kellers Rede hörten, auch ohne, dass sie wussten, worum es dabei ging, freuten sie sich.

Emma Lindauer versuchte vergebens, Keller zu beruhigen, wenig später kamen zwei Pfleger und lösten die Versammlung auf, es blieb den beiden nicht einmal Zeit, sich zu verabschieden.

„Ich kümmere mich um einen Anwalt, werde meinen Jahresurlaub hier verbringen, komme in ein paar Tagen zurück, muss nur ganz kurz noch…," den Rest verstand Keller nicht, Emma wurde von einer Krankenschwester mit dem Hinweis auf das Ende der Besuchszeit energisch zum Ausgang gerollt, und der Krankenpfleger, der ihn in den Tagesraum bugsierte, hatte kein Verständnis für Kellers Wunsch, sich in Ruhe zu verabschieden.

Es war klug von Emma gewesen, ihn darauf aufmerksam zu machen, auf welch dünnem Eis er mittlerweile stand, und es war dumm von ihm gewesen, sich zu so einer Rede hinreißen zu lassen. So klar ihm das auch geworden war, es war schwer für ihn zu ertragen. An diesem Ort hatte Keller nichts verloren, er wollte raus, so schnell wie möglich. Und wusste doch, dass eine vorschnelle Entlassung auf eigenen Wunsch seine Situation nur verschlechtern würde.

Annette Buschinski, die ihn zusammen mit Manon Duval, kurze Zeit später besuchte, hatte den rettenden Einfall. Dass sie nicht allein gekommen war, kränkte Keller, doch er hatte beschlossen, sich nichts anmerken zu lassen. Da er all diese kleinen bunten Dinger, die er jeden Tag bekam, nicht in seinem Körper duldete und es in seinem Inneren weder natürliche noch chemische Ruhe gab, musste er sich in ein Korsett aus Selbstkontrolle zwängen und das, was nicht vorhanden war, einfach heucheln. Seine äußere Ruhe überzeugte alle, außer ihn selbst. Dass ihm der Betrug so gut gelang und Annette es dann durch ihre vielfältigen Verbindungen bewerkstelligte, ihn aus der Psychiatrischen Klinik in Potsdam in eine Rehaklinik auf Usedom verlegen zu lassen, deutete er als gutes Zeichen. Annette wollte offenbar auf Distanz bleiben, aber sie hielt ihn weder für völlig meschugge, noch war er ihr gleichgültig geworden.

Ich kann jederzeit aussteigen, aus allem, der Zug hält an jedem Bahnhof, diese Bäderbahn ist ein Bummelzug, bin folglich ein Bummelant, was sagt das schlaue Rechteck dazu? Bummelant, Flaneur, Taugenichts, Drückeberger, Müßiggänger, Faulenzer, Tunichtgut, Faulpelz Nichtstuer, Tagedieb… tadellose Gesellschaft das, hoffentlich passen wir alle zusammen in das Zimmer dieser Kurklinik… Heringsdorf, gar nicht fischig, alles voller weißer Zuckerbäckerhäuser, Bäderarchitektur, bah, lieber fischig als zuckrig, … Glück gehabt, diese Klinik ist ein Schuhkarton, Neubau, keine Kaiser-Wilhelm-Bude…

Zack, zack Koffer geschultert und Marsch, preußische Verbeugung, absetzten, stillgestanden, Anmeldevorgang korrekt durchführen…

Haltung, tipptopp und akkurat, melde gehorsamst komme vom Telegrafenberg, Potsdam, Preußen, wurde wegen Wässerung des Großen Refraktors in einstweilige Reha versetzt…

Reiß dich zusammen, Luzian, jetzt keinen Lachkrampf bekommen, vom Schreikrampf zum Lachkrampf, ist das ein Resultat? Tatsächlich wohl eher eine Stillstand verhindernde Maßnahme des Unterbewusstseins. Freudsches Allerlei passt in jede Kasserolle, mit und ohne Butter zu genießen. Kommen sie, kaufen sie, frisch aus dem Meer, gekellerte Flundernbries…

„Entschuldigung, ich habe geträumt," Keller hatte nicht bemerkt, dass die Dame an der Rezeption mit ihm sprach, er legte seine Anmeldung auf den Tresen.

„Herzlich willkommen, Herr Keller, geben sie mir diesen Papierkram, sie bekommen Zimmer 124, und sie haben Glück, es hat sogar Seeblick. Mit dem Fahrstuhl in den ersten Stock und dann links. Kommen sie erst einmal in Ruhe an." Die Rezeptionistin drückte ihm noch die bunte Broschüre über die Kurklinik in die Hand, alles weitere würde dann im Laufe des Tages abgesprochen werden. Und mit diesem Hochglanzheft in der Hand trat Luzian Keller in die Welt der Kurenden ein, er war zwar nicht auf dem Zauberberg, doch erschien ihm der Telegrafenberg plötzlich Lichtjahre weit entfernt. Ohne viel Federlesens wurde er zum Kurgast, einem einzelnen Herrn, der viel Ruhe brauchte und dem sein eigner Schatten genug war.

„Wer protegiert den eigentlich?" nachdenklich spießte Sitteler sich ein Stück Bratwurst auf die Gabel.

„Ja, Damenwäscheträger müsste man sein, erst ne Riesensauerei veranstalten, dann mal kurz nen Schreikrampf kriegen und schwupps kann man zur Kur…," energisch wurde der letzte Klecks Püree zusammengegabelt.

„Soviel Glück hat Unsereiner nicht, ein schlichter Schiesser-Feinrippkerl ackert sich still und leise zugrunde…," Sitteler war sichtlich der Appetit vergangen, er schob den halbvollen Teller von sich weg.

„Na, na, Herr Kollege, man muss auch Gönnen können, Damenwäscheträger sind auch Menschen", der mausgesichtige Mann, der kurzfristig Wetzkys Aufgaben übernommen hatte, versuchte sich in Diplomatie.

„Den Seinen gibt's der Herr im Schlaf…," einer der namenlosen Staatsschützer holte zu dieser himmelschreienden Bemerkung aus.

„Das verbitte ich mir, so eine Fummeltrine ist unserem Herrgott ein Gräuel…," sein ebenso namenloser Kollege outete sich als streitbarer Christ.

„Nanu, wo geht denn ihre Reise hin, mitten ins Gesternland? Da sind sie ja selbst im Vatikan weiter…," das ging dem Mausgesichtigen dann doch zu weit, Sitteler zermarterte sich den Kopf, wie sein neuer Mitarbeiter hieß, er konnte sich den Namen einfach nicht merken. Nicht nur, dass der einen unaussprechlichen polnischen Namen trug, der hatte auch noch eigene Ansichten. Er vermisste seinen Adlatus Wetzky wieder einmal schmerzlich, der hatte sich immer zurückgehalten, weder Meinungen noch Ansichten geäußert, es sei denn, er wurde gefragt.

Im Stillen bereute Sitteler, seine Räumlichkeiten so bereitwillig zur Verfügung gestellt zu haben, nun waren seit der Langen Nacht bereits fast vierzehn Tage vergangen, doch diese beiden Kerle machten nicht die geringsten Anstalten, sich wieder zu verziehen. Sie hatten sich mit schiefem Grinsen als Dupont und Dupont vorgestellt, hätten auf Nachfrage wohl auch ihre Namen genannt, aber Sitteler war es vollkommen schnuppe, wie die beiden hießen. Sie sollten einfach wieder verschwinden, waren ja schlimmer als der durchgeknallte Keller, über dessen

Verschwörungstheorien lachte seiner Meinung nach das halbe PIK, aber die Umweltterroristenhatz dieser beiden Supergeheimpolizisten ging ihm noch viel mehr auf die Nerven. Es sollte nun einfach mal Schluss sein, Sitteler war überzeugt, dass die Täter unter den Doktoranden zu finden waren. Junge Männer eben, mit Idealen, waren übers Ziel hinausgeschossen, und nun zurück zur Tagesordnung.

Direktor Andersson hingegen hatte getan, was getan werden musste, und im Fernsehen über Chancen und Risiken von Geoengineering gesprochen, es auf die fachlich sachliche Ebene zu heben war das einzig Richtige.

„Haben die Wunder der Technik nicht schon weit schwierigere Menschheitsprobleme lösen geholfen als das bisschen Erwärmung um zwei Grad?" hatte der beliebte Talkshowmann mit der Villa in Potsdam das Thema eingeleitet.

„Momentan sieht es eher nach 4 Grad Erwärmung oder mehr aus, und dabei reden wir vom globalen Mittelwert, regional kann es deutlich mehr oder auch weniger sein. Diese Temperaturveränderungen gehen mit einer Destabilisierung des Klimas einher, das bedeutet in vielen Regionen häufigere und schwerere Wetterextreme, und zwar in beide Richtungen: Dürren und Hitzewellen, aber auch Stürme, Fluten und Kältewellen. Auch manche Seuchen breiten sich bereits bei wenigen Grad mehr deutlich schneller aus. Das Abschmelzen der Eisschilde von Grönland und Südpol führt bei wenigen Grad Erwärmung langfristig zu beträchtlichem Meeresspiegelanstieg, usw. und so fort," hatte Andersson erklärt.

„Und wenn dies alles durch Spiegel im All oder das Entfernen des Treibhausgases Kohlenstoffdioxid aus der Luft verhindert werden kann, sollten wir das doch schnellstens tun, oder nicht?"

„Richtig ist, dass die Erwärmung durch ein Zusammenspiel von Sonneneinstrahlung und Treibhauseffekt zustande kommt, also kann sie theoretisch auch durch Minderung der Sonneneinstrahlung oder Entfernen von $CO2$ aus der Luft gebremst werden. Theoretisch. Die dafür vorgeschlagenen großtechnischen Lösungen würden allerdings wohl Billionen jährlich kosten und wären mit einigen bekanntermaßen schwerwiegenden Nebenwirkungen verbunden – und mit weiteren bisher unbekannten und sicher nicht minder schwerwiegenden."

„Weltraumspiegel, die das Sonnenlicht von der Erde weglenken sollen, könnten also tatsächlich umkippen und stattdessen die Erde verbrennen, wie die sogenannte Umweltterroristen kürzlich den Gästen Ihres Instituts vorgespielt haben?"

„Wir wissen noch nicht, wer für diesen üblen Scherz verantwortlich war, aber als „Umweltterroristen" würde ich doch eher jemanden bezeichnen, der im Alleingang massive Eingriffe in Ihre und meine Umwelt vornimmt, z.B. durch solches Geoengineering, ob nun gut gemeint oder nicht. Manche Staaten und sogar Firmen scheinen damit ja schon zu liebäugeln."

„Und könnten sich wortwörtlich die Finger dran verbrennen!"

„Na ja, das wohl doch eher im übertragenen Sinne. Für wahrscheinlicher als die Geschichte vom umkippenden Spiegel halte ich andere Szenarien. Dieses sogenannte Sonneneinstrahlungs-Management mit Weltraumspiegeln, oder Schwebstoffen in der Luft, künstlichem Wasserdampf über den Ozeanen oder wie auch immer würde z.B. nichts daran ändern, dass die Weltmeere durch die immer weiter steigende CO_2-Konzentration zunehmend versauern und dadurch sehr viele Arten aussterben, bereits jetzt haben wir z.B. ein Massensterben von Korallen."

„Sind Korallen schützenswerter als Menschen?"

„Menschen *und* Korallen können weit einfacher geschützt werden, wenn man, statt ein weiteres teures Großexperiment an unserem Heimatplaneten mit unbekanntem Ausgang zu starten, einfach das seit über hundert Jahren laufende Großexperiment des Kohlendioxid-in-die-Luft-Pumpens beenden würde. Sonne, Wind und Gezeiten schenken uns mehr als genug Energie. Kohle, Öl, Gas und Atomenergie hingegen braucht wirklich kein Mensch."

„Das sehen Staaten wie Russland oder Saudiarabien, aber auch mancher Minister, der angetreten war, sich für die Energiewende stark zu machen, offenbar anders."

„Sicher, deren Einkünfte oder Wähler würden ja wegbrechen. Und auch viele Großkonzerne sind natürlich gegen die nötige Energiewende. Die Bürger können also nicht darauf hoffen, dass Die-da-oben das Problem aus eigenem Antrieb für sie und ihre Kinder lösen werden. Genauso naiv wäre allerdings zu glauben, man müsse nur möglichst viel nachhaltigen Konsum betreiben."

„Soll ich also nicht meine Waschmaschine durch ein energieeffizienteres Modell ersetzen?" Damit legte der Fernsehmann das beunruhigende Thema Geoengineering ad acta und lenkte das Interview in lebensnähere Bahnen.

„Wenn bei der Herstellung der neuen Maschine nicht mehr CO_2 erzeugt wird, als Sie hinterher im Verbrauch wieder einsparen, sollten Sie das ruhig tun, es kommt halt auf die Bilanz des gesamten Produktlebenszyklus an, inklusive Herstellung und Entsorgung oder Recycling. Aber Konsum ersetzt nicht das nötige politische Handeln, führt vermutlich nicht dazu, dass andere ihre CO_2-Bilanz auch verbessern, und ist für die meisten auch schlicht zu teuer. Ohne gesetzliche Regelungen z.B. zu Mindeststandards und Kennzeichnungspflichten hätten Sie auch bei den meisten Konsumentscheidungen gar nicht genug Informationen, um die nötige Klimaabwägung vorzunehmen." Hierzu hatte die Regie aus irgendeinem Grunde sommerliche Luftbilder des Telegrafenbergs eingeblendet, und dann war der nächste Gast, ein befreundeter Moderator eines Partnersenders, und das nächste Talkthema, seine neue Sendung, an der Reihe gewesen.

Sitteler hingegen hatte sich eindeutig für die Position von Kommissar Bärlauch entschieden, der war im Gegensatz zu diesen aufdringlichen Kerlen dezent und akribisch zugleich, machte seine Arbeit sehr, sehr unauffällig, zu ihm hatte der Personalchef von Anfang an ein gutes Verhältnis gehabt, und er teilte dessen Verdacht Keller gegenüber voll und ganz. Dass ausgerechnet eine Koryphäe wie Professor Lindauer, die noch dazu Augenzeugin gewesen war, Kellers Partei ergriff, konnte Sitteler ebenso wenig begreifen wie die offensichtliche Sympathie, die Professor Petershagen und einige Doktoranden, allen voran die kleine Duval für den verschrobenen Daisyman hatten. Daisyman, auf diese Wortschöpfung war Sitteler besonders stolz, ganz fein hatte er sich das ausgedacht, daran war alles PC und gleichzeitig gar nichts.

Gemeinsam mit Bärlauch war er die Liste der Mitarbeiter des PIK durchgegangen und sehr froh darüber, dass er seinen Hausmeister Wolke ziemlich schnell wieder von der Liste der Verdächtigen gestrichen sah, der hatte den ganzen Abend bei der Wetterküche verbracht und Dr. Leonhard vom Deutschen Wetterdienst dabei assistiert Wetterphänomene zu veranschaulichen. Was für ein Glück, denn sonst wäre Wolke wie jedes Jahr überall und nirgends zugleich gewesen. Das hätte Kommissar Bärlauch, für den er nach wie vor alles andere als unverdächtig war, gefreut, Wolke und Keller, dazu die beiden, die spurlos verschwunden waren, ein formidables Kleeblatt, alle vier zu überführen, war sein erklärtes Ziel, Sitteler gegenüber sprach er das aber nicht aus. Nur ein kleiner Kreis seiner Mitarbeiter wusste, was der Chef dachte und folglich wollte, leider war die Suche nach den beiden Verschwundenen bisher im Sande verlaufen. Doch über kurz oder lang würden die auch noch gefunden werden. Einen Bekennerbrief hatte es nach wie vor nicht gegeben, es hielt sich hartnäckig das Gerücht, dass die ganze Sache eine PR-Aktion des PIK gewesen war. Wäre da nicht der vermaledeite Wasserschaden und die Versicherung, die partout nicht zahlen wollte, und vor allem die Hausherren des Großen Refraktors, das Astrophysikalische Institut und das Geoforschungszentrum, dessen Direktoren auf dieses Gerücht verständlicherweise ziemlich verschnupft reagierten, hätte man dieses Gerücht zu einer ganz passablen Wahrheit ummünzen können, fand Sitteler und im kleinen Kreis durchaus Zuspruch dafür. So war es immerhin gelungen, die leidige Littlewoodgeschichte langsam aus den Köpfen zu verdrängen. Kaum noch jemand interessierte sich dafür, wer dessen Tod verschuldet hatte.

„Schwamm drüber, Senf drauf," Sitteler war nach dem fünften Bier nicht mehr ganz nüchtern, Bärlauch hatte nur halb soviel getrunken und wartete geduldig, dass noch etwas Neues für ihn rausprang, vergebens, dafür hörte er nun zum xten Mal, dass die Lange Nacht durch den Vorfall im Großen Refraktor so viel Zustrom wie nie zuvor gehabt hatte und, wer auch immer das getan, sein Ziel auf's Gründlichste verfehlt hatte.

Für dieses Mal vergebens, schränkte Bärlauch ein, als er sich die Zähne putzte und vorsichtshalber noch ein Alka Selzer nahm. Morgen würde er weitermachen, und übermorgen auch, er war Jäger und Spürhund in einem. Lebte allein in seinem kleinen Haus in Golm, schloss nachts nie die Tür ab, Furcht vor Eindringlingen war dem nüchternen Mann fremd. Die einzigen Ausflüge ins Reich der Phantasie, die er sich gelegentlich gönnte, waren die Reisen nach Bern, die er kurz vor dem Einschlafen unternahm. Vor seinen geschlossen Augen tauchte dann ein anderes kleines Haus auf, dessen Tür ebenso wenig verschlossen war und das er jederzeit betreten konnte, um mit dem Bewohner, dessen Name seinem so verblüffend ähnelte, seine Fälle zu besprechen.

Diejenige, die Kommissar Bärlauch hätte helfen können, hatte nicht einmal ihrer neuen Freundin Annette Buschinski anvertraut, dass sie nicht nur gesehen hatte, wohin sich die beiden gesuchten Männer begeben hatte, sondern in einem von ihnen den Kommilitonen erkannt hatte, mit dem sie vor zwei Jahren ihre letzte Semesterarbeit erarbeitet hatte. Karsten Jahnke war danach zu Forschungszwecken nach Kanada gegangen, er zwar sehr hager geworden, fast so, als ob er krank wäre, aber sie hatte ihn trotzdem wiedererkannt.

14 Ein Faradayscher Käfig

Dann stand Manon Duval bei leichtem Nieselregen auf dem Dorotheen-städter Friedhof, „Asche zu Asche, Staub zu Staub", die alte Kirchenfor-mel drang zu ihr durch, sie hatte geweint, wie fast alle in der kleinen Kapelle, nun warf sie eine Handvoll Erde auf den Sarg. Karsten war nur zweiunddreißig Jahre alt geworden, Manon Duval kondolierte den El-tern und entfernte sich dann von der Trauergesellschaft. Eng befreun-det war sie mit Karsten Jahnke nicht gewesen, doch nun war sie froh, ihrer inneren Stimme gefolgt zu sein und sich auf die Suche nach ihm begeben zu haben. Es war gar nicht schwer gewesen, ihn zu finden, un-ter der Adresse der WG, in der er damals gelebt hatte, gab es noch einen seiner damaligen Mitbewohner, und der hatte es ihr gesagt. Kars-ten war in einem Hospiz, er hatte es selbst so gewollt, Manon zögerte nicht und fuhr dort hin, um ihn zu besuchen. Spontan, unangemeldet, aber nicht unwillkommen. Sie erschrak, als sie Karsten sah, er war noch mehr abgemagert, und es war deutlich zu sehen, wie krank er war.

„Schön ist anders, nun guck nicht so erschrocken, ich lebe ja noch," Karsten grinste schief und schaffte es sogar, mit ihr den Garten hinter dem Haus aufzusuchen, gehen konnte er nicht mehr, sie schob ihn im Rollstuhl dorthin, und es ergab sich ganz von selbst, dass sie zuerst von Emma Lindauer sprach und dann von der Langen Nacht. Karsten war erleichtert, als sie ihm sagte, dass sie ihn zwar sofort erkannt aber kei-nem darüber berichtet hatte.

„Die Zeit ist schon knapp genug, da will ich sie nicht noch mit den Bullen vertrödeln," wieder das berühmte schiefe Karsten-Grinsen, und dann erzählte er von sich und der Japanreise, von Fukushima und dem Forschungsauftrag, herauszufinden, warum die japanische Gesellschaft um so vieles disziplinierter mit Katastrophen umgeht als die meisten anderen.

„Äquivalenzdosis 1–2 SV, also leichte Strahlenkrankheit, aber bei mir hat es gereicht, Pech ist auch dabei, ich bereue es nicht, dort ge-forscht zu haben, nur schade, dass es schon vorbei ist. Dabei gibt es so viel zu tun und die Zeit wird knapp. Nicht nur für mich. Das ist den meisten leider nicht klar, jeder wurstelt vor sich hin, als ob es der guten alten Erde nicht fast schon genauso schlecht ginge wie mir…" Karsten Jahnke hatte danach noch fünf Tage gelebt Manon hatte ihn lange umarmt, bevor sie ging, und gehofft, ihn noch einmal wiederzusehen.

Um sich abzulenken hatte sie in der Kapelle nach seinem glatzköpfigen Begleiter Ausschau gehalten, nichts hilft besser als die Neugier, die hilft gegen fast alles und wird zu Unrecht verdammt, denn sie ist die Schwester des Wissens, ohne die eine gibt es das andere nicht. Hatte Emma zu ihr gesagt, als sie von ihr wissen wollte, wie sie es schaffe, immer weiter zu machen, trotz… und dann hatte sie gestammelt, und Emma hatte schallend gelacht, um dann Manons Satz zu vollenden, „… trotz Alter, Gebrechen und dem Tod auf dem Schoss, immer Klartext Kindchen, nur nicht drumrumgeredet." Daran dachte Manon, als sie sich die Nase geputzt und verstohlen mit den Augen die Bankreihen abgetastet hatte, aber der Glatzkopf war nirgends zu sehen, dabei hätte sie ihn zu gern gefragt, was denn nun eigentlich los gewesen war im Großen Refraktor und ob es diese Gruppe wirklich gab, von der jetzt alle sprachen. Das waren natürlich keine Terroristen sondern Aktivisten, und sie hätte sich ihnen gern angeschlossen, solche Aktionen müssen spektakulär sein. Und wenn der arme Dr. Keller nicht alles unter Wasser gesetzt hätte, dann wäre diese Aktion, ohne Schaden anzurichten, ein voller Erfolg gewesen. Zu gern hätte Manon gewusst, was Karsten darüber noch gewusst hatte, aber er war ihr ausgewichen, und hatte sein Geheimnis mit ins Grab genommen. Auch so ein dummes Klischee, so kam sie nicht weiter, sie musste mit jemandem darüber sprechen und jetzt, wo Karsten tot war, konnte sie keinem mehr damit schaden.

Es war nicht weit vom Friedhof bis zum Naturkundemuseum, Manon Duval ging zu Fuss, sie hatte schon lange vorgehabt, sich Annettes Arbeitsplatz einmal anzusehen. Solange sie in Potsdam lebte, hatte sie es nie geschafft, sich das gewaltige Skelett des brachiosaurus branca anzusehen, jetzt stand sie genau davor, und fand, dass es der Eingangshalle etwas eigenartig majestätisches und zeitfernes gab, trösten tat es sie nicht, doch bevor sie Zeit hatte, wieder in ihre Traurigkeit abzutauchen, stand Annette Buschinski neben ihr.

Die beiden Frauen schlenderten durch die Räume des Museums, Annette merkte gleich, dass Manon über etwas reden wollte, und sie verließen das Museum, nachdem sie auch den Saal mit den Präparaten gesehen hatte. Oben in ihrem Büro braute Annette einen starken Kaffee, den sie mit Sahne und einem Schuss Rum zu einem Pharisäer ummodelte. Manon sah ihr dabei zu und überlegte, wie sie ihre Geschichte anfangen sollte, als es klopfte und wenig später ein Mann in weißem Kittel im Zimmer stand, er hatte ein goldene Brille auf der Nase und darüber ein hohe Stirn, Haare hatte er keine.

„Mein Assistent, Dr. Lohmeiyer mit I und Y, darauf legt er Wert, Meine Freundin Manon Duval, aus Potsdam, nicht aus Paris, vom PIK." Lächelnd stellte Annette ihren Mitarbeiter vor, Manon gab ihm die Hand, er blieb auf einen Kaffee, und als er gegangen war, erwähnte sie nur kurz einen Herzenskummer, über den zu sprechen sich nicht lohne, sie sei eigentlich gekommen, um endlich mit ihrer Recherche weiterzukommen, leider sei Dr. Keller wohl für längere Zeit abwesend, und der Bibliothekar habe die Diss von Petershagen trotz all seiner Bemühungen nicht auftreiben können. Und da sei ihr eingefallen, dass Annette einmal erwähnt hatte, eine Zeitlang zusammen mit Petershagen in Warwick studiert zu haben, und da hatte sie gedacht…"

„Bingo, das hatte ich selbst ganz vergessen, der Lars hat mir damals wirklich sein Diss zum Lesen gegeben, eine große Ehre… ob ich die noch irgendwo auftreiben kann, oder ihm damals gleich zurückgegeben habe… es sollte nämlich nicht die endgültige Fassung sein, und soweit ich es erinnere, hat er mir dann die Gebundene doch vorenthalten. Aber ich will mich da nicht festlegen. Werde mal meine Regale durchforsten, versprochen, ich vergesse es nicht!" Vorsichtshalber machte sich Annette Buschinksi dann doch eine Notiz. Danach hatte sie einen Termin und Manon kein Lust mehr, zurück ins Museum zu gehen, sie fuhr mit dem nächsten Zug zurück nach Potsdam. Fand es nun dumm, nicht mit Annette über Karsten gesprochen zu haben, dass dieser Lohmeiyer aufgetaucht war, hatte sie völlig aus dem Konzept gebracht, dabei war sie sich am Ende gar nicht mehr so sicher gewesen, ob er wirklich der Mann war, den sie mit Karsten zusammen vor dem Großen Refraktor gesehen hatte. Je suis une bete oie! Bei ihrem nächsten Treffen würde sie Annette davon erzählen, und was hinderte sie denn daran, den doch eigentlich ganz sympathischen IY zu fragen, ob er bei der Langen Nacht zufällig auf dem Telegrafenberg gewesen sei. Aber das war eher unwahrscheinlich, denn dann hätte er Annette doch sicher bemerkt gehabt, sie war ja kaum zu übersehen, oder sie wären zur Langen Nacht zusammen auf den Telegrafenberg gekommen. Schade, dass

Dr. Keller krank war, denn der hätte ihr bei diesen Denksportaufgaben sicher geholfen.

Luzian Keller hatte sich seinen Tagesablauf in der Kurklinik, oder Kurknast, zusammengezimmert, je nachdem, wie er gestimmt war, neigte er zu der einen oder anderen Lesart. Egal wie seine Laune war, ob bei Sonne oder Regen, Keller trabte den Strand entlang bis nach Świnoujście, dort trank er einen Kaffee und kehrte dann nach Heringsdorf zurück, das war sein Ritual, grenzüberschreitend, darauf legte er Wert.

Er hatte sich nach einem langen Gespräch mit einem jungen Psychologen durchgesetzt, ja, es gab eine Gesprächstherapie, nein, es gab keine Medikamente. Damit konnte Keller leben, der Arzt war nicht unsympathisch, und auch wenn es etwas ungewohnt für ihn war, plötzlich über sich selbst zu reden, schaffte er es meistens fünfundvierzig Minuten lang.

Dass er sein rosa Twinset nicht eingepackt hatte, schmerzte ihn, obwohl sonst alles, was mit Potsdam und dem Telegrafenberg zusammenhing, sich in eine Art Nebel gehüllt hatte, seine Arbeit darin genauso verschwunden war wie das, was seit dem Frühling passiert war. Keller war nun mit Geschichten beschäftigt, die Jahrzehnte zurücklagen, aber auch für die, oder gerade für diese, brauchte er die besondere Stimmung, in die ihn das Tragen seines Twinsets versetzte. Deshalb überwand er seinen Widerwillen und betrat eines der Geschäfte, die sich auf die Wünsche derer spezialisiert hatten, die es sich leisten konnten, in einem der Kaiserbäder Urlaub zu machen. Die Verkäuferin war sehr hübsch, sehr gut geschminkt und vollkommen desinteressiert, sie hatte wenig Ware in der gewünschten Größe, offensichtlich fanden Frauen, die nicht in 36/38 hineinpassten, kein Gnade vor ihren strengen kajalumrandeten Augen. Als sie begriff, dass Keller keineswegs ein schönes Stück in Größe 44 für seine Gattin suchte, es für niemand anderen als ihn selbst gedacht war und er es auch noch anprobieren wollte, gefror die Stimme der Verkäuferin zu einem eisigen „Bitte, dort hinten…" Die anderen Kundinnen hingegen fanden ihn charmant und äußerten sich kritisch zu jedem Stück, das er anprobierte, bis Keller schließlich eine flaschengrüne Mohairjacke zusammen mit einem passenden Shirt kaufte, beides zusammen fand allgemeine Zustimmung. Twinsets, die seien völlig aus der Mode gekommen, schmallippig reichte die Verkäuferin ihm die Tüte über den Verkaufstisch.

Zurück in der Klinik war er zufrieden mit seinem Kauf, sich und der Welt, er posierte vor dem Spiegel, als es klopfte, ohne das Herein abzuwarten, stand Petershagen im Zimmer. „Das kannst du dir nicht abgewöhnen, HEREIN," Keller freute sich über den Besuch, aber nun war es wieder wie immer, der Anfang war verpatzt, er fühlte sich ertappt und ärgerte sich darüber.

„Störe ich? Ich dachte, du hättest schwerste Entzugserscheinungen, zwei Wochen ohne Telegrafenberg! Wie mir berichtet wurde, warst du in den letzten Jahren höchstens mal eine Woche weg gewesen."

„Times are changing… und ganz freiwillig bin ich ja auch nicht hier…," Keller griff zu seinem Trench und lud Petershagen ein, ihn bei seinem täglichen Spaziergang zu begleiten.

Es war ein schöner klarer Herbsttag und, obwohl Ostwind wehte, noch warm genug, um zu baden. Erstaunt sah Keller zu, wie Petershagen, kaum dass sie am Strand angekommen waren, sich all seiner Klamotten entledigte und ins Wasser rannte, mit geschmeidigen Bewegungen weit hinaus schwamm. Als er zurückkam, ließ er sich in den Sand fallen, dass er kein Handtuch hatte, störte ihn nicht im Geringsten, Keller kam sich albern vor in seinem Mantel, wieder ärgerte er sich, warum war er nicht auch im Wasser gewesen? Er schwamm nicht schlechter als Petershagen, hatte zwar nicht dessen Sportlerfigur, ein Klumpen träges Fleisch war er deshalb noch lange nicht.

Sie saßen eine Weile schweigend nebeneinander, dann schlüpfte Petershagen in seine Kleider, lief barfuß neben Keller her.

„Ich komme so selten ans Meer, dabei bin ich am glücklichsten, wenn ich am Strand oder im Wasser bin…"

„Das kann ich zwar nicht von mir behaupten, aber im Moment ist es ohne Zweifel die angenehmere Alternative," Keller hakte seinen Aufenthalt in der Psychiatrie mit zwei Sätzen ab, er freute sich, dass Petershagen die weite Fahrt auf sich genommen hatte, nur um ihn zu besuchen, und dankte ihm dafür. Er habe in Stralsund an einer Tagung teilgenommen, und auf dem Rückweg sei es kein großer Umweg für ihn gewesen, wiegelte Petershagen ab..

„Ich finde das alles völlig überzogen, Sitteler ist ein ziemliches Arschloch dir gegenüber…," er legte Keller seinen Arm um die Schulter.

„Dass wir keine Freunde sind, dürfte sich inzwischen herumgesprochen haben. Ich hab einen Fehler gemacht, er bauscht den jetzt gewaltig auf, soll er doch. Ist alles Schwachsinn, der Rest ist doch wohl Sache der Versicherungen. Wenn ich mir etwas vorzuwerfen habe, dann dass ich mich überhaupt auf das ganze Theater eingelassen haben. Wenn ich zurückkomme, kann es meinetwegen Hirne regnen, ich spanne den Schirm auf und gehe meiner Wege. Gestern war dieser Bärlauch hier, um mich zu verhören. Der hat von Sitteler so viel Schwachsinn aufgesogen wie ein paranoider Schwamm. Ich sei militant, wahrscheinlich Ökoterrorist, und es sei nur eine Frage der Zeit, bis ich das auch zugebe. „Typen wie sie haben viel zu schwache Nerven, um lange dicht zu halten," O-Ton Bärlauch…"

„…ist auch nicht mein Fall, der Herr Kommissar, hat offensichtlich das ein oder andere Vorurteil, Akademiker kann er gar nicht leiden," endlich nahm Petershagen seinen Arm wieder von Kellers Schulter.

„Ich glaube, der war gestern ziemlich enttäuscht, hatte sich wohl vorgestellt, hier einen total zugedröhnten Typen vorzufinden, den er nur noch anzapfen muss. Aber ich habe mit der ganzen Sache nichts zu tun, in Zukunft halte ich mich aus Allem raus, bleibe still in meiner Daisyworld!" Keller war warm geworden, er stellte sich mit dem Gesicht in den Wind, um sich abzukühlen, dabei schloss er kurz die Augen, etwas huschte vorbei, er hätte schwören können, Hi-Nun-Ter sei in der Nähe, was wollte der von ihm? Sollte er seinem Arzt davon erzählen? Nein, auf gar keinen Fall.

„…. ist wohl das Beste, ich bin jedenfalls froh, wenn du bald wieder an Bord kommst. Wir sollten einfach das machen, was wir wirklich können, und das ist immer noch Forschen, meinetwegen auch Lehren, das Wahrheiten Finden überlassen wir Leuten wie Bärlauch, die glauben im Gegensatz zu uns daran, dass es so etwas Unumstößliches gibt." Petershagen hatte Hunger, Keller lud ihn in Świnoujście zum Essen ein. Er war sich nicht sicher, ob es an seiner Vision von Hi-Nun-Ter lag, aber so einfach, wie Petershagen es darstellte, war es für ihn dann doch nicht. Was immer ihn störte, ob der eigene Rückzug oder die plötzliche Gleichgültigkeit seines Kollegen dem Tod seines Doktorvaters gegenüber, Keller stocherte unlustig darin herum, genau wie in seinen Nudeln, beides schmeckte ihm nicht.

„Willst du denn gar nicht mehr wissen, warum Littlewood sterben musste?"

„Doch, schon… nein, ehrlich gesagt nicht um den Preis, dass unsere Forschungsprojekte dadurch gestört werden, dass das PIK nur noch in diesem Zusammenhang genannt wird nervt mich. Das hätte auch Julian nicht gewollt, wahrscheinlich wäre er jetzt sowieso schon tot…"

Petershagen ließ es in der Luft hängen, so schien es Keller jedenfalls, aber machte er es denn anders, er wollte doch auch zurück in die ihm liebgewordene Normalität, sein kleines Büro mit dem großen Kühlschrank. Schlagartig fiel ihm ein, was dahinter lag, das hatte er vergessen, verdrängt, würde sein Therapeut sagen. Egal, dort lag das Littlewoodsche Notebook, samt seiner Unterlagen, beide warteten darauf, wieder ans Licht zu kommen, er hätte Bärlauch davon berichten müssen, wollte es jetzt Petershagen beichten, aber der hatte es nach dem Essen eilig, wollte gar nicht mehr bis zur Klinik mitkommen, die Gelegenheit war vertan. Petershagen hatte ihm zum Abschied nur kurz die Hand geschüttelt, er war enttäuscht, der Besuch hatte zum Schluss fast etwas geschäftsmäßiges gehabt, oder hatte er sich das eingebildet? Unentschlossen kehrte Keller in die Kurklinik zurück, die Nebel hatten sich kurz gelüftet, er sah wieder klarer, doch was er gesehen hatte, gefiel ihm nicht.

Das „Variationshaus": Hightech mit Tradition. Bereits 111 Jahre zuvor hatte man in Potsdam das Erdmagnetfeld erforscht. Auf dem Telegrafenberg war 1889 ein speziell für die Messung des Erdmagnetfeldes geeignetes Gebäude errichtet worden. Seine Besonderheit: es enthielt kein Eisen oder andere magnetische Materialien. Ein Dachgebälk ohne Nägel, Türen ohne Eisenbeschläge waren selbstverständlich. Aber insbesondere war es die Architektur dieses Laborgebäudes, die es zu einer weiteren Besonderheit unter den sowieso schon einmaligen Observatorienbauten des Telegrafenbergs am Ende des 19. Jahrhunderts machte: es war nicht aus Ziegelsteinen gemauert worden, weil Ton Eisen enthält. Stattdessen hatte man eisenfreien Sandstein benutzt, den man so zurechtschnitt, dass sich ein Stein mosaikartig in den anderen fügte. Damit konnte man den ebenfalls Eisen enthaltenden Zement auf ein Minimum reduzieren. Als Ergebnis war so ein Spezialgebäude zur Messung der Variation des Erdmagnetfeldes entstanden, das „Variationshaus", das eine ideale Umgebung für die feinfühligen Messinstrumente war.

Nicht nur auf der Stirn war ihr kalter Schweiß ausgebrochen, Manon Duval wusste nicht, was sie tun sollte, die Beleuchtung ihres Telefons glitt wieder über die schmale Tür dieses komischen Stahlkastens, sonst war alles dunkel, der Strom funktionierte nicht mehr. Sie war eingeschlossen, wie lange, wusste sie nicht, in dem verdammten Kasten funktionierte ihr Telefon nicht, natürlich nicht, denn ein Stahlkasten war ja ein perfekter Faradayscher Käfig, deshalb hatte man ihn ja auch vor Kurzem hier aufgebaut, um darin die empfindlichen Messgeräte neu zu eichen. Wie oft wurde hier gearbeitet? Wurde hier momentan überhaupt gearbeitet? Wann würde sie vermisst werden? Wer würde sie vermissen? Wieso war sie überhaupt hergekommen? Immer dieselben Fragen, auf eins und zwei konnte sie keine zuverlässige Antwort geben, auf drei und vier auch nicht, nur auf Frage fünf lautete die Antwort klar und deutlich, weil ich eine idiotische Kuh bin, und nun sitzt die Kuh in der Falle. Warum war diese Tür zugegangen? Manon erinnerte sich an den Zwischenfall damals im Brunnen, da hatte es geheißen, es sei ein dummer Zufall gewesen, aber heute, als sie herkam, war die Tür sperrangelweit offen gewesen, und es hatte Licht gebrannt. Ein Holzstück hatte zwischen Tür und Fußboden geklemmt, sie hatte es ganz sicher nicht berührt, auch nicht weggeschoben. Als das Licht plötzlich ausgegangen war, war sie zurückgetappt, da war die Tür plötzlich zu gewesen. Manon fand einen Stuhl, stundenlang hatte sie neben der Tür gestanden, gelauscht, dagegengetrommelt, gerufen, gebrüllt, geheult, jetzt war sie unglaublich müde, nur ihre Panik hielt sie noch wach. Der Akku ihres Telefons war mittlerweile leer, zwischendurch dämmerte sie immer wieder weg, dann schreckte sie auf, meinte, etwas gehört zu haben.

„Hallo!" nur noch leise, draußen hörte sie sowieso keiner, wahrscheinlich war es schon Nacht, niemand hatte bemerkt, dass sie weg war. Sie hatte einfach spontan gehandelt, die SMS war kurz, und es war spannend, zu erfahren, wer sie zu einem Besuch in das Variationshaus eingeladen hatte. P.S. wer war das? Sie kannte niemanden mit diesen Initialen, wie blöd war das denn gewesen, Postskriptum. Als dann das Licht wieder aufflammte, rannte sie zuerst Richtung Tür, dann wich sie entsetzt zurück, da stand ein Kerl, sie rannte zurück ans andere Ende des Stahlkastens, versuchte, sich zu verstecken. „Fräulein Duval? Sind sie hier? Hallo! Fräulein Duval?" Endlich erkannte sie die Stimme, es gab nur einen, der sie Fräulein nannte, diese Angewohnheit hatte nur Hausmeister Wolke. Sie versuchte erst gar nicht, so zu tun, als ginge es ihr gut.

„Hier, ich bin hier, ..." dabei liefen ihr die Tränen übers Gesicht, der Hausmeister gab ihr ein erstaunlich gut riechendes kariertes Taschentuch, genau so kariert wie die Hemden, die unter dem grauen Kittel hervorlugten.

„Na nun kommen sie mal, Fräulein, das war wohl keine gemütliche Nacht, und ich dachte schon, da wollte mich einer veräppeln…, wieso…," Wolke schüttelte den Kopf.

„Sind ihre Socken auch kariert?" Manon Duval war so glücklich, draußen zu sein, in der Sonne zu stehen, den Hausmeister neben sich zu haben, sie musste es einfach wissen. Zuerst sah es aus, als wolle Wolke aus der Haut fahren, dann überlegte er es sich anders, und über sein mürrisches Gesicht huschte ein Lächeln. „Klar, aber so kleinkariert, dit kann man mit bloßem Auge nicht erkennen!" Auf dem Weg zur Kantine wurden die wenigen Puzzlestücke aneinandergelegt, die sie hatten, viel mehr als zwei SMS waren es nicht, die zweite lautet schlicht: SOS Handlungsbedarf im Variationshaus, Variante I, unbeobachtetes Teil….

Was immer das zu bedeuten hatte, Manon Duval war nicht scharf darauf, Variante II kennenzulernen, deshalb war sie einverstanden, als Wolke ihr riet, die ganze Geschichte Kommissar Bärlauch zu erzählen und Anzeige zu erstatten. Als der endlich auf dem Telegrafenberg angekommen war und dann sofort Wolkes Kabuff in Beschlag nahm, um in Ruhe arbeiten zu können, wie er es ausdrückte, und dabei schon hinter dessen Schreibtisch Platz genommen hatte, nickte der Hausmeister nur stumm, er wusste, was er zu tun hatte. Doch das war nicht so einfach, wie er es sich vorgestellt hatte, der Personalchef war nicht zu sprechen, weder heute noch morgen, seine Sekretärin wunderte sich, der Chef sei doch auf Hochzeitsreise, die Sittelers feierten Silberhochzeit, das wüssten doch nun wirklich alle am PIK.

DRITTER TEIL

15 Die Geschichte von M und G

Von der Biskaya kam schlechtes Wetter auf, ein Sturmtief mit Windstärke 10, doch nichts hätte Keller davon abhalten können, den Ort, der seiner Genesung zweifelsohne zuträglich gewesen war, nun aber nur noch langweilte, zügig zu verlassen. Er fuhr mit dem Taxi zum Bahnhof, hinter ihm lagen sechs berufsgenossenschaftlich finanzierte Wochen des steten Um-sich-selbst-Zirkelns, er hatte sich dabei selbst immer genügt, aber nun war er seiner überdrüssig, satt, Es, Über-Ich und Unterbewusstsein, frühkindliches Erleben und Verdrängen, „lieber als Überich bin ich ein Huflattich," ein schlimmer Reim, er wurde dem Taxifahrer nicht erspart, der nickte, es hatten schon seltsamere Typen als dieser von der Kurklinik zum Bahnhof chauffiert werden wollen, das Trinkgeld stimmte, also stimmte der Rest auch. Leichter Nieselregen kam in Böen unter die Überdachung des Bahnhofs, Keller kroch tief in seinen Trench, das herandräuende Unwetter störte ihn nicht, er war entlassen, geheilt, oder auch nicht. Und er hatte Vorsätze, von nun an immer Alles in Einklang zu bringen, nicht mehr jedem Einfall hinterherzuhasten, in Frieden forschen. Dazu war es unerlässlich, sich mit Sitteler auszusöhnen, er wollte auch das hinter sich bringen, gleich heute noch. Er würde um 14:00 in Potsdam ankommen, da reichte die Zeit noch für eine Hallo-Runde mit Kotau.

Das Wetter war auch in Potsdam nicht besser, es goss mittlerweile in Strömen, auch hier fegte der Sturm durch die Straßen, endlich zuhause hatte Keller kaum noch Lust, sich auf den Weg zu machen. Aber dann schnappte er sich gegen fünf doch Vaters alte Regenpelerine, zog die Kapuze tief in die Stirn und stapfte los, unter dem Wacholderbusch hockte Hi-Nun-Ter, nickte ihm aufmunternd zu, oder schüttelte er den Kopf? HIRNGESPINNST, blinkte es warnend auf, das hatte ihm der junge Arzt geraten, immer wenn er in seine Phantasien abdriftete, solle er sich diese Wort in großen roten Neonlettern blinkend vorstellen. Und es funktionierte, Hi-Nun-Ter war verschwunden, ganz sicher, vorsichtshalber drehte Keller sich gar nicht erst um. Als er am Pförtnerhaus vorbeiging, hob der Mann von Wachschutz grüßend die Hand, Keller sah kaum hoch, es war leichter, die Kapuze auf dem Kopf zu behalten, wenn man etwas gebeugt ging, deshalb sah er die Feuerwehr erst, als er fast vor dem Haus stand, unter dem der Tiefbrunnen lag. Über dem gläsernen Pavillon, der gleich daneben stand und die Brunnenöffnung vor dem Wetter schützen sollte, lag quer eine umgestürzte Eiche, sie hatte das Glasdach eingedrückt, und nun waren die Feuerwehrleute dabei, die Stelle zu sichern. Erschrocken blieb Keller stehen und fragte, was passiert sei. „Nüscht weita, die olle Eiche wollte nicht mehr, das Dach ist hin, war aber keen Mensch in der Nähe…," der Feuerwehrmann hatte zu tun und ließ Keller stehen. Der setzte seinen Weg fort und war froh, als er sich in seinem Büro der Pelerine entledigt hatte und die erste Tasse First Flush Darjeeling vor ihm stand, er zündete sich seine schmale weiße Tonpfeife an, und sah durch die halbrunde Luke auf den schon im Dunkel liegenden Park. Zu Hause, darüber war er sich immer im Klaren gewesen, das hier war sein Ort, die Wohnung unten in der Einsteinstraße war sein Unterschlupf, hier lebte er. Daran wollte er festhalten, das hatte Priorität A, deshalb war jetzt Schluss mit dem Detektivspielen, er hatte seine paranoide Phase überwunden. Als die Pfeife erloschen und der Tee getrunken war, machte er sich seufzend daran, den schweren Kühlschrank von der Wand zu rücken, er holte Littlewoods Notebook und dessen Unterlagen hervor, dann kramte er den kleinen Stapel Postkarten aus der hintersten Ecke seines Verstecks, zum Schluss hätte er am liebsten auch noch das Gehirn aus dem Tiefkühlfach geholt, Weshalb auch immer, Annette hat es bis zum heutigen Tage nicht abgeholt. Jammerschade, dass es auf dem Telegrafenberg keinen Müllschlucker gab, so einen, der alles gleich klein malmte, das hätte Keller jetzt gefallen. Wohin mit seinen Schätzen, die keine Schätze mehr sein sollten, im Laufe der Kur von ihm zu Ballast umgemodelt worden waren. Er wusste es nicht. Das war das Problem, übergab er sie Bärlauch, wurde er wieder verdächtig, gab er sie Annette oder Lars, schob er den schwarzen Peter nur weiter, seiner Verantwortung konnte er sich so nicht entziehen, seufzend legte er die Unterlagen und das Notebook wieder zurück an ihren Platz hinter dem Kühlschrank, mit den Postkarten konnte er anfangen, deren Herkunft zu erklären, war nicht so schwierig. Zuallererst aber wollte er sich bei Sitteler gesund melden, er hatte schon befürchtet, sich zu spät von zu Hause aufgemacht zu haben, schließlich ließ man in der Verwaltung für gewöhnlich spätestens um 16h den Stift fallen, aber heute war Sitteler noch da, Keller hatte ihn aufgeregt mit der Feuerwehr reden sehen, obwohl der Tiefbrunnen doch eigentlich in die Zuständigkeit des Geoforschungszentrums fiel.

„Ja, und? Schön, da sind sie wieder, soll ich nun den roten Teppich ausrollen? Sie erwarten doch wohl keinen Applaus von mir. Was wir hier für Ärger hatten wegen ihrer Schwachsinnsaktion, können sie sich gar nicht vorstellen, aber offenbar sind sie gut versichert, Schadensregulierung scheint zu klappen, jedenfalls was das Geld angeht. Der sonstige Schaden..., aber egal, der Betriebsrat steht hinter ihnen, der Kündigungsschutz ist wirksam, also freuen sie sich. Ich hab zu tun. Die Feuerwehrleute warten auf mich, schon wieder ein Störfall...," Sitteler drängte sich an Keller vorbei, er war dunkelrot im Gesicht und so gereizt, dass selbst seine Sekretärin mit den Augen rollte. „Tut mir leid, Dr. Keller, sie haben den Chef auf dem falschen Fuss erwischt, seit der Baum umgestürzt ist, ist er am Durchdrehen, da hätten sie ihm Sonstwas erzählen können."

„Mehr, als mich zu entschuldigen, kann ich nicht, Büßerhemden kratzen, und fange ich jetzt an, das Verwaltungshaus zu umkreisen, wie Barbarossa dereinst Canossa, halten mich wieder alle für verrückt." Keller zuckte die Schultern. „Nur nicht aufgeben, kommen sie morgen noch mal, der Chef ist kein Unmensch, er wird sich wieder einkriegen, nur Geduld müssen sie mit ihm haben." Mit wissendem Lächeln verabschiedeten sie sich voneinander. Kaum denkbar, morgen wieder zum Kotau hier anzutreten, Keller ging zurück in sein Büro und vertiefte sich in die unbeantworteten Mails, all das liegengebliebene Zeug, das den Menschen nach längerer Abwesenheit davon überzeugt, nicht ganz vergessen worden und in gewisser Weise doch unersetzbar zu sein. Es war weit nach Mitternacht, als er seine Bürotür verschloss, eine Weile stand er vor der Tür, hinter der die Fledermäuse lebten, es schien ihm Ewigkeiten her, dass er sich dorthin verirrt hatte.

Der Sturm hatte sich gelegt, er schlenderte durch den Park, sah sich den entwurzelten Baum an, es machte ihn traurig, den alten etwas schäbigen Pavillon hatte er gemocht, die Eiche auch. Etwas raschelte im welken Laub, seitdem er hier um die Ecke überfallen worden war, war Keller schreckhaft, er wiederholte seinen Trick. HIRNGESPINNSTE! Es klappte wunderbar, er ging zügig weiter und zog sich die Kapuze wieder tief in die Stirn. Das wirkte Wunder, der Schatten, der dort im Dunklen hockte, erkannte ihn nicht, nur Gevatter Hein schlich so herum, wurde gedacht und mehr gefroren als zuvor.

Bis die zuständige Stelle für Garten und Landschaftsschutz endlich einen Trupp Arbeiter zur Beseitigung des Baumes schickte, vergingen drei Tage, Zeit genug, um sich wieder einzuleben, Keller tat sich schwer damit, etwas war geschehen, er konnte nicht darüber hinwegsehen, und auch wenn er immer wieder versuchte, sich vom Gegenteil zu überzeugen, war es ihm bald klar, er war zum Paria geworden. Schnell wusste er, wessen Einfluss das zu verdanken war. Sitteler selbst macht kein Hehl daraus. Keller hatte vorgehabt, einen zweiten Versuch zu starten, gleich am Dienstagmittag, in aller Öffentlichkeit war er auf den Tisch zugegangen, an dem sein Personalchef aß, dass es ausgerechnet Bärlauch war, der ihm gegenüber saß, bemerkte er zu spät.

„Herr Sitteler, können wir später noch einmal in Ruhe…,“ Keller wurde gleich unterbrochen.

„Vor allen Dingen möchte ich jetzt in Ruhe essen! Sie kennen meine Bürozeiten, Dr. Keller. Ich bin im Gegensatz zu ihnen immer auf meinem Posten, gönnen sie mir meine Mittagspause. Wegen ihnen hatte ich genug schlaflose Nächte, dann waren sie weg, da war hier alles ruhig, jetzt sind sie wieder da, schon geht es wieder los. Eins merken sie sich, ihre Kur ist beendet, ich bin kein Seelenklempner, lassen sie mich in Ruhe meinen Job machen, machen sie den ihren, dafür werden sie bezahlt, für nichts anderes.“ Er hatte sich von seinem Sitz erhoben, seine Stimme auch, keinem war die Szene entgangen, doch niemand äußerste sich dazu, bis auf einen.

„Ich habe jederzeit ein offenes Ohr für sie, Dr. Keller, jederzeit!“ Bärlauch drehte sich kurz um, nahm ihn ins Visier und wandte sich dann wieder seinem Schnitzel zu. Von diesem Moment wusste Keller, welche Rolle er spielen sollte, selbst die wenigen, die zu ihm hielten, mied er, so gut es ging, er traute nur noch sich selbst.

Was wird das jetzt? Bärlauch, du stinkst mir, deine hässlichen roten Henkelohren kannst du einklappen. Soll ich hinschmeißen? Warum? Weil ein durchgeknallter Kommissar und ein gestresster Personalchef einen Sündenbock brauchen? Weil die lieben Kollegen mir nicht auf die Schulter klopfen? Wenn ich gehe, stehe ich mehr im Regen als alle anderen, das wird als Schuldeingeständnis genommen?!Wohin gehen? Ohne Grund ein Forschungsprojekt sausen zu lassen, ganz toll, dicker Fettfleck in der Vita.

Einfach weitermachen wie bisher, wenn sie mich lassen. Schildkrötentaktik gab es bei Asterix, haben die Römer immer versucht, hat ihnen auch nichts genützt. Allein gegen den Rest der Welt, pathetischer Blödfug. Ich war immer ein Einzelgänger, was juckt mich das. Solange mich alle in Ruhe lassen… und was, wenn eine neue Schmiererei auftaucht? Wenn mir wieder jemand auflauert? Wäre ich doch an diesem verdammten Morgen auf dem Himalaya gewesen, und das ganze Jahr auf Expedition, falsches Fach, falscher Film, falsches Leben. Wie wichtig ist es, den ganzen Quatsch aufzuklären? Lars stand Littlewood viel näher, er hat recht, wenn er sagt, dass der jetzt tot wäre, so oder so, das ist die Wahrheit, wahrscheinlich. Und alles andere geht mich nichts an. Ich kehre zurück zu meinen schwarzen und weißen Gänseblümchen, da ist wenigstens klar, wer was macht. Die einen heizen, die anderen kühlen, aber hier? Sitteler heizt, Bärlauch auch, wer noch? Kühlt denn auch jemand? Ich meine, wer behält jetzt einen kühlen Kopf und lässt sich nicht gegen mich aufhetzen? Alles Quatsch, niemand ist aufgehetzt, ist allen scheißegal, ich bin ihnen gleichgültig… für mich ist das alles schlimm, mir scheint es, als sei der ganze Schlamassel gerade erst geschehen, für alle anderen ist das Schnee von gestern. Für die gibt es Dringenderes zu tun, nicht ich sondern sie haben Recht…

Lustlos rührte Keller in seinem Tee, der schmeckte muffig, seine Pfeife blieb kalt. Er versuchte, sich auf seine Arbeit zu konzentrieren, sein „Herein" klang sehr genervt.

„Das ist jetzt vielleicht gerade schlecht, sie haben bestimmt viel zu tun… Aber… schön, dass sie wieder da sind…," unschlüssig stand Manon Duval in der Tür.

„Nun kommen sie schon rein, machen sie die Tür zu, wollen sie Tee? Ist aber nicht besonders…" Keller holte eine zweite Tasse und goss ihr, ohne eine Antwort abzuwarten, ein. Manon Duval hatte nur vorgehabt, ihn zu fragen, ob es ihm gelungen war, die Diss von Petershagen aufzutreiben, als Keller das verneinte, wollte sie gleich wieder gehen. Doch dann erzählte sie ihm von der schrecklichen Nacht im Variationshaus, sie musste das einfach loswerden, Keller hörte nachdenklich zu, er schwieg solange, bis sie ihm auch von Karsten, dessen Tod und der Begegnung im Naturkundemuseum berichtete. „… ich will da aber nichts Falsches sagen, zuerst war ich mir ganz sicher, aber dann, das ist so ein unauffälliger Typ, da gibt es viele…," sie drehte eine ihrer langen Haarsträhnen zusammen.

„Ist aber doch seltsam, dass sie, kurz nachdem sie dem begegnet sind, im Variationshaus eingesperrt werden. Ich habe schon lange vermutet, dass Littlewood einen Helfer hatte im Museum, man spaziert doch nicht einfach mit so einem großen Präparat wie einem Affenhirn aus dem Museum, ohne dass das jemandem auffällt, der Embryo, ja, mag sein, das hätte klappen können, der war klein, und Littlewood auch nicht irgend jemand, dessen Taschen man kontrolliert…"

„Sie meinen, der Typ hat mich ebenfalls wiedererkannt und dann…" hektisch kaute sie an der Strähne, die sie vorher immer wieder gedreht hatte.

„… ergibt doch Sinn, er sieht sie, sie stutzen, er checkt, dass er erkannt worden ist. Liegt doch nahe, zu versuchen, sie einzuschüchtern." Keller stopfte nun doch seine Pfeife, verzichtete aber darauf, sie anzuzünden.

„I Y, Meiyer, nein, warten sie, Lohmeiyer, Dr. Lohmeiyer, so hat Annette ihn mir vorgestellt, mich dann natürlich auch, also wusste er, wo er mich findet, aber dann muss Annette doch auch…"

„… nun mal kein vorschnellen Schlüsse, sie muss überhaupt nicht, oder hatten sie an dem Abend der Langen Nacht den Eindruck, dass sie über die Aktion im Bilde war?"

„Nein, überhaupt nicht, im Übrigen bin ich sicher, dass sie den Lohmeiyer da gar nicht gesehen hat, sie war im Gespräch mit diesem Walkhorst vom GFZ vertieft, mich hat das nicht so sehr interessiert, es ging wieder mal um diese versteinerten Dinosaurier in Kanada, die von einem Erdbeben überrascht worden waren, fast wie in Pompeji, was wohl passiert wäre, wenn ich zu Karsten hingerannt wäre?"

„Keine Ahnung, er hätte ihnen wohl oder übel Hallo gesagt, was hätten die denn schon groß tun können, in dem Gewimmel. Dieses ganze Gerede von den Ökoterroristen halte ich für maßlos überzogen. Das war eine gewagte Aktion, kann man drüber streiten, ob das nützt oder schadet. Aber Terror ist doch ganz was Anderes…"

„Mich eine Nacht lang in so einem Blechding einzusperren, klar ist das Terror! Psychoterror, als ich da raus war, war das ganz klar für mich, das zeige ich an, vorher hab ich nichts gesagt, aber dann, dann war ich kurz davor, diesem Bärlauch zu sagen, dass ich Karsten erkannt hatte!"

Jeden hatte die Polizei dazu befragt, und der Hagere, da war sich Manon schon damals sicher gewesen, war niemand anderes als Karsten Jahnke, dass sie geschwiegen hatte, lag daran, dass Bärlauch immer wieder versucht hatte, eine Verbindung zu ihm, Keller, herzustellen, er hatte allen Ernstes behauptet, dass gerade der Inhalt der SMS ein starkes Indiz dafür sei, Täterprofil und Sprachstil stimmten exakt überein, so ähnlich hatte er es ausgedrückt. „Plötzlich hatte ich Bedenken, ihm von Karsten zu erzählen, ich hab seine Eltern bei der Beerdigung getroffen, die Vorstellung, dass sie von diesem Bärlauch verhört würden, schrecklich." Die Unsicherheit, die Anfangs noch in Manons Stimme mitgeschwungen hatte, war verschwunden. Keller gab ihr Recht, diese junge Frau hatte kühlen Kopf bewahrt, sehr schnell und genau die möglichen Folgen einer Aussage erwogen, genau so einen kühlen, sachlichen und solidarischen Kopf hatte er am Mittag in der Kantine vermisst. Er freute sich, dass sie keinen Moment die Möglichkeit in Erwägung gezogen hatte, dass er ihr diese SMS geschickt haben könnte. Nun beeilte er sich, neuen Tee zu kochen, und erzählte zum ersten Mal von der Schmiererei an der Tür, von dem Vorfall in der Kantine hatte sie schon gehört, auch von den wiederholten Versuchen Sittelers, ihm die Schuld für das Fiasko im Großen Refraktor zu geben. Es gab aber auch ganz andere, gar nicht wenige Stimmen, die sich fragten, ob der Fehler nicht in der Organisation gemacht und allzu viel delegiert worden sei, ohne zu prüfen, wer eigentlich für was verantwortlich war. Denn auch, wenn die ganze gefakte Katastrophe im Großen Refraktor nichts als fauler Zauber gewesen war, so war doch ein gar nicht kleiner logistischer Aufwand nötig gewesen, um ihn überhaupt möglich zu machen.

Zusammen tranken sie den frisch aufgebrühten Tee, der Keller vorzüglich schmeckte, obwohl er aus der selben Dose stammte, wie der vorige. Dann erinnerte Manon sich an ihre Lauschaktion im Gebüsch, Keller fand es völlig absurd, dass Manon geglaubt hatte, er wolle sie küssen, sie brach in schallendes Gelächter aus.

Fast am selben Fleck zwischen Bäumen und Gebüsch standen diejenigen, die damals belauscht worden waren, zu Lachen gab es nichts, Sitteler war wieder dunkelrot im Gesicht, Wolke weiß vor Wut.

„Das hab ich ihnen damals gesagt und das sage ich heute, ich bin draußen, es war die letzte Schadensbereinigung, die ich für sie übernommen habe. Meinetwegen können sie alles über mich ausposaunen, es ist lange her, ich kann damit leben. Soviel Dreck hab ich nicht am Stecken…"

„Was wollen sie damit sagen, ich etwa? Dass sie mich jetzt verraten, nach Alldem, ausgerechnet sie, sie Null, ohne mich…"

„Nun halten sie mal die Luft an, ohne sie hätte ich ne Menge Probleme weniger. Ich hab nichts verraten. Und werd es auch nicht, ich mache diesen Job nicht, einmal muss Schluss sein…"

„Wolke, ich bitte sie, dieses eine Mal noch, ist doch keine große Sache, soll sich auch für sie bezahlt machen!"

„Hab ich jemals Geld genommen? Nein! Ich brauch ihre Kohle nicht!"

„Vielleicht ja doch, zum Beispiel um Ihren alkoholkranken Halbbruder zu unterstützen, oder glauben sie, ich weiß nichts davon?" Sitteler sah höhnisch auf den einen halben Kopf kleineren Hausmeister herab, der knöpfte sich ruhig seinen Kittel auf.

„Soll ich ihnen den jetzt endgültig vor die Füsse werfen? Felix hat genug durchgemacht, ick ooch, also was jetzt!"

„Lassen sie den Quatsch, Wolke, ich werde eine Lösung finden, für uns alle, überlegen sie noch mal in Ruhe, ob sie mir nicht doch helfen wollen, aus freien Stücken, noch ist Zeit."

Seelenruhig knöpfte Wolke seinen Kittel wieder zu, während Sitteler fahrig eine Kapsel Nitroglycerin in den Mund nahm und sie zerbiss, zur Behandlung seiner Angina Pectoris, das wusste Wolke, auch dass er starke Schmerzen hatte, aber die Zeiten, dass er ihm leid tat, waren endgültig vorbei.

Diesmal waren es zwei rote Henkelohren, die sich allzu gern wie Efeu durch das Gras bewegt hätten, um den beiden näher zu sein. Was erlauscht wurde, aus eben dem Gebüsch, das auch Keller und die Duval verborgen hatte, gefiel dem Lauscher nicht. Genauer gesagt nur zur Hälfte, es war fein zu hören, dass sein Tatverdächtiger Nummer eins diesen bevorzugten Platz nach wie vor verdiente, andererseits war es sehr bedauerlich, hören zu müssen, dass sein bester Informant und erklärter Lieblingsmensch sich offenbar in der Klemme befand, möglicherweise sogar in etwas Ungesetzliches verstrickt war. Bärlauch würde dafür sorgen, dass sich ihm helfende Hände entgegenstreckten, was immer es auch war. Kommissar Bärlauch war nichts Menschliches fremd, er würde für Sitteler tun, was er konnte. Dann klingelte sein Handy, und er rannte über den Rasen, hinüber zu dem dem kleinen Pavillon, der nun, nachdem die Eiche in Stücke zersägt worden war, wieder zugänglich war. Der Chef der Gartenbautruppe wartete ungeduldig auf ihn.

„Wo stecken sie denn? Ich hab nicht ewig Zeit, wir sind hier soweit durch, sie können da jetzt rein, …" Schon stapfte Bärlauch los.

„Schutzhelm! Nicht ohne Helm! Da oben hängt noch alles voller Glas, hier, nehmen sie meinen!" Ungeduldig riss ihm Bärlauch den Helm aus der Hand, er witterte, hatte ein Fährte, was scherten ihn jetzt diese idiotischen Sicherheitsbestimmungen. Schon preschte er vor, dann klirrte es, ein großes Stück Glas zersplitterte vor seinen Füßen, er schreckte zurück, sah nach oben, unsanft drückte ihm einer der herbeigerannten Holzarbeiter den Kopf runter.

„Biste verrückt jeworden, willste, dass dir die Scheiße ins Jesicht fliegt?"

Nur widerwillig trat Bärlauch den Rückzug an, hier musste in der Tat noch gesichert werden. So schwer es ihm fiel, er würde sich gedulden, bis all die noch frei herabhängenden Glasscherben beseitigt worden war. Dabei hätte er den Pavillon zu gern besichtigt, ebenso wie den Schacht zum Tiefbrunnen nebenan, in dem er erst vor Kurzem gewesen war, leider ohne Ergebnis. Nachdem diese Duval ihre Aussage gemacht hatte, war es für ihn klar, hier war ein ganzes Nest auszuheben, leider war die SMS nicht zurückzuverfolgen gewesen. Dieser Baum war nicht von selbst gefallen, das stand für Bärlauch fest, das war Sabotage, die nächste Aktion dieser Ökoterroristen, es war ihnen gelungen, ihr Zerstörungswerk ungestört auszuführen, aber diesmal würde er Spuren finden, der Baum selbst hatte nichts hergegeben, nun war der Weg frei, „…fast frei…," schränkte er am Telefon ein, als er der Spurensicherung den Auftrag gab, die Arbeit der Glaserei zu begleiten, sprich zu überwachen, damit die ja keine wertvollen Hinweise in den Müllcontainer wandern ließen, er wollte alle Spuren, jedes Indiz, und dann die Täter, er würde sie alle überführen, jedem Einzelnen von denen sollte der Prozess gemacht werden, JEDEM.

Das Wetter machte die Pläne von Bärlauch zunichte, es wurde wieder stürmisch, der Herbst war in diesem Jahr ungewöhnlich früh gekommen, die Glaserei vertröstete ihn auf den Wochenanfang, er verwünschte sie ebenso wie das Unwetter. Alle waren auf der Seite dieser verdammten Ökoterroristen, konnte nicht wenigstens ganz normales Septemberwetter sein? Was, wenn doch was dran war an diesem Gerede von der Klimakatastrophe, an diesem Nachmittag war Bärlauch geneigt, den Unkenrufern recht zu geben.

Keller fragte sich, ob er in seiner Daisyworld eigentlich betriebsblind geworden war. Der Besuch von Manon Duval hatte ihm gut getan, es wusste jetzt, dass beileibe nicht alle sich gegen ihn gewandt hatten. Der Bericht der jungen Doktorandin hatte ihn nachdenklich gemacht, der hagere junge Mann aus dem Großen Refraktor war tot, egal, was er dort gemacht hatte oder provozieren wollte, vorher war er in Fukushima gewesen, hatte dort vor Ort geforscht, etwas riskiert, und nun war er an der Strahlenkrankheit gestorben. Keller schämte sich plötzlich für seine Reaktion im Refraktor, wie weit schien ihm sonst all das, über das er hier forschte, entfernt, hier oben schien es so, als sei die Welt noch in Ordnung, und wenn schon nicht in Ordnung, so doch zumindest zu retten. Stimmte das? Hatten nicht diejenigen, die solche Aktionen machten, recht? Hatte nicht sogar Littlewoods Mörder in gewisser Weise recht? Er musste unbedingt mit Emma Lindauer reden, sie war cool geblieben, als einzige, wie hatte sie das geschafft, wie schaffte sie es überhaupt in ihrem Alter, an den Rollstuhl gefesselt, das alles auszuhalten, weiterzumachen und standzuhalten? Er wählte ihre Nummer und hatte Glück, sie war gerade zurück, war wieder in ihrem Lieblingshotel abgestiegen, bat ihn auch gleich, zu ihr zu kommen.

„Bei diesem Sauwetter kurve ich nicht zu ihnen hoch, kommen sie zu mir, Zimmer 912, ich habe den ganzen Abend frei und freue mich auf ihren Besuch." Keller bedankte sich für die Einladung und versprach, pünktlich um 19.00 Uhr bei ihr zu sein. Er folgte einer spontanen Eingebung, als er den Kühlschrank wieder beiseite schob und sich Littlewoods Notebook und dessen Aufzeichnungen schnappte, niemand anderes als Emma Lindauer würde wissen, was damit zu war. Es war Zeit, sich einem Menschen anzuvertrauen, der zu Alldem, was hier geschehen war, einen gewissen Abstand hatte und darüber hinaus ein so kluger wie Emma.

Bevor er es sich wieder anders überlegen konnte, schob Keller den Kühlschrank zurück und stopfte die Corpus Delicti eins und zwei in seine abgeschabte Aktentasche. Es war schon nicht mehr hell, als er sein Büro verließ, dunkle Wolkenfetzen wurden über den Himmel gejagt, der Orkan hieß Friederike, warum waren es immer Frauennamen, fragte sich Keller, zog den Kopf ein wie eine Schildkröte und eilte dem Ausgang entgegen. Er achtete nicht auf den Strahl der Taschenlampe, die blitzschnell gelöscht wurde, als er an dem zerstörten Glaspavillon vorbei hastete.

„Wie ein zerzauster Rabe, kommen sie rein...," Emma Lindauer rollte mit herzlichem Lachen auf Keller, der sich beeilte, seine vom Winde verwehte Erscheinung in Form zu zupfen, zu. Der Zimmerservice brachte Tee und Toast, very british, das machte es Keller leicht, die Überleitung zu finden, er konnte nicht länger warten und erzählte Emma alles; von seiner Abneigung gegen Littlewood, dem belauschten Gespräch, dem Fund des toten Professors im Eiskeller und dessen Verschwinden von dort. Bei seinem Wiederauftauchen war Emma Lindauer dann selbst anwesend gewesen. Deshalb erwähnte Keller es nur kurz, sprach dann von dem Verdacht, dass es niemand anders als der alte Wissenschaftler selbst gewesen war, der das Affenhirn und den Embryo aus dem Naturkundemuseum entwendet hatte, Emma benickte das nachdrücklich, dass sie das Meiste schon wusste, blieb, wie von ihr versprochen, unerwähnt. Da hatten ihr nun sowohl Wolke wie auch Keller Bericht erstattet, schade nur, dass die beiden nichts voneinander wissen wollten. Der Tee in Kellers Tasse wurde kalt, er packte nun auch schnell das Notebook und die schriftlichen Aufzeichnen von Littlewood auf den Tisch, ganz zum Schluss legte er die Postkarten, die eigentlich an den Anfang der Geschichte gehörten und von denen er nicht wusste, ob sie überhaupt dazugehörten, auch noch auf dazu. Emma nahm sie sofort hoch und hielt sie, ohne zu lesen, in der Hand.

„Alles endet und beginnt zur richtigen Zeit, am richtigen Ort...," ihre Worte tropften in das Schweigen, das sich ausgebreitet hatte, seit Keller mit seiner Geschichte zu Ende gekommen war, er sah sie fragend an. Doch Emma reagierte nicht, strich immer wieder mit den Fingern über die bunten Bilder der Postkarten, ohne sie anzusehen. Ihr Blick schweifte zu dem dunklen Rechteck des Fensters nach draußen.

„...Wir waren zusammen, und dann nicht mehr, von einem Tag auf den anderen war er weg, nur noch ein Schemen, von dem ich ab und zu bunte Bilder geschickt bekam... wissen sie, wie groß Abwesenheit einen geliebten Menschen werden lässt?"

„Diese Karten, die waren, ich meine, sie sind M?"

„Hören sie auf zu stottern, ja, ich heiße Emma Magdalena, mein Mann nannte mich Magda, keiner sonst, es war ein Spiel, und bittere Notwendigkeit, diese Karten so kryptisch zu schreiben, kein richtiger Adressat, kein Absender. Er ist in den Westen gegangen, von einer Reise nicht zurückgekehrt. Sein Weg war eigentlich klar, nur mir nicht, er war Astrophysiker, hier gab es all die technischen Möglichkeiten nicht, hier gab es vieles nicht... Ich bin geblieben, noch eine ganze Weile, bevor ich begriff, dass das ganze Experiment real existierender Sozialismus schief gegangen war, da musste ich erst noch meine eigenen Erfahrungen machen, nicht nur hier sondern auch in der SU, es gab ihn schlicht nicht, er ist eine Utopie geblieben, meistenteils, aber das ist eine andere Geschichte," Emma trank einen Schluck Tee und schüttelte sich.

„Alles Schnee von Gestern, kalter Kaffee, kalter Tee, der schmeckt keinem mehr, ist nur noch bitter." Sie verzog ihr Gesicht.

„Nein, ganz im Gegenteil!" beeilte sich Keller zu sagen, „ich will alles darüber wissen, endlich mal etwas begreifen…"

„Dazu müsste ich es ja selbst begreifen, aber das tue ich nicht, oder nur teilweise, und so oft ich darüber nachdenke, jedes Mal anders. Kurz gesagt, es ist die Geschichte dreier Menschen, die von dem Mann, den ich liebte und heiratete und der mich für die Wissenschaft verließ, dem Mann, der mich liebte und der bereit gewesen wäre, die Wissenschaft dafür zu opfern, und mir, die ich mich nicht entscheiden konnte und dadurch beide verlor. Am Ende sind wir alle erfolgreiche Forscher geworden, Geza, Littlewood, und ich, jeder auf seine Art und in seinem Gebiet, alle allein…"

„Sie meinen, Littlewood war ihr …"

„Ja, Julian war mein Geliebter, was denn sonst…. Deshalb habe ich gesagt, alles endet und beginnt zur richtigen Zeit am richtigen Ort. Sie haben das nicht gewusst, aber etwas hat ihnen den Weg zu mir gewiesen, ich glaube, es gibt weit und breit niemanden, der ihnen mehr über die ganze Geschichte erzählen könnte als ich," die Stimme von Emma sollte munter klingen, doch Keller spürte die große Müdigkeit, die sich hinter ihren Worten verbarg. Er schlug vor, zu einem späteren Zeitpunkt wiederzukommen.

„Schnickschnack, sie haben ihre Beichte abgelegt, jetzt tauschen wir die Rollen, in meinem Alter vertagt man nichts mehr. Morgen ist für mich ein unsicherer Kantonist geworden. Jetzt ist jetzt ist jetzt ist, wie die Rose…" Verständnislos sah Keller Emma an, die ignorierte es und klingelte nach dem Zimmerservice, bei dem sie ein üppiges Abendessen für zwei bestellte. Es wurde eine lange Nacht, und als Keller im ersten trüben Licht des Morgens nach Hause ging, hatte er mehr Tee getrunken als jemals zuvor in seinem Leben und war dabei Schluck für Schluck dem Zickzackkurs gefolgt, der statt einer geraden Linie das Leben der Lindauer und auch das von Littlewood bestimmt hatte. Emma hatte Keller gebeten, die Aufzeichnungen und das Notebook bei ihr zu lassen. Sie würde beides in Augenschein nehmen und prüfen, ob sich etwas finden ließ, was Aufschluss über Littlewoods gewaltsamen Tod geben konnte. Nur zu gern hatte Keller beides bei ihr gelassen, die Postkarten selbstverständlich auch. Darüber, dass er sie gerettet hatte, war Emma froh gewesen, sie hatte Wolke zwar selbst darum gebeten, alle Erinnerungsstücke aus dieser lang vergangenen Zeit, die sich seit dem Verschwinden der Republik DD noch immer in ihrem Versteck befunden hatten, zu vernichten. Aber nun freute sie sich an denen, die der Schreddermaschine durch Kellers Einsatz glücklich entgangen waren.

Es lohnte nicht mehr, ins Bett zu gehen, er duschte nur kurz und trabte dann weiter den Berg hinauf, mit all dem grünen Tee im Bauch würde er sowieso keinen Schlaf finden, das Gebüsch vor der Haustür bewegte sich, Keller wusste auch ohne hinzuschauen, wer sich dort bemerkbar machte und ihm raschelnd zu verstehen gab, dass er zufrieden war. So zufrieden wie Keller selbst, der sich zwar in den langen Wochen an der See geschworen hatte, die Finger von Allem zu lassen, was auch nur im Entferntesten mit Littlewood und seinem grausigen Ende zu tun hatte, der aber nun im Licht der neuen Erkenntnisse einen Anlass sah, diese Entscheidung einer gründlichen Revision zu unterziehen. Erst einmal würde er alles, was Emma Lindauer ihm im Laufe dieser Langen Nacht der Unvollendeten Vergangenheiten berichtet hatte, fein säuberlich notieren, doch dann wurde etwas zu Tage befördert, was sämtliche Theorien über den Haufen warf.

16 Es fängt an zu stinken

Sämtliche? Nein, einer behielt der eigenen Ansicht nach in dem folgenden Tohuwabohu die Übersicht, Kommissar Bärlauch war sich seiner Sache sicher. Er hatte schon vor Tagen die Idee gehabt, Spürhunde anzufordern, es gab tausendundein Versteck für Sprengstoff, oder Drogen, oder, oder, oder, die Fantasiewelt der Terroristen war unerschöpflich, ebenso musste die Fantasie ihres Jägers sein. Heute war es endlich soweit, der Hundeführer hatte Zeit, auf den Telegrafenberg zu kommen, und auch gleich drei seiner besten Spürhunde mitgebracht, doch weder die Nase des Drogenhundes Rüdi noch die feine Witterung von Bella, die noch jedes Krümelchen Sprengstoff gefunden hatte, brachten etwas zu Tage, Harras hatte eigentlich gar nicht zum Einsatz kommen sollen, doch er brauchte Auslauf und sollte sein Geschäft verrichten, stattdessen zog er wie wild an seiner Leine, bis sie an dem zerstörten Pavillon angekommen waren, erst vor dem abgedeckten Brunnen machte er bellend Halt.

„Wenn der Harras abgeht wie ne Rakete und so anschlägt, dann ist da was, kann sein ein totes Karnickel, aber…,“ wandte der Hundeführer sich an Bärlauch.

„Das wollen wir doch mal sehen, weg mit der Abdeckung, Deckel hoch!“ kommandierte er sich selbst, aber erst die herbeigerufenen Kollegen schafften es, den Stein von der Brunnenöffnung zu entfernen. Bärlauch war gleich aufgefallen, dass der nicht hundertprozentig genau auf dem Brunnenrand auflag, und er hatte ein Foto gemacht. Nun lugte er in den Schacht, der gar nicht besonders tief nach unten führte, zu sehen war nichts, doch es verschlug ihm den Atem.

„Da unten verwest was, und so wie es stinkt, muss es mindestens ein Schwein sein.“ Bärlauch hob den Kopf, seine Gesichtsfarbe changierte leicht ins Grünliche, und er ging ein Stück beiseite, um einen Froschmann anzufordern. Der Hundeführer verabschiedete sich, Hasso schaute Bärlauch schief an, bevor er in den Zwinger hinten im Auto sprang, es lag etwas in seinem Blick, was der gewiefte Jäger nicht deuten konnte, war es Mitleid oder Überheblichkeit, dieser Hund wusste wie wichtig sein Fund war..

Der Froschmann war davon nicht überzeugt, als er sich über den Brunnenrand beugte, hatte er die Nase voll, widerwillig nickte er, als Bärlauch ihn anwies, abzutauchen. Er brauchte sehr lange, bis er endlich so weit war, Neoprenanzug, Maske und alles, was für so einen Einsatz nötig war, ordnete er in Zeitlupe, schien es Bärlauch, dann stieg der Taucher über den Brunnenrand und ließ sich abseilen, es dauerte nicht lange, dann verschwand er unter Wasser, tauchte gleich wieder auf und hob den Daumen, „Fund“, nun wurde alles, was zum Bergen gebraucht wurde, hinuntergelassen, und dann tauchte auch auf, was für immer dort unten verschwunden bleiben sollte. Aufgequollen und äußerst unschön, kein Karnickel, kein Schwein, ein Mensch oder das, was von ihm übrig geblieben war. Seine äußere Erscheinung war so gewandelt, dass niemand ihn erkannte, und doch war es kein anderer, als der seit Monaten verschwundene Wetzky, dessen Ausweis und Führerschein, beide so gut wie unbeschädigt, gaben Aufschluss darüber. Später bestätigte auch die Obduktion, dass es der von Sitteler so schmerzlich vermisste Adlatus war. Als Bärlauch dem Verwaltungschef mitteilte, dass die Ökoterroristen offenbar auch vor einem weiteren Mord nicht zurückgeschreckt waren, brach er zusammen. Bärlauch bedauerte den Tod Wetzkys, den elenden Zustand Sittelers bedauerte er auch, doch am meisten bedauerte er, dass er seine Theorie erst untermauern musste, bevor er seinen Lieblingsverdächtigen festnehmen konnte. Die Obduktion hatte nicht nur Wetzkys Identität zweifelsfrei festgestellt, sondern auch die Todesursache, und das machte alles schwierig, Sittelers Adlatus war ertrunken, und zwar in eben dem Wasser, in dem er bis vor Kurzem gelegen hatte, nun war es zwar höchst unwahrscheinlich, dass das ein Unfall gewesen war, auch ein Suizid war mit hoher Wahrscheinlichkeit auszuschließen. Sicher war nur, dass der Deckel des Brunnens wieder geschlossen worden war, nachdem der Mann in den Brunnen gefallen und dort jämmerlich ertrunken war. Der Todeszeitpunkt war nach so langer Zeit nicht mehr genau festzustellen, aber da Wetzky kurz nach dem Sommerfest verschwunden war, deutete nun alles darauf hin, dass sein Start ins Unbekannte ihn nur bis zu diesem Brunnen geführt hatte. Momentan schien es so, als sei es die Nachbarin gewesen, die den Toten zuletzt gesehen hatte, folglich war er frühestens am Dienstag, also einen Tag nach dem Sommerfest gestorben. Hatte er Vorbereitungen der Aktion am Großen Refraktor aufgedeckt, musste er deshalb sterben?

„Ich weiß es nicht, ich weiß es nicht…," immer wieder schüttelte Sitteler den Kopf, er macht sich Vorwürfe, in jeder Hinsicht, er habe schlecht über seinen treuen Adlatus gesprochen, ihn der Fahnenflucht bezichtigt, und jetzt stelle sich heraus, dass der wohl in Folge seiner treuen Pflichterfüllung gestorben war. Sitteler war untröstlich, schwor Rache und den Mörder zu finden, Bärlauch beschwichtigte ihn, das sei ganz allein seine Sache, der Täter würde gefunden werden, das verspreche er ihm im Namen der gesamten Potsdamer Polizei. Dazu nickte Sitteler ohne Überzeugung, zerbiss dabei eine Kapsel Nitro, um seinem schmerzenden Herzen Linderung zu verschaffen.

Keller erfuhr erst am Mittag in der Kantine von Wetzkys Tod, er gab es sofort auf, sich geselliger zu zeigen, nachdem der erste Witz über Wetzky als Wasserleiche gemacht wurde. Wortlos verließ er den Tisch, unterbrach dadurch das schallende Gelächter, in das einige Kollegen, die nun kurz verstummten, ausgebrochen waren. Ein kleiner Anflug von Freude über die plötzliche Stille stahl sich in sein Gesicht, als er hinausging.

Das stürmische Wetter hatte alle Wolken vertrieben, dem Hausmeister passte das offenbar nicht, mürrisch kehrte er das welke Laub vor der Kantine zusammen. Das ist eigentlich nicht sein Job, schoss es Keller durch den Kopf, so wenig, wie es deiner ist, die Schnüffelnase zu spielen, führte er seinen Gedanken zu Ende. Egal, es trieb ihn zu dem Brunnenhaus, an dem noch immer Polizei und Spurensicherung herumwuselten, auch Bärlauch stand dort und kam sofort auf ihn zu. „Der Täter kehrt stets zum Tatort zurück," begrüßte er Keller.

„Wenig witzig, warum sollte ich Wetzky etwas antun? Vielleicht hat er die Schnauze voll gehabt? Muss es denn immer einen Mörder geben?" fragte Keller gereizt.

„Muss nicht, dann müsste ich umschulen, was schade wäre… aber da die Wahrscheinlichkeit, dass es aufhört sie zu geben, gen Null geht, kann ein alter Kriminaler wie ich hoffen, bis zur Pensionierung zu tun zu haben… der Buschfunk jedenfalls funktioniert bei euch Schlauköpfe genau so wie überall, immerhin…, fällt ihnen was ein, ich meine, können sie mir sinnvolle, sachdienliche Hinweise geben?" lauernd maß er Keller mit Blicken.

„Ich habe den Kollegen lange nicht gesehen, und ging davon aus, er sei auf Reisen. Sitteler hat das mal erwähnt, als Wetzky damals so sang- und klanglos verschwand. Es war ihm bei der Begehung unten im Tiefbrunnen schlecht geworden, er war nach Hause gefahren, ohne Bescheid zu sagen, keiner wusste, wo er geblieben war, er hatte uns allen einen Schrecken eingejagt, aber dann kam die SMS von ihm. Danach hat er sich, sehr zum Ärger von unsrem Personalchef, gar nicht mehr blicken lassen. Sich selbst eine Auszeit verordnet, ich weiß noch, dass Sitteler etwas wie Auszeit zur Unzeit gegrummelt hat, ihm war das gar nicht recht…" Bärlauch hatte gelangweilt zugehört, machte sich aber Notizen.

„Wann genau war diese Begehung?" hakte er nach. „Bei unserem Sommerfest, kurz nachdem Littlewood gestorben ist."

„Gestorben, nette Umschreibung, der Mann wurde ermordet, das verdrängen sie … geht es etwas genauer, Datum, Uhrzeit!" Schroffheit vertrug Keller schlecht. „Wie ein Mensch zu Tode kommt, ist ja wohl für den Umstand, dass er in der Folge gestorben ist, vollkommen irrelevant, Herr Kommissar? Das Datum muss ich nachschauen, es war auf jeden Fall am frühen Abend dieses Tages, und danach habe ich den Kollegen wie gesagt nicht mehr gesehen. War's das?" Keller wippte ungeduldig mit dem Fuß.

„Ihre mangelnde Auskunftsfreude nehme ich ihnen langsam übel, sie tun sich keinen Gefallen damit… meinetwegen können sie gehen. Vorerst habe ich keine Fragen mehr…," Bärlauch vertiefte sich in sein Notizbuch und kritzelte wieder darin herum.

Keller umkreiste den Ort des Geschehens und versenkte sich in die Bilder, die vor ihm auftauchten.

An diesem Abend war für einen Moment so etwas wie Heiterkeit zu spüren gewesen, stimmte das oder trog ihn seine Erinnerung? Er hatte Sitteler und Wolke im Streit belauscht, er hatte getanzt, hatte sich gut unterhalten, war auf der Treppe des Tiefbrunnens nicht in Panik geraten, als die Tür oben plötzlich klemmte und sie nicht hinaus konnten, aber das hatte nicht lange gedauert, war es wichtig? Sollte er das dem Kommissar sagen? Nein! Denn dieser Mann war ihm zuwider. Und weiter? Dann hatte er Sitteler, der sich um seinen Adlatus sorgte, getroffen, der war dann sehr erleichtert gewesen, als sich dessen Verschwinden als harmlos aufklärte. Danach hatte er mit Sitteler zusammengehockt und zu viel Bier getrunken, es hatte keinen Spaß gemacht, hatten sie sich gestritten? Etwas in dieser Reihung machte ihn stutzig, etwas, das möglicherweise nicht zusammenpasste, aber was?

„Wo war übrigens dieser Hausmeister? Wo?" Keller schrak zusammen, er hatte nicht bemerkt, dass Bärlauch ihm gefolgt war und nun dicht neben ihm stand.

„Können sie sich eigentlich auch wie ein normaler Mensch benehmen, oder ist ihnen diese Fähigkeit gänzlich abhanden gekommen?" fragte er statt Antwort zu geben zurück.

„Nun werden sie mal nicht unverschämt, das ist ganz schnell Beamtenbeleidigung, was glauben sie denn, soll ich höflich anklopfen, bevor ich Verbrecher dingfest mache? Gefahr im Verzug ist kein Ringelpiez mit Anfassen. Beantworten sie meine Frage!" Bärlauch war es nicht gewohnt, Antworten zugeben.

„Stellen sie ihre Fragen so, dass ich sie beantworten kann," konterte Keller.

„Also, wo war Wolke an dem besagten Abend, war er auch auf dem Sommerfest?" präzisierte Bärlauch.

„Ja, er war da, ich habe ihn nur kurz gesehen, in der Nähe der Tanzfläche, vor dem…"

„Daran können sie sich aber gut erinnern, kann es nicht doch sein, dass sie diesen Hausmeister wesentlich besser kennen, als sie bisher eingestanden haben?" fiel ihm Bärlauch ins Wort.

„Ich weiß nicht, was sie damit meinen, wie gut kennen sie denn den Hausmeister auf ihrem Revier? Ich nehme an flüchtig, mir geht es ebenso…,“ langsam wurde Keller sauer.

„Was hat er denn da gemacht, ihr flüchtiger Bekannter? War er allein?“

„Ich weiß nicht, was er da gemacht hat, ich glaube, er hatte Streit mit Sitteler, aber ich kann mich täuschen, es ist lange her…“

„Ihr Gedächtnis scheint immer dann Lücken zu haben, wenn es interessant wird. Warum sollte sich denn ausgerechnet Sitteler mit ihm streiten, der hatte an diesem Tag doch wohl anders zu tun?“

„Fragen sie ihn doch selbst…“

Das zu tun hätte es keiner besonderen Aufforderung bedurft. Stante pede machte sich Bärlauch zum Büro des Verwaltungschefs auf, was er hörte, freute ihn, da es Alles in Allem die Bestätigung dessen war, was er sowieso gemutmaßt hatte.

„Ja sicher, das ist soweit alles richtig, bis auf zwei Punkte, Streit hatte ich nur mit Keller, der sich wieder einmal in seine Verschwörungstheorien hineingesteigert hatte, der Mann ist labil, soll in seinem Fachgebiet Einiges drauf haben, kann ich nicht beurteilen, aber als Mensch, als Mann, der hat sie nicht mehr alle… das ist meine Meinung, und wie weit der noch gehen wird, oder schon gegangen ist, ihr Ressort… um auf Wolke zu sprechen zu kommen, ich habe Anderes zu tun, als mich mit Hausmeistern zu streiten, kann sein, dass wir kurz miteinander geredet haben, möglicherweise bin ich verärgert gewesen. Sie kennen das doch auch, jedes Mehr ist schon ein Zuviel für manche Mitarbeiter. Da macht Wolke keine Ausnahme, was er sonst noch tut oder lässt, darüber gibt der keine Auskunft, ist mir ja auch keine Rechenschaft schuldig.. War immer ne gute Kraft, aber ich steck nicht drin in dem Mann…“

„Na, das überlassen wir den warmen Brüdern, … Haha, nicht PC, aber unter uns darf auch mal gelacht werden. Apropos, ist der Keller eigentlich….“

„… schwul? Nicht, dass ich wüsste, der hat doch ’nen Bleistift zwischen den Beinen, keine Eier, wenn sie wissen, was ich meine, trägt manchmal so Frauenzeug…“

„Das ist zwar total bescheuert aber keine Straftat, was hat er denn an dem Tag, als Wetzky verschwand, gemacht? Haben sie ihn da unten im Tiefbrunnen bemerkt?“

„Warten sie, Keller kam dazu, ich bin zusammen mit Wetzky vor dem Eingang gewesen, der wollte mich noch davon abhalten, da runterzugehen, wegen meines Herzens, war immer rührend um mich besorgt, ein Jammer…"

„Es trifft immer die Falschen…, und was war dann?"

„Dann sind wir zur Treppe gegangen, und danach hab ich Keller aus den Augen verloren, Wetzky ist zuerst ganz sicher noch neben mir gewesen, irgendwann dann wohl nicht mehr. Ich hab da unten in Erinnerungen geschwelgt, nicht drauf geachtet, erst oben ist es mir dann aufgefallen. Scheiße, das ist alles eine riesengroße Scheiße, wie das gelaufen ist." Sitteler griff mit fahrigen Fingern nach seiner Pillendose und zerbiss eine Nitrokapsel.

„Das geht ihnen ganz schön an die Nieren, was? machen sie sich keine Vorwürfe, das macht ihn auch nicht wieder lebendig. Gönnen sie sich mal ne Auszeit…," Bärlauch war von seinem Stuhl aufgestanden und verabschiedete sich rasch, er sah nicht, wie Sitteler in sich zusammensackte und dabei das Wort Auszeit wiederholte, aber er blieb an diesem Tag noch lange in seinem Büro.

Es war Abend geworden, der Telegrafenberg leerte sich, ungeachtet des grausigen Fundes machten sich die Menschen, die hier arbeiteten, auf den Heimweg. Manche taten es sogar früher, wollten vor Einbruch der Dunkelheit das Gelände verlassen haben. Die Idylle des Ortes hatte sich als trügerisch erwiesen, hier oben hatte jemand monatelang tot in einem Brunnen gelegen, eine grauenhafte Vorstellung.

Der Pathologe sah das, was von Wetzky übrig geblieben war, mit nüchternem Blick, er hatte schon viele Wasserleichen auf dem Tisch gehabt, diese unterschied sich von den anderen kaum, nur eines war sicher, Ertrinken war nicht die Ursache dafür, dass der Mann, der nun hier auf dem Seziertisch lag, so jung gestorben war. Bunter zottiger Algenwuchs bedeckte den ganzen Körper, die Fettwachsbildung war ein sicheres Indiz dafür, dass der Tote lange im Wasser gelegen hatte, seine Gedunsenheit und dass sich Haut und Haare ohne Schwierigkeiten ablösen ließen, gaben Aufschluss darüber, dass es mindestens fünf Wochen gewesen waren. Es gab keine Einschusslöcher, keine Stichverletzungen, die Abschürfungen waren alle erst postmortal entstanden, Wetzkys Leichnam war förmlich im Brunnenschacht eingeklemmt gewesen. Aber er hatte kein Wasser in den Lungen, ein sicheres Zeichen dafür, dass er nicht ertrunken war. Auch nach gründlicher Autopsie konnte der Rechtsmediziner die Frage nicht beantworten, und damit blieb bis auf Weiteres ungeklärt, ob er eines gewaltsamen Todes gestorben war oder nicht.

„Das ist doch rein akademisch, Doktor, ich habe diese Leiche aus einem Brunnen fischen lassen, der mit einem Deckel aus Metall geschützt wird, der Mann ist ja wohl kaum in der Lage gewesen, sich dort hineinzubegeben, den Deckel zu schließen und dann eben nicht zu ertrinken, sondern…"

„Unbestritten, aber er kann sehr wohl ein natürlichen Todes gestorben sein und danach dort hineingeworfen worden sein…"

„… das ist absurd, wenn ich jemanden in so einem Brunnenschacht verschwinden lasse, habe ich Gründe, wenn der da eines natürlichen Todes gestorben ist…, wo sind sie, wo sind meine gute Gründe?"

„Keine Ahnung, meine Klienten sind tot, da hat es sich mit den Gründen, ob gut oder schlecht…, sonst noch Fragen? Ich würde gern Feierabend machen." Bärlauchs Audienz in der Rechtsmedizinischen Abteilung war beendet. Und wie so oft fühlte er sich gedemütigt und frustriert, er konnte den Arzt dort nie leiden, egal welcher gerade Dienst hatte.

Als endlich alle fort waren, er ungestört und allein war, legte sich Keller neben dem Brunnen nieder, Glassplitter knirschten unter seinem Gewicht, er hatte seine alte Isomatte auf den Zementboden gelegt. Wie gut, sie für ein kurzes Rätzchen immer im Büro zu haben, dachte er und schloss die Augen. Lag da und waberte zwischen Wachen und Träumen hin und her. Hi-Nun-Ter gesellte sich zu ihm und verschwand wieder, es knackte, die Bäume ächzten im Wind. All das nahm Keller kaum wahr, er sann sich nirgendwo hin, suchte nicht einmal die Nähe des Toten, der gesellte sich ungerufen zu ihm, war so ratlos und erstaunt über sein Sterben wie Keller selbst. Gelitten hatte er nicht, da war der Mann im lila Twinset sich sicher, ebenso wenig hatte er damit gerechnet, zu sterben. Sorgsam wischte Keller die Splitter von der Isomatte, bevor er sie zusammenrollte, er trug Handschuhe aus rosa Gummi, die er bedauernd abstreifte, nachdem er damit fertig war, sie hatten so gut zu seinem Twinset gepasst. Zwischen den Bäumen verborgen beobachtete Wolke sein Treiben und lachte leise, bevor er sich abwandte, um eine Zigarette anzuzünden.

Es regnete in Strömen, als Kommissar Bärlauch am nächsten Morgen grußlos am Pförtner des Telegrafenbergs vorbei hastete, er hatte weder

Zeit gefunden, einen Schirm aufzuspannen, noch, sich den Hut in die Stirn zu ziehen, ihm war das alles egal. Heute würde er den Durchbruch erzielen, ob es stürmte oder schneite, nichts und niemand würde ihn davon abhalten. Sein Weg führte ihn zu Wolkes Hausmeisterkabuff im Keller des Michelsonhauses. Er schüttelte sich flüchtig die Nässe vom Mantel und stapfte hinein.

„Menschenskind, können se nicht mal den Fußabtreter benutzen, sie tropfen hier allet voll." Missbilligend sah Wolke den Kommissar an, unter dessen Schuhen sich eine Wasserlache schnell vergrößerte. Er fischte sich eine Zigarette aus dem grauen Kittel und zündete sie an.

„Machen sie sofort die Kippe aus…, Rauchverbot!" Bärlauch zog sich einen Hocker heran und setzte sich vor den alten Resopaltisch, der Wolke als Schreibtisch ebenso wie als Werkbank und auch als Pausenbrotunterlage diente. Der blies seelenruhig Rauchringe in die Luft.

„Wissense was, Herr Kommissar, dit interessiert mich nicht, hier rooch ick, solange mir dit passt, dit weeß jeder hier, sogar der Direktor, und nu wissen sie dit ooch. Sonst noch was?"

Wolke stand auf, ging in die Ecke, in der Eimer und Aufnehmer standen, und warf Bärlauch einen Feudel vor die Füße.

„Wie dem auch sei, auf dem Kommissariat herrschen andere Sitten. Aber in der Tat, ich habe ein Anliegen, ich möchte von ihnen endlich die Wahrheit wissen, jetzt sofort oder dort…"

Bärlauch versuchte, sich erwartungsvoll zurückzulehnen, das klappte auf dem Hocker nicht, er stand auf und fing an, in dem engen Raum hin- und herzulaufen, Wolke rauchte schweigend zu Ende und drückte dann seinen Kippen aus.

„Hörense auf, mich meschugge zu machen, was soll diese Rennerei. Um welche Wahrheit geht es denn diesmal?" Er sah den Kommissar mit zusammengekniffenen Augen an.

„Ich will wissen, wie Wetzky in den Brunnen gekommen ist, und wenn wir schon dabei sind, warum sie ihn getötet haben. Ihre Fingerabdrücke befanden sich auf der Abdeckung des Brunnens, was sagen sie dazu?"

„Was soll ich dazu sagen, ich bin hier der Hausmeister, meine Fingerabdrücke befinden sich so gut wie überall, warum nicht auch auf dem Brunnenrand…"

„Hören sie, Wolke, jetzt ist Schluss, selbst Sitteler legt für sie seine Hand nicht mehr ins Feuer, ich will endlich Klartext hören, also…"

„…gut, sie haben Recht, einmal muss Schluss sein, dit hab ick Sitteler ooch gesagt. Und wenn ick nun zugebe, Wetzky in den Brunnen jeworfen zu haben, was dann?"

„Dann sind sie fällig, ich verhafte sie wegen eines Tötungsdelikts, und sie kommen…"

„Immer langsam, davon hab ick nüscht jesagt, ich habe lediglich die Frage jestellt, was passiert, wenn ich zugebe, ihn in den Brunnen geworfen zu haben, den toten Wetzky wohljemerkt…"

„Nun machen sie wieder nen Rückzug, wir waren doch schon weiter, aber gut, wenn dem so sein sollte, dann wird ihnen trotzdem der Prozess gemacht wegen Mittäterschaft, Begünstigung und Vertuschung einer Straftat so in etwa… also hat Keller sie angestiftet?"

„Quatsch, was hat der denn damit zu tun? Das ist doch allet Käse, was sie sich da zusammenjebastelt haben. Ich gebe zu, die Leiche von Wetzky aus dem Wasserreservoir jefischt und in den Pavillon gebracht zu haben und dann habe ich ihn nebenan in den Brunnen gesteckt. Mehr nicht, oder noch nicht ganz. Ich gebe weiterhin zu, sein Auto am Morgen nach dem Sommerfest weggefahren zu haben, auch eine Reisetasche hab ick für ihn jepackt, obwohl ick ja wusste, dass er tot war, die also jar nicht mehr brauchte," räumte Wolke ein und schenkte sich aus einer Thermoskanne Tee ein, sah den begehrlichen Blick Bärlauchs, stand seufzend auf und goss auch ihm, in eine Tasse mit abgeplatzten Rand, ein.

„Das versteh ich nicht, können sie sich nicht deutlicher ausdrücken, und der Reihe nach erzählen!" Bärlauch pustete über die Tasse und trank vorsichtig.

„Verbrennen sie sich nur nicht den Mund. Also von Anfang an soll ick erzählen, dit dauert, ham se Zeit mitgebracht?"

„Alle Zeit der Welt, ich kann stundenlang zuhören, ihnen ist danach auch wohler…," wohlwollend sah Bärlauch zu Wolke herüber.

„Dit bezweifle ick, und ihnen wird dit ooch nicht schmecken, was ick nu erzähle, woll'n se dit wirklich wissen?" Wolke stand auf, knöpfte sich den Kittel zu und nahm einen großen Schirm vom Haken.

„Nun machen sie es nicht so spannend, ich höre…"

„Kommen se mit, ick zeig ihnen was…," Wolke stand schon in der Tür. „Das wird aber jetzt kein Fluchtversuch, …"

„Mann o Mann! Nee, Herr Kommissar, davon hab ick die Schnauze voll. Damit fing doch allet an…," Wolke ging voraus, eine Weile spielte Bärlauch noch mit den Handschellen, die er vorsichtshalber rausgeholt hatte, dann steckte er sie wieder ein, er kam sich albern vor. Wolke ging zielsicher zu einem kleinen Haus, vor dem ein rostiger VW-Käfer stand, er klingelte nicht, obwohl es offensichtlich ein Wohnhaus war, ohne zu zögern fand er den richtigen Schlüssel an seinem riesigen Bund und öffnete die Tür. „Ich bin es," rief er in den dunklen Flur, von hinten erwiderte ein tiefer Bass, „lässt du dich auch mal wieder blicken…" Ein alter Mann, der früher ein Hüne gewesen sein musste kam aus dem hinteren Zimmer.

„Wen hast du denn da im Schlepptau?" Der weißhaarige Mann sah fragend von Wolke zu Bärlauch.

„Entschuldigen sie die Störung, mein Name ist Bärlauch, Kommissar Bärlauch, ich bin von der…"

„Sparen sie sich ihre Worte, ich weiß Bescheid, habe schon viel von ihnen gehört, sie entschuldigen mich einen Moment, Polizeibesuch wird in diesem Haus angekündigt, sonst…," er zog den Kopf ein und verschwand, die Kellertreppe bemerkte Bärlauch erst jetzt, er griff unauffällig zu seiner Dienstwaffe, es klackte leise.

„Lass stecken, Kommissar…," finster sah Wolke ihn an, Bärlauch hatte plötzlich Angst. Auf der Treppe waren Schritte zu hören, er entsicherte und zog seine Waffe. Zuerst tauchte der Alte auf, hinter ihm kam zögernd Einstein herauf. Er fing an zu wimmern, als er den Revolver sah, und wollte zurück in den Keller.

„Felix, bleib hier, alles in Ordnung, nun bleib schon hier…," Wolke umarmte den struppigen Mann und streichelte ihm das bärtige Gesicht.

„Was machen sie denn da? So benimmt sich ein Gast in meinem Hause nicht, Waffe runter! Wird's bald!" Ohne zu Zögern war der Greis auf Bärlauch zugegangen und hatte ihm den Revolver aus der Hand geschlagen.

„Ihr habt nichts dazugelernt… und ich habe vergessen, mich vorzustellen, Livländer, Pax-Thien Livländer, lassen sie uns in mein Arbeitszimmer gehen, und stecken sie das verdammte Ding weg, sie sehen doch, dass es Felix Angst macht." Mit sehr geradem Rücken ging der Hausherr voran, Bärlauch folgte ihm, nachdem er seine Dienstwaffe aufgehoben und eingesteckt hatte, erst dann kam Wolke mit Einstein, der nur widerwillig in das Arbeitszimmer kam, hinterher. Als Livländer Kaffee anbot, ergriff der Verängstigte die Gelegenheit, um in der Küche zu verschwinden.

Der alte Mann saß hinter seinem Eichenschreibtisch, als wäre er mit ihm verwachsen, seine Besucher hatte er in zwei samtbezogene Sessel genötigt.

„Hier hocke ich nun fast ein halbes Jahrhundert..., durfte hocken bleiben, obwohl ich schon lange emeritiert bin, ich war in der Meteorologie keine Koryphäe, doch auch kein kleines Licht..., deshalb sind sie aber nicht gekommen."

„Ich bemühe mich, den Todesfall im Brunnenhaus aufzuklären, und Herr Wolke war der Ansicht, dass...," Bärlauch merkte selbst, dass er den richtigen Ton verfehlte, es war unmöglich, in diesem Sessel aufrecht zu sitzen, alles schien ihm verrutscht, er sah hilfesuchend zu Wolke, der sich ganz ungezwungen in dem Raum bewegt hatte und nun in seinem Sessel aussah, als ob er bald einschlafen würde.

„Pass auf, Pax, ich will es kurz erklären, der Kommissar möchte die Wahrheit wissen, und es schien mir so, als ob wir am Besten hier anfangen sollten, sie zu suchen." Wolke hatte sich aufgerichtet, und Bärlauch hörte erstaunt, dass der Hausmeister hochdeutsch sprach, er schien seine Hausmeisterhaut abgestreift zu haben, obwohl er noch immer den gleichen grauen Kittel trug. Felix brachte das Tablett mit dem geblümten Kaffeeservice herein, und obwohl auch er sich äußerlich nicht verändert hatte, war er hier nicht mehr der obdachlose struppige Kerl, als den ihn Bärlauch aus Schilderungen von anderen kannte. Einstein war kein ernsthaft Verdächtiger gewesen und deshalb nie vernommen worden, darüber ärgerte sich Bärlauch jetzt.

Nun hockte der im äußersten Winkel des Arbeitszimmers, zwischen zwei Bücherregalen, gleich neben der Tür, wie auf dem Sprung und zur Flucht bereit.

„Ich habe noch mit dem alten Süring zusammen gearbeitet, als Doktorand, immer war es das Wetter, was mich angetrieben hat, ich bin Meteorologe mit Leib und Seele, bis heute. Die politischen Klimawechsel habe ich gar nicht wahrgenommen, dann stand eines Tages Walter vor meiner Tür, er war zwar nicht mein bester, aber mein zuverlässigster Assistent, war ein harter Hund, hatte das auf vielen Wetterstationen bewiesen. Am liebsten wäre der gar nicht nach Potsdam zurückgekommen... aber das ist eine andere Geschichte, als er damals hier saß, war er verzweifelt, das war '86, da war ich schon lange Professor, und wohnte hier seit zwanzig Jahren. Walter, das weltfremde Wetterkind, hatte eine Riesendummheit gemacht und brauchte meine Hilfe, und noch viel dringender brauchte er ein Versteck für seinen Bruder Felix, den die Stasi suchte."

Verständnislos blickte Bärlauch von Einem zum Anderen, er wagte nicht, den greisen Hünen zu unterbrechen.

„Um es kurz zu machen, Walter war mit der Entscheidung seines Bruders, der DDR den Rücken zu kehren, nicht einverstanden gewesen, und als er ihn nicht umzustimmen vermochte, hatte er mit dessen Doktorvater gesprochen..."

„Wer war das?" hakte Bärlauch nach.

„Sein Name tut hier nichts zur Sache, er ist vor einigen Jahren gestorben, ohne sich jemals für sein Tun entschuldigt zu haben, ein seniles Arschloch, das war er zum Schluss, ein Arschloch ist er vorher auch gewesen. Statt sich zu einem Gespräch mit seinem Vorzeigestudenten bereitzuerklären, wie er es Walter versprochen hatte, ist er schnurstracks zu seinem Verbindungsoffizier gerannt. Der war not amused, und da er Felix nicht finden konnte, nahm er Walter in die Mangel." Livländer schwieg und schaute aus dem Fenster.

„Was für ein Volltrottel ich gewesen war, wurde mir in den Stunden, die dieses Stasiverhör dauerte, schnell klar. Ich wusste, wenn sie Felix schnappen würden, hieß das Knast, Hohenschönhausen war kein Ort, an dem mein Bruder überlebt hätte. Er hatte einen unheimlichen Drang nach Freiheit, nach Bewegung." Hilfesuchend sah sich Wolke nach Einstein um, der flocht nervös Zöpfe in seinen Bart.

„Ich hab von all dem nichts gewusst, war wie vor den Kopf gestoßen, als mich Walter hierher schleuste, hatte Glück gehabt, war auf einer Wanderung gewesen, nur Walter wusste, wo er mich finden würde, die Uckermark ist groß, da gibt es noch heute Gegenden, da kommt kaum jemand hin. Aber er fand mich, mit seinem Moped kam er angebrettert, der ollen MZ, mit dem Beiwagen...." Das Reden fiel Einstein sichtlich schwer.

„Ohne Pax wäre das alles eine Katastrophe geworden..."

„Mit mir ist es auch eine geworden...," Livländer schlug mit der flachen Hand auf seinen Schreibtisch.

„Und die soll endlich ein Ende finden. Hören sie gut zu, Kommissar, und entscheiden sie dann, ob noch mehr Unheil geschehen soll, oder es endlich vorbei ist. Walter und ich beschlossen zu handeln. Ich hatte vor Jahren unten im Keller ein Versteck gefunden, weiß bis heute nicht, wer sich da vor den Nazis verborgen hatte, und ich war klug genug gewesen, niemandem von diesem Raum zu erzählen, kurz gesagt, er wurde Felix' neues Zuhause. Bis November '89 hat er sich dort unten verborgen. Und das war die Hölle für ihn, da hat er zu Saufen angefangen, und nachdem ausgerechnet Sitteler ihn bei einem seiner Ausflüge auf das Gelände gesehen hat, beschlossen Walter und ich, ihn tagsüber einzusperren, es war nicht viel besser als Hohenschönhausen..."

„Doch!" Sehr leise widersprach Einstein und schlurfte aus dem Zimmer.

„Er erträgt es noch heute nicht, wenn darüber gesprochen wird, und ich bin froh, dass er mich nicht hasst für das, was ich ihm angetan habe...." Wolke zündete sich ein Zigarette an und verließ ebenfalls den Raum.

„Das wird er sich nie verzeihen, dabei wäre lange Zeit, es zu tun, auch Felix hat es getan, er ist hierher zurückgekehrt nach langer Odyssee, seltsam genug, woanders als in eben diesem Keller kann er nicht leben. Sein Bruder Walter hat genug büßen müssen, er wurde entlassen, durfte nicht mehr forschen, als er nicht kooperierte, hat sich aber nicht kleinkriegen lassen, ist hier geblieben, wenn auch nur noch als Paria, als grauer Mann im Kittel, ein Jammer, er hatte so viele Fähigkeiten...."

„Schön und gut, besser gesagt: shit happens, ist alles lange her. Ich will die ganze alte Scheiße nicht wieder aufkochen, das können sie mir glauben. Was hat das alles mit dem Mord zu tun?" Bärlauch hatte genug gehört, er wollte endlich Fakten.

„Ne ganze Menge!" Ohne das er es gemerkt hatte, stand Wolke hinter ihm, erschrocken drehte er sich um.

„Sitteler hatte mich in der Hand, bis '89, ich musste ihm jeden Gefallen tun, damit er seine Schnauze hielt. Und das waren nicht wenige. Egal, nach '89 war es vorbei damit, dachte ich, doch falsch gedacht, es ging weiter."

„Wieso? Das verstehe ich nicht, ihr Bruder konnte doch nun tun und lassen, was er wollte...," ungeduldig wartete Bärlauch auf etwas Greifbares.

„Ja, das konnte er, aber derjenige, der da nach den Jahren aus dem Keller kam, der konnte das nicht. Der hat sich um nichts mehr geschert, zum Alk kamen Drogen, ein völliger Absturz, und er ist kriminell geworden, wie die meisten armen Schweine..."

„Mir kommen die Tränen, er hätte doch da wieder anfangen können, wo er '87 aufgehört hat, jetzt standen ihm doch alle Grenzen offen...."

„Sie verstehen nicht, dabei sind sie doch auch von hier, waren nicht wenige, die mit dem, was nach der DDR kam, nicht klargekommen sind. Felix dafür die alleinige Schuld zu geben, ist verdammt einfach." Livländer erhob sich mühsam aus seinem Sessel. „Ich will mal sehen, was Felix macht, bring das hier allein zu Ende, Walter…"

Damit verließ er die beiden. Erschrocken schaute der Kommissar Wolke an, doch der nahm nur den Platz von Livländer ein und legte wortlos ein Smartphone auf den Tisch.

„Das da hat Wetzky gehört, er hat nicht mehr mit Sitteler telefoniert an dem Abend, denn da war er schon tot, und ich habe ihn am folgenden Tag in den Brunnen gleiten lassen. Nicht gerne, das können sie mir glauben oder nicht. Vorher war ich bei Wetzky zuhause, habe das Auto geholt, die Tasche vorher gepackt, Sachen von ihm angezogen, wir haben ungefähr die gleiche Statur, ich bin sehr leise rein und nicht ganz so leise raus, habe gehofft, dass mich die neugierige Nachbarin, die er oft als Nervensäge erwähnt hat, dabei sieht. Es hat geklappt, er war also offiziell einfach nur spontan in die Ferien gefahren. Alles weitere finden sie hier gespeichert, ich habe es auch auf meinem PC, und auch Livländer hat eine Kopie der Aufzeichnungen von Allem, was auf diesem Smartphone gespeichert wurde. Wetzky war ein gründlicher Mann, er hat immer alles abgespeichert in dem Ding, sein Hirn war leider nicht sehr speicherfähig. Das hat Sitteler ganz gut gefallen, und er hat es nach Kräften genutzt. Leute vor seinen Karren zu spannen, darin ist ein Meister." Eilig nahm Bärlauch das Smartphone an sich, immerhin hatte er sich Zeit gelassen, Handschuhe überzustreifen.

„Ihre Geschichte hat viele Lücken, Wolke, sie überzeugt mich nicht, ich verhafte sie, ob wegen Mord oder Totschlag, wird sich noch rausstellen. Im Übrigen gefällt mir die Art, wie sie ihren Chef mit Dreck bewerfen, nicht, er hat sie und ihren Bruder offenbar jahrelang gedeckt. Etwas mehr Dankbarkeit würde ihnen gut zu Gesicht stehen. Immerhin hat er ihnen auch diesmal aus der Patsche geholfen, ohne seinen Anwalt wären sie nie aus der Untersuchungshaft gekommen…"

„Ach ja? Da ging es noch um Littlewood, wenn ich sie erinnern darf, und dass ich den nicht getötet habe, steht ja wohl mittlerweile fest." Seufzend erhob Wolke sich, um Bärlauch zu folgen.

„Hier steht gar nichts fest, sie haben ihre sentimentale Freakshow abgezogen, ich hab ihnen zu gehört, jetzt wollen wir mal in Ruhe die Fakten aneinanderreihen. Verabschieden sie sich von sie ihrem Bruder, diesmal wird es länger dauern."

17 In der Wetterküche

Von all dem was gerade auf dem Telegrafenberg passierte, ahnte Keller nichts, ihm war die Nacht am kahlen Brunnen in die Glieder gefahren. Am Morgen nieste er aus roten Augen sein Spiegelbild an und nahm ein Aspirin, als er nach dem Frühstück bereits eine Packung Tempotücher verbraucht hatte, stand fest, dass er den Seuchenschlumpf, zu dem er über Nacht mutiert war, keinesfalls auf das Gelände des Wissenschaftsparks gelangen lassen würde. Einen Tag home office einzulegen, würde für ihn und den Rest der Welt das Beste sein. Er rief im Personalbüro an, die Sekretärin war überraschend mitfühlend, auch der Chef sei krank, der komme trotzdem immer, sie mache sich ernsthaft Sorgen um ihn, Männer seien so unvernünftig, immerhin er, Dr. Keller mache da ja eine löbliche Ausnahme, es scheine ihr, als sei es für Manches förderlich, seine feminine Seite auszuleben, zu Weihnachten würde sie dem Chef ein Bluse schenken. Kellers Lachen ging in Husten über und er beendete das Gespräch.. Den Vormittag verbrachte Keller am zum Schreibtisch umfunktionierten Küchentisch. Seit er vor fast zwanzig Jahren das Elternhaus verlassen hatte, war er in seinem eigenen Zuhause ohne Schreibtisch ausgekommen. Noch heute sah er den plumpen Schatten seiner Mutter hinter sich und hörte ihr immer gleiches Genörgel über den chaotischen Zustand auf seinem Schreibtisch, ihre Pedanterie wurde nur von ihrer klebrigen Neugier übertroffen. Was immer ihn dazu veranlasste, seiner feminine Seite mehr und mehr Konturen zu geben, diese Frau hatte nichts damit zu tun. Er konzentrierte sich auf seine Arbeit, und trotz laufender Nase gelang ihm das erstaunlich gut. Als er am Nachmittag Hunger verspürte, beschloss er einmal wieder zu dem kleinen Asia-Imbiss zu gehen. Nach Art der Asiaten trug er einen Mundschutz, als er die Wohnung verließ. Erst nachdem ihn der Besitzer der Imbissstube lächelnd fragte, ob er denn damit auch Essen wolle, nahm er das weiße Ding wieder ab. Er löffelte seine Suppe mit Genuss, Suppe war ein Zaubertrank, besonders, wenn man krank war. Danach berichtete er bei einer Tasse grünem Tee von den Ereignissen der letzten Monate, der Imbissstubenbesitzer hatte Zeit, ihm zuzuhören, es war kaum Betrieb. Dem Mann, der zusammengekauert in einer Ecke saß, schenkte keiner der beiden Beachtung, so lange, bis der das Gesicht hob und Keller ihn erkannte. Einstein blinzelte ihn aus roten Augen an, in seinem Bart hing Rotz, Keller ekelte sich, aber da der struppige Mann ganz offensichtlich weinte, ging er zu ihm.

Nachdem Bärlauch sein Haus verlassen hatte, ging Livländer mit müden Schritten durch die leeren Räume, dann kehrte er an seinen Schreibtisch zurück und wählte, die Scheibe drehte sich surrend, es war noch immer der roter Apparat der Alpha-Serie, made in GDR, nachdenklich strich Livländer über das matt gewordene Rot, bis sich am anderen Ende der Leitung eine weibliche Stimme meldete. Mit dürren Worten berichtete er von Wolkes Verhaftung, das Telefonat dauerte knapp fünf Minuten, ein halbe Stunde später hielt ein Taxi vor seinem Haus und er eilte hinaus, um dem Fahrer zu helfen, den Rollstuhl aus dem Kofferraum zu heben.

„Der Überbringer schlechter Neuigkeiten wird ausnahmsweise am Leben gelassen, hilf mir ja nicht, Pax, das schaffe ich immer noch allein!" Emma Lindauer rutschte mit geübten Bewegungen in ihren Rollstuhl und rollte auf den Eingang zu.

„So schnell hatte ich nicht mit dir gerechnet…" Livländer eilte ihr hinterher und schob sie über die zwei Stufen ins Haus hinein.

„Schnickschnack, schnell, rein in den Fahrstuhl, runter ins Foyer, davor stehen immer Taxen, es hat auch Vorteile, ein unstetes Element zu sein, das Leben im Hotel ist sehr praktisch," Emma Lindauer rollte energisch ins Arbeitszimmer.

„Unfassbar! Hier hat sich nichts verändert, wie hältst du das aus?"

„Die Frage könnte ich dir auch stellen, ich dachte, du hast das Haus in Kyoto gekauft, um darin zu leben…," konterte Livländer und beeilte sich, zwei kleine Gläser aus dem Schrank zu holen, dann verschwand er in der Küche und kam mit einer Flasche zurück, deren Etikett überfroren war.

„Kampai auf den Schrecken," Emma trank und hielt ihm ihr Glas wieder hin.

„Auf einem Bein kann man nicht stehen," sie lachte rau und schloss beim Trinken die Augen.

„Um auf deine Frage zurückzukommen, ich bin immer noch unterwegs, meine kleine Klause kann warten, Papierhäuser sind geduldig…," auffordernd sah sie zu Livländer hinüber.

„Kann sein, wollte da immer mal hin, Kyoto, aber ich komme hier einfach nicht weg, nächstes Jahr…"

„Ja, ja, wir haben Wichtigeres zu tun, als Reisepläne zu schmieden, die doch nie in die Tat umgesetzt werden. Hast du den Anwalt erreicht?" Ungeduldig drehte Emma an den Rädern ihres Rollstuhls.

„Ja, hab ich, er hat versprochen, sich sofort darum zu kümmern, aber du weißt ja, wie das ist…," Livländers Stimme klang resigniert.

„Ich weiß gar nichts, ist das hier nun ein Rechtsstaat oder nicht?" Emma wollte auf diese Frage keine Antwort haben, sie hatte sich schon den Hörer ans Ohr geklemmt und wählte.

Bärlauch war zufrieden, hätte er nicht an dessen Existenz gezweifelt, er wäre voller Glück gewesen. Wolke war, ohne eine weitere Aussage gemacht zu haben, in eine Zelle des Polizeireviers gebracht worden, dort würde er bleiben, bis er dem Haftrichter vorgeführt wurde. Das Smartphone von Wetzky war bei der Spurensicherung, dass es dem Toten gehört hatte, daran bestand kein Zweifel mehr, wenigstens einmal hatte Wolke die Wahrheit gesagt. Zufrieden ging Bärlauch zum Parkplatz, um siebzehn Uhr hatte er einen Termin bei Sitteler, dieses Gespräch würde letzte Aufschlüsse geben, davon war er fest überzeugt. Es fehlten nur noch wenige Teile in seinem Puzzle, dann war dieser Fall endlich gelöst, und er konnte sich voll und ganz wieder diesen Ökoterroristen zuwenden.

Als solcher bezeichnet zu werden hätte den Gentleman mit den auffällig abstehenden Ohren gar nicht amüsiert. Wieder in Potsdam zu sein, darüber wäre er unter anderen Umständen erfreut gewesen, doch jetzt war er zu aufgeregt, es stand viel auf dem Spiel, das Treffen heute Abend war das wichtigste seit langem, vielleicht sogar das wichtigste überhaupt, er war schon lange dabei, hatte aus seinen Überzeugungen trotz der Stellung, die er einnahm, nie einen Hehl gemacht, aber jetzt, was wenn? Er ging unruhig in seiner Suite hin und her, konnte sich auf nichts konzentrieren, klingelte nach dem Service, bestellte Tee und Toast, und fühlte sich etwas getröstet, als das Gewünschte kam und er sich die Orangenmarmelade dick auf das geröstete Brot strich. Warum er traurig war, wusste er selbst nicht, er hatte es verstanden, seinem Leben einen Sinn zu geben, auch wenn er zu anderem bestimmt gewesen war. Nun schien alles gefährdet zu sein, er sollte kämpferischer auftreten, bis zum Abend blieb Zeit genug, es zu üben, und das war gut so.

Bärlauch war voller Erwartungen, als er Sittelers Arbeitszimmer betrat, der Personalchef kam ihm entgegen, schüttelte seine Hand.

„Gratuliere, ein Durchbruch, eine Verhaftung, das wurde langsam auch Zeit. Wer war es? Wer hat Littlewood, uns allen, das angetan?" Bärlauch hatte das Gefühl, vor einer Kamera zu stehen.

„Das, das weiß ich nicht, es geht nicht um ihn. Es geht um Wetzky, ich habe Wolke verhaftet, er hat sich selbst schwer belastet, deshalb bin ich hier...", kaum hatte er das gesagt, schien es dem Kommissar als ob die Scheinwerfer ausgegangen wären, sein Gegenüber war nicht mehr auf Sendung, Sitteler bat ihn mit einer müden Geste, Platz zu nehmen.

„Sind sie sicher? Das waren sie das letzte Mal auch schon... hat er denn...," Sitteler klang nicht überzeugt.

„Nein, gestanden hat er noch nicht, jedenfalls nicht alles, er räumt ein, Wetzky im Brunnen abgelegt zu haben, gibt auch zu, dessen Wagen geholt zu haben, dazu in dessen Rolle geschlüpft zu sein, um Spuren zu verwischen, über die Tat selbst schweigt er sich aus. Bisher, er hat aber einige Andeutungen gemacht...."

„Was für Andeutungen denn?" Ungeduldig fiel ihm Sitteler ins Wort. Bärlauch ließ sich nicht aus der Ruhe bringen, es war sein Tag, heute gab er den Takt an und kein anderer. Die ganze Episode in Livländers Haus schrumpfte Bärlauch auf ein paar Sätze ein, er fand sie belanglos, Wolkes Vergangenheit, etwaige Verstrickungen, in die auch andere verwickelt gewesen waren, alles alter DDR-Kram, das ging ihn nichts an, er signalisierte Sitteler deutlich, dass der sich darüber keine Gedanken machen müsse.

„So angegammelte Schmutzwäsche, die wasche ich nicht, die verbrenne ich unter Ausschluss der Öffentlichkeit. Mich interessiert, wer Wetzky auf dem Gewissen hat, und Littlewood, selbstverständlich hab ich den nicht vergessen. Aber nun haben wir ihn, es ist eine Frage der Zeit, bis Wolke ein volles Geständnis ablegt. Ich kenne diese Art von Tätern, sie wollen einmal im Mittelpunkt stehen, der geniesst das jetzt. Soll er doch, der Rest ist Schweigen..."

„...Da wäre ich mir nicht so sicher, ich kenne den Mann seit über dreißig Jahren, das ist ein Schweiger, wenn er nicht reden will, wird er das nicht, da können sie machen, was sie wollen."

Als Bärlauch nach knapp einer Stunde wieder in seinem Wagen saß und den Berg hinunter fuhr, war er nicht viel klüger als zuvor, Sitteler war von der Schuld seines Hausmeisters nicht überzeugt, er räumte zwar ein, dass die Möglichkeit bestünde, aber gleichzeitig betonte er auch, dass Wolke weder bei der Exkursion in den Tiefbrunnen dabei gewesen war, noch in der Nähe von ihm gesehen worden war. An das letzte Telefonat mit Wetzky konnte er sich nicht mehr gut erinnern, aber er war sich sicher, dass es niemand anderes als Wetzky gewesen war, mit dem er gesprochen hatte. Er kannte schließlich die Stimme seines Assistenten in- und auswendig, sie hatten unzählige Male miteinander telefoniert. Daran zweifelte Bärlauch nicht, das Triumphgefühl vom Morgen war verflogen, als er ins Kommissariat zurückkehrte. Dort angekommen erfuhr er, die Spurensicherung habe Neuigkeiten für ihn.

Keller hatte Einstein nicht trösten können, doch von ihm erfahren, dass Wolke zum zweiten Mal verhaftet worden war. Widerstreitende Gedanken zerrten in seinem Kopf in zwei völlig unterschiedliche Richtungen. Er hörte dem leise sprechenden Mann neben sich nur mit halbem Ohr zu, diese Geschichte kam ihm unwahrscheinlich vor, aber immerhin erfuhr er, dass dieser Felix keineswegs obdachlos, vielmehr auf dem Gelände des Wissenschaftsparks zuhause war, was außer Livländer und seinem Bruder niemand wusste. Etwas wie Neid schlich sich bei Keller ein, auch Unverständnis über die vernachlässigte Erscheinung des Mannes, doch er tat ihm leid, und deshalb bot er ihm an, gemeinsam mit ihm zurückzufahren..

Und so kam es, dass zum zweiten Mal an diesem Tage eine Taxe vor Livländers Haus hielt. Hartnäckig bestand Einstein darauf, dass Keller mit ins Haus kam, der folgte ihm nur widerwillig und war erstaunt, als Einstein schnurstracks die Treppe, die gleich neben dem Eingang in den Keller führte, hinunterging. Der Raum, den sie dann betraten, glich einer Höhle, mit lauter Tüchern und Fellen an den Wänden, es gab eine Bettcouch, einen Tisch und einen Stuhl, dazu einen kleinen Schrank, der keine Türen hatte und in dem haufenweise wissenschaftliche Bücher, auch Erstausgaben von Gödel, und viele Zeitschriften lagen, erstaunt sah Keller die anspruchsvolle Lektüre.

„Und das lesen sie alles…," fragte er ungläubig.

„Wer denn sonst, ich wohne hier, und habe Zeit, alle Zeit der Welt." Einstein beugte sich über ein Waschbecken, das in der Ecke an der Wand hing, und wusch sich Gesicht und Bart.

Keller betrachtete ihn nachdenklich, er war nicht so alt, wie er geglaubt hatte, gut möglich, dass er wirklich Wolkes jüngerer Bruder war.

„Tut mir leid, ich bin eine olle Flennsuse, aber Walter hält das nicht aus, der wird verrückt im Knast, ich weiß es. Das macht mich fertig. Helfen sie ihm, er hat ihnen doch auch schon oft geholfen…"

„Wolke? Mir geholfen? Nicht, dass ich wüsste, der kann mich nicht leiden, und…," Keller war irritiert.

„… da täuschen sie sich, glauben sie mir. Und ein Mörder ist er ganz sicher nicht!" beharrte Einstein.

„Das behaupte ich ja auch gar nicht, aber deswegen sind wir noch lange keine Freunde, ich weiß gar nicht, was ich für ihn tun könnte," Keller wurde es zu warm und zu eng in seinem dicken Mantel, er musste hier raus, schnell. Auf der Treppe wurden Schritte laut, die Tür öffnete sich, Livländer kam mit eingezogenem Kopf herein.

„Oh, Entschuldigung, ich wusste nicht, dass du Besuch hast…," er wandte sich zum Gehen, dann stutzte er.

„Sind sie nicht Dr. Keller?"

„Ja, das bin ich, kennen wir uns?"

„Nicht direkt, nur vom Hörensagen, Livländer," er streckte Keller seine große Greisenhand entgegen. „Sie sind der berühmte Livländer?" Keller schüttelte erfreut die Hand. „Berühmt? Keine Ahnung, früher Mal, jetzt bekomme ich hier mein Gnadenbrot, wie jeder alte Esel. Was ist los, Felix, wo warst du denn?"

„Bei Ganja, vorher bei den Bullen, die haben mich aber gleich wieder rausgeschmissen, Schweinebande," wütend ballte Einstein seine Fäuste. „Wir müssen ihn da rausholen, Pax, jetzt gleich!", ließ die Fäuste dann wieder sinken, blickte zu Boden, legte er sich auf sein Bett und drehte ihnen den Rücken zu.

„Kommen sie, er will jetzt seine Ruhe haben," Livländer ging vor Keller die Treppe hoch.

„Wer ist Ganja?" fragte er und folgte dem gebeugten Rücken nach oben. „Einer der wenigen, die ihn akzeptieren, wie er ist, Ganja hat einen kleinen Imbiss in Potsdam, das ist dem auch nicht an der Wiege gesungen worden, dass er in so einer Garküche landet, guter Mann."

„Ach so, der heißt doch aber Paul, dort habe ich Einstein eben getroffen, dachte immer, er sei obdachlos…"

„…das war er auch lange Zeit, ist in ganz Europa unterwegs gewesen, früher nannte man sie Tippelbrüder, und nennen sie ihn nicht Einstein, er heiß Felix, Felix Wolke, er ist…" korrigierte ihn Livländer.

„Dann stimmt es also, er ist wirklich Wolkes Bruder? Ich hatte gedacht…," es schwang immer noch Zweifel in Kellers Stimme.

„Warum sollte es nicht stimmen, nur weil er…" Livländers Stimme klang ärgerlich. „Nein, nein, seine Geschichte hörte sich nur so unwahrscheinlich an, da dachte ich…"

„Nach dem, was ich über sie gehört habe, enttäuschen sie mich, sie haben doch angeblich eine so gute Intuition …," Livländer öffnete die Tür zu seinem Arbeitszimmer.

„Wir haben Besuch!"

Keller vergaß eine Erwiderung, als er sah, dass es Emma war, die es sich ein einem der Sessel bequem gemacht hatte.

„Luzian, mit ihnen hätte ich hier zuletzt gerechnet…"

„Ich mit mir auch, aber dann hat mir ein struppiger Kerl in die Suppe geweint, ich hab Einstein, ich meine Felix, nach hause gebracht… that's all." Keller schämte sich, er hatte auch den Imbissmann nie nach seinem zweiten Namen gefragt, er gab sich zu schnell zufrieden, mit dem, was offensichtlich war.

„Felix ist völlig durch den Wind, seit dieser Bärlauch heute morgen hier aufgetaucht ist, ein sturer Hund, der sich in seine Sache verbissen hat und nun nicht nach links und nach rechts schaut, nur immer seiner falschen Fährte folgt."

„Auf die Gefahr hin, gewaltig ins Fettnäpfchen zu treten, ihr seid euch alle so sicher, dass er sich irrt, was, wenn es doch Wolke war?" Keller war wieder sehr heiß geworden, er hatte einen trockenen Mund und konnte sich kaum noch auf den Beinen halten.

„Luzian, setzen sie sich endlich, mach dem Mann doch mal was zu trinken, Pax, siehst du denn nicht, dass der gleich umkippt?" Emma klopfte auf den leeren Sessel neben sich, und Keller ließ sich hineinplumpsen. Livländer brachte Tee mit Rum, und die nächsten Stunden erlebte Keller wie einen Fiebertraum, er hörte, wie die beiden miteinander sprachen, ein Mann kam dazu, sie sprachen zu dritt über Wolke. Es war der Anwalt, der gerade aus dem Gericht kam, der Haftrichter hatte trotz all seiner Einwände der Überführung von Wolke in die UG in der JVA Brandenburg zugestimmt.

„UG, was bedeutet das?" Kellers Stimme war nur noch ein heiseres Krächzen.

„Untersuchungsgefängnis…. da haben sie Walter Wolke gleich hingebracht, er hat die Aussage verweigert, auf mein Anraten hin, hätte er aber wohl sowieso gemacht. Ist ganz ruhig, der Mann, war ja vor Kurzem schon einmal in der unangenehmen Situation, auch damals, ohne stichhaltige Beweise. Scheint, als hätte sich der Bärlauch da in was verrannt, ist sonst ein ganz fähiger Ermittler, soweit ich das beurteilen kann, Fehler macht jeder. Ich bin optimistisch, dass mein Klient nicht lange verdächtig ist, daran besteht für mich kein Zweifel." Der Anwalt hatte es eilig und verschwand bald darauf. Keller fühlte, wie Hi-Nun-Ter plötzlich hinter ihm stand und ihn sanft aus dem Sessel wuchtete, er folgte ihm ohne Widerspruch.

Luzian Keller erwachte verwirrt und sah sich um, er lag in einem Bett mit weißem Bettzeug, das Zimmer, in dem dieses alte Eichenbett stand, war karg wie eine Klosterzelle. Kellers Kopf schmerzte ebenso wie seine Glieder, Grippe, kein Zweifel, es hatte ihn erwischt, Merde! Dachte Keller und tappte mit bloßen Füßen aus dem Zimmer, auf dem Flur begriff er, dass er Livländers Haus nicht verlassen hatte.

Die Herbstsonne schien an diesem Morgen warm in das als „Wetterküche" bezeichnete Haus, dessen Tür vom Wind aufgeweht worden war und nun offen stand, die junge Frau, die in dem kleinen Museum gelegentlich Führungen machte, wunderte sich, wer war denn da vor ihr gekommen? Hatte sie sich etwa im Dienstplan geirrt? War heute jemand anderes dran, die Klasse der 7B des Heinrich-Hertz-Gymnasiums durch die Räume zu führen. Das kleine Museum war von Schülern der Lenne-Gesamtschule liebevoll gestaltet worden, im Eingangsbereich erfuhr man alles über die wichtigen Gebäude auf dem Gelände, dann kam der Raum, in dem es um das Klima ging, dahinter folgte ein Zimmer, dass dem Arbeitsraum von Süring nachempfunden war, im hinteren Teil befand sich der Ballon, mit dem er seine berühmte Reise unternommen hatte. Die junge Frau blickte sich suchend um, sie schien die erste zu sein, die Schulklasse kam erst in einer Stunde, wer hatte vergessen, abzuschließen? Sie war auf dem Weg nach hinten, in den Raum mit den Computern, um nachzusehen, ob etwas fehlte, dann sah sie, dass jemand hinter Sürings Schreibtisch saß, und erkannte den Personalchef.

„Guten Morgen! Herr Sitteler? Herr Sitteler!"

Er erwiderte nichts, der Mann hinter dem Schreibtisch würde für immer schweigen. Die junge Frau hieß Anastasia Lubowitsch, sie war Russin, hatte in ihrem jungen Leben zwar noch keine Leiche gesehen aber einen gefassten Charakter. Sie hob weder zu Schreien an, noch war sie sich im Unklaren, was jetzt zu tun sei: Erstens die Polizei rufen, zweitens verhindern, dass die Schulklasse sich am Ort des Geschehens einfand und durch das schockierende Bild womöglich auf immer jegliches Interesse am Klimawandel einbüßte. Umsichtig verschloss sie die Tür der Wetterküche von Außen und wartete auf das, was da kommen würde.

Bärlauch war nicht als erster am Tatort, er fluchte vernehmlich und stürmte an Anastasia vorbei, drinnen warteten die beiden Beamten, die in ihrem Streifenwagen in der Nähe gewesen und vor ihm angekommen waren, sie versicherten ihm unisono, nichts angerührt zu haben. Bärlauch sah bekümmert auf den Toten herab. „Die Besten sterben zuerst", murmelte er, und es fiel ihm schwer, diesen Gedanken beiseite zu schieben. Er zog sich die dünnen Gummihandschuh über und umkreiste den toten Personalchef.

„Finger weg, das lassen sie mal schön bleiben!" Bärlauch hatte nicht bemerkt, dass jemand hinter ihm stand, Dr. Flebbe, der Pathologe, war kein Freund von Voreiligem, grundsätzlich nicht.

„T'schuldigung ich hab ja gar nichts…," setzte der Kommissar an.

„… aber sie wollten, das ist mein Job, den mach ich ganz gern selbst, gehen sie raus, Vernehmung spielen, was auch immer, ich rufe sie dann." Dr. Flebbe beugte ich über den Toten.

Bärlauch trollte sich und fand die beiden Beamten draußen im Gespräch mit der Zeugin.

„Darf ich die muntere Runde mal unterbrechen, meine Zeugen vernehme ich ganz gern selbst, das ist mein Job!"

„Wieso ihr Job, sie hat die Polizei gerufen, das sind doch wohl wir, also…," widersprach einer der Beiden.

„Verdammt noch mal, jetzt reicht's, hier liegt wahrscheinlich ein weiteres Mordopfer. Kommissar der Mordkommission in Potsdam, das bin immer noch ich. Trollt euch!"

Die beiden Streifenpolizisten warfen sich einen Blick zu, tippten an Mützen und drehten sich wortlos um.

„Und sie sind?" wandte sich Bärlauch nun der jungen Frau zu. „Anastasia Lubowitsch, aber das habe ich doch gerade eben schon…"

„Drauf geschissen, entschuldigen sie, aber was hier wie oft wiederholt wird, liegt nicht in ihrem Ermessen, da drinnen ist ein Mord passiert, den möchte ich aufklären, also, schön der Reihe nach," Bärlauch zückte sein Notizheft und leckte am Bleistift. Anastasia berichtete, leicht genervt, wie sie Sitteler gefunden und auch, dass sie danach sofort die Polizei gerufen hatte.

„Und was machte sie so sicher, dass der Mann tot ist?" hakte Bärlauch nach.

„Ich habe ihn kurz berührt, er fühlte sich kalt an, so kalt, wie sich kein Lebender anfühlt."

„Und das können sie beurteilen? Sind sie Ärztin? Warum haben sie nicht versucht, ihn wiederzubeleben, das ist doch wohl das Mindeste."

„Finde ich nicht, auch wenn ich keine Ärztin bin, kann ich einen Toten von einem Lebenden unterscheiden, im Übrigen lag da ein Brief, wohl sein Abschiedsbrief…," ohne ihr weiter zuzuhören stürmte Bärlauch wieder in die Wetterküche hinein. Und wirklich lag da ein Brief, er wollte danach greifen, zuckte zurück, streifte sich auf's neue Gummihandschuhe über, dann griff er nach dem Umschlag, der nicht zugeklebt war, ein einzelner Bogen steckte drinnen, handgeschrieben. Seufzend hockte er sich in den Ballon, achtete diesmal nicht auf den Protest des Arztes, der ihn bezichtigte, jetzt auch noch die Arbeit der Spurensicherung zu erschweren. Es war Bärlauch egal, dieser Leichendoktor konnte ihn mal, gründlich. Was er las, gefiel ihm nicht, er glaubte keinen Moment daran, dass Sitteler es freiwillig geschrieben hatte.

Am Eingang der Wetterküche gab es einen Tumult, dann hatte Felix es geschafft, sich loszureißen, und war in den Süringraum gestürmt, er schüttelte den toten Sitteler und riss ihn dabei fast vom Stuhl.

„Du Schwein, du mieses Schwein, ausgerechnet hier musst du krepieren, ausgerechnet hier! Du verdammtes Stück Scheiße…"

Bärlauch riss ihn zurück und die beiden Streifenpolizisten, die nach ihm hereingestürmt waren, legten Felix, der sich dagegen verzweifelt wehrte, Handschellen an.

„Abführen, nehmen sie den Mann in Gewahrsam, ich kümmere mich später um ihn," blaffte Bärlauch. Die Polizisten taten, wie ihnen geheißen, und nahmen Felix in ihre Mitte.

„Halt, Moment noch, sie da! Hey sie, wie heißen sie denn?" wollte Bärlauch dann doch noch wissen, und tat so, als ob er es nicht schon wüsste.

„Das ist doch Einstein, der Penner," antwortet einer der beiden Polizisten an Felix' Stelle.

„Sie kennen den Mann, was hat er hier zu suchen, wie kommt der überhaupt hier auf das Gelände?"

„Keine Ahnung, er taucht hier immer mal wieder auf, hat mal was geklaut, sonst nie Ärger gemacht…"

„Nie Ärger gemacht, und wie nennen sie das hier, der Kerl bekommt Platzverbot von heute an, besoffen ist er auch noch, …" Bärlauch war wütend, Felix hatte bisher geschwiegen.

„Blödsinn, das geht doch gar nicht, ich kann hier…"

„Du kannst hier gar nichts, abführen…." Bärlauch machte mit der Hand eine Bewegung, als ob er ein lästige Fliege verscheuchen wollte, er bekam gerade noch mit, wie Felix Wolke die Polizisten darauf hinwies, dass er hier auf dem Gelände wohne, und einer der Polizisten mit spitzen Fingern seinen Ausweis aus dem alten Parka zog.

„Stimmt, der wohnt hier, ich fass es nicht…," wunderte sich der Polizist.

Neugierig war Bärlauch zu ihnen gekommen und sah sich den Ausweis an. „Interessant, noch ein Wolke, langsam bedeckt sich der Himmel über Potsdam…. gibt es noch mehr von euer Sorte? Erkennungsdienstlich behandeln, mal sehen, ob wir seine Fingerabdrücke nicht irgendwo zuordnen können." Er heuchelte weiter und überhörte den Protest von Felix, der nun in den Streifenwagen bugsiert wurde.

Wenig später kam der Leichenwagen und Sittelers sterbliche Überreste wurden abtransportiert. Die Spurensicherung beendete erst mittags ihre Arbeit.

Petershagen drehte nachdenklich den Umschlag um, der sich in seinem Fach befand, als er am Nachmittag seine Post abholte, kein Absender, keine Briefmarke, er öffnete das Kuvert und entnahm ihm einen maschinegeschriebenen Bogen Papier. Der Inhalt war kurz und lakonisch:

Kollege Petershagen,

nun kommt es auch nicht mehr drauf an, ich nehme alle Schuld auf mich, möglicherweise ist es aus einem bestimmten Blickwinkel ja auch wirklich so. Machen sie sich keine Sorgen, ich habe getan, was getan werden musste. Immer ans große Ganze gedacht, nie an mich, ich hab als Rädchen im Getriebe agiert und nie daran gezweifelt, dass es für die gute Sache war.

Einen Menschen zu töten ist immer Unrecht, aber manchmal nicht zu vermeiden. Wetzky war ein Schwein, ein karrieregeiler, mieser kleiner Pinscher, er hat mich mit der Littlewoodgeschichte erpresst. Um Littlewood tut es mir leid. War bestimmt ein guter Mann, im Gegensatz zu Wetzky.

Niemand erpresst einen Sitteler ungestraft, ich wollte ihn
nicht töten, aber dann... egal, ich erspare ihnen die Einzel-
heiten, die machen ihn auch nicht wieder lebendig. Man
muss wissen, wann Schluss ist, Wetzky wollte das nicht begreifen, aber ich weiß es!

Nichts für Ungut, machen sie das Beste draus,

Sitteler

Nur die Unterschrift war mit der Hand geschrieben, Petershagen
ließ, unschlüssig, was nun zu tun sei, den Briefbogen sinken, etwas war
zu Ende, soviel war klar, widerwillig rief er im Personalbüro an, als er
die Sekretärin nach Sitteler fragte, hörte er nichts als ihr Schluchzen.
Er lief los und hatte in kurzer Zeit die Distanz zwischen seinem Büro im
Ahornhaus und dem Büro von Sitteler überwunden, dort bestätigte
sich, was er befürchtet hatte. Doch als die Sekretärin ihm weinend berichtete, dass nun auch ihr Chef ermordet worden sei, schüttelte er den
Kopf und gab ihr den Brief, den er von ihm bekommen hatte, zu lesen.
Kraftlos sank sie auf ihren Stuhl und las von Zeile zu Zeile irritierter.
„Aber das heißt doch, das bedeutet, der Chef hätte doch nie, ...“ sie
bekam einen Weinkrampf, Petershagen versuchte hilflos, sie trösten, es
gelang ihm nicht und es bleib ihm nichts anderes übrig, als sie in sein
Auto zu verfrachten und nach Hause zu bringen, dort fand sich ein Be-
ruhigungsmittel, und er erreichte auch ihren Ehemann und bat ihn, zu
seiner Frau nach Hause zu kommen. Als er das unauffällige Mietshaus
in Babelsberg verließ, beschloss Petershagen, nicht auf den Telegrafenberg zurückzukehren, sondern gleich Kommissar Bärlauch aufzusuchen
chen, um ihm den Brief zu übergeben und das fatale Missverständnis
aufzuklären.
„Wovon reden sie? Was denn für ein Missverständnis, wie kommen
sie auf die Idee, ...“ Bärlauch war erst kurz vorher zurück in sein Büro
gekommen, man wollte Petershagen gar nicht zu ihm vorlassen, er hatte all seine Überredungskünste aufbringen müssen. Nun versuchte er
den Kommissar davon zu überzeugen, dass der Brief, den er erhalten
hatte, ein Abschiedsbrief war. Doch Bärlauch fand das nicht schlüssig,
dieser Brief hatte seiner Meinung nach ebenso wie der vor dem Toten
auf dem Schreibtisch gefundene, unter Zwang geschrieben worden sein
können. Es ärgerte ihn, dass sowohl Petershagen als auch die Sekretä-

rin ihn angefasst und damit womöglich wertvolle Spuren verwischt hatten.

„Ich kann ihrer Argumentation nicht folgen, aber wie sie meinen. Ich für meinen Teil bin überzeugt davon, dass Sitteler seinem Leben selbst ein Ende gesetzt hat. Aber ich kann mich natürlich täuschen. Eine Kopie des Briefes kann ich aber doch haben, oder verwischt das mögliche Spuren?" Petershagen hatte die Lust verloren, weiter zu argumentieren, steckte die Kopie, die Bärlauch ihm widerwillig gemacht hatte, ein und verließ das Kommissariat.

Keller fiel aus allen Wolken, als Petershagen ihn anrief, er war völlig fassungslos, als wenig später Livländer in Stakkatosätzen davon berichtete, dass Felix festgenommen worden sei. Dann eilte der alte Mann davon, um seinem Schützling beizustehen. Keller hatte noch nicht einmal Zeit gehabt, ihm für seine Gastfreundschaft zu danken. Er zog sich an und wankte fiebernd und fröstelnd hinaus. Petershagen erwartete ihn auf dem Parkplatz. Ächzend stieg Keller in das Auto, er war dankbar, nach Hause kutschiert zu werden, und noch viel dankbarer dafür, dass er den Abschiedsbrief von Sitteler lesen durfte.

„Einen der beiden Briefe, von denen wir wissen, wer weiß, ob es nicht noch mehr gibt... aber dieser halsstarrige Kommissar wollte mir den anderen weder zeigen, noch sich zu dessen Inhalt äußern. Ein echter Kotzbrocken, dieser Typ..."

„... das kannst du laut sagen, ich habe noch nie erlebt, dass jemand Wunsch und Wirklichkeit so hartnäckig verwechselt hat. Und ich habe auch nicht die geringste Ahnung, warum Wolke ebenso wie ich zu seinen Lieblingsverdächtigen zählt. Was haben wir denn verbrochen?" fragte sich Keller.

„Nichts, oder jedenfalls nichts von dem, was euch vorgeworfen wird, kann ja durchaus sein, ihr habt noch andere Leichen im Keller." mutmaßte Petershagen, wünschte gute Besserung und hob grüssend die Hand, bevor er davonfuhr. Keller wankte der Haustür entgegen, Hi-Nun-Ter hockte mürrisch in seinem Busch, er hob nicht einmal den Blick, als Keller hustend an ihm vorbeiging. Was hatte der denn plötzlich gegen ihn? Keller wollte es gar nicht wissen, er wollte nur noch ins Bett. „Ich bin der Welt abhanden gekommen," brummte er, singen konnte er sein Lieblingslied mit dieser Stimme nicht, Mahler hätte sich im Grabe umgedreht.

Keller fand das Nachthemd, dass er sich vor Monaten gekauft hatte, nun war es genau das richtige Kleidungsstück, ohne zu denken saß er an seinem Küchentisch, trank Kräutertee, ließ alles laufen, und als Hi-Nun-Ter ihm gegenüber auf dem Küchenhocker Platz nahm, schenkte er ihm ohne Erstaunen einen Eierbecher voll Tee ein.

18 Große und kleine Bünde

Es dunkelte von Tag zu Tag früher, an diesem Abend besonders früh, ein neues Sturmtief zog von der Biskaya auf, und die Bäume im Park von Sanssouci rauschten und bogen sich ächzend. Unter ihnen huschten Menschen, die sich tief in ihre Mäntel zurückgezogen hatten, durch den Park. Sie waren keine Flaneure, alle hatten ein Ziel, aber jeder von ihnen achtete sorgsam darauf, es allein zu erreichen und dabei ungesehen zu bleiben.

Das Neue Palais lag schon im Dunklen, nur durch ein kleine Tür drang etwas Licht, immer dann, wenn eine der geduckten Gestalten hinein huschte. Die dicken Vorhänge vor den Fenstern des Grotten- und Muschelsaals waren sorgsam zugezogen worden.

Auch hier gab es kaum Licht, Kerzen warfen flackernde Schatten in das sich langsam füllende Rund aus Stühlen, die einer nach dem anderen besetzt wurden. Niemand sprach, keiner schien den anderen zu kennen, niemand zeigte Gesicht. Alle trugen einfache weiße Theatermasken, sie glichen einer Versammlung von No-Spielern, doch die sich hier trafen waren alles Andere als Schauspieler, auch wenn keiner sein Rolle hier zum ersten Mal spielte.

Wer genau hinsah, bemerkte den losen unter der Maske hängenden Latz, auf den verschiedene Kombinationen aus Zahlen und Buchstaben genäht waren. In der Mitte standen drei Stühle nebeneinander, das Triumvirat, das sie besetzte, erschien zuletzt, etwa hundert vermummte Gestalten hockten inzwischen im Kreis darum herum und warteten geduldig, bis einer der Drei zu sprechen anfing.

Wie auch alle anderen, die sich später zu Wort meldeten, begann die Sprecherin ihre Rede auf Englisch, doch der leichte Akzent verriet, dass es nicht ihre Muttersprache war.

„Alle Plätze sind besetzt, wir sind vollzählig, ich begrüße euch, es ist erfreulich, dass keiner fehlt, auch wenn der Anlass für diese Versammlung ein trauriger ist. Und ich mich korrigieren muss, vollzählig erschienen sind, die es konnten, einer fehlt, und wird weiter fehlen. In diesem Kreis und an vielen anderen Orten, seine Stimme ist für immer verstummt, doch seine Mahnungen blieben nicht überall ungehört. Wir haben sie nicht vergessen und werden in seinem, in unsrem Sinne fortsetzen, was er nicht mehr vollenden konnte. Wir gedenken in einer Schweigeminute Julian Littlewoods, dessen grausames Ende uns alle erschüttert hat." Die Maskierte YA 7067 lauschte dem Scharren der Stuhlbeine, die beiseite geschoben wurden, als alle andern sich von ihren Plätzen erhoben, dann war es 60 Sekunden lang sehr still.

Danach sprach RC 1448, als zweiter der drei, die in der Mitte Platz genommen hatten. Unüberhörbar, gänzlich akzentfrei sprach hier ein Brite.

„Es ist nun über 250 Jahre, seit sich dieser Club gegründet hat, der es immer vorzog, im Geheimen zu agieren, dafür gab es gute Gründe, daran hat sich bis heute nichts geändert. Dass es uns schon lange gibt und wir nicht untätig waren, ändert leider nichts an der Tatsache, dass den Zustand dieses Planeten als desaströs zu bezeichnen nicht übertrieben ist, im Gegenteil, es will mir oft scheinen, als ob alles, was wir darüber sagen, noch zu schwach ist. Doch noch gibt es Hoffnung, noch ist es nicht zu spät. Wir haben manches erreicht, man denke nur an die Entscheidungen für weiträumige Aufforstungen im 19. Jahrhundert und den Antarktisvertrag Mitte des Zwanzigsten Jahrhunderts.

Doch wir wollen mehr, müssen mehr bewirken! In letzter Zeit herrschte nicht immer Einigkeit unter uns, solange ich die Ehre habe, mitzuwirken, hat es das oft gegeben, aber so gravierend wie heute sind die Differenzen nie zuvor gewesen. Julian Littlewood hat Position bezogen, ich schließe mich heute seinen Vorbehalten an. Will aber nicht verhehlen, dass ich anderseits der Meinung bin, dass die Zeit reif ist für Aktionen, die über das bloß Plakative hinausgehen, ja hinausgehen müssen." Er beendete seine Rede, keiner klatschte, Beifall war in diesem Kreis unerwünscht, wurde als unnötiger Lärm erachtet, einige der Masken bewegten sich in Richtung Brustbein, andere ruckten von links nach rechts, eindeutig überwogen die Nicker, doch die Kopfschüttler taten es mit größerer Vehemenz.

Die dritte Maske war rund, hatte dazu eine helle Stimme, rote Locken ringelten sich über die weiße Maske, es war nicht zu entscheiden, ob es ein männliches oder weibliches Wesen war, das sich dahinter verbarg, das spielte an diesem Ort zu dieser Stunde keine Rolle, möglicherweise auch andernorts nicht.

„Bevor wir die Gesprächsrunde eröffnen, möchte ich die Anwesenden noch kurz darüber informieren, dass das Verbrechen an Littlewood nicht mehr seiner Aufklärung harrt, wie ich heute aus sicherer Quelle erfahren habe, hat sich der Täter aus dem Leben gestohlen, ohne Rechenschaft über seine Beweggründe abgelegt zu haben. Das ist bedauerlich, aber immerhin gibt es uns die Gewissheit, dass es niemand aus unseren eigenen Reihen gewesen ist…," ein Raunen ging durch die maskierte Menge, unbeirrt sprach die kugelrunde Maske weiter.

„… das ging vielen von euch durch den Kopf, auch mir, darüber gibt es nichts zu raunen, und eben darum ist es wichtig, nun offen über die Differenzen, die es in der Vergangenheit gegeben hat, zu sprechen, und sie beizulegen. Wer am Ende unserer heutigen Versammlung nicht mit dem Resultat einverstanden ist, sollte das in aller Offenheit kundtun, bis heute hat sich nie einer von uns aus diesem Club entfernt oder ist entfernt worden, das soll so bleiben, ohne Vielfalt gibt es keine Lösungen, aber Abspaltungen, die als innere Zirkel ohne Wissen der anderen agieren, darf es auch in Zukunft nicht geben," energisch schüttelte die Maske ihre Locken und setzte sich, nachdem sie die Gesprächsrunde eröffnet hatte.

Trotz der auf Einheit abzielenden Eröffnung wurde schnell klar, dass es eine tiefe Spaltung gab. „Es ist wahr, wir haben Einiges erreicht, aber die Zeiten ändern sich, also müssen wir auch unsere Methoden ändern," sagte da eine, „Wo früher gezielte Warnungen an einzelne Mächtige helfen konnten, braucht es heute ein direktes Eingreifen," und ein anderer pflichtete bei, „Die Kapitolsgänse müssen zu Falken werden!"

„Wenn wir selbst das Zepter in die Hand nehmen, gefährden wir doch alle Errungenschaften in Richtung Demokratisierung. Exitus acta non approbat!"

„Vielleicht müssen wir nur lauter warnen. Julian hatte das bei aller Verschrobenheit schon richtig erkannt."

„Ja, es ist an der Zeit, seine Schüler stärker einzubinden und deren theoretisch fundierte Überlegungen in die Tat umzusetzen, dann wird uns die Welt schon hören!"

„Aber das bringt doch nichts! Ihr habt doch gesehen, wie schnell die mediale Aufmerksamkeit nach der Aktion neulich wieder weg war. Nein, wir müssen jetzt selbst die Welt verändern, statt es anderen zu überlassen!" Wieder war es ein Engländer, der widersprach.

Doch die Mehrheit hielt es eher mit diesem, in ruhigem Ton vorgetragenen Argument: „Auf Dauer ist die Welle stärker als das Beben, die Gänse lauter als der Falke."

Lang waren sie niemandem geworden, die Stunden, die vergingen, bis sich die Versammlung weit nach Mitternacht auflöste, wie Perlen von einer vielfach um einen unsichtbaren Hals geschlungenen Kette entfernte sich nun in gleicher Folge einer nach dem anderen aus dem Rund, zuletzt löste sich auch das Triumvirat auf. Sich sorgsam die Locken aus der Stirn streichend, bevor sie sich zu den Leuchtern herabbeugte, löschte die zuletzt allein übriggebliebene Maske die heruntergebrannten Kerzen, bevor auch sie im Dunkeln verschwand. Der ihr unbekannte Helfer würde bald erscheinen und die Spuren dieses Treffens verwischen. Wenn der Muschelsaal sich am nächsten Morgen wieder für die Besucher des Neuen Palais öffnete, würde nichts darauf hinweisen, dass hier noch wenige Stunden vorher hundertunddrei Masken im hitzigen Wortgefecht um das Wohl der Welt gerungen hatten.

„Welt, Welt, Welt," hämmerte es in Kellers Kopf, der weder von dem Treffen der maskierten Menschen wusste, noch gänzlich unwissend war. Etwas wirrte durch sein grippekrankes Hirn, aber es gelang ihm nicht, einen Zipfel davon lange genug zu erhaschen und festzuhalten, um das Muster deuten zu können. Er hielt seinen Kopf über eine Schüssel mit getrockneten Kamillenblüten und hatte, um den heißem Dampf besser inhalieren zu können, ein großes Handtuch über sich und die Schüssel gedeckt. Vor seinen geschlossenen Augen tanzten bunte Flecken, als er die Prozedur nach einer Viertelstunde beendete. Ihm war ein wenig schwummerig geworden, und er glotzte, ohne etwas zu denken, in die mit Wasser gefüllte Schüssel, die welken Blüten schwammen auf der ungekräuselten Oberfläche, nichts gründelte am Boden. Selbst wenn, hätte es Keller nicht interessiert, das Lesen von Kaffeesatz lag weit außerhalb seines Interessengebietes, so hätte es Herr Karl ausgerückt, diese Wiener Erfindung des Helmut Qualtinger, was hatte das alles mit mir und meiner Wirklichkeit zu tun, dachte Keller seinen Gedanken nicht zu Ende. Das war schade, denn hätte er es über sich gebracht, sich langsam an der Kette seiner Imaginationen entlangzuhangeln, hätte die diffuse Ahnung, dass da etwas nicht stimme und die Deutung der Geschehnisse innerhalb der letzten achtundvierzig Stunden allzu nahtlos in passende Form gebracht worden war, sich manifestieren können. Stattdessen schüttelte Keller die Kamille ins Klo, das Flanellhemd konnte dem lila Twinset in Punkto Imaginationsflussoptimierung nicht das Wasser reichen.

Mittels Aspirin und einer heißen Dusche hatte sich Keller bald in einen Zustand versetzt, der es ihm nun erlaubte, seine Wohnung zu verlassen. Er hatte bei der flüchtigen Begegnung in Livländers Haus mit Emma Lindauer für den heutigen Tag ein Treffen abgemacht, das wollte er keinesfalls absagen. Der Mundschutz leuchte weiß in seinem roten Gesicht, Emma brach in schallendes Gelächter aus, als sie ihm die Tür ihres Hotelzimmers öffnete.

„Menschenskind Luzian, nehmen sie das Ding ab, ich bekomme sonst Heimweh nach Kyoto, da tragen die meisten so ein Ding, wenn sie erkältet sind, uns Langnasen steht das nicht...," sie bat ihn hinein.

„Egal, es ist hygienisch, ich will sie nicht anstecken, sehe sowieso aus wie eine tropfender Clown...," Keller beharrte auf seiner Gesichtsbedeckung, als es dann Tee gab, legte er sie dann doch ab und vergaß es, sie wieder anzulegen. Emma Lindauer war nicht entgangen, dass ihre Anwesenheit bei Livländer Keller irritiert hatte.

„Uns Urgestalten vom Telegrafenberg verbindet ein lange gewachsenes verästeltes Wurzelwerk, Livländer ist der Einzige, der seine nie ausgerissen hat und am Ort geblieben ist, na ja, die Wolkebrüder auch, in gewisser Weise, aber das ist eine andere Generation, und es ist auch nicht freiwillig, jedenfalls nicht in dem Sinne wie..., die haben...," begann sie ihre Erklärung.

„Ich verstehe nicht, was sie mit diesen beiden Typen verbindet? So ein Finsterling wie Wolke, und sein Bruder, diese arme Wurst...," unterbrach Keller sie.

„Walter ist beileibe kein Finsterling, er ist einer der treuesten Menschen, die ich kenne, und einen Studenten, der mehr Anlass zu Hoffnung auf eine große Wissenschaftlerlaufbahn gegeben hatte als Felix, kenne ich nicht. Beide sind am System DDR kaputtgegangen. Wie so viele, was nicht heißen soll, anderswo wäre es besser. Wirklich unabhängige Forschungsarbeit gibt es all over the world nur sehr selten...," setze Emma ihren Erläuterungsversuch unbeirrt fort.

„Aber trotzdem es gibt sie, und im Ostblock gab es sie nicht. Mir sind diese Brüder suspekt, und ihre traurige Geschichte ist doch wohl mittlerweile vollendete Vergangenheit. Warum hat der Überflieger Felix es vorgezogen, zum Penner zu werden, nach '89 standen ihm doch alle Möglichkeiten offen ... und dieser Hausmeister ist doch kein unbeschriebenes Blatt, der hat doch eine Stasivergangenheit, wie sie im Buche steht." Keller machte aus seiner Sicht der Dinge keinen Hehl.

„Wie meinen sie das?" Emmas Stimme war ein Spur kälter geworden. „Ich meine…, das wissen doch alle auf dem Telegrafenberg, der hat bis '89 als IM gespitzelt, da sage ich ihnen doch nichts Neues, das müssen sie doch auch wissen, wenn sie ihn so gut und lange kennen," antwortete Keller.

„Davon weiß ich gar nichts! Denn das Gegenteil ist der Fall, Walter hat nie für die Staatssicherheit gearbeitet, hätte er es getan, wäre er heute Livländers Nachfolger und nicht der Mann im grauen Kittel, der einzige Fehler, den er gemacht hat, ist mit dem Doktorvater seines Bruders über dessen Fluchtpläne zu reden. Der hat Felix verraten und damit beide Brüder unglücklich gemacht. Natürlich hat die Stasi dann versucht, Walter unter Druck zu setzen, aber der hat die Klappe gehalten, oder glauben sie, Felix hätte sich bis '89 hier auf dem Gelände versteckt halten können, wenn sein Bruder kooperiert hätte?"

„Er kann ja auch andere…, ich meine, er musste doch nicht ausgerechnet seinen eigenen Bruder ans Messer liefern, es kann doch sein…," beharrte Keller.

„…hören sie auf, sie haben keine Ahnung, wollen sich von ihrem liebgewonnen Bild nicht trennen, sagen sie doch einfach: ich kann Walter Wolke nicht leiden. Das ist ihr gutes Recht, alles andere ist Tinnef. Walter war es schlicht zu dumm, sich gegen all diese Verleumdungen zur Wehr zu setzen, er ist ein Schweiger. Themawechsel". Damit wandte sich Emma Lindauer dem zu, was sie in Littlewoods Notebook und in seinen Aufzeichnungen gefunden hatte. Und das handelte von Vulkanen, guten Absichten, kindischen Experimenten, bösen Überraschungen und der Angst Littlewoods, dass es zu einer Spaltung der Gänse kommen könne.

Als Keller kurz nach Mitternacht hochschreckte, war der Eierbecher leer, er war allein und so steif, dass er sich kaum noch bewegen konnte, was war passiert? Warum saß er wieder hier am Küchentisch, in diesem dicken Flanellnachthemd, das völlig durchgeschwitzt war? Wie war er nach Hause gekommen? Was hatte er zum Schluss mit Emma Lindauer besprochen? Er räusperte sich, um nach Hi-Nun-Ter zu rufen, doch nichts als ein heiseres Krächzen war zu hören. Und langsam dämmerte es Keller, er erinnerte sich an die Ereignisse der letzten 48 Stunden, Sitteler war tot, hatte seinem Leben ein Ende gesetzt, die Schuld am Tod von Wetzky gestanden und auch die am Tod von Littlewood auf sich genommen. Petershagen hatte ihm den Abschiedsbrief gezeigt, seltsamerweise konnte Keller sich an dessen Wortlaut überhaupt nicht erinnern. Auch das Gespräch im Haus des alten Professors war wie von Nebel halb verschluckt, der arme zerzauste Kerl, den er nun nicht mehr Einstein nennen sollte, war ihm am Deutlichsten in Erinnerung geblieben, was war mit ihm geschehen? Was war überhaupt geschehen in den letzten Wochen und Monaten? Er tappte zum Wasserkocher, nur weißer Tee konnte jetzt helfen, würde Klarheit in seine wirren Gedanken bringen. Keller stellte sich die Kanne ans Bett, duschte und zog sich einen alten Bademantel mit Kapuze über. Ein Schrillen ließ ihn hochschrecken, er sah auf den Wecker, 8:30, doch nicht der Wecker hatte geklingelt, es kam von der Haustür, er sah bedauernd die Kanne an, der Tee war ungetrunken kalt geworden, er tappte durch den Flur zur Tür, erstaunt sah er, dass Petershagen in Begleitung von Wolke davor stand.

„Dürfen wir reinkommen?" fragte Petershagen.

„Ja klar, ich zieh mir nur eben was an," Keller fühlte sich nackt unter seinem Bademantel und schob die beiden schnell in die Küche, um dann im Schlafzimmer zu verschwinden und sich anzuziehen. Die Verwirrung in seinem wattigen Kopf hielt unverändert an, schnell trank er von dem kalten Tee, gleich aus dem Schnabel der Kanne, Erleuchtung brachte ihm das nicht, doch die Nebel lichteten sich.

Später musste er sich gestehen, dass das wohl eher an dem Gespräch lag, das er mit Petershagen und Wolke in der Küche geführt hatte, als an dem Pal Mu Tan Tee. Nun waren beide wieder weg, hatten artig gute Besserung gewünscht und wollten nicht weiter stören. Dabei hätte ihn Petershagen, dessen leichtes Humpeln er gleich bemerkt hatte, keinesfalls gestört, Wolke schon, weniger als sonst, doch immer noch genügend, um froh darüber zu sein, ihn wieder ausserhalb seiner Wohnung zu wissen. Dass sie nun eine Art Dreierbund geschlossen hatten, behagte Keller nur, solange er ihn als Duo dachte. Sei's drum, es war wie an einem schönen Tag, die Schatten der Wolken, die sich kurz vor die Sonne schoben, musste man ertragen, bis sie wieder weg waren. So und nicht anders würde er es halten, und eins musste man diesem Hausmeister lassen, schweigen konnte der, das machte ihm so leicht keiner nach. Wieder dampfte Tee in seiner Tasse, er rekapitulierte und schrieb alles auf einen weißen Bogen Papier, weiß wie der Tee, weiß wie der Schnee und die Unschuld, die sie alle drei in gewisser Weise verloren hatten, an dem unseligen Nachmittag an dem Wolke den toten Littlewood gefunden und sie beschlossen hatten, ihn für

Stunden im Eiskeller zwischenzulagern, um die Konferenz ohne Störung über die Bühne zu bringen. Das hatte Wolke Bärlauch gegenüber zugegeben, nicht zugegeben hatte er, dass außer ihm Wetzky und Sitteler, noch Petershagen dabei gewesen war. Dass auch er, Keller, davon gewusst hatte, behielt er für sich, hätte es Lars gegenüber offenbart, Wolke gegenüber nicht. Keller fragte sich ohnehin, warum ausgerechnet der es war, der darauf bestanden hatte, dass ein Dritter im Bund sein solle, und ausgerechnet er. „WARUM" malte Keller mit großen Lettern auf das Papier und umzingelte das Wort mit Fragezeichen. Es gab nur eine Antwort, Wolke wusste, dass Keller sie damals belauscht hatte, oder er wusste, dass Keller unten im Eiskeller gewesen war, oder sogar beides. Aber er hatte dazu geschwiegen, und damit hatten zwei geschwiegen, und so jung dieser Bund auch noch war, schon gab es ein Geheimnis, das nicht alle drei miteinander teilten sondern nur zwei, ausgerechnet er und Wolke, anders wäre es Keller lieber gewesen, aber so war es nun einmal, und es konnte jederzeit von ihm geändert werden. Doch erst, wenn er sicher war, was Wolke wirklich wusste.

Nun war auf einmal alles sehr einfach, es gab einen Schuldigen, und der war tot. Sitteler hatte, in die Enge getrieben, alles auf sich genommen, aber dass er, wie Petershagen eben berichtet hatte, vorher noch eine Auseinandersetzung mit Petershagen gehabt hatte, davon war in keinem der beiden aufgetauchten Abschiedsbriefe die Rede gewesen. Irgendwie komisch, dass er Petershagen das so schnell verziehen hatte.

Silentium!

Die Übereinkunft, die soeben in Kellers Küche getroffen worden war, lautete schlicht, den Mantel des Schweigens über alles, was geschehen war, zu decken, insbesondere über den Tod von Littlewood, das Verschwinden seiner Leiche und ihr Wiederauftauchen als bizarre Installation.

„Installation", echote Keller, als ob die beiden anderen noch im Raum gewesen wären, es hatte aus Wolkes Mund seltsam geklungen, überhaupt fiel es Keller schwer, sich diesen Mann anders als im grauen Kittel vorzustellen, er und sein Bruder waren für ihn doppelt, und dabei keinesfalls deckungsgleich, es erschien ihm nach wie vor völlig unglaubwürdig, dass der eine ein Überflieger und der andere solider wissenschaftlicher Nachwuchs gewesen waren. Walter und Felix Wolke erschienen ihm wie zwei Fälschungen, die sich selbst erschaffen hatten.

„Und hier hat Sitteler sich auf Sie geworfen?" hakte Wolke nach.

„Ja, ungefähr hier muss es gewesen sein, da vorn bei den Bienenkästen…," Petershagen sah sich suchend um.

„… und der da, gehört der ihnen…? Wolke war in die Hocke gegangen und hatte einen Kugelschreiber aufgehoben.

„I love Oslo," las Petershagen die Aufschrift, „ja, das ist meiner, ein Andenken, nichts wert, nur für mich…," er steckte ihn in seine Jackettasche.

„Mit dem Bein sollten sie zum Arzt gehen, sie hinken ja immer stärker, ist vielleicht doch mehr als nur ein Bluterguss," nachdenklich sah Wolke zu Petershagen herüber, der sich auf einen Baumstumpf gehockt hatte und Knie und Wade rieb.

„Besser nicht, wäre doch ärgerlich, wenn Bärlauch davon erfährt…"

„Unwahrscheinlich, der hat doch jetzt seinen Täter, nicht seinen Lieblingstäter, das wäre ich gewesen, auch nicht den zweit- und drittliebsten, also Felix oder Keller. Da wird der noch lange dran 'rumwürgen, dass es ausgerechnet sein Spezi war…"

„Ja, das wird er wohl, egal, ich bin froh, dass es vorbei ist…," pflichtete Petershagen ihm bei.

„…wann ist je was vorbei…," Wolke ließ den Satz unvollendet in der Luft hängen. „Ihnen hätte ich so viel kriminalistischen Spürsinn gar nicht zugetraut, Sitteler hat sich sicher gefühlt, glaubte, mich in der Hand zu haben, dass ausgerechnet sie ihm auch noch drauf gekommen sind, das war wohl zu viel," fuhr Wolke dann fort.

„Offensichtlich, er ist vollkommen ausgerastet, ich bin ja kein Schwächling, aber wie der sich auf mich gestürzt hat, völlig unerwartet von null auf hundert, blaurot im Gesicht…"

„Krank war er ja vorher schon, aber das hat ihm den Rest gegeben. War nicht immer einfach, …" was er damit meinte, behielt der Hausmeister für sich, er tippte an eine unsichtbare Mütze, um sich zu verabschieden, und ging über den Rasen in Richtung Süringhaus davon.

Nachdenklich sah Petershagen ihm hinterher, auch er hätte gern darauf verzichtet, Wolke zum Verbündeten zu haben, obgleich er ebenso wie Keller von dessen Verschwiegenheit vollkommen überzeugt war.

Überzeugt war Kommissar Bärlauch ganz und gar nicht, er beugte sich nur ungern der Macht des Faktischen und sah voll Bedauern sein schönes Gedankengebäude mit all den hübschen Erkern aus Mutmaßungen, Indizien und mühsamer Ermittlung leise in sich zusammenbrechen.

Bärlauch lauschte dem Resultat der Autopsie, die ihm der Pathologe, neben dem Seziertisch stehend, mitteilte.

Die Konturen des Leichnams von Sitteler waren unter dem weißen Tuch gut zu erkennen. Ein Mann in mittleren Jahren, genau wie ich, und nun tot, warum nur, dachte Bärlauch und versuchte sich dann wieder auf das zu konzentrieren, was ihm der Arzt in trockenen Sätzen mitteilte.

„Der Mann hatte schon einige kleine Myokardinfarkte gehabt, im Gegensatz zum Angina-Pectoris-Anfall, der nur temporär für einige Sekunden oder Minuten auftritt, kommt es beim Herzinfarkt immer zum kompletten, irreversible Gewebsuntergang eines Teiles des Herzmuskels. Dieses Herz…,“ dabei deutete er auf das in einer Schale liegende Organ, „…ist ein Ort der Verwüstung, und er hatte es gar nicht nötig, mit dem Gebräu aus Schlafmitteln, das sich auf seinem Schreibtisch in der Tasse befand, nachzuhelfen. Er ist schlicht Opfer des letzten von einer Reihe von Infarkten geworden. Kein Suizid, Herzversagen. Er wollte sich umbringen, aber er hat sich darüber so aufgeregt, dass es sich von selbst erledigt hat. Such is live,“ schloss der Mediziner seinen Bericht mit säuerlichem Lächeln.

„Sie wollen damit sagen, Sitteler ist einfach von selbst gestorben, das kann ich nicht glauben,“ Bärlauch fuhr sich mit der Hand über Mund und Hals, er musste hier raus, und zwar schleunigst.

„Das müssen sie ja auch nicht, glauben sie, was sie wollen, ich als Pathologe sehe vom Glauben ab, bei der Arbeit ebenso wie privat, das sollten sie auch tun, zumindest beruflich, falls sie ansonsten des Trostes durch die Religion bedürfen, hier hilft der Glaube nicht weiter. Kommen Sie, es gibt nichts mehr zu tun für uns,“ Dr. Flebbe nahm sacht den Arm des Kommissars, und der ließ sich ohne Widerstand aus dem gekachelten Raum in das Büro des Arztes führen und trank auch den bitteren Kräutertee, der ihm dort vorgesetzt wurde, ohne Widerworte bis zur Neige aus.

„Danke, Doktor, und sie schicken mir den Bericht dann zu, hat keine Eile, ich weiß ja jetzt Bescheid,“ Bärlauch verabschiedete sich und versuchte zu glauben, was er da sagte. Ja, er wusste jetzt Bescheid, da hatte jemand mit dem Rücken an der Wand, schon fast in der Wand stehend, dem Ganzen ein Ende zu bereiten versucht, und dann war er dabei einfach gestorben. Hatte fein säuberlich noch zwei Abschiedsbriefe geschrieben, um einfach von selbst zu krepieren, ohne auch nur ein Gran von dem Gift geschluckt zu haben, das er für seinen Abgang vorbereitet hatte. Absurd. Resigniert schloss Bärlauch die Tür seines Wagens auf, ohne Schwung fuhr er vom Parkplatz zum Präsidium. Er konnte den Fall abschließen, dieser Fall war gelöst, andere warteten schon auf ihn. Er hätte froh sein sollen aber er war alles Andere als das. Und wenn nun doch… Keine Fremdeinwirkung! befahl er sich den Satz zu Ende zu denken, und beschloss, seinen Abschlussbericht unverzüglich zu schreiben.

19 Papierhäuschen

Wenn es Wolke möglich gewesen wäre, ein heiteres und gelöstes Gesicht zu machen, so hätte er es jetzt gehabt, aber die tiefen Kerben um den Mund und die dicken Tränensäcke ließen das nicht zu, er umarmte seinen Bruder stumm und wischte sich dann einmal über die Augen.

„Ausgestanden, Felix, es ist ausgestanden…," doch als er in dessen Augen sah, wusste er, dass das nicht stimmte.

„Nachhause…, gehen wir jetzt nachhause?" fragte Felix voller Zweifel, Wolke nickte stumm, Nachhause, wo war das, wo war sein armer Bruder zuhause, in einem Kellerloch, in dem er sich so lange versteckt hatte, dass er nirgends mehr zuhause sein konnte, das war die Wahrheit, aber die ließ sich nicht aussprechen. Bärlauch war ein Schwein, er hätte Felix nicht aufgrund eines schwachsinnigen Verdachts in U-Haft bringen müssen. Sitteler war ein Schwein, er hätte Wetzky nicht töten müssen. Er selbst war auch ein Schwein, warum hatte er diese ganze Scheiße mitgemacht und zu vertuschen geholfen. Warum war er nicht seines Bruders Hüter gewesen und hatte ihn so zum zweiten Mal verraten. Wolke haderte mit sich und versuchte gleichzeitig den verstörten Felix zu beruhigen, doch der fühlte sich erst wieder sicher, als er zurück in seinem Keller war und die Tür hinter sich schließen konnte, dann weinte Felix sich in den Schlaf.

Oben hockten Livländer und Wolke und tranken, ohne sich dabei anzusehen, wussten beide, was unten geschah, und dass sie nicht helfen konnten, wussten sie auch.

„Ich sollte ihn wegbringen, irgendwohin, wo es schön ist…," überlegte Wolke.

„Versuch es, aber ich fürchte, er findet es nirgends so schön wie in seiner Höhle…," Livländer war froh, dass das Telefon klingelte und Emma Lindauer sich ehrlich freute, als sie hörte, dass Felix wieder draußen war, sie wollte alles ganz genau wissen, und Wolke, der das Gespräch mithörte, versprach, gleich ins Hotel zu kommen und ihr alles zu berichten. Achtlos hängte er wenig später seinen grauen Kittel an den Haken und kämmte sich sorgfältig sein grau gewordenes lockiges Haar nach hinten, bevor er in sein Sakko schlüpfte und sein Hausmeisterkabuff verließ.

Keller öffnete noch widerwilliger als am Morgen die Tür, was war heute los? Warum konnte er nicht in aller Ruhe verschnupft sein?

Vor der Tür stand Annette Buschinski mit einem Strauß Gerbera und einem Kuchenpaket.

„Stör ich, ja ich störe, ich sehe es genau… darf ich trotzdem reinkommen?" Ihr schiefes Lächeln stimmte nicht.

„Ja klar, komm rein, ist heute mein Besuchstag, Lars war auch schon hier, sogar Wolke…," das hatte Keller nicht sagen wollen.

„Was wollte der denn von dir?" hakte Annette sofort nach.

„Keine Ahnung, tat so, als er ob mir von Sittelers Selbstmord berichten wollte, aber das hätte er gar nicht tun brauchen, ich wusste das ja schon von Lars, Wolke ist eine alte Schnüffelnase, kann es einfach nicht lassen…," antwortet er und merkte, wie lahm das klang.

„Und du? Wie komme ich zu der Ehre deines Besuches, hat es sich bis ins Naturkundemuseum herumgesprochen, dass ich erkältet bin?" Er goss kochendes Wasser in eine große Teekanne, um sie vorzuwärmen, froh darüber, etwas zu tun zu haben, wuselte er um Annette, die auf einem Küchenstuhl saß, herum.

„Ich war eh in der Gegend, und wir haben uns seit dem Sommer kaum gesprochen, da dachte ich, es sei eine gute Gelegenheit, und oben auf dem Telegrafenberg habe ich erfahren, dass du krank und deshalb zuhause bist." Sie gabelte ein Stück Nusstorte vom Teller und schob es sich, noch bevor der Tee auf dem Tisch stand, in den Mund. Keller berichtete ihr dann, was inzwischen alles geschehen war, so lange, bis ihn die Stimme verließ und er nur noch krächzte. Das dauerte nicht allzu lange, nicht einmal eine Stunde hatten sie zusammen verbracht. Die alte Vertrautheit wollte sich nicht wieder einstellen, Keller fand es anstrengend, jeden Satz auf die Goldwaage zu legen, wann hatte er je offen mit Annette gesprochen, es gab immer etwas, was er verschweigen wollte oder musste, wieso war das so gekommen?

Das Krächzen war sofort verschwunden, als Keller sein Smartphone klingeln hörte und sah, dass es Emma Lindauer war, die ihn anrief. Sie zu hören freute ihn ehrlich, und er fühlte sich auch nicht zu krank, um sie am Abend in ihrem Hotel zu besuchen, im Gegenteil, es ging ihm schon merklich besser. Alles kam nun langsam in Ordnung und fügte sich wie die letzten Teile eine Puzzles zu einem Bild zusammen. Wieso denn ausgerechnet Puzzle? Diese zerstückelten Bilder hatte er noch nie leiden können.

Verdammter Konjunktiv, warum willst du mir alles vermiesen?

Warum bin ich schon wieder krank, seit ich das verdammte Affenhirn gefunden habe, bin ich dauernd krank… mein Twinset ist seit der letzten Wäsche eingelaufen, dabei hab ich es wie immer auf 40 Grad gewaschen, jetzt sieht es aus wie ein Bauchfreitop für Prolltussen. Und ich seh' aus wie Braunbier mit Spucke, wo ist der hübsche hoffnungsfrohe junge Wissenschaftler geblieben? Wohin ist meine Daisyworld mit ihren schwarzen und weißen Blumen? Ein einziger grauer Brei ist es, durch den ich wate. Wie lange schon treib ich mich auf diesen sumpfigen Pfaden herum und treibe Nebendinge, von denen ich nichts verstehe, warum musste dieser alte Säufer seine abstrusen Mahnungen ausgerechnet hier auf dem Telegrafenberg, vor dem schönen weißen Einsteinturm ablegen? Ich hätte sonstwo sein sollen,… auf dem Himalaja…. Gestern hams den Willy erschlagen und heut und heut wird er begraben… Konstantin Wecker hat das gesungen… wie komm ich jetzt darauf, der Song passt doch gar nicht hierher, oder doch…? Ich sollte mich schämen…. der alte Mann, wie er da lag unten im Eiskeller, als wollte er noch etwas sagen, mir ganz persönlich etwas mitteilen, aber was? Damals hatte ich noch feinere Ohren, da unten war ich noch nicht so abgestumpft, aber jetzt… ist Wetzky tot, und sein Mörder auch… Sitteler hat auch dich auf dem Gewissen, armer alter Littlewood, aber warum, warum in dreimal Teufels Namen hat er das getan… Teufel, an dich glaub ich nicht, noch viel weniger, als an deinen kreuzbraven Gegenspieler. Ich bin WISSENSCHAFTLER, so ist das.

Eine neue Fieberwelle ließ Keller wankend werden, er setzte sich auf den Boden vor sein Bett, lehnte sich gegen die Matratze und schloss die Augen. Erst zuckten grellrote Zacken vor seinen Augen, dann sah er die drei toten Männer einen tollen Reigen tanzen, das rote Gezacke fraß sich immer näher an sie heran und verschluckte sie bald ganz. Keller versank in einen kurzen Fiebertraum, als er erwachte, klebte ihm die Zunge pelzig am Gaumen und in seinem Kopf hakte das Wort Weltuntergang fest, er schob es grimmig von sich, pathetische Begriffe widerten ihn noch viel mehr an als alle Puzzles der Welt zusammen.

Wolke strich über das Revers seines Jacketts, ungewohnt, er trug es nicht gern, nicht mehr, früher war das anders gewesen. Früher, wie viel von seinem alten abgelegten Leben war in den letzten Monaten wieder hochgespült worden? Die Toten hatten Manches zum Leben erweckt, von dem er geglaubt hatte, es sei längst abgetan. Es fiel ihm schwer, daran zu denken, und noch viel schwerer, darüber zu sprechen. Als er oben bei Emma Lindauer angekommen war, zögerte er, bevor er an die Tür ihres Hotelzimmers klopfte, er hörte, wie die Räder ihres Rollstuhls leise näher rollten, dann öffnete sich die Tür.

„Walter, wie schön, pünktlich wie immer," mit einer einladenden Geste bat sie ihn hinein.

„Geht es Ihnen gut? Sie sehen müde aus…," besorgt sah Wolke ihr ins Gesicht, sie strich sich unwillig mit beiden Händen über Augen und Wangen.

„Ach was, es ist nichts, zu wenig geschlafen, senile Bettflucht würde ich es zwar nicht nennen, aber wer weiß, was mich umtreibt, nach fünf Stunden ist die Nacht zu Ende für mich. Egal wie müde ich bin. Es wird langsam Zeit, nach Kyoto zurückzukehren, ich sehne mich nach meinem Papierhäuschen…"

„Papierhäuschen? Etwas stabiler wird es doch wohl sein, oder?" hakte Wolke ungläubig nach.

„Ja sicher, ich nenne es nur wegen der Schiebetüren aus Reispapier so, wegen der Erdbeben wird in Japan traditionell leicht gebaut, damit es beim Umfallen keine größeren Schäden gibt. Keine Sorge, ist trotzdem alles sehr stabil, meins steht seit über hundert Jahren, wie es aussieht, hält es noch eine Weile, länger als ich, vermutlich," Emma seufzte.

„Das dürfen sie nicht sagen, Emma…"

„… willst du etwa ein Erdbeben heraufbeschwören?"

„Nein, natürlich nicht, aber…," Wolke suchte nach Worten.

„…schon gut, ich weiß, was du meinst, aber so lebhaft wie zur Zeit gestorben wird, liegt der Gedanke an den eigenen Tod nahe. Dir kann ich es ja sagen, es tut mir weh, dass Julian gestorben ist, jetzt lebt keiner von meinen beiden Liebsten mehr. Nur ich bin noch übrig, das macht sogar einer hartgesottenen Rationalistin wie mir zu schaffen. Dass ich nicht schlafen kann, hängt mit diesem grauenhaften Bild von ihm zusammen. Ich bekomme es einfach nicht aus dem Kopf. Warum hat er ihm das angetan, warum verstümmelt man einen Menschen so...," ratlos suchte Emma Lindauer nach einem Taschentuch und wischte sich damit nervös die Finger ab.

„Es passt nicht zu Sitteler, er war ein hinterhältiger Karrierewüstling, aber so etwas..., und wann hätte er das machen sollen? Ich glaube fast, dass er Wetzky dazu angestiftet hat, den Toten so herzurichten, um von sich selbst abzulenken, er selbst war zwar jähzornig, es hatte sicher Streit gegeben, und dann..., aber so etwas, nein! Wetzky hingegen, der war servil, devot, so einer nutzt eher die Gelegenheit, seinen Dämonen einmal freien Lauf zu lassen," sinnierte Wolke.

„Gewagte Vermutungen, die du da anstellst, Walter, so kenne ich dich gar nicht. Der Untertan als Ungeheuer, gab es und gibt es immer wieder, lassen wir das. Wir sollten Tee trinken und das Spekulieren sein lassen, beide sind tot, egal, wer von beiden es gewesen ist, es nützt Julian nichts mehr. Ich habe dich aus einem ganz anderen Grund hergebeten, kümmern wir uns um die Lebenden."

Emma rollte zum Telefon und bestellte beim Zimmerservice Tee und Sandwiches. Wenig später kam alles auf einem Servierwagen angerollt, und sie biss herzhaft in ein Toast mit Orangenmarmelade, Julian zu Ehren, behauptete Emma. Wolke nickte, obwohl er ihre ganz persönliche Vorliebe für alles, was very british war, kannte.

Zuerst verstand Wolke nicht, worauf Emma Lindauer hinauswollte, dann fand er es absurd, danach gewagt, am Ende war er fast überzeugt. Sie wollte Felix mit nach Japan nehmen, ihn mit einer kleinen wissenschaftlichen Arbeit locken, in traditionellen japanischen Häusern waren fensterlose Räume die Regel, nicht die Ausnahme, er würde also nicht durch zu viel Welt irritiert werden, beruhigte sie Wolke, der seinem kleinen Bruder zwar alles Glück der Welt wünschte, sich aber vor Veränderungen fast ebenso sehr fürchtete wie der.

„Du hast ja mehr Angst als dein Bruder, ich finde, es lohnt sich, das zu wagen, hier haust er mit allen diesen Gespenstern, das Leben ist zu kurz dafür. Wenn er in Kyoto nicht froh wird, fliegt er zurück. Ganz einfach! Er hat eine zweite Chance verdient. Du auch, aber..."

„Das haben wir oft genug besprochen, ich will nicht, so wie es ist, ist es OK. Also lassen wir das. Was Felix angeht, versuch dein Glück, er muss es wollen, wenn er ja sagt, dann: reise, reise kleine Meise...," sie mussten beide über diesen alten Kinderscherz lachen.

Die Vorstellung, dass sein Bruder endlich aus dem Keller herauskommen würde, beschwingte Wolke, er hielt es für ein gutes Omen, dass der Mann gleichen Namens ihm unten im Foyer begegnete, und hielt ihm mit höflicher Ironie die Tür auf, doch Keller hatte keinen Sinn dafür und grüßte kurz angebunden. Auf Wolke wirkte er verschnupft, abweisend und arrogant wie stets. Er zuckte mit den Schultern, das Sakko war ihm zu eng, er sehnte sich nach seinem grauen Kittel. Luzian Keller hätte auf die Begegnung mit dem grauen Mann gut verzichten können, es war ihm unbegreiflich, was Emma Lindauer immer wieder mit diesem Kerl zu schaffen hatte, es stand ihm nicht zu, ihren Umgang zu kritisieren. Dennoch konnte er sich eine Bemerkung darüber nicht verkneifen, als er oben bei ihr angekommen war und sie ihm Tee anbot, er bekam zwar eine neue Tasse, doch es war dem Servierwagen deutlich anzusehen, dass daran schon vorher gegessen und getrunken worden war.

„Verkehrte Welt, auch daran gewöhne ich mich langsam, erst der Hausmeister und dann…"

„Lieber Luzian, Standesdünkel, ist so was von out …." Emma lachte schallend, sie lacht mich aus, dachte Keller und überzuckerte zu allem Überfluss auch noch seinen Tee. Wolke war ein Widerling, seinetwegen würde er noch Diabetes bekommen. Es war eindeutig nicht sein Tag, nicht seine Woche, nicht sein Monat, nicht sein Jahr. Was für ein Glück, dass nur noch wenig fehlte, bis es zu Ende war. Er trank seinen Tee nicht aus, verschmähte auch die knusprigen Toasts mit dem Hinweis auf seine Halsschmerzen. Erleichtert, aufstehen zu dürfen, folgte er Emma Lindauer zu ihrem Schreibtisch. Sie hatte sich nun fast alles, was sich in den Unterlagen und auf dem Notebook von Littlewood befand, angesehen, und war zu dem Schluss gekommen, das er bis zuletzt versucht hatte, nachzuweisen, dass eine Sektion eines gewissen „Club of Geese" im Geheimen versucht hatte, in Island kleinere Vulkanausbrüche zu provozieren, offenbar um zu prüfen, ob dadurch eine Klimaabkühlung erzielbar war. Als dann tatsächlich der Eyjafjallajökull ausgebrochen sei, hätten diese Leute geglaubt, ihre Experimente hätten dies ausgelöst, daher kalte Füße bekommen und die Experimente vorerst abgebrochen. Er war wie besessen davon, und es gab immer wieder Hinweise darauf, dass er nicht allein versucht hatte, dies aufzudecken, leider hatte er nirgends Namen erwähnt.

„Er hatte eine Macke, fast wie ein Verschwörungstheoretiker, DATENSCHUTZ, dass ich nicht lache, hat er immer wieder gesagt, und sich eher dreimal auf die Zunge gebissen als irgendetwas von Belang am Telefon zu besprechen, so war er eben, ein oller Geheimniskrämer, aber auch ein kluger Kopf, und…," Emma klappte das Notebook sehr energisch zu, und verbannte, was ungesagt bleiben sollte, aus ihrem Kopf.

„Das hier ist ein Heft mit persönlichen Notizen, es hilft nur insofern weiter, als dass darin sehr klar beschrieben wird, wie es um Julian stand, und dass er wusste, was ihm bevorstand. Er zitiert viel aus „Hand an sich legen" von Amery, das Buch hat ihm gefallen, aber er zweifelte daran, dass er selbst den Mut aufbringen würde, so, wie Jean Amery es beschrieben und schließlich ja auch getan hat, seinem Leben eine Ende zu setzen. „Freitod, ein großes Wort, aber reicht mein kleiner Mut soweit," schreibt er hier, er war so einsam, es ist..."

„...ihm dann ja auch erspart geblieben," ergänzte Keller weil ihm so schnell nichts Besseres einfiel.

„Da haben sie recht, er war am Ende, all diese obskuren Versuche, noch etwas zu bewirken, zu mahnen, ins Weltgeschehen eingreifen zu wollen, indem man Affenhirne aus einem Museum klaut und Föten in Kantinen unters Essen mischt..."

„.... alles andere als eine göttliche Komödie, es muss die nackte Verzweiflung gewesen sein, die ihm das eingegeben hat...." wieder fiel Keller Emma Lindauer ins Wort, sie ließ sich aber nicht aus der Ruhe bringen.

„Und der allerletzte Akt in diesem Stück? Eine Tragödie ist immer eine Komödie und eine Komödie ist immer eine Tragödie, wissen sie, wer das gesagt hat?" wollte sie wissen.

„Nein, keine Ahnung" gestand Keller.

„Thomas Bernhard, so hat der auch seine Stücke geschrieben, und genau so hat Julian am Ende agiert. Und wenn ich es unter diesem Aspekt betrachte, hätte ihm diese allerletzte Inszenierung selbst ganz gut gefallen. Es scheint fast so, als hätte Sitteler, oder Wetzky, wer von beiden ihn auch immer so zugerichtet hat, ihm damit die letzte Ehre erwiesen.." von ihren eigenen Schlussfolgerungen überrascht, schwieg Emma Lindauer. „... auf den Gedanken muss man erstmal kommen, aber wieso Wetzky?" wollte Keller wissen, und Emma Lindauer berichtete ihm von ihrem Gespräch mit Wolke und von dessen Vermutungen.

„Wie originell, das hat er sich gut ausgedacht, diese Charakterisierung trifft auf ihn aber auch zu. Finden sie nicht?" dachte Keller laut.

„Nein, das finde ich nicht. Ihre Antipathie kann ihnen keiner nehmen, aber sie nimmt ihnen jedes Augenmaß," antwortete Emma Lindauer.

Dann wechselten sie das Thema und wandten sich Sitteler, dem hoffentlich letzten Toten in dieser Reihe, zu. Zumindest darin, stimmten sie überein, waren sich dann auch in ihrer Einschätzung von Kommissar Bärlauch einig, ein engstirniger Mensch, der sich in seine Schlussfolgerungen verrannt hatte und der mit offeneren Augen wohl manches hätte verhindern können. Keller spürte, wie seine Stimme ihn langsam wieder verließ, auch Emma Lindauer bemerkt es und schickte ihn im Taxi nachhause.

„Keine Widerrede, wir hatten uns doch darauf geeinigt, dass es keine weiteren Toten auf dem Telegrafenberg mehr geben sollte, oder?" Emma Lindauer nahm lachend Abschied.

Wie macht sie das? Woher nimmt sie diese Kraft, den Mut? Sie ist alt, hockt im Rollstuhl, und ich? Bin noch jung, vergleichsweise jung, immerhin jung und beweglich, in jeder Hinsicht, aber sie kriegt die Kurve schneller, das war schon damals im großen Refraktor so, warum bin ich darauf hereingefallen, warum habe ich wie ein ausgeflippter Fan mein Feuerzeug gezückt und mich für wer weiß wie schlau gehalten. Überzeugt, das einzig Richtige zu tun... In Wirklichkeit hätte ich bloß abwarten müssen, einfach ein paar Minuten nichts tun, ... Merdemurks, ich habe es verpatzt, am Einsteinturm, in der der Kantine, und dann im großen Refraktor der Kardinalspatzer, Keller der Kleinhirnige, wäre ich König, würde ich so in die Geschichte eingehen, ... Leider haben Könige keinen Nachnamen, also Luzian der luschige, lächerliche, läppische Lump. Wieso denn Lump? Davon hat keiner gesprochen, ich bin doch kein Lump, nur weil ich einen widerlichen Menschen nicht mag, fehlt es mir nicht an Augenmaß, kann ja auch sein, dass die durch Sentimentalität eingeengte Perspektive der Frau Professor den Blick trübt. Majestät belieben scharf zu denken, Majestät sollten nun ruhen, genau das wird Majestät nun tun.

Keller tauchte aus seinem stummen Selbstgespräch auf und bezahlte den Taxifahrer, gemessenen Schritts ging er auf die Haustür zu, der Busch daneben bewegte sich im Wind, doch Hi-Nun-Ter war nirgends zu sehen. Bedauerlich, befand Keller, er hat mich niemals schreiten sehen, schloss auf und verschwand im Hauseingang.

VIERTER TEIL

20 Lektüre

Viele Wochen waren ins Land gegangen, und nun war fast schon Winter, seit sich Manon Duval und Annette Buschinski das letzte Mal getroffen hatten. Etwas hatte sich zwischen sie geschoben, die anfangs so euphorisch begonnene Freundschaft war davon überschattet worden und kümmerte nun vor sich hin. Seit der Langen Nacht der Wissenschaften war das so gewesen, oder doch erst später? Weder Annette noch Manon waren sich da sicher, jede für sich stellten sie ihre Überlegungen dazu an, dass dann Annette diejenige war, die zum Telefon griff und ein Treffen vorschlug, war mehr oder minder Zufall, Manon hatte es auch vorgehabt, aber dann von einem auf den anderen Tag verschoben. Das offen einzugestehen war ihr am Telefon nicht möglich, sie schwieg dazu und schlug stattdessen vor, sich zum Essen zu treffen. Als Annette Buschinski ihr ein kleines Bistro in der Nähe des Naturkundemuseums vorschlug, sagte Manon sofort zu, fand es im Stillen nur gerecht, dass sie sich auf den Weg nach Berlin machte, nachdem Annette diejenige gewesen war, die den ersten Schritt aus dem Schweigen getan hatte. Pünktlich um 13.30 Uhr stand Manon in dem Lokal Ecke Chausseestraße/Invalidenstraße, Annette kam nur wenig später, aber es war so voll, dass sie beschlossen, ihr Essen mitzunehmen, Manon war froh, als Annette ihr vorschlug, zu ihr nachhause in die Gartenstraße zu gehen, denn sie hatte nicht die geringste Lust, im Naturkundemuseum Lohmeiyer wieder zu begegnen. Es hatte angefangen zu nieseln, eisiger Sprühregen ließ beide ihre Schritte beschleunigen, und sie waren außer Atem, als sie endlich in Annettes Dachgeschosswohnung ankamen. Nachdem sie in der kleinen Küche gegessen hatten, kochte Annette Buschinski Kaffee, sie hatte beschlossen, den Rest des Tages home office zu machen, und deshalb konnte sie ihre Mittagspause nun solang ausdehnen, wie es ihr gefiel.

„Schön hast du es hier, und immer ein Stück Himmel…,“ befand Manon.

„Ja, wenn man erst einmal oben ist, ist es schön. Das Treppensteigen ist mein einziger Sport, das merke ich deutlich, leider…,“ seufzte Annette und strich sich über ihre Hüften. Legte dann aber doch noch Kuchen auf das Tablett.

„Ich hause, seit ich in Potsdam bin, in einer Souterrainwohnung, nichts als Waden und Füße vor dem Fenster, immer dunkel, das ist scheußlich auf Dauer. Aber es ist billig, was man ansonsten von Potsdam nicht sagen kann…“

„Ist in Berlin nicht anders, ich bin in den Neunzigern dauernd umgezogen, das war fast ein Sport, aber jetzt bin ich froh, dass ich diese Wohnung habe, ich zieh hier erst aus, wenn ich nicht mehr hochkrauchen kann…“

„Das wird doch wohl kaum ein Problem, in absehbarer Zeit…,“ lachte Manon.

„Wer weiß das schon so genau, wenn du die Lindauer vor zehn Jahren gesehen hättest, wie die überall rumgeflitzt ist, und nun…“

„Sie scheint ihre Beweglichkeit auch im Rollstuhl nicht eingebüßt zu haben. Tolle Frau, scheint für sie kein Thema zu sein,“ wandte Manon ein.

„Da täuschst du dich, es hat sie viel Zeit gekostet, darüber hinwegzukommen, sie war lange von der Bildfläche verschwunden,“ erwiderte Annette.

„Ich wusste gar nicht, dass ihr euch so gut kennt…“

„Tun wir auch nicht, aber ich weiß, dass es so war…“

„Darf man fragen von wem?“ hakte Manon nach. „Klar, von Julian Littlewood, der hat damals sehr darunter gelitten, er war wohl mehr als ein Freund, so direkt hat er das zwar nicht gesagt, aber als er im Frühling hier war, war er ungewöhnlich gesprächig, wollte gar nicht mehr aufhören, auch über Privates, ich war so in Zeitdruck, habe nur mit halbem Ohr zugehört, das tut mir heute leid, es war das letzte Mal, dass…,“ erklärte Annette.

„Das konntest du nicht wissen, er soll ja ein merkwürdiger Typ gewesen sein, meint jedenfalls Keller, dem tat es auch leid, nicht aufmerksamer zu ihm gewesen zu sein, aber es konnte doch keiner ahnen….“ fiel Manon ihr ins Wort.

„Nein, sicher nicht, aber trotzdem, ich kann mir das nicht verzeihen, es gibt so vieles, was sich im Nachhinein als irreparabel erweist, umso älter man wird, desto höher wird der Haufen der vermeidbaren Fiesheiten…," traurig nahm Annette ein Stück Kuchen..

„Jetzt übertreibst du aber, es war doch nicht fies, du warst einfach unter Zeitdruck, das hat er bestimmt verstanden, schließlich war er sein Leben lang Wissenschaftler, er wusste doch, in welchem Zirkus wir jonglieren, mit Zeit, Geld, Forschungsaufträgen. Apropos, ich bin nun endgültig in einer Sackgasse, ich würde so gerne die Diss von Petershagen lesen, um ihn besser zu verstehen, aber er sagt, er habe kein Exemplar mehr, ich hatte so gehofft, dass die Recherche in England was bringt, aber nichts, als ob die vom Erdboden verschwunden sind, ich versteh das nicht…," Manon zog ihr Gesicht in Falten.

„Mach hier mal nicht den Dackel…," forderte Annette sie auf, doch ehe Manon, die nicht jede deutsche Redewendung verstand, nachfragen konnte, war Annette aufgestanden und in ihrem Arbeitszimmer verschwunden, sie raschelte eine ganze Weile da herum, schuldbewusst sah Manon auf den leeren Kuchenteller als Annette endlich zurückkam.

„Alles was du isst, kann ich nicht mehr vertilgen, gut so, Tschüss Hüftgold…," lachte sie und warf der Verblüfften etwas Gebundenes in Din-A4 zu.

„Fang! Das dazu!" Triumphierend sah Annette, wie sich Staunen im Gesicht der Anderen ausbreitete. „Wieso, woher, wie…"

„Wieso, weshalb, warum, jetzt fang nicht noch mit Sesamstraßenfragen an," Annette grinste.

„Mit was…? Ich versteh überhaupt nichts mehr, du hast…." stammelte Manon.

„Ja, ich habe, und hatte es wirklich völlig vergessen, mir war ja auch gar nicht klar, dass du die so dringend brauchst. Die hat mir Lars damals überreicht, wir waren beide Stipendiaten der Studienstiftung des deutschen Volkes und haben uns oft auf interdisziplinären Summer Schools gesehen. Er war mächtig stolz auf sein Werk. Ich hab es dann gar nicht durchgelesen, hatte selbst so viel anderes zu tun, und es ist ja auch nicht mein Fachgebiet. Aus Platzmangel habe ich das Zweireihensystem in meinem Regal eingeführt, sie war dann dahintergerutscht. Also, das ist mein gutes Werk des Tages, du kannst sie behalten, so lange du sie brauchst."

„Ich fass es nicht, ich kann es gar nicht glauben, das ist das allerschönste Weihnachtsgeschenk…," Manon blätterte ungläubig durch die Seiten.

„Hör auf, ich schenk sie dir ja nicht, und Weihnachten ist erst in vier Wochen. Freut mich, wenn dich das glücklich macht…"

Annette kam es so vor, als hätte sie gerade etwas wieder gut gemacht, aber was? Darüber konnte sie sich keine Rechenschaft ablegen, es war mittlerweile fast fünf und höchste Zeit, das Liegengebliebene aufzuarbeiten. Die beiden Frauen verabschiedeten sich voneinander.

Manon fegte freudestrahlend die Treppe hinunter und eilte mit langen Schritten zum Hauptbahnhof, sie konnte es kaum erwarten, in ihr Souterrain zurückzukehren und sich mit der lange entbehrten Diss zu befassen.

Ohne echte Aufmerksamkeit lauschte Petershagen hinter das, was vorne auf der Rednertribüne gesagt wurde, er horchte in den Park hinein, zwischen die kahlen Bäume, die sich im Wind wiegten und dabei leise ächzend die Zweige in den Himmel streckten. Aus dem geschlossenen Raum heraus konnte Petershagen das gar nicht hören, das war ihm durchaus bewusst, doch seit einigen Tagen hatte er den Eindruck, dass seine Hörfähigkeit luzider geworden war. Vorne trat jetzt die Frau ans Pult, die nun zumindest vorübergehend Verwaltungschefin werden sollte. Sie war mit zwei Schritten dort, stellte am Mikro fest, dass es zu hoch hing, ein Techniker eilte nach vorn, es auf ihre Größe auszurichten. Bilseba Dormann war äußerst zierlich, sprach aber mit dunkler Stimme, so volltönend, dass es Petershagen erstaunte und er eine Gänsehaut bekam; was sie sagte interessierte ihn nicht, doch das Wie schmiegte sich wundervoll in das Parkgemurmel, er driftete ab, sah Schemen zwischen den Bäumen entlang huschen, Schatten, von denen er wusste, dass sie nicht dort sein konnten, sie alle waren begraben, noch nicht vergessen, aber unter die Erde gebracht. Hier stand nun Sittelers Nachfolgerin, fand auch die richtigen Worte, aber keiner der Anwesenden wollte die noch hören, so schien es Petershagen, der ja selbst nur dem Klang, nicht ihren Worten, die von Bedauern sprachen, lauschte, er war froh, dass sich die Frau mit dem seltsamen Vornamen kurz fasste und anschließend zu ihrer Begrüßung keine Häppchen gereicht wurden. Es wurde Zeit, sich zu verdrücken, seit das „Kleeblatt" fertig gestellt worden war, gab es keinen Grund mehr für Petershagen, über seinen Arbeitsplatz zu klagen, dennoch fühlte er sich unbehaust und war auf seinen Dienstreisen merklich froher als hier in Potsdam. Manon Duval schnitt ihm den Weg ab und erklärte ihm freudestrahlend, sie sei endlich fündig geworden und habe nach vielem Suchen seine Dissertation gefunden.

„Ach, die, ist nicht der Rede wert, da habe ich später Besseres geschrieben, lesen sie besser den Aufsatz in den *Physical Review Letters* oder im *European Physical Journal*, das, was ich damals formuliert habe, ist....“ Petershagen hatte Mühe sich auf das Gespräch zu konzentrieren, es gab vieles, was ihn mehr freute als die Betreuung seiner Doktoranden.

„… Aber dort ist doch schon im Ansatz entwickelt, was sie später in Helsinki von der Physik auf die Analyse sozialer Bewegungen übertragen haben, wenn auch viel weniger spektakulär als im Schlusskapitel Ihrer Diss vorgeschlagen.“

Wieder erreichte ihn nur der Klang dieser Stimme, diesmal ein Mädchensopran, Petershagen mochte so hohe Stimmen nicht und bedeute Manon, dass das Gespräch zu einem späteren Zeitpunkt fortgesetzt werden müsse, da er dringende Termine habe. Verdutzt und enttäuscht blieb seine Studentin zurück, sie hatte gehofft, ihr Doktorvater würde sich über ihren Fund ebenso freuen wie sie.

Keller sah sie zuerst und bemerkte ihre hängenden Schultern. „Laus oder Leber, so übel scheint mir die neue Verwalterin doch gar nicht zu sein...“

Manon sah ihn fragend an, sie hatte den Scherz nicht verstanden. „Nein, nein, ist was Anderes, ich hatte ihnen doch vor Monaten schon erzählt, dass ich die Dissertation von Prof. Petershagen suche, jetzt habe ich sie endlich gefunden, und dachte, er freut sich zu hören, dass ich sie lese, aber er meint, es sei Zeitverschwendung, dabei stehen da ganz erstaunliche Sachen drin.“ Manons Erklärung machte Keller neugierig.

„Machen sie sich nichts draus, Lars hat manchmal solche Anwandlung unerklärlicher Bescheidenheit, der freut sich eher innerlich. Ich hingegen würde das Wunderwerk gern mal lesen, und freue mich auch äußerlich...“

Manon musste lachen, denn Keller sah mit seiner roten Nase, den zerzausten Haaren und dem lila Mohairpullover unter dem schwarzen Wolljackett aus wie, ja wie was nur? Wie ein Wesen aus einem Modejournal für Verschnupfte, das partout nicht ins PIK passte.

„Ausleihen kann ich sie nicht, habe sie ja selbst nur geliehen, sie raten nicht, von wem...,“ erwartungsvoll sah sie ihn an.

„Vom grauen Mann, der alles hat und gar nichts kann...“

Manon runzelte fragend die Brauen. „Wer soll das denn sein? Nein, ich habe neulich Annette besucht und ihr mein Dilemma geschildert, und die marschiert einfach in ihr Arbeitszimmer und holt die Diss…"

„Die Buschinski? Unsere Annette? Wie kommt die denn dazu?"

„Das habe ich sie auch gefragt, aber die Welt ist klein, die waren beide Studienstiftler, wohl auch befreundet oder so, jedenfalls hat sie von ihm damals ein Exemplar bekommen, und jetzt habe ich es," triumphierte Manon.

„Und deshalb besuche ich Sie ganz zufällig und dann darf auch ich das Wunderwerk lesen…." das war keine Frage sondern eine Feststellung.

„Aber nur, wenn sie mir verraten, wer der graue Mann ist…," lachte Manon. „Wolke, wer sonst…," Keller zuckte mit den Schultern. „Der Hausmeister? Aber der ist doch nicht grau, ich mag ihn, er ist so, so, na ja, immer da und hilft, er ist der gute Geist des Telegrafenbergs…," protestierte Manon. „Wie bitte? Ausgerechnet Wolke, Geist vielleicht schon, aber sicher kein guter," Keller schüttelte seinen Kopf und begleitete wie angekündigt Manon Duval zu ihrem Arbeitsplatz im Keller unter der Kaffeeecke im Hauptgebäude des PIK, um sich dort sofort in die Diss zu vertiefen. Keiner von beiden bemerkte den leise einsetzenden Schneefall, bald lag der Telegrafenberg unter einem weißen, kalten Tuch.

Die Heizung gluckerte, als ob Wolke es gehört hatte, stand er plötzlich in der Tür, murmelte eine Entschuldigung, sah kurz zum lesenden Keller und machte sich dann sofort daran, den Heizkörper zu entlüften. Dann verschwand er wieder, hob nur kurz die Hand mit der Rohrzange und schloss die Tür hinter sich.

„Da sehen sie es, er ist ein guter Geist, ohne ihn säßen wir im Kalten…," bemerkte Manon.

„Quatsch, das ist sein Job, mir ist es irgendwie unheimlich, wie er überall auftaucht und verschwindet, manchmal glaube ich fast, er überwacht mich, oder uns alle, das sagt mir mein feines Gespür…"

„… Ich spür nichts, das kann doch auch Einbildung sein, oder…" Keller antwortete nicht, er hatte keine Lust, weiter über diesen lästigen Kerl zu sprechen, die Diss von Petershagen zu lesen war um Längen erfreulicher.

Im Kleeblatt traf Petershagen letzte Vorbereitungen für den Workshop zu Planetaren Grenzen*, nur schade, dass die Veranstaltung nun doch in Berlin und nicht wie geplant in Kopenhagen stattfand, es sah ganz so aus, als ob er bis Neujahr keinen Grund finden würde, Potsdam zu verlassen. Dabei wäre ihm nichts lieber gewesen als eine Dienstreise, leise strich er sich am Bein über die Stelle wo die Verletzung gewesen war, es schmerzte dort, obwohl alles verheilt war. Ersatzschmerz, er wollte nicht an Sitteler denken und schon gar nicht an Littlewood, mürrisch klappte er sein Notebook zu, die Heizung funktionierte nicht richtig, verdammter Hausmeister, kümmerte der sich denn um gar nichts mehr, er würde noch bei ihm vorbeigehen müssen, in diesem Kühlhaus konnte kein Mensch arbeiten. Obwohl Manon Duval, Petershagen und Keller im dichter werdenden Schneegestöber fast gleichzeitig den Telegrafenberg verließen, kreuzten sich ihre Wege an diesem Abend nicht mehr.

Als Wolke spät am Abend zum Haus von Livländer eilte, hatte sich die Schneedecke über ihre Fußstapfen gelegt. Wolke schüttelte sich den Schnee vom Kittel, und betrat den Flur auf Strümpfen, ohne Licht zu machen, deshalb wäre er fast über den Koffer gefallen, der dort stand. Er fluchte, weil er sich den großen Zeh gestoßen hatte, wenig später freute er sich so, dass er den Schmerz vergaß. Felix tanzte mit kindlicher Freude durch das Haus, er war von Emmas Plan begeistert, Japan, davon hatte er schon als Junge geträumt, es schien, als ob sein Alptraum weichen würde. Ungewohnt jung sah er aus ohne den Bart, den hatte er kurzerhand abrasiert, ebenso wie das lange Haar. Er wirkte wie ein buddhistischer Mönch mit seinem kahl rasiertem Schädel, das sagte Wolke ihm, sein Bruder fiel vor Lachen auf den Boden und kugelte sich, Livländer war dazugekommen, auch er fing schallend an zu lachen, dann lachten sie alle drei so laut wie seit Jahren nicht. Es wurde eine lange Nacht im Haus des alten Professors, dessen uralter Schrankkoffer nun nach Jahrzehnten auf dem Speicher zu einer weiten Reise aufbrechen würde, schon morgen kam der Spediteur um ihn abzuholen und als Frachtgut in den Hamburger Hafen zu befördern. Emma Lindauer hatte es eilig fortzukommen, sie mochte die dunkle Jahreszeit nicht und das ganze Weihnachtsgewichtel erst recht nicht. Doch dass sie sofort einen Flug für den 20. November gebucht hatte, geschah noch aus einem anderen Grund, Felix sollte auf keinen Fall Zeit haben, es sich anders zu überlegen. Übermüdet aber froh machte sich Wolke gleich am Morgen daran, die Heizungsanlage im Kleeblatt in Gang zu bringen, doch da diese aus Energieeffizienzgründen im Wesentlichen durch die Abwärme des Großrechners im Keller betrieben wurde, erwies sich das als schwierig, hier war es nicht mit einer Rohrzange ge-tan, es musste eigens ein Fachmann gerufen werden. Als er zu Peters-hagen eilte, um ihn davon in Kenntnis zu setzen, wäre er fast mit Ma-non zusammengestoßen, die drängte an ihm vorbei, und er wartete er-geben vor der halboffenen Tür, Fetzen des Gesprächs zu hören war un-vermeidbar.

„…. sie ist wirklich weg, und ich habe sie doch noch gar nicht rich-tig gelesen…," die Stimme von Manon klang verzweifelt und ent-täuscht.

„… wieso machen sie so ein Drama daraus? Ich habe doch schon ge-sagt, wie wenig zielführend diese Lektüre ist, wird sich schon wieder anfinden, wer sollte sie denn genommen haben, nehmen sie den Artikel in *Physical Review E*, diese Monographie und dieses Zusammenfas-sungspapier hier, das sind relevante Publikationen zum Thema, Kopf hoch, sie sind damit besser bedient…"

Mit etlichen Büchern und Heften bepackt kam Manon kurz darauf wieder heraus, und Wolke konnte den unter seinem Arm klemmenden Heizlüfter abliefern und berichten, dass die zuständige Firma einen Techniker schicken würde, da er es nicht reparieren könne.

„Tja, ihr Job kommt langsam aus der Mode, wir leben im Zeitalter der Spezialisierung und des Hightech…"

Wolke hob kurz den Kopf und schaltete dann den Heizlüfter an. „Aber den da soll ich ihnen trotzdem hierlassen, oder?" abwartend blieb er in der Hocke.

„Nun seien sie doch nicht gleich eingeschnappt, Menschenskind Wolke, klar sollen sie den hierlassen…," lenkte Petershagen ein.

Er ärgerte sich über seine Bemerkung, es war ihm nicht angenehm, doch er musste sich eingestehen, dass ihn die unfreiwillige Komplizen-schaft mit Wolke reizbar machte, was hatte er mit diesem Mann zu schaffen? Seit Kurzem mehr, als ihm lieb war.

Keller sah Manon ungläubig an, dass die Diss von Petershagen ver-schwunden war, war seines Erachtens nach unmöglich, das hatte er ihr auch schon am Telefon gesagt, als sie ihn morgens angerufen hatte um zu fragen, ob er die dann gegen ihre Absprache doch mit nachhause ge-nommen hatte, um sie dort zu Ende zu lesen. Hatte er nicht, vielmehr das Skript verabredungsgemäß auf ihren Schreibtisch gelegt, bevor er etwa eine halbe Stunde nach ihr das Gemeinschaftsbüro verlassen hat-te. Blieb nur noch die Reinigungsfirma, auch da Fehlanzeige, empört war ihre Frage dort verneint worden, ob evtl. versehentlich… Nein, auf gar keinen Fall, Schreibtische waren Tabu, die Firma war seit 2003 für das PIK tätig, niemals sei etwas Derartiges vorgekommen, das Telefonat wurde frostig beendet.

Manon stocherte lustlos in ihrem veganen Kohleintopf, was sollte sie Annette sagen, was zum Teufel war mit der verdammten Diss passiert. Das Klingeln ihres Telefons riss sie aus ihren Überlegungen.

„Annette?… nun Schrei doch nicht so, ich habe sie Keller zu lesen gegeben, und der hat sie auf dem Schreibtisch,…. Nein, hat er nicht.… Ich bin schon früher weg.… Was ist denn passiert, woher…?" Manon Duval war rausgegangen, nun stand sie im eisigen Wind auf der Terrasse, ihre Gesichtsfarbe wechselte von rot zu blass.

„Ich habe Post, in meinem Briefkasten lag heute morgen ein dickes braunes Kuvert, rate mal, was drin war?" Annettes Stimme war ebenso kalt wie der Wind, der Manon ins Gesicht blies.

„Ich, ich…"

„Stotter jetzt nicht rum, ich leihe dir ein seltenes Manuskript, das du nirgends auftreiben konntest, und statt es zu hüten wie deinen Augapfel, lässt du es einfach liegen, ich fass es nicht."

„Aber du hast doch selbst gesagt, dass ich… und ich wollte dich auch gerade anrufen um…," versuchte Manon eine Erklärung.

„Ach ja? Egal, ich weiß auch so, dass es in die falschen Hände gekommen ist…"

„Wenn es dir geschickt wurde, dann ist doch alles gut, aber woher weiß…"

„Nichts ist gut, die Widmung wurde herausgerissen, der Rest geschreddert, begreifst du den Sinn meiner Worte, oder muss ich französisch reden?" korrigierte Annette sie ätzend.

„Ich versteh dich sehr gut, aber begreifen tue ich gar nichts," Manon wusste nicht, ob sie heulen oder schreien sollte.

„Zum Mitdenken lese ich mal vor: Back to sender, denk drüber nach, wer was ist, wer was tut oder es besser unterlässt.…" Annette schwieg unvermittelt.

„Aber, wer…? Ich meine, das ist doch krank, wer macht so was…?"

„Das frage ich dich, wer hat das Ding außer Keller noch in den Händen gehabt, WER?" Die Stimme von Annette klang auf einmal seltsam brüchig.

„Keiner, überhaupt niemand, ich habe Keller zufällig getroffen, er wollte sie gern lesen, warum auch nicht, aber ich habe ihm gleich gesagt, dass ich sie nicht aus den Händen gebe, er ist dann mit zu mir rübergekommen und hat sie dort gelesen, und als er gegangen ist, hat er sie auf meinen Schreibtisch gelegt. Was glaubst du denn? Ich habe sie gesucht, den ganzen Vormittag, habe schon die Reinigungsfirma angerufen, die Kollegen in den Nachbarzimmern befragt, nichts, war einfach verschwunden…" Das letzte Wort verschluckte Manon beinahe.

„Sachlich falsch, nicht verschwunden, als Papiermüll wieder aufgetaucht und als solcher zu entsorgen…." dann nur noch Schweigen, grußlos hatte Annette das Gespräch beendet.

In den folgenden Stunden kreisten Manons Gedanken wie in einer Drehtür gefangen um die immer gleiche Frage. Wer war das gewesen? Und Warum? Warum? Warum?

Am späten Nachmittag machte sie sich auf den Weg nach Berlin, sie musste das klären, mit Annette reden, aber nicht am Telefon.

Auch in Kellers Kopf arbeitete es, er strengte seine kleinen grauen Zellen an, dachte flüchtig an Monsieur Poirot und verließ schon am Mittag den Telegrafenberg. Lief die Potsdamer Einkaufsstraßen rauf und runter und kam bepackt zurück, zufrieden breitete er den Inhalt seiner Tüten auf dem Flur seiner Wohnung aus, er kaufte nicht oft und selten gern ein, aber heute war er durch seine Beute hochbeglückt. In seinem Arbeitszimmer rückte er das Stehpult zur Seite, dann war die Wand frei, und er legte los, erst nach Mitternacht ließ er Stifte und Pinsel sinken, er war mit seinem Werk zufrieden, umrandete es noch mit weißen und schwarzen Gänseblümchen, nur in die Mitte setzte er ein graues. Dann wusch er Pinsel und Hände, hockte sich auf den Boden und betrachtete, was er geschaffen hatten. „Gute Arbeit, Luzian…," lobte er sich selbst, spähte im Raum herum, nie war er da, wenn man ihn brauchte, wo steckte er bloß, dieser flüchtige Geist. Aber Hi-Nun-Ter blieb verschwunden und die Antwort schuldig.

Manon saß allein in der fast leeren S-Bahn, sie war keine ängstliche Frau, aber heute war ihr unwohl dabei, und am Potsdamer Hauptbahnhof nahm sie eine Taxe, sie wollte nicht allein durch die dunklen Straßen gehen, kurz vor Mitternacht war es ruhig in dieser Stadt, und dort, wo sie wohnte, lebten fast nur Rentner, alles war wie ausgestorben. Hastig schloss sie die Haustür auf, hatte es eilig, in ihre Wohnung zu kommen. In dieser Nacht bedauerte Manon aus mehr als einem Grund, in einer Souterrainwohnung zu leben. Sie lag noch lange wach im Bett.

Was war geschehen, seit Gestern, seit dem Sommer, seit … es hatte viel früher angefangen.

Sie träumte von tiefhängenden Gehirnen am Himmel, von einem Schneegestöber, aber es waren keine Flocken, sondern Papierschnitzel, die es vom Himmel regnete, sie lief zwischen ihnen durch, über den Telegrafenberg, flüchtete in die Waschküche, aber dort hockte der tote Sitteler und soff mit dem fiesen Glatzkopf aus dem Naturkundemuseum um die Wette, beide fingen schallend an zu lachen als sie hereinkam, schweißgebadet wachte Manon auf.

Auch Annette Buschinski hatte ein unruhige Nacht, sie war gar nicht erst ins Bett gegangen, nachdem sich Manon verabschiedet hatte. War es richtig gewesen, hatte sie in der jungen Frau eine Freundin oder sich durch ihr unbedachtes Geständnis eine überflüssige Mitwisserin geschaffen? Auch der dritte Wodka Lemon brachte keine Gewissheit. Wieder und wieder ließ sie die Geschehnisse des Nachmittags Revue passieren. Manon war nicht dumm, sie hatte schnell begriffen, zu recht war ihr Lohmeiyer, den sie nur den fiesen Glatzkopf nannte, unheimlich gewesen. Aber sie irrte, wenn sie glaubte, dass er ihr gefährlich werden könne, er war auf der richtigen Seite, auch sie selbst war auf der richtigen Seite. Dass die Situation im Großen Refraktor fast außer Kontrolle geraten war, ein Fehler, nicht geplant, aber der Lindauer sei Dank, es war ja nichts passiert. Seit vier Jahren war sie jetzt dabei, in diesem Netzwerk, das war ihr lieber als der andere Begriff, Geheimgesellschaft, das klang so bombastisch. Sie war in der Hierarchie ganz unten geblieben, wollte auch gar nichts anderes, bekam zu Aktionen ihre Instruktionen und ging zu den Treffen. Nicht gern, sie mochte die Atmo nicht, das theatralische, die Masken, das ganze Brimborium, dass darauf nicht verzichtet wurde, lag wohl daran, dass diese Gesellschaft schon so alt war, fast dreihundert Jahre gab es sie angeblich schon. Egal, dieser Welt war anders nicht zu helfen, es war spät, viel zu spät, da mussten die Aktionen gewagter, greller, spektakulärer werden. Die Menschen der Jetztzeit zu erreichen war trotzdem ein Ding der Unmöglichkeit, es sei denn, sie hatten Angst um ihr eigenes Leben, ganz direkt und unmittelbar, wie auf dem Fest.

All das war nicht legal, damit hatte Annette kein Problem, aber Verletzte und Tote, nein! Mit all dem hatte sie nichts zu tun, und auch der Club nicht, da war sie sicher. Ganz sicher? Ganz sicher konnte man nie sein, der Idiot, der Keller die Tasche mit Littlewoods Notebook abnehmen sollte, der war zu weit gegangen. Ein Versager in jeder Hinsicht, aber er war krank gewesen und jetzt war er tot, armer Kerl, noch so jung, ohne Fukushima würde Karsten wohl noch leben... Sie stand auf und machte sich den nächsten Drink, morgen war Samstag, nein heute, es war schon nach zwei, egal. Sie hatte von alldem nur soviel Preis gegeben, dass sich Manon ein ungefähres Bild machen konnte, keine Namen genannt außer dem des Toten, und den kannte sie ja eh schon, auch über keine der anderen Aktionen gesprochen. Dass sie nicht schuld waren an dem Überfall im Variationshaus, davon konnte sie Manon überzeugen.

Aber wer hatte sich Petershagens Diss geschnappt um ihr diese Warnung zukommen zu lassen? Und warum gerade die, eine fast zwanzig Jahre alte Arbeit? Schnee von Gestern, in der Wissenschaftswelt Schnee von vorgestern.... Nun nicht mehr vorhanden, einfach geschreddert, Annette glaubte an keinen Zufall, sie war gemeint gewesen, ihr Name stand auf der ersten Seite in der Widmung, sollten sie die Schredderschnipsel das Fürchten lehren? Sehr wahrscheinlich. Doch Annette Buschinski war keine ängstliche Frau, sie würde sich ihrer Haut zu wehren wissen, da war sie sich sicher und nun auch betrunken genug, es damit gut sein zu lassen und ins Bett zu gehen.

Die Bewohner des Livländerhauses hatten eine ruhige Nacht, auch Walter Wolke lag heute dort auf dem Boden im Arbeitszimmer auf einer Isomatte, der alte Professor in seinem Eichenbett, Felix zum letzten Mal unten in seinem Keller, schon morgen würde er weit fort sein.

Emma Lindauer schlief kurz und nicht gut, aber das war sie seit Langem gewohnt. Petershagen lag wie immer unbeweglich unter seiner Decke, er hatte keine Zeit schlecht zu schlafen, seit Littlewoods Tod litt er an Einschlafproblemen aber dagegen gab es Tabletten, und wenn es nicht anders ging, dann schluckte er die, so wie heute, und an allen anderen Tagen.

21 Auch in Wirklichkeit:
Alles endet und beginnt zur richtigen Zeit

Keller war enttäuscht, er war extra früh aufgestanden, um sich in Ruhe von Emma Lindauer zu verabschieden, doch im Foyer des Hotels hockten schon die Wolke Brothers und auch Livländer. Grußlos hastete er an ihnen vorbei und war doch zu spät, die Fahrstuhltür öffnete sich, und heraus rollte Emma Lindauer, strahlte über das ganze Gesicht, als sie den veränderten Felix sah, tätschelte Keller kurz den Arm und rollte dann sofort auf die wartende Gruppe zu. Es blieb Keller nichts anderes übrig, als ihr zu folgen und den gespart geglaubten Gruß jetzt an alle auszugeben.

Wie gern hätte er Emma von seinem Wandbild berichtet, von den neuen Erkenntnissen, die er am Abend, während er daran malte, gewonnen hatte. Aber da hockte in einem der beigen Sessel jemand, den er davon partout nichts wissen lassen wollte. Es blieb nichts anderes übrig, als ihr rasch zuzuflüstern, dass er Neuigkeiten habe.

„Luzian, das freut mich, und ich freue mich über Post, schreiben sie mir des Rätsels Lösung, oder noch besser, kommen sie mich besuchen, zur Kirschblüte, Hanami, da ist es wunderschön bei uns." Schon rollte sie energisch zum Ausgang, der Chef des Hauses eilte ihr entgegen und verabschiedete sich von ihr, die beiden Koffer wurden in das bereitstehende Großraumtaxi gehievt, alles ging auf einmal sehr schnell, schon klappten die Türen, der Wagen fuhr an, Keller winkte hinterher. Es schmerzte ihn, dass Emma Lindauer abgefahren war, er hätte ihre scharfsichtigen Bemerkungen zu seinen neuen Überlegungen so sehr gebraucht. Da tippte ihm jemand auf die Schulter.

„Dr. Keller, wenn ich nicht irre?" Der Empfangschef des Hotels stand hinter ihm. „Ja, das bin ich…?" Fragend sah Keller ihn an, dann erkannte er sie wieder. „Die da sollte ich ihnen schicken, aber wo sie schon einmal hier sind, bitte!" er übergab Keller die alte schäbige Aktentasche von Littlewood so feierlich, als ob sie die Kronjuwelen der Queen enthielten.

Dankend nahm Keller sie entgegen, ihn freute es, wieder in Besitz des Notebooks zu sein, Emma Lindauer kannte ihn offenbar besser, als er es geglaubt hatte.

Später am Tag hatte er ihren kurzen Brief wieder und wieder gelesen, ohne recht schlau daraus geworden zu sein. Soviel war klar, Littlewood war nicht nur in der Welt der Wissenschaft sondern auch in jener anderen am Ende ein Außenseiter gewesen. Was genau diese andere Welt war, darüber schwieg Emma sich aus, wollte oder konnte nicht mehr darüber sagen, als dass es seit Langem einen Club gab, der sich um das Wohl der Welt sorgte, deshalb gegen Umweltverschmutzung und all die anderen Irrtümer der modernen Welt kämpfte. Offenbar gab es ihn schon sehr lange, Keller hatte noch nie etwas von diesem Club gehört.

Dass auch dort mit falschen Mitteln gekämpft wurde, hatte zumindest Littlewood geglaubt und dagegen gekämpft, was ihn in seiner englischen Sektion des Clubs schnell in die beklagte Außenseiterposition brachte, das hatte er Emma schon vor einer ganzen Weile angedeutet. Die Umstände seines Tod blieben allerdings nach wie vor rätselhaft für sie. Keller sah jetzt klarer, leider hatten sie keine Zeit mehr gehabt, gemeinsam zu prüfen, wie viel Wahrheit in seinen Überlegungen steckte, möglicherweise hätte die Lindauer ihm wie so oft nicht zugestimmt. Er begann, eine Mail an sie zu schreiben, brach dann mittendrin ab und speicherte sie unter „Entwürfe".

Da lag sie auch im Dezember noch. Alltägliches schob sich Tag für Tag dazwischen, Keller schob es auf, sie zu vollenden, legte all seine Überlegungen auf Eis oder die lange Bank oder popoder, kalauerte er mäßig witzig vor sich hin, wann immer er vor der bemalten Wand stand, die von ihm schnell von der Denkhilfe zum bloßen Dekor degradiert worden war. Er hatte viel zu tun, noch vor den Feiertagen waren Gelder für ein Forschungsprojekt bei der EU zu beantragen, eine zeitraubende und ungeliebte Aufgabe, aber ohne Moos nix los, gequälte Sprücheklopferei in der Kantine, nichts als Mittelmaß im eigenen Hirn, Konzentration auf Uneigentliches, die zur Verblödung führte. Das dachte Keller nun jeden Morgen anstelle seines Morgenmantras, das jetzt, wo überall Schnee lag, nicht zum Sagen war, im Winterschlaf lag oder einfach abgeschafft worden war. Er wusste es selbst nicht genau, schnurrte nur von Woche zu Woche wie ein Rädchen im Getriebe.

Und dann war plötzlich Weihnachten, der Telegrafenberg leerte sich wie jedes Jahr um diese Zeit, nur wenige waren wie er an diesem Fest uninteressiert und arbeiteten einfach weiter. Zwischen Weihnachten und Neujahr nahm sich Luzian Keller dann einen ganzen Tag Zeit zum Erwerb neuer Garderobe. Er fuhr nach Berlin, bummelte herum und kaufte einen gefütterten Trench und ein zartrosa Twinset, dazu zwölf Paar schwarze Socken und ein halbes Dutzend Schlüpfer, „für das Wesen zwischen Mann und Frau," hatte der Verkäufer geflötet, das fand Keller höchst indifferent und zuckte die Schulter, aber die Wäsche war schön und passte ihm, also wurde sie gekauft.

Walter Wolke stand zu der ganzen Feierei am Ende des Jahres ähnlich wie Luzian Keller, Jahresendzipfelwahnsinn nannte er es für sich, sprach es aber nie aus. Er schickte trotzdem ein kleines Paket nach Kyoto und nahm sich dann an den Feiertagen Zeit, endlich zu tun, was Livländer ihm vorgeschlagen hatte. Er zog um, malerte erst mürrisch, dann mit zunehmend besserer Laune die Räume im oberen Stockwerk von Livländers Haus. Das hatte er gar nicht gewollt, war ganz und gar gegen diese Idee gewesen. Eine ZweiSackWG, was soll so was bringen, ein alter und ein uralter Sack, das riecht doch nur streng, aber Livländer hatte sich davon nicht irritieren lassen. Beharrlich Argument für Argument hervorgekramt, und am Ende hatte er Walter Wolke rumgekriegt, eine diebische Freude an dieser Formulierung und wieder einen Mitbewohner aus dem Wolke-Clan. Das hatte sich bewährt, befand Livländer, auch wenn die Umstände dieser WG-Gründung dereinst alles andere als günstig gewesen waren.

So gab es nun für Walter Wolke auch nach Feierabend keinen Grund mehr, das Gelände zu verlassen, er vermisste nichts, verwuchs noch stärker als vorher mit den zweihunderttausend Quadratmetern des Parks, die waren ihm Welt genug, meistens jedenfalls.

Für den Silvesterabend hatte Keller eine Einladung erhalten, über die er sich sehr freute. Petershagen lud ihn das Restaurant ein, in dem sie im Frühjahr zusammen gegessen hatten. Der Abend war schön, kalt und klar, für Keller war es ein Leichtes, der Witterung zu trotzen. In seinen neuen Trench gehüllt lief er zu Fuß zum Neuen Markt, Petershagen war schon da und kam ihm entgegen.

„Chicer Zwirn, neu, oder?"

Keller nickte und hängte den Mantel an die Garderobe, Petershagen runzelte die Stirn, es entging Keller nicht, dass sein rosa Twinset deutlich weniger Zustimmung fand. „Auch neu," bemerkte er trotziger, als er es gewollt hatte.

„Geschmackssache, ich bin mehr für den Trench, maskulin ist schön und kein Schimpfwort für mich."

Das konnte Keller benicken, die Bemerkungen, das auch feminin kein Schimpfwort sei, verkniff er sich.

Der Kellner nahm ihre Wünsche entgegen, ein guter Zeitpunkt, von nun an Geschmacksfragen nur noch unter kulinarischen Aspekten zu erörtern. Erleichtert hatte Keller festgestellt, dass in dem Lokal auf den üblichen Silvesterschmuck verzichtet worden war, auch die Menükarte war schlicht, Wein und Essen ausgezeichnet, das Gespräch angeregt und ohne Anstrengung zu führen. Keller war trotzdem aufgeregt, erinnerte sich an Petershagens Besuch an der Ostsee, an andere Begegnungen, immer war es ihm so ergangen, ohne dass er wusste warum. Etwas machte ihn unsicher, und er hatte beständig das Gefühl, beweisen zu müssen, wie toll er war, was er konnte, damit zu brillieren. Dabei machte Petershagen nicht den Eindruck, als ob er an seinen Fähigkeiten zweifelte, war auch nicht sonderlich interessiert, richtig begeistert hatte Keller ihn nie erlebt, auch heute blieb er zurückhaltend, als Keller ihm von seinem neuen Projekt erzählte, das Daisyworldmodell um eine dritte, „intelligente" Art Gänseblümchen zu erweitern, und dabei ins Schwärmen geriet.

Um Mitternacht traten sie vor die Tür und sahen sich das Feuerwerk an, das um sie herum veranstaltet wurde, stillschweigend hatten sie die Übereinkunft getroffen, sich nicht zu umarmen, so glaubte Keller und war überrascht, dass Petershagen es dann doch tat, nachdem sie angestoßen und ihre Sektflöten auf einen Zug geleert hatten. Es fühlte sich komisch an, umarmt zu werden war Keller fremd. Er schrieb es der Wirkung des Sekts zu, dass er nach Mitternacht in Abenteuerlaune kam, etwas von sich preisgeben wollte, und war ungeheuer froh, als Petershagen einwilligte, mit zu ihm nach Hause zu kommen.

Hi-Nun-Her hockte im Busch und rollte mit den Augen, so zornig hatte Keller ihn noch nie gesehen. Was war los mit dem alten Indianer, der war doch sonst die Ruhe selbst.

„Eifersüchtig?" formte er lautlos mit den Lippen, als er die Haustür aufschloss, Hi-Nun-Ter tippte sich mit dem Finger an die Stirn und wandte sich ab.

Keller wollte Petershagen unbedingt seine Wand zeigen und ihm sagen, wohin ihn seine Überlegungen geführt hatten. Oben angekommen hatte er es dann sehr eilig, ihm sein Werk zu zeigen, beinahe hätte Keller sich mit dem Korkenzieher in die Hand geschnitten, dann war es soweit, mit gefüllten Rotweingläsern standen sie in seinem Arbeitszimmer.

„The Daisyworld of Luzian Keller, nicht schlecht…," Petershagen betrachtete, was er sah, aus verschiedenen Blickwinkeln, stumm folgte Keller ihm mit den Augen.

„Und das da, das gibt es doch gar nicht, ein graues Gänseblümchen kommt doch in dieser Welt gar nicht vor…."

„In dieser nicht, in unserer schon, das ist der Mörder, weder weiß noch schwarz, einfach grau, ein grauer Mann…," erklärte Keller und kam in Fahrt, erklärte all die verschlungenen Pfade und Skizzen, alles, was er im Laufe des letzten Jahres erlebt hatte, war dort sichtbar gemacht, das blutige Gehirn, der Affenfötus, Littlewood, lebendig und tot, auch als grausiges Stillleben, Annette Buschinski, Sitteler, Wetzky, die Panik im Großen Refraktor, Emma Lindauer, die eingeschlossene Manon, er selbst blutig aber triumphierend mit dem geretteten Notebook. Dass er all das erlebt hatte, beeindruckte ihn jetzt selbst.

„Du solltest umsatteln, Kunst machen, oder noch besser Kunstdetektiv werden, nicht Kunstraub aufklären, sondern mittels Kunst alle möglichen Verbrechen, deine Intuition möchte ich haben…"

„Twinset tragen hilft…," Keller lachte.

„Nein, im Ernst, du hast ein feines Gespür und bist hartnäckig, die besten Voraussetzungen…"

„Ich habe mich dutzendfach geirrt, war dauernd auf dem Holzweg, bin wie ein Obertrottel auf diese fadenscheinige Inszenierung reingefallen, ohne die Hilfe von Emma Lindauer würde ich noch heute völlig im Dunklen tappen, und Sitteler hat sich mehr oder minder selbst entlarvt.…"

„Nun stell dein Licht nicht unter den Scheffel, das steht dir nicht, raus mit der Sprache, wer ist das graue Gänseblümchen?"

„Das erfährst du nur, wenn du furchtlos und mutig mit mir kommst…," schon war Keller wieder in seinen Trench geschlüpft.

Die Flasche Rotwein in der Hand eilte er voraus, den Berg hinauf, außer Atem kamen sie oben an, der Wissenschaftspark lag im Dunkeln, selbst die Pförtnerloge war heute verlassen, Keller hatte seine Taschenlampe parat, Petershagen leuchtete mit seinem Smartphone, als sie endlich dort angekommen waren wo Keller hinwollte. Vorsichtig öffnete er die Tür zu dem alten Eiskeller, alles war unverändert, sie tappten hinunter und leuchteten mit ihren Lampen den fast leeren Raum ab, der Tisch, auf dem Littlewood gelegen hatte, stand noch am selben Fleck, alles war schäbig und aus der Zeit gefallen, nichts deutete darauf hin, dass hier ein toter Mensch gelegen hatte. Wortlos nahm Petershagen Keller die Flasche aus der Hand und trank einen großen Schluck: „Auf Littlewood!"

Keller tat es ihm gleich, er hatte leichte Sehstörungen, hatte im Park zwischendurch wieder das Gefühl gehabt, dass da etwas war, jemand ihnen folgte, aber da er das inzwischen so oft gehabt hatte, war es ihm egal, und er ließ sich nichts anmerken „Auf Littlewood," echote er und wischte sich den Mund, sah erschrocken den Rotweinfleck am Ärmel des neuen Mantels.

„Egal, sauber ist unmännlich, Bogart hat sich auch immer im Dreck gewälzt…," sie lachten gegen die Stille an.

„Nun aber raus damit, wer war es?" Petershagen konnte die Ungeduld in seiner Stimme nicht verbergen.

„Wer? Der graue Mann, der Schleicher, der überall Zugang hatte, der immer anwesend sein kann, ohne dass es jemandem auffällt, der Spezialisierung erfahren hat, für's Spitzeln und Schleichen in der Untergegangen Republik D? Wolke natürlich, wer sonst…"

Ein Tropfen Triumph, nein, nur ein Speichelfaden hing Keller im Mundwinkel als er geendet hatte.

„Wolke, Walter Wolke, wie kommst du denn darauf, der ist doch viel zu korrekt, zu stumpf, zu deutsch…"

„Genau deshalb, der Mann hat zwei Gesichter, der lebt es nur nicht aus, was in ihm steckt an Grausamkeit, das muss für ihn wie ein Ausbruch gewesen sein, der hat plötzlich Macht gehabt, einen Menschen zuzurichten, der sonst unerreichbar für ihn gewesen wäre, meilenweit über ihm stand. Da ist ihm alles übergekocht, diesem Mann, der sein Studium nicht beendet hat, bei dem es einfach nicht gereicht hat. Littlewood muss so etwas wie ein Übervater für ihn gewesen sein, ihn zu töten eine Art Befreiung. Dann noch den Nerv zu haben den toten, alten Mann derart zuzurichten. Das ist hochgradig pervers, das ist ein Triebstau, der ausbricht wie ein Vulkan. Gerade ein Kontrollfreak ist gefährdet, das ist dann wohl wie Lava, wälzt sich über jede Moral und jede Art von Menschlichkeit hinweg, Wahnsinn ist das, der reine Wahn…"

Weiter kam Keller nicht, er wurde umgerissen und bekam keine Luft mehr, seine Taschenlampe fiel ihm aus der Hand und ging aus, es war dunkel, nur das Keuchen über ihm war zu hören, er wollte so gern atmen, sich losmachen, einfach atmen, warum half ihm den keiner…. Dann wurde es dunkel.

„Das tut weh," Keller schlug die Augen auf und seine Hände schützend vors Gesicht, über ihm tauchte ein anderes Gesicht auf, zwei kühle graue Augen musterten ihn.

„Geht es wieder? Ohrfeigen helfen am besten…," Wolke half ihm hoch, klopfte ihm auf den Rücken, den Staub vom Mantel, und half ihm dann, sich auf den Tisch zu setzen, ganz vorsichtig. Da wurde Keller bewusst, was es war, er hörte ein Schluchzen, schon die ganze Zeit, hatte gedacht, dass er es selbst war.

Aber so war es nicht, in der Ecke am Boden kauerte Petershagen, seine Hände waren auf dem Rücken zusammengeschnürt.

„Lars, aber, …," hilflos irrte Kellers Blick von Einem zum Anderen.

„Dolle Analyse, besonders das Spitzeln und Schleichen hat mir gefallen, sie sind schon ne Type, Keller, oder soll ich Doktor Keller sagen wegen der Fallhöhe…." Wolke lachte kurz und trocken, es klang wie ein Bellen, Petershagen hatte aufgehört zu weinen und zog Schleim hoch.

„Sie widern mich an, Wolke, machen sie den Mann los, und dann…," Keller versuchte seiner Stimme Autorität zu geben.

„'Nen Teufel werde ich tun, ich hab die Schnauze voll, ständig um sie herumzuschleichen und das Kindermädchen zu spielen. Sie sind so ein vernagelter Volltrottel, kapieren sie es denn immer noch nicht?" Wolke fischte sich eine Kabinett aus dem Kittel, zündete sie an, rauchte genüsslich und wartete.

„Was wollen sie damit sagen?"

„Dass du dich geirrt hast, ICH habe Julian so zugerichtet, ich habe ihn getötet. Ich, ich, ich, …."

„Morgengrauen, MORGENGRAUEN, Mor-gen-grau-en," Keller intonierte es immer wieder, er saß auf dem Boden des Turmzimmers, um ihn herum leere Flaschen und zwei halbvolle Gläser, neben ihm saß Wolke und stopfte ihm seine Pfeife, schob sie ihm in den Mund und sah bekümmert aus.

„Schade um das schöne Teil, die Rotweinflecken gehen nie mehr raus," er betrachtete das verrutschte Twinset, dann zündete er Keller umständlich seine Pfeife an.

„… werde ich in Ehren tragen, versprochen, ach schau, trau wem, wer kommt denn da, hat sich weit von seinem Busch entfernt und gibt sich auch mal die Ehre…"

„Hi-Nun-Her, wer sonst…," vollendete Wolke seinen Satz und prostete dem alten Indianer zu.

„Du kennst ihn? Ich meine, du siehst ihn auch, … ich bin nicht…"

„Doch, du bist komplett verrückt, aber was hat Hi-Nun-Her damit zu tun?" vollendete Wolke auch diesen Satz.

EPILOG

Der Rotweinfleck ging wirklich nie mehr aus dem Twinset raus, da behielt Walter Wolke recht. Das Leben ging weiter, sie waren keine Freunde geworden aber so etwas Ähnliches, immerhin hatte Wolke Luzian Keller das Leben gerettet und war weitaus weniger nachtragend, als der gedacht hatte. Lars Petershagen hatte unten im Eiskeller gestanden, Julian Littlewood getötet zu haben, auf dessen eigenen Wunsch, ob die spätere Inszenierung seine oder Littlewoods Idee gewesen war, konnte er selbst nicht mehr sagen, eine Art Amnesie hatte sich über sein Gedächtnis gelegt, er konnte sich auch an die Tat nicht erinnern. Doch unerbittlich war die Gewissheit geblieben, es getan zu haben. Bisher war eine gnädige Amnesie wie ein Schleier über das Geschehen gefallen und hinderte ihn daran, alles noch einmal Revue passieren zu lassen. Dass er Sitteler fast umgebracht hatte, stand ihm hingegen klar vor Augen, als er ihn damit konfrontierte, seinen Adlatus getötet zu haben, hatte der Verwaltungschef trocken gekontert, auch er habe eine Leiche im Keller. Für Petershagen konnte dies nur eins bedeuten, aber konnte Sitteler das wissen? Ohne sich dessen sicher zu sein, hatte Petershagen die Nerven verloren und sie hatten sich heftig gestritten, Sitteler war in die Wetterküche gerannt und hatte dort seinen finalen Herzanfall bekommen, die Abschiedsbriefe hatte dann Petershagen geschrieben, es war nicht schwer, sie waren ja getippt, und wer schaut schon genau auf die verwackelte Unterschrift eines Lebensmüden. Sich, um die Prügelei glaubhaft zu machen, mit dem Hammer auf das Schienbein zu schlagen war weniger schmerzvoll als gedacht, in dem Zustand, in dem Petershagen sich befand, spürte er fast nichts davon, im Nachhinein umso mehr. Später hatte er fast selbst daran geglaubt, dass die Behauptungen über Littlewoods Tod, die er in den Abschiedsbriefen geschrieben hatte, mit der Realität übereinstimmte. Nun hingegen war es für ihn zur Gewissheit geworden dass er auch an Sittelers Tod die Schuld trug, obwohl er ihn nicht angefasst hatte, aber er hätte es getan, so oder so, hatte es so weit auf die Spitze getrieben, dass der Personalchef daran gestorben war.

Trotzdem bekam Kommissar Bärlauch nichts Neues zu tun, Petershagen verbannte sich selbst auf eine Expedition ins Nordmeer. Sowohl Walter Wolke als auch Luzian Keller waren zu der Überzeugung gelangt, dass es für alle so das Beste sei. Annette Buschinski verzieh Manon Duval und ging zur Tagesordnung über, ohne je zu erfahren, dass es Petershagen selbst gewesen war, der seine Diss geschreddert hatte, weil er befürchtete, dass man einen Zusammenhang mit seiner Inszenierung von Littlewood als menschliches Mahnmal hätte herstellen können. Schließlich hatte er in dem damals geschriebenen Schlusskapitel eine Methode zur psychologischen Einflussnahme skizziert, die genau solche drastischen Inszenierungen erforderte. Auch Manon Duval erfuhr nie, dass es ihr eigener Lehrer gewesen war, der sie im Variationshaus eingeschlossen hatte, um sie vom Telegrafenberg zu vertreiben oder ihr zumindest die Lust zu nehmen, weiter nach seiner Diss zu suchen. Sie bekam nach Petershagens Ausscheiden aus dem PIK einen neuen Doktorvater, einen Meeresbiologen, und schon bald wehte das Leben Manon auf eine Inselgruppe im Pazifik. Felix Wolke hatte sich dort viel besser als erwartet eingelebt, im weißen Kies zu harken war für ihn das größte Glück, die buddhistischen Mönche lachten über den neuen Laienbruder, eine so stille und liebenswürdige Langnase hatten sie selten erlebt. Emma Lindauer nahm es mit der Gelassenheit des Alters, dass der Plan, ihrem ehemaligen Lieblingsschüler zu einer zweiten Chance zu verhelfen, in eine ganz andere als die von ihr geplante Richtung verlief.

Luzian Keller übermalte sein Wandgemälde dann doch nicht, gestand sich sogar zu, dass er Petershagen manchmal vermisste, trotz allem. Hi-Nun-Her blieb wie viele der Wesen, die uns wirklich nahestehen, ein flüchtiges Element.

Die Reise nach Japan lag noch in weiter Ferne, und als Keller sie antrat, sollte nicht die Kirschblüte der Grund sein…

GLOSSAR

Albedo. Das Rückstrahlvermögen eines Körpers, z.B. der Erde. Siehe auch *Geo-Engineering*.

Allmendeproblem. Allmenden sind Weideflächen in Gemeineigentum. Da im Gegensatz zu Weideflächen in Privateigentum jedes Gemeindemitglied die Allmende beliebig stark nutzen darf, hat jeder kurzfristig einen Anreiz, sie stärker zu nutzen als es aus gemeinschaftlicher Sicht gut wäre, was zur Überweidung führt. Das selbe Problem tritt bei anderen Gemeingütern auf, z.B. Fischgründen oder Umweltverschmutzung.

CO2 siehe *Kohlendioxid*.

Daisyworld-Modell. Ein einfaches theoretisches Simulationsmodell, das die Selbstregulation eines belebten Planeten illustriert und damit die *Gaia-Hypothese* stützt. Auf Daisyworld leben nur weiße Gänseblümchen, die Sonnenlicht reflektieren und damit den Planeten kühlen, und schwarze Gänseblümchen, die Sonnenlicht absorbieren und damit den Planeten aufheizen. Umgekehrt beeinflusst die Temperatur auch das Verhältnis von schwarzen zu weißen Gänseblümchen, bis sich ein Gleichgewicht einstellt. Im Gegensatz zu einem unbelebten Planeten führt dies dazu, dass die Temperatur auch bei einer Steigerung der Sonneneinstrahlung lange konstant auf einem für das Überleben günstigen Wert bleibt, d.h., die Gänseblümchen beeinflussen das *Klima* in einer für sie günstigen Weise.

Dekarbonisierung. Übergang zu einer „kohlenstoffneutralen" Wirtschaftsform, bei der netto keine *Treibhausgase* ausgestoßen werden, um den Treibhauseffekt und damit den Klimawandel abzumildern, z.B. durch Nutzung von *erneuerbarer Energie*.

Emissionsreduktion. Verminderung des Ausstoßes von Treibhausgasen, um den Treibhauseffekt und damit den *Klimawandel* abzumildern, z.B. durch Nutzung von *erneuerbarer Energie*.

Erderwärmung siehe *globale Erwärmung*.

Erdsystemanalyse/wissenschaft. Die inter- oder transdisziplinäre Analyse, Modellierung und Simulation des Gesamtsystems Erde inklusive seiner unbelebten und nicht-menschlichen belebten Komponenten („Ökosphäre", klassische Domäne der Naturwissenschaften), seiner sozio-ökonomischen menschlichen Komponenten („Anthroposphäre", klassische Domäne der Sozial- und Wirtschaftswissenschaften) und deren Wechselwirkungen und Rückkopplungseffekte, u.a. zum Zwecke der Entwicklung von qualitativen und quantitativen Zukunftsszenarien und Entscheidungsgrundlagen. Ein wichtiges Teilgebiet ist die Untersuchung der Wechselwirkungen zwischen *Klima, Klimawandel, Klimafolgen*, Klimapolitik und den übrigen Teilen des Erdsystems.

Erneuerbare Energie *(renewable energy)*. Energiegewinnung durch Ressourcen, die effektiv unbegrenzt sind (z.B. Sonnen- oder Windenergie) oder auf natürlichem oder technischem Wege genügend schnell wiederhergestellt werden können (z.B. Biomasse), ohne zu erschöpfen. Erneuerbare Energiegewinnung ist im Wesentlichen kohlenstoffneutral, d.h. sie beeinflusst den Kohlenstoffgehalt der Atmosphäre nicht, kann aber andere unerwünschte Nebeneffekte haben. Siehe auch *Dekarbonisierung, Emissionsreduktion.*

Fossile Energie. Energiegewinnung durch Verbrennung fossiler Brennstoffe wie Kohle, Öl, Erdgas, Uran. Wird als nicht *erneuerbar* eingestuft, da fossile Brennstoffe zwar natürlich aber im Vergleich zu ihrem Abbau nur äußerst langsam entstehen und daher bei weiterer Nutzung mittel- (z.B. Öl) oder langfristig (z.B. Kohle, Uran) erschöpfen werden. Fossile Energiegewinnung ist in der Regel mit hohem Ausstoß von *Kohlendioxid* verbunden.

Gaia-Hypothese. Die Behauptung, dass das *Erdsystem* wie ein einziges großes „Lebewesen" („Gaia") betrachtet werden kann, das sich selbst in einem für das Leben komplexer Organismen günstigen Zustand selbstorganisiert und erhält, statt in einen für solche Organismen ungünstigen alternativen Zustand zu kippen, wie ihn Planeten ohne Biosphäre habe. Die Hypothese wurde von der Mikrobiologin Lynn Margulis und dem Chemiker, Biophysiker und Mediziner James Lovelock Mitte der 1960er Jahre entwickelt und nach der griechischen Erdgöttin Gaia benannt. Siehe auch *Daisyworld-Modell.*

Geo-Engineering. Eingriffe in das *Erdsystem* in großem Maßstab mittels technischer Maßnahmen zum Zwecke der gezielten Veränderung oder Beeinflussung, z.B. zur Abmilderung des *Klimawandels* oder der *Klimafolgen.* Zur Abschwächung des Klimawandels wird hier vor allem das

Sonneneinstrahlungs-Management *(solar irradiation management)* diskutiert, d.h. die Veränderung der Energiebilanz von absorbiertem und reflektiertem Sonnenlicht, z.B. durch: Erhöhung der Erd-*Albedo* (z.B. durch Einbringen großer Mengen von Schwefeldioxid oder Aluminium in die Erdatmosphäre wie z.B. bei einem Vulkanausbruch) oder Beschattung der Erde durch Sonnensegel im Weltraum. Andere Beispiele: Düngung der Ozeane mit Eisen, um Algenwachstum anzuregen, bei dem *Kohlendioxid* aus der Atmosphäre entzogen wird. Die bisher vorgeschlagenen Verfahren können jedoch teils bekannte und teils unerforschte gravierende Nebenwirkungen und Risiken haben, z.B. die massive Veränderung von Niederschlagsmustern oder die Schädigung der Ozonschicht. Mitunter wird auch großflächige Aufforstung, deren Auswirkungen weitaus besser bekannt sind und weniger riskant erscheinen, als Geo-Engineering bezeichnet.

Geothermie bezeichnet verschiedene Verfahren zur Gewinnung von Energie aus Erdwärme, die je nach Größenordnung und Methode unterschiedliche Nebenwirkungen haben können.

Globale Erwärmung *(global warming)*. Anwachsen der über den gesamten Globus gemittelten erdnahen Luft- und Ozeantemperatur seit ca. 1880 um bisher ca. 0,85 Grad Celsius und voraussichtlich bis 2100 um ein bis sieben weitere Grad Celsius, abhängig u.a. vom zukünftigen Ausstoss von Treibhausgasen durch den Menschen. Die globale Erwärmung ist der meistverwendete Indikator für den *Klimawandel*. Regionale Temperaturentwicklungen können hiervon aber stark nach oben oder unten abweichen. Siehe auch *Klimafolgen*.

Kippelement *(tipping element)*. Ein Kippelement ist eine Komponente (z.B. das Amazonas-Gebiet) eines komplexen dynamischen Systems (z.B. des *Erdsystems*), die beim Überschreiten eines kritischen *Kipppunktes* (z.B. einem bestimmten Wert der Bodenfeuchte) von ihrem jetzigen Zustand (z.B. Bewuchs durch Regenwald) in einen qualitativ anderen Zustand (z.B. Savanne) übergeht. Dabei kann der Übergang sprunghaft (z.B. Abbrechen des Golfstroms) oder gemächlich (z.B. Abschmelzen des Grönland- und antarktischen Eisschilds) geschehen und entweder reversibel oder irreversibel, also nicht rückgängig zu machen sein. Weitere Beispiele für Kippelemente des Erdsystems, die für das Klima eine wichtige Rolle spielen, da ihr Kippen eine verstärkende Wirkung auf den Klimawandel und/oder gravierende Auswirkungen auf den Menschen hätten bzw. haben werden, und deren Kippen für unterschiedliche Grade der *globalen Erwärmung* wahrscheinlich wird, sind:

Abbrechen von Ozeanströmungen wie der atlantischen thermohalinen Zirkulation inkl. des Golfstroms, Verstärkung des El-Niño-Effekts mit gravierenden Auswirkungen u.a. auf Südamerika, Ausbleiben des indischen Sommermonsunregens, Verlust der weitreichenden borealen Wälder der Nordhalbkugel.

Klima. Zusammenfassende Charakterisierung des Wetters an einem Ort über mehrere Jahre mit Hilfe von statistischen Informationen wie mittlerer Tageshöchst- und -tiefsttemperatur, mittlere Niederschlagshäufigkeit und -menge, mittlere Sonnenstunden/Bewölkung etc. „Klima ist langfristig gemitteltes Wetter".

Klima-Engineering siehe *Geoengineering*.

Klimafolgen. Auswirkungen des globalen und regionalen *Klimas* und des *Klimawandels* auf Mensch und Umwelt. Eine *globale Erwärmung* von vier Grad Celsius hätte laut eines Berichts der Weltbank von 2013 voraussichtlich folgende Auswirkungen, besonders (aber nicht nur) in ärmeren Weltregionen: extreme Hitzewellen, Rückgang der Nahrungsmittelproduktion, Anstieg der Meeresspiegel, Versauerung der Ozeane (mit Konsequenzen für das ozeane Leben), Trinkwasserverknappung, Verlust von Ökosystemen und Biodiversität (z.B. Korallenriffe). Siehe auch *Kippelelement*.

Klimawandel *(climate change)*. Veränderung des globalen und regionalen *Klimas*. Im Gegensatz zur vorindustriellen Zeit verändert sich das Klima gegenwärtig schneller und zum Teil in vor allem regional weniger vorhersagbarer Weise („Destabilisierung"). Siehe auch *Globale Erwärmung*.

Koevolution. Koevolution ist die gemeinsame zeitliche Entwicklung von zwei oder mehr miteinander in Wechselwirkung stehender Systeme, z.B. Gesellschaft und Umwelt. Dabei beeinflussen sich in der Regel beide Systeme gegenseitig, was zu sogenannten positiven (verstärkenden) oder negativen (abschwächenden) Rückkopplungen führen kann. Aufgrund dieser Wechselwirkung kann häufig die Entwicklung eines der Systeme nicht ohne gleichzeitige Betrachtung der Entwicklung des anderen Systems vorhergesagt werden, sondern beide müssen als Teile eines Gesamtsystems betrachtet werden.

Kohlendioxid CO2 *(carbon dioxide)*. Das häufigste Treibhausgas. Die CO_2-Konzentration der Atmosphäre wird vor allem durch den *Kohlenstoffkreislauf* und den Ausstoß von CO_2 bei der Energiegewinnung beeinflusst.

Kohlenstoffkreislauf *(carbon cycle)*. Komplexes System des fortwährenden Austauschs großer Mengen von Kohlenstoff (in verschiedenen chemischen Formen) zwischen Hydrosphäre (z.B. Ozeane und Eisschilde), Atmosphäre, Boden, Vegetation und anderen sogenannten Kohlenstoffspeichern durch Windtransport, Absinken, Sedimentation, Sedimentverfestigung, Vulkanausbrüche, Oxidation, Verwitterung, Ausfällung, Photosynthese, Zellatmung, Mineralisierung und andere chemische Reaktionen und Prozesse.

Planetare Grenzen. In der Nachhaltigkeitsforschung besagt das Konzept der „Planetaren Grenzen", dass die Menschheit dafür sorgen sollte, dass gewisse global messbare Eigenschaften (z.B. die globale Mitteltemperatur, der Versauerungsgrad der Ozeane etc.) bestimmte Grenzwerte nicht überschreiten, damit der Zustand des physikalischen *Erdsystems* sich nicht mittel- oder langfristig aus dem Bereich entfernt, an den sich die Menschen im Laufe ihrer Evolution angepasst haben. Diesen physikalischen „Planetaren Grenzen" stehen für die sozio-ökonomische Komponente des Erdsystems entsprechende Grenzen zur Seite, z.B. die „Nachhaltigen Entwicklungsziele" (Sustainable Development Goals).

Roter Riese. Eine mögliche Phase am Lebensende von Sternen, bei der sich der Stern stark ausdehnt und stärker strahlt. Unsere Sonne wird in ca. 8 Mrd. Jahren zum Roten Stern und die Erde verschlucken. Dort wird allerdings bereits in ca. 1 Mrd. Jahren die für organisches Leben kritische Mitteltemperatur von ca. 30° überschritten.

Vulnerabilität. Die „Verletzlichkeit" eines Systems (z.B. einer regionalen menschlichen Gemeinschaft) gegenüber äußeren Einflüssen (z.B. *Klimafolgen*).

Weltraumspiegel siehe *Geo-Engineering*.

WEITERFÜHRENDE LITERATUR

Zu Geo-Engineering:

John Schellnhuber: *Geoengineering – The good, the mad, and the sensible.* PNAS 2011

Naomi Vaughan & Tim Lenton: *A review of climate geoengineering proposals.* Climatic Change 2011

The Royal Society: *Geoengineering the climate – Science, governance and uncertainty.* 2009

Zu Gaia, Symbiose und Daisyworld:

James Lovelock: *Gaias Rache – Warum die Erde sich wehrt.* List 2007

Lynn Margulis: *Die andere Evolution.* Spektrum 1999

Andrew Watson & James Lovelock: *Biological homeostasis of the global environment: the parable of Daisyworld.* Tellus 1983

Hywel Williams & Tim Lenton: *Environmental regulation in a network of simulated microbial ecosystems.* PNAS 2008

Zu Klimafolgen und Kippelementen:

Weltbank: *Turn down the heat – Why a 4°C warmer world must be avoided.* 2013

Tim Lenton et al.: *Tipping elements in the Earth's climate system.* PNAS 2008

John Schellnhuber: *Tipping elements in the Earth system.* PNAS 2009

Carl Sagan: *Atomkrieg und Klimakatastrophe.* Droemer Knaur 1984

Zu Kapitel 4:

Harald Welzer: *Klimakriege.* Fischer 2008

Solomon Hsiang et al.: *Civil conflicts are associated with the global climate.* Nature 2011

DANKSAGUNG

Die Autoren danken dem Potsdam-Institut für Klimafolgenforschung, insbesondere seinem Direktor John Schellnhuber und Art Director Margret Boysen für die freundliche Bereitstellung von Raum, Zeit und Wissen und Sarah Messina für die Möglichkeit einer Lesung im Rahmen der Langen Nacht der Wissenschaften; Tobias Klein für sein wohltönendes Lesen und Friederike Bartels für musikalische Bereicherung; Dirk Dessaules, Ernst-August Gussmann, Marcel Meistring und Martin Pestke für Führungen und Auskünfte zum Tiefbrunnen, zum Großen Refraktor und anderen Orten auf dem Telegrafenberg; Tanja van de Loo für Unterstützung bei der grafischen Gestaltung.

Alle verbleibenden Fehler nehmen die Autoren auf ihr Doppelkäppchen.

Die Handlung und alle handelnden Personen sind frei erfunden. Jegliche Ähnlichkeit mit lebenden oder realen Personen wären rein zufällig.

Ausblick auf Band 2

Seit fast einem Jahr herrscht wieder Ruhe auf dem nun tief verschnei-
ten Telegrafenberg. Noch ahnt Luzian Keller nicht, welche Verwicklun-
gen der Aufenthalt der frisch promovierten Manon Duval in Kyoto nach
sich ziehen werden. Bei ihrem ersten Sightseeing wird sie Zeugin, wie
der Vorstandsvorsitzende des Atomkraftwerksbetreibers Tepco nach einem Gebet im Shintotempel den Verstand verliert...